青い月曜日

開高　健

集英社文庫

目次

一部　戦いすんで……7
二部　日が暮れて……179
あとがき……494
解説　池上冬樹……498

青い月曜日

一部　戦いすんで

天才児 偏執児 猥兵

「音威子府《おといねっぷ》」

「北海道」

「北海道の？」

「北のほう。オホーツクのほう」

「ふん」

「宗谷本線や」

「よろし。つぎは、駒ケ根《こまね》」

「信州やな」

「ふん」

「上諏訪《かみすわ》のちかくやろ」

「ふん」

「飯田線《いいだ》や」

「あたったか。ちきしょう」

高い空に積乱雲がそびえている。城のように見える。銃眼が見える。綿菓子のようにも見える。巨大な、二隻の、純白の客船がとけあっているようでもある。煙突や、無線柱や、舷側《げんそく》の丸窓がある。アリが一匹手すりのうえをのろのろと這《は》っているのが見える。線路の栗石《くりいし》と枕木のあいだに草が茂り、あらあらしく汗ばんでいる。はげしい陽《ひ》にあぶられてしおれ、あえいでいる。顔をよせると靴からひきぬいたばかりの足のうらのような匂いがした。シャツごしに栗石が背や腰に食いこんでくるので、寝ていても、たえず体の向きを変えなければならない。

ちかくの廃線の草むらにとめた冷凍貨車から腐った魚のたまらない匂いがただよってくる。田ンぼから微風がわたってくると重くて粘っこい縞《しま》がゆれるようだ。線路、枕木、草、栗石、石炭ガラ、すべての物にしみこんでいて、呼吸するたびにあたりいったいに魚の匂いがたちこめる。たった二日留置しただけなのだが、そうなってしまった。冷凍装置がこわれたので送れないのである。突放《つきはなし》作業もできない。操車場にきたときからすでに腐りきっていて、手のつけようがなかった。それはハエの大群をつれ、むかむかする黄いろい粘液をたらし、汗のように閃《ひらめ》きつつやってきたのである。誰もよりつこうとしなかったので、機関車がしぶしぶ田ンぼのそばへひいてゆき、廃線の奥へ蹴りこんだ。

つぎの貨物列車がくるまでにはまだ時間があるので、みんな貨車のかげに這いこんで昼寝している。夏の稲の青い匂いと腐った魚の匂いのなかに半裸でころがり、ゲートルや、薬罐《やかん》や、防空頭巾や、戦闘帽などがあたりに散らばっている。けれど、さすがに靴をぬいでる者はいない。いつ空襲があるか知れないからだ。何度か経験したが、機銃掃射に追われて操車場を裸足《はだし》で走ると、石炭ガラがナイフのさきのようにつきささってきて、うまく逃げられないのである。靴をはいて寝ると、どういうものか、あとでぐったりと疲れるけど、そんなことはとっくの昔に慣れてしまい、いまでは靴をはいたまま線路であろうと草むらであろうと溝のなかであろうと、平気で寝られるようになった。満員の汽車のなかで立ったまま眠ることさえできるようになった。もし機会があれば、中学校の校庭で三八銃かついで不動の姿勢をとったまま寝てみてもよいと、私たちはよく話しあうのだ。やってやれないことはけっしてあるまいと思う。

「……四国へいくか？」

「どこでもええよ」

「高知」

「土讃《どさん》本線」

「佐古《さこ》」

「鳴門《なると》線」

「吉成《よしなり》」

「吉成？」

「ふん。吉成や」

「吉成、吉成、吉成と……」

「わからんか?」

「吉成、吉成、吉成……」

「わからなんだらバッキ運転させたるゾ」

「………」

「佐古のつぎじゃ」

「あ。しもた」

「バッキ運転、バッキ運転」

「ひっかけられたわ」

川田と尾瀬の二人だけが起きてぶつぶつと問答をつづけている。駅名点呼の練習をしているのである。川田が鉄道地図をさがしてでたらめに駅名をいうと、尾瀬が線名を答える。ここへきてからおぼえたことだ。

大阪の南郊にあるこの竜華《りゅうげ》操車場には無数の貨車が毎日集ってくる。大阪には吹田《すいた》と竜華と二つの大きな操車場がある。吹田は主として東日本関係の貨車を扱い、竜華は西日本関係の貨車をさばくということになっている。けれど、最近は毎日のように艦載機の攻撃があるので、配車の区分がすっかり乱れてしまった。竜華操車場も吹田操車場も区別がない。とにかく日本全国からやってくる貨車を呑《の》みこんでは吐きだすのである。貨車は列車編成になってやってくるが、行先は一輛《りょう》、一輛、ばらばらである。鹿児島行のつぎに倶知安《くっちゃん》行がつないであったり、長野行のうしろに鳥取行がくっついていたり、といったぐあいである。機関車と信号手はそれを一輛ずつ切りはなして行先の線ごとに蹴りこみ、突放されて牡牛《おうし》のように走ってゆく貨車に私たちがバッタのようにとびつくと、右手で貨車にぶらさがりつつ制動梃子《てこ》に両足をかけてのっかり、梃子が体重でグッとさがったところへすかさずピンをおしこんで暴走を食いとめるのである。まずくやると貨車と貨車が衝突し、私たちはひとたまりもなくふるいおとされる。もしそのときよこの線路を別に突放された貨車が走ってくると、手、足、首、胴など、ふかしたサツマイモよりあっけなく切れてしまうはずである。突放作業は命がけの軽業《かるわざ》だ。ことに雨の日は危険でならない。つるつるすべるうえにゴム引の合羽《かっぱ》を着るので眼《め》がきかなくなるのである。けれど私たちは駅員の呼ぶ〝馬の魔羅《まら》切《き》り〟という作業より突放のほうが好きである。誰もが先を争ってやりたがる。〝馬〟のほうはのろまで、にぶくて、運動神経のない生徒がやらされる。これはとまっている貨車の連結器のしたへもぐりこんで空気制動のゴム管を、一本、一本、切りはなすだけの仕事である。おとなしくて、安全で、ちょっと間のぬけたところがある。ふとぶとしくだらりとぶらさがったのをちょい、ちょいとひねるだけですむのである。ひねったらプスッというような、陰気な吐息が一つ洩《も》れて、おしまいである。

おなじ方面へゆく貨車がたまると機関車が一列車に仕立てて操車場をでてゆくこととなるのだが、私たちは到着した列車に沿って走り、貨車の腹にさしこまれた車票を読んで、とっさにその車がどの地方の何線にゆくのかということを判断しなければならない。これが難問である。日本全国の駅名と線名を大小のこらずおぼえてしまわなければならぬと駅長がいいわたした。駅長と先生が相談して、いっしょに大豆八分に米二分という昼弁当を食べた結果、そういうことになったのだ。毎日、朝礼の訓示がすんだあとで〝駅名点呼〟をし、それを学校の成績にするのだといいだしたのである。私たちを集めておごそかにそういいわたしたのは駅長であった。駅長のあだ名は〝ガマ〟といい、副駅長のあだ名は〝バッキ〟といい、駅長と副駅長はいつも二人いっしょになって歩いていた。〝ガマ〟というのは顔がまさにそのものだから私たちがつけたのであるけれど、〝バッキ〟というのは〝バック運転〟のことをいつも〝バッキ運転〟という癖があるからだ。きっとこれは敵性語の英語を使いたくないが少しハイカラなところはみせたいという気持から〝バッキ〟、〝バッキ〟というようになったのではないかと私たちは噂《うわさ》しあい、誰いうともなく、たちまちきまってしまった。

「……北海道の最北端の駅は『斜里《しやり》』という。九州の最南端の駅は『薩摩川尻《さつまかわしり》』という。諸君はそういうことを知られんでしょう。こういう知識がこの操車場では金鎚《かなづち》と釘《くぎ》みたいに役に立つのである。『斜里』と『薩摩川尻』の二つのあいだに何個の駅があるか、何百個であるか。何千個であるか。何万個であるか。不肖私も率直に申しあげてよく知りませぬ。しかし皇国存亡の非常時においてはこれを徹底的におぼえこむことこそ、当操車場の作業を円滑ならしめ、ひいては上御一人《かみごいちにん》の大御心《おおみこころ》に沿うことであります。鬼畜米英に勝つ道なのであります。諸君は選ばれた名門校の子弟であると聞きます。けっしてむつかしいことではありませぬ。よく励んでいただきたいと思います。終りッ」

駅長がそういって訓示をおわると、

「気ヲヲヲッ、ツケエエッー」

だしぬけに副駅長が叫んだ。

もっぱらこの二人が私たちに〝国鉄精神〟を〝注入〟して眼を白黒させたのだった。先生は二人のうしろにいつもひょろりと猫背で佇《たたず》み、苦笑とも威嚇とも知れぬ不思議な微笑をうかべて私たちをぼんやりと眺めているだけであった。散会したあと私たちは資材部の倉庫へいって『全国鉄道地図』を一枚ずつもらった。先生も駅長から一枚もらったようであった。先生は朝飯のかわりに毎日ひとにぎりのいり豆しか食べないので、顔がいつ見ても蒼《あお》ざめ、大きな声をださない。あだ名は〝女中《ねえ》やん〟というのだけれど、歩いているところを見ると、どう見てもモヤシが猫背になって散歩しているとしか見えないのである。

こうしてアッというまに鉄道地図が割りこんできた。私たちはみんなシャツや国民服の胸に姓名と血液型を書きこんだ布を縫いつけ、腰には赤チンと繃帯《ほうたい》の入った救急袋をぶらさげ、どこへゆくにも手から綿入れの防空頭巾をはなさないようにしているのだが、そこへもう一つ、ズボンの尻ポケットに鉄道地図が入ることになった。私たちはガマも、バッキも、女中《ねえ》やんも、赤チンも、防空頭巾も、頭からばかにしてせせら笑うだけである。駅の数をおぼえて〝学校の成績〟がよくなろうが、わるくなろうが、知ったことではない。まじめな顔してそんなことを心配しようものならたちまち仲間から嘲笑を浴びせられる。そういうことは三月二十九日にB29の大空襲があった翌朝に、すべて、〝アホみたいなこと〟になってしまったのである。油脂焼夷弾《しょういだん》、黄燐《おうりん》焼夷弾、エレクトロン焼夷弾、一トン爆弾、通称〝モロトフのパン籠〟が何百個、何千個となく暗い空から川のような響きをたてておちてきて、夜があけたら大阪は岩の芯から赤くなり、熱くなり、いがらっぽくいぶっていた。『斜里』も『薩摩川尻』もあったものではないのだ。しかし私たちはどこへゆくにも後生大事に鉄道地図を持ってゆく。

なぜかわからないが二つの楽しみがあるようだ。一つには、いま川田がしているようにたがいの記憶力をためしあって、いじめたり、裏をかいたり、自慢しあったりできる。これはほかに毎日これといってなんの遊びもないから、楽しいことである。もう一つの楽しみは、ひょっとするとガマとバッキにのせられてしまったということになるのかも知れないけれど、地名を味わう楽しみというものである。たとえば私は『明石《あかし》』という字を見るたびに、うっとりする。思わずたちどまって見とれたくなる。いつまでもその字のまえにたちどまって、とりとめもなく頭のなかに出たり入ったりするさまざまな物の影を眺めていたくなる。白い砂の長い渚《なぎさ》。高い空のしたにおちた松並木の細長い洲《す》。鳥のくちばしのような砂洲。明るい陽の射す川底の小石。河原のきれいに乾いた雨上りの朝の小石。人影のない春の午後の城下町。輝く沖の波の穂。そうしたことをとりとめもなく追って何時間もすごせるようになったのだ。また別の嘲りの楽しみも、ある地名の群れから味わえるようになったのだ。たとえば『追川』という駅は『セコカワ』と読むのではなく、『ハザカワ』と読むのである。『特牛』は『トクウシ』ではなくて、じつに、『コットイ』と読むのである。『飯井』は『ハンセイ』ではなくて、『イイ』というのである。『祝園』は『ホギソノ』ではなくて、『ホウソノ』というのがいいのである。

こういうことを〝モロトフのパン籠〟に追われてあてどなく、田舎へ、田舎へとおちのびてゆく人びとで身うごきもならなくなった汽車のなかで牛が藁《わら》を噛《か》むようにゆっくりと反芻《はんすう》していると、やがて、得体の知れないおかしみがどこからともなくしみだしてくる。

「……玉造《たまつくり》」

「山陰本線」

「八代《やつしろ》」

「まちごうた。ヤッチロや」

「何線や?」

「鹿児島本線や」

「川尻」

「これも鹿児島本線や」

「ふん。あたった」

「たしか熊本のつぎあたりやった」

川田が意地のわるい声をだすと、尾瀬がのろのろとした口調で答える。よこで聞いていると、にぶくて、鼻づまりで、どうにもけだるい口調である。しかし、ゆっくりとではあるが、一つ一つ、正確に答える。いつものことながらおどろかされる。尾瀬の記憶力は仲間のうちでは評判である。異様なのだ。異様に微細で、正確なのだ。どこか底の知れないところがある。なにかしら、音をたてずにひっそりと肉薄してきて有無をいわせぬというようなところがある。川田は北海道、信州、九州と気まぐれなノミのようにはねまわって尾瀬をためそうとするのだが、どうしてもぬくことができないようである。どこまで本当でどこまでがただの噂にすぎないのか、誰にもよくわからないのだが、操車場へきてから一ヵ月とたたないうちに尾瀬は『斜里』から『薩摩川尻』までを一つのこらずおぼえてしまったという噂である。私たちはそれを信じこみもしなければ一笑するということもしない。ありそうなことだと思っている。操車場へくるまえ私たちは大阪市内をあちらこちらわたり歩いて貯水池や防空壕《ぼうくうごう》などを掘っていたのだが、その頃尾瀬はたった一週間で『万葉秀歌百選』を一字一句誤《あやま》たずにおぼえてしまったのである。どういうふうにしてやったかわからないが、とにかく彼はおぼえてしまったのである。

猫背、がに股《また》、ぺちゃんこの戦闘帽をあみだにかぶり、牛のように大きな眼にどんよりした光をうかべて尾瀬は歩く。すごい青《あお》ッ洟《ぱな》をたらし、のろのろと、歩く。三八銃や、ゲートルや、貨車や、馬の魔羅などに近づくときは、きっと、こんなばかげたことはどこをどう考えても起りようがないというような失敗をしでかして、殴られたり、罵られたり、嘲笑を浴びせられたりする。彼はじっとだまって、ただ牛のような眼を汗でパチリ、パチリとさせながら、耐えしのび、なんとかやりすごす。しかし、これが一度起きなおって、のろのろと本に近づいてゆくと、不思議なことになるのである。万葉集であれ、鉄道地図であれ、微積分の教科書であれ、彼はのろのろと近よって、匂いをかいで、手で二、三頁《ページ》ぱらぱらと繰ってみる。ほんとに彼は本の匂いをかぐのだ。不気味なような青ッ洟をすすりすすりかぐのである。するとなんとかたって、その本はたちまち正体がなくなってしまうのである。いびつな、ぶざまな、焼きそこないの火鉢みたいな恰好《かっこう》をした頭に吸いとられ、とけてしまい、あとかたもなくなるのである。これは本当だ。事実である。

いつ見ても尾瀬はすみっこにひっこんで本を読んでいる。声をかけたら、ずるッと青ッ洟を吸いあげ、眼にどんよりした光をうかべて、こちらを見る。仲間がとんできて、せかせかと、作業開始だ、突放だ、魔羅切りだ、蛸壺《たこつぼ》掘《ほ》りだと叫ぶと、彼は口ごもり口ごもり

「……あ、おれ」

とつぶやく。けれど彼がそういいながらのろのろ体を起して本をポケットにしまいこむ頃には、仲間はどこかへ消えてしまっている。ゆるんだゲートルをひきずりひきずり彼が作業現場にかけつける頃には、とっくにみんなは仕事にかかっていて、たいてい彼はバッキか古《ふる》伍長《ごちょう》の〝スーちゃん〟かにものもいわずに張りたおされるというぐあいで

ある。

戸外の労働で尾瀬はゾウリムシみたいなものだけれど、本を読んでいるときの彼には私たちは無言の圧迫を感ずる。なにかしら、避けようのない、ひた押しの精力と知力を感じさせられ、たじたじとなってしまう。私たちは疎開の荷物の底から泡のようにうかびあがってくる本を手から手へまわし読みしている。『モンナ・ヴンナ　寂しき人々』とか、『死の勝利』とか、『舞姫タイス』とか、『春色梅暦《しゅんしょくうめごよみ》』、『にせむらさきいなかげんじ』、手あたりしだい、豚みたいに食べ、そのたびくらくらとなっては、すばやく忘れてしまうようである。ところが尾瀬はちがう。彼の読みふける本は、たいてい硬くて、乾いて、汁気のない本なのである。私たちにはよくわからないのだ。なにしろ私たちは代数を二次方程式、英語は仮定法、漢文は『十八史略』にさしかかったところで教室から流出してしまった。あげく防空壕だの、貯水池だの、やたらに穴を掘りつつ、ひまひまに『世界文学全集』など読みあさって、『モンナ・ヴンナ　寂しき人々』を、〝そんな・もんだ　寂しき人々〟などといいかえて、たあいなく笑っている。ところが尾瀬は一人でこつこつ勉強し、数学は微分、積分を突破し、ドイツ語とラテン語を食べにかかり、漢詩は四六駢儷体《しろくべんれいたい》、唐宋八大家文に爪をのばしかけているとかいう噂なのである。これまたどこまで本当で、どこまで法螺《ほら》なのか、どうにもつきとめようがないのだが、私たちは噂を聞くと一も二もなく、そうかも知れない、いや、きっとそうだろう、きっともうそれにちがいないと思いこむ習慣になっているのである。私たちは茫漠《ぼうばく》とした、得体の知れない不安におそれわれて、いいかわすのである。〝ぼそ〟の眼がいつもどんよりしてるのは先生なしで勉強したからや。いや、ますのかきすぎとちゃうか。青ッ洟は脳の一部がとけだしてああなってるのんとちゃうか。うわあ……

尾瀬にくらべると川田はよほど軽い。敏捷《びんしよう》で、鋭く、おしゃべり屋で、辛辣な皮肉をとばし、いつもすみっこで小さな眼を光らしている。腕力はからきしなので、もっぱら舌と眼だけで切りぬける。ひよわなくせにしつこく食いさがって泣き声をたてるというようなところもある。彼は先生、駅長、古伍長、仲間の強いやつ、弱いやつ、すべての人の言動を間断なく観察して、大丈夫とわかったところで、針をつっこむ。土足で踏みこむ。あからさまに青筋たてて罵る。けれど、ちょっとでも不利だとわかると、人の背のうしろから冷笑をひとことだけとばす。ちゃんと計算がしてあって、針を刺された相手がそれと気づいてかけだす頃には、とっくにどこか遠くへ逃げのびている。いつも殺人光線とか地底軍艦などの絵を描く。それも青写真そっくりの精密さで描くのである。零式戦闘機とか戦艦大和《やまと》などといったことは彼に聞けばよかった。機体にうちこんだ鋲《びよう》の数から、甲板に張った鋼鉄板の枚数まで教えてくれる。みんなは彼のことを法螺吹きだと考えているようだ。しかし、彼が宿直室のすみっこや貨車のかげにすわりこんでいっしんに空想画を描きだすと、鉛筆や紙がいきいきと呼吸をはじめる。まるで一匹の敏捷で聡明《そうめい》な小動物のようになるのだ。鉛筆や紙だけではない。釣竿《つりざお》でも、弁当箱でも、シャベルでも、すべて彼の指のふれた物は、その場でめざましく背を起して、うごきはじめるのだった。どんなに工夫してみても彼が握ったり、はなしたりするようなぐあいに私は物を握ったり、はなしたりすることができない。仔猫《こねこ》や犬とたわむれるように彼の指は物とたわむれた。物は生き、指ととけあい、じゃれつき、ひとりで遊ぶのである。けれど、私がどんなに苦心しても、物は指のあぶらがついてよごれるだけである。握ってもはなしても石のようになっているきりである。どうすれば彼のように物を飼いならすことができるのか、何度となく焦躁《しょうそう》を感じさせられた。

川田は筋肉と運動神経がないので、いつも馬の仕事を尾瀬と組んでやらされているが、どこか執拗《しつよう》なところがある。最近も一つ、精力を発揮した。十日かかって猥本《わいほん》を徹夜で原稿用紙に写しとったのである。『青ひげランドリュの公判記録』と題する本で、誰かの家で疎開のときにタンスの底から這いだしてきたものである。父親がこっそりかくしていたものなのだろうと思う。立派なクロス装本で、本文は薄桃色のインキで印刷してあり、どの頁にも薔薇《ばら》模様の飾罫《かざりけい》がついている。精力絶倫の優雅で残虐な色男がつぎからつぎへと女と結婚しては殺してゆくという筋書のものだった。私たちは夢中になって貪り読んだ。本は手から手へわたり、いろいろなしみがつき、またたくまにぼろぼろになってしまった。けれど本が砕けるにつれて言葉がタンポポの実のように散った。とつぜんみんなは獰猛《どうもう》さをこめた優しさにひかれるようになり、なにかというたびに、〝私の可愛《かわい》い捏棒《こねぼう》ちゃん〟とか、〝お前のすてきな蜂蜜壺《はちみつつぼ》〟とか、〝ココはしあわせがすぎて眼のしたが黒くなったのでした〟などと口走っては笑いころげるようになった。誰がたのんだわけでもないが川田は本がぼろぼろになるのを見て家へ持って帰り、十日かかって筆写した。毎夜毎夜彼は空襲警報のすきをねらって、ロウソクの光で、一字一句あまさずに写しとった。それも原稿用紙のマス目に一字一字を鋳《い》こむようにして写しとったのである。警報がでるとロウソクを消してたおれ、解除になるとむっくり起きあってロウソクをつけ、しばらくして警報が鳴るとまた暗がりにたおれるというぐあいであった。父親、母親、妹、弟などが防空壕にでたり入ったりしてうろうろしているなかで彼一人はどうしても二階からおりようとせず、ただひたすら猥本を筆写するのにふけったのだった。そうしてできた三百枚ほどの原稿用紙に彼はボール紙の表紙をつけ、しっかりと組紐《くみひも》で綴《と》じた。字は一字一字くっきりと切りはなして書いてあるので、まるで印刷したようにきれいだった。血走って真ッ赤になった眼を光らせて彼がそろりと写本を宿直室のやぶれ畳におくと、みんなは失笑しながらもたじたじとなってしまった。それからあと何日も彼は仕事の疲れがでたらしく、足がふらつくとか、めまいがするとか、いろいろなことをならべて痛ましげな顔で宿直室で昼寝をし、いっこうに作業にでようとはしなかった。ふつうならよってたかって殴られるところだけれど、雑巾のようになった彼にキョロリと真ッ赤な眼で見あげられると、誰も何にもいおうとしなかった。

「……ナア、ぼそよ。九州も川尻へんまでいったら純綿のにぎり飯が食えるやろか。それとも、やっぱり鹿児島あたりまでいかんとあかんやろか？」

「さあ、なア。わからんなア」

「ほんまの純綿。小粒の米でな、一粒一粒がテラッと光ってるような純綿のにぎり飯や。麦も、豆も、芋も高粱《コーリヤン》も入ってへんやつ。オカズなんか何にもいらんのやで。たくあんも、梅干も、佃煮《つくだに》も、海苔《のり》も、タラコも、デンブも、ジャコも、繊切《せんぎり》大根も、何《な》アんにもいらんのやで。それをどや。いれたてのぬくぬくのお茶といっしょに食うのや。ええぐあいやろ。ほしないか？」

「うまいやろなア、それは」

「うまいなんてもんやない。こう、ガブッと食いついて口のはたをグイッとやったら手の甲にいっぱい飯粒がついてきて、そのはずみに口が糊《のり》だらけでものもいえんようになる。そこでニターッと笑う。ニターッと笑《わろ》うて縁側から庭を見る。そしたら背戸のあたりで竹藪《たけやぶ》サーラサラ、夾竹桃《きようちくとう》の花が真ッ赤ッ赤、じいさん薪《まき》割る、ばあさん糸引車をまわす。梅に鶯《うぐいす》ホーホケキョ。そこでおれはもう一個、その純綿にゆるゆると手をのばし遊ばす。ええか。ゆるゆるとやぞ。ゆるゆると手をのばしてから、麿《まろ》はいかい腹がへったようじゃと、おっとりお洩らしになるのや」

「お茶だけでか？」

「ふん」

「塩コブもいらんのんか？」

「いらんようじゃの」

川田が指で脇腹をこづくと、尾瀬はおもむろに眼を細め、うっそりと笑う。いつものどんよりした光が消える。にぶいが心の底からうれしそうな笑いをうかべて彼はのろのろと身もだえしつつ笑う。

「純綿、食いたいなア」

「麿はスフがきらいじゃ」

二人がクックッと笑いながらもつれあっていると、柔道部の崎山が眼をさました。血がのぼって赤くにごった眼のなかに黄いろい縞が走り、不機嫌で兇暴《きようぼう》な気配である。足もとにころがってきた川田の薄い背をいきなり彼は軍靴《ぐんか》で蹴りつけた。

「ほたえるな、バカモンッ！」

「痛いやないか！」

川田はよろよろとたちあがり、蒼くなって叫んだが、蹴ったのが崎山だとわかると、くちびるを噛んだ。ひるむのを見て崎山はせせら笑い、とつぜん吠《ほ》えた。

「不動の姿勢とるッ！」

「………」

川田はなにかいいたそうにしたが、なにもいわなかった。ただじろりと崎山を見てから地図をひろって、貨車の向うに消えた。いつのまにか尾瀬も消えていた。崎山はなおも眼を怒らして見得《みえ》を切ったが、誰も見ていないとわかると、口のなかでぶつぶついいながら昼寝にもどった。

近頃、崎山は兵隊の真似《まね》をするのに夢中である。そのまえは姿三四郎であった。田ンぼの畦道《あぜみち》でも駅の待合室でも誰彼なしにつかまえては投げた。それも『大外刈り』とか、『一本背負イ』とか、荒業ばかりかける。本気でやるので、まともにその力を浴びると気絶してしまう。彼が道をはずんで歩いているときには誰も近よらないことにしていた。柔道部の輩下の連中はしきりに『三四郎さま』と呼んだり、『私のものすごいゴリラちゃん』などと呼んだりしてやわらげにかかるが、彼はその連中でも容赦なく投げるので、手のつけようがなかった。戦闘帽に油をぬってアイロンをかけた〝航空母艦〟をかぶり、純白のゲートルを短く巻き、ズボンの裾を切ったように鋭い三角に折ってゲートルのうえに深くかぶせ、バンドのバックルをいつも水銀軟膏《なんこう》で磨きたてている。靴は海軍兵学校の靴で、喧嘩《けんか》にそなえて鋲をギッシリとうちこんである。さらしの日本手拭いを腰にたらすが、ときどきなにを思ってか、それを一メートルくらいものばし、さきに弁当箱をぶらさげる。防空頭巾は刺子《さしこ》の柔道衣《じゆうどうぎ》でつくり、黒帯でくくって肩へひっかける。

たいへんなおしゃれなのである。それが眼と肩を怒らして、向う通るは三四郎じゃないかと低くうたいつつ、ゆるゆると歩くのである。けれど近頃は、人の顔さえ見ると、号令をかけるようになった。みんなはじめのうちはバカにしていたのだが、だんだん練習していくうちに聞き流すことができなくなった。異様な迫力がつきだしたのだ。腸《はらわた》の奥からほとばしる圧力と精悍《せいかん》さが私たちに迫ってくるようになったのである。とても中学三年生とは思えないような声である。〝スーちゃん〟伍長が部下に『頭《かしら》ア、中《なか》ッ！』と号令をかけるのを聞くと、ときには『シラアッ、アッ』とひびく。ときには、ただ、『アアアッ、アッ！』としか聞えないこともある。語頭も語尾も、意味すらもが砂埃《すなぼこり》にまぶされて摩滅してしまったらしい。さいごに必要なものだけ、つまり、容赦ない、苛烈《かれつ》な、有無をいわせぬ響きだけがのこったのである。崎山はひまさえあれば伍長のまわりをうろついて、声を吸いとった。

伍長は北海道、積丹《しゃこたん》半島の出身で、たくましい体をし、何を食べてるのか、トマトみたいに血色がよかった。たえず機関銃の分解掃除をし、口をひらくと頭がおかしくなるようなボタ餅と女の話しかしないが、ときどき兇暴に輩下を叱りつけた。崎山はそのありさまをよく観察して、一生懸命練習し、声にヤスリをかけた。彼に号令を浴びせられると私たちはびくっとなる。どうにもならず反射を起してしまう。ためらうことも、考えることもできない。とても聞き流すことなんかできない。いうことを聞かないとあとでひどいめにあわされるからということもあるけれど、彼の声の奥にひそむ闇でしびれてしまうのだ。

「アアアーッ、アッ！」

道を歩いていて、どこかの鉄工所の息子が吠えると、私たちはおとなしくたちどまる。川田はおしゃべりをやめる。尾瀬はラテン語の教科書から眼をあげる。

先生は何も知らずに一人で歩いてゆく。いり豆を食べつつ歩いてゆく。歩きながらいり豆を食べると、豆を噛むのと足をうごかすのとがぴったり呼吸があって、ものを考えるのにとてもいいとのことである。先生がそうやって猫背でとぼとぼ歩いてゆく後姿を崎山は黄いろい縞の入った眼でじっと見守る。

私たちも見守る。十メートル、二十メートル、三十メートルとはなれる。やがて先生は気がつく。おかしいなと思ってたちどまる。いり豆をやめる。ふりかえろうとする。その瞬間、崎山が吠える。

「オオオーッ。ワッ。アッ！……」

サメ皮の靴がやぶれないよう用心しつつ私たちはのろのろとかけだす。崎山はいちばんさきにとんでゆき、先生のまえまでゆくとパッと不動の姿勢をとって、またなにか大声で叫ぶ。

先生はよろよろとたじろぎ、まぶしそうに崎山の顔を見あげる。崎山はとつぜん元気をなくし、口のなかでぶつぶつ不平をいいつつ列へもどってくる。

伍長は生れたときから兵隊だったみたいな男で、はじめて機関銃と兵隊をつれて操車場へあらわれた日、私たちに挨拶だといって『ソーラン節』をうたってくれた。私たちはまたしてもしかつめらしい戦陣訓か精神講話かと思っていたので、めずらしい人物もいるものだと顔を見なおした。伍長は私たちを宿直室にすわらせ、自分は土間にたって、歌をうたった。戦陣訓もやらず、葉隠精神も説かず、ただ、今後職場がいっしょになったからよろしくたのむといって、歌をうたったのだ。いや、もう一つ、いまからうたうのこそ本当の漁師がうたう正調の『ソーラン節』であります、ともいったようだ。眼を薄くあけ、息をととのえ、下腹に両手をあて、足をしっかり踏んでうたいだした。

おやかたへっぺして
うめぇさけのんで
おらちゃせんずりかいて
ちゃものめぬ
ヤーレン　ソーラン　ソーラン　ソーラン
ハイ、ハイ！……

私たちは腹をかかえて笑いころげた。崎山は昂奮《こうふん》して鼻の孔《あな》がふくらんだ。川田は涙を流してしゃっくりをした。尾瀬はだらりと口をひらいた。先生は顔を真ッ赤にしてたちあがりかけたが、伍長は眼を薄くあけたままおごそかな顔をしてたっていた。それを見て先生は挫《くじ》かれ、眼を伏せてすわりこんでしまった。私たちは哄笑《こうしょう》したが、伍長はニコリともしなかった。

「二番をうたう」

といった。

かがみまたいで

うがちゃんこながめ
うがちゃんこながめて
うがわらう
…………
うたいおわると伍長はきまじめな顔つきで不動の姿勢をとり、敬礼をした。そして、よくさびた、いい声でひとこと吠えた。
「以上、終りッ！」
階段をどすっどすっとおりていった。

飛行機はイモでとぶか

ときどき私たちは操車場の作業が早くすむと、帰りに学校へよってみる。学校は天王《てんのう》寺《じ》駅から近いので、歩いてゆける。勤労動員令がでて生徒がみんなどこかへ散ってしまうと、からっぽになった校舎へ兵隊が入るようになった。校門には銃剣を持った衛兵がたち、たえず私服の憲兵や刑事が塀のまわりを歩いて監視している。すこしまえまでは監視もゆるくて、作業を早びけした生徒たちがラグビーや柔道の練習をしにあちらこちらの現場から集ってくるということができた。〝腰のミルクを頭へあがらせないため〟と運動部の連中はいった。彼らは一日でも体をうごかすのを怠けると頭が白くにごるのだそうである。しかし、最近では、憲兵隊から学校に申入れがあったから、監視がひどくきびしくなったので、誰も練習ができなくなった。

天王寺駅から学校まで歩いていったところで、何もできるわけではない。ただ何となくおしゃべりをしながら校門のあたりをうろついてみたり、塀にそって一周、二周、歩いてみるだけのことである。ときどきすきをねらって塀にあがり、なかへとびこむが、十分か二十分かしないうちに兵隊に追われてとびだしてくる。つかまると警察ではなくて軍隊へ送られ、重営倉にほうりこまれるという噂があるので、逃げるときは必死であった。一人が塀をとびこして逃げてくると塀の外の者たちもいちもくさんに逃げた。走ることは貨車と機銃掃射でたっぷりおぼえたので、まだ誰もつかまった者はない。

「……運動場には兵隊が一人もおれへんぞ。兵隊はみんな食堂と雨天体操場と校舎のなかで寝とる。おれが憲兵に追っかけられるのをみんな窓から見とった」

「寝てるのやない。あれはな、みんな、閉じこめられてるのや、はなしたら脱走しよる奴《やつ》がおるのや、前線へゆく一歩手まえの兵隊やよって気がたってるわい。何をしよるかわからんで」

塀の外を歩きまわっていると、いつも風呂敷包みを持った人びとが人目をしのぶようにして電柱や家の軒下などに佇んでいるのに出会った。どんな雨の日でも、暑い日でも、きっと何人かいた。

この人たちは塀の内にいる兵隊たちの家族である。父、母、姉、兄などである。彼ら、彼女らは、みんな国民服かモンペで恰好はおなじだけれど、遠くからでもすぐ見わけがついた。きっと小さな風呂敷包みを胸もとに抱きしめているのである。彼ら、彼女らは、電柱や軒下や家の壁のかげなどにしゃがみこんで、じっと塀を見つめている。ときどき場所をかえてうごきまわる人もいる。しかし、たいていは彫像のようにしゃがみこんだきり何時間も塀を見つめているのである。ただぼんやりと、風呂敷包みを抱きしめて、塀を見つめているだけなのである。やがて日が暮れると、一人、二人とたちあがり、ふりかえりふりかえりしながら、薄青い水のようなものの流れる坂をおりてゆくのだ。

川田はいう。

「……ああして待ってたところで息子が塀の向うに顔をだすわけはない。憲兵に禁足されとるのやからね。息子は親がきてるともしらんで、シラミつぶしに夢中や。便所ですかいてのぼせてるのかも知れん。ダンチョネだ。断腸の思いのダンチョネだ。おまえ、字を知ってんのか。なぜか磨は痛いようじゃ」

ときどき走る人を見たことがある。何時間もじっと電柱のかげにしゃがみこんでいて、とつぜん走りだすのだ。塀の下はゆるい土手になっていて、草が茂っている。そこをよろよろところがるようにして父や母はぶざまにかけあがり、パッと風呂敷包みを塀のなかにほうりこむのだ。ほうりこむと草むらをかけおり、ふりかえりふりかえりしながら、いちもくさんにどこかへ走って消えてしまう。

「……坊《ぼっ》ちゃんはこの中学校の生徒ですか？」

「そうです」

「毎日、学校へ勉強にきてるのですか？」

「いえ」

「どこかで働いていらっしゃる？」

「竜華の操車場です。動員で」

二度ほど私はどこかの父親に優しくたずねられたことがある。一人は東京からきたといった。一人は岡山からきたといった。二人とも言葉は上品で、まなざしがやわらかく、中老の男であった。くたびれた国民服に肩からズックの鞄《かばん》をさげているのもおなじだった。そして、しばらくためらって口ごもったあとで、二人とも風呂敷包みを私にくれた。息子に会いにきたのだがだめだから、かわりに食べてくださいといった。ことわろうとすると、無理に手のなかにおしこみ、足速く坂をおりていった。家へ帰ってあけてみると、東京の人の包みにはいり豆と飴玉《あめだま》、岡山の人の包みにはおはぎと赤飯が入っていた。暗がりで私はむさぼるようにして食べた。はじめはためらったけれど、食べだすとやめられなかった。とてもおいしかった。食べおわったあとではじめてはずかしさが熱い酸のようにのぼってきた。

学校にいるのはどんな軍隊なのかわからない。たくさん兵隊がつまってるときと、からっぽになるときがある。からっぽになって一週間たってからいってみると、またいっぱいになっている。どうやら兵隊たちはどこからともなくやってきて、どこへともなく去ってゆくらしい。どこからきて、どこへ消えるのかは、誰にもわからない。ときどき噂話を聞くことがある。それによると、兵隊たちは大阪港や神戸港から積みだされるとのことである。船は中国大陸か南方諸島かをさしてでてゆく。しかし、本州の沖をはなれるやいなや、アメリカの潜水艦の魚雷をうけて沈没するということである。本州の沖をはなれるまでもなく、近頃では、紀伊水道をでただけで撃沈されるそうである。私たちは兵隊の姿をみない。軍隊は夜になったら移動するのだ。彼らは木やコンクリートの壁のなかに閉じこめられて、革と腋臭《わきが》の匂いのなかでゆっくり息をついているが、誰もくわしく見たものはない。彼らは林のようにひっそりし、うごくときは風よりも早く走る。私たちはたそがれのひとときをあてもなく塀に沿って散歩するだけである。ときどき、塀の内から投げたものであろう、草むらに手紙や葉書がおちているのを見ることがある。ちょっとめだつところにきちんとおかれた風呂敷包みを見ることもある。手紙を拾うと私たちはどこか遠くのポストへ持っていって、ほうりこむ。風呂敷包みも、いつとなく、すばやく、消えるようだ。

はじめて〝モロトフのパン籠〟の降った夜のことを私はおぼえている。私の家は南の郊外に近い住宅地にあって、この夜は焼けなかったが、大阪の中心が焼けるありさまは鼻さきのことのようによく見えた。夜の十時頃、空襲警報でとびおきたが、そのときはもうB29の大編隊が頭のうえにいた。爆音で家の屋根がふるえ、壁がふるえ、道のふるえているのが手や足につたわってきた。部屋が波のようにゆれていた。母と叔母の甲《か》ン高《だか》い叫び声が聞え、家の外へ走って、消えた。私はゆれる階段をかけおり、暗がりを手さぐりで靴をはき、戸外へとびだした。

「——ちゃん」

母の叫び声が聞えた。

「ここや、ここや。本物がきたア」

軒下に掘った防空壕から母が首をだして私を呼びたてていた。この防空壕は一年ほどまえに叔父に手伝ってもらって掘ったものだが、水がたまって下水溝のようになってい る。屋根には竹格子《たけごうし》をかけて土をかぶせたのだが、いつのまにか竹が腐って、屋根が壕に沈みこんでしまっている。とびこむと、いきなり全身にへんな匂いのするたまり水を浴びた。母と叔母と祖父がくっついてそのたまり水のなかにしゃがみこんでいた。家へかけこんで私がバケツとヒシャクを持ってくると母は防空頭巾をかぶってたまり水をかいだしにかかった。彼女はネズミのように体をふるわせながらも夢中になって水を壕の外へ汲《く》みだした。まっ暗ななかで彼女は水をヒシャクですくってはバケツへ入れ、ざぶり、ざぶりと壕の外へあけた。

「本物や、本物や。今度こそ本物やでえ」

叔母と祖父はだまりこくっていたが、母は狂ったようにバケツで水を汲みだしながら、ふるえ声で、くりかえしくりかえし、つぶやいた。

ロウソクも懐中電燈もいらなかった。空が昼より明るくて、キラキラ輝いていた。無数の探照燈がけいれんしながら夜を閃光《せんこう》で切り裂いていた。巨大な爆撃機がつぎからつぎへ、ふるえる光の川をわたっていった。機は巨大で、たくましく、白銀色に輝く長い胴は精力ではちきれそうになっていた。電波攪乱《かくらん》のために撒《ま》くアルミ片が雪のようであった。どこかで高射砲が吠えたてる。しばらくたって炸片《さくへん》が屋根におち、空罐《あきかん》を蹴ころがしたような音をたてながら軒をかすめて道へおちてくる。焼夷弾や爆弾は空から大地へかけられた無数の鋼線をつたい走るようにして甲ン高い唸《うな》りをたてておちてきた。空がふるえ、道がゆれ、壕の壁がしゃっくりして土をおとす。西の空が真ッ赤に焼けただれている。頰が火傷《やけど》しそうだ。響きの波でおしひしがれそうだ。体のなかで波は炸裂《さくれつ》し、ころげまわり、腸《はらわた》を裂く。皮膚がやぶれそうだ。たまり水のなかにうずくまる。耳を指でおさえ、口をあける。そうすれば音の圧力が逃げて内臓がやぶれないと教えられたのだ。暗がりでバケツが頭にぶつかり、閃光と闇のなかで母の悲鳴が聞えた。

「本物や、本物や。今度こそ本物やア」

誰かがよろよろしながら走ってゆく。

「空襲でっせえ！」

「米《べい》さんがきましたでえ！……」

「壕は危いですよオ！」

「用水の水かぶって逃げなはれやア」

「学校へ退避してくださあい！……」

しばらくすると祖父が私たちをかきわけて壕から這いだしにかかった。なにもいわずに暗がりを強い肘でかきわけかきわけしながら壕からでようとした。おじいちゃん。どこに行きはりますのや。母と叔母が叫んでとめようとしたが、祖父は七十歳とも思えぬ腕力をふるって、私たちをおしたおした。

母と叔母がとめようとすると

「……じゃらけくさいわい」

祖父は冷笑を浴びせた。

「わしゃ蒸し焼きになりとないわい」

とめるすきもなく穴のなかからぞろりと這いだし、暗い家のなかへ達者な足どりで消えてしまった。母と叔母は穴のなかで叫んだり、怒ったりしたが、炸裂音のすさまじい透明な大波のなかでは泡がはじけたほどにも聞きとれなかった。

翌日は雨だった。一日中、市内を歩きまわると、全身が油くさい、粘っこい、煤《すす》けた水でどろどろになった。空襲のあとでは黒い雨が降るものだということをはじめて知った。天王寺駅の陸橋にたつと地平線が見えたのでおどろいてしまった。見わたすかぎり赤い荒野であった。煉瓦壁《れんがかべ》、煙突、工場の鉄骨などがところどころにのこっているほかは瓦と石だけしかなかった。膿《う》みに膿んだ苔《こけ》の大群のような屋根のひしめきはどこにもなかった。なにもなかった。すべて消えてしまった。ただ火傷した荒野が広がり、雨にうたれてもうもうと湯気をたてるばかりであった。火傷は地下鉄の洞穴より深くもぐりこみ、岩の芯まで焦げついている気配であった。私は天王寺公園の坂をおり、釜ヶ崎《かまさき》をぬけて、難波《なんば》へでた。御堂筋《みどうすじ》をまっすぐ歩いて大阪駅へいった。そして城東線の高架に沿って大きな半円の円周を歩いて天王寺駅へもどった。家をでたのは朝早くだったが、帰りつくと夜の八時だった。

いたるところにおなじものを見た。路上にとまった鉄枠だけの電車。女の髪のように這いまわる電線。壁だけになった公会堂。コンクリート床だけになった市場。空地や学校の雨天体操場に積みあげられた焼死体。からっぽの防火用水槽。死体でいっぱいの貯水池。つぶれた防空壕からとびだしている手。人びとは駅や学校に集っていた。しゃがみこみ、よこたわり、うずくまり、うなだれ、空を眺め、額の雨をぬぐっていた。人びとの身のまわりにはびっくりするほどたくさんの安物がころがっていた。鍋。釜。フライパン。ふとん。毛布。ぼろぎれ。バケツ。たくあん石。雨の道をいっしんに柱時計を背負って歩いてゆく老人もあった。大阪駅にはおびただしい人と物が集っていたが、階段から見おろすと泥の氾濫としか思えなかった。

学校の校庭か雨天体操場にはきっと死体がならべてあった。戸板、むしろ、トタン板、毛布などに死体は寝ている。人びとはそのまわりを歩いて、顔をのぞきこんだり、胸の名札を読みとろうと鼻を近づけたりしていた。ときどき家族の死体らしい枕もとにうつ伏している人を見た。爆発するような、笑声のような絶叫を何度も耳にした。死体はいずれも黒く焦げ、手足をちぢめ、背を曲げ、叫ぶ口をひらいたままになっていた。男のも、女のも、みな赤ン坊のようだった。眼がとけ、鼻が砕け、つぶされ、ゆがみ、眉をしかめているのもあれば、怪訝《けげん》がっているようなのもあった。血、泥、汚水、粘液、あぶら、膿汁《のうじゆう》、尿など、さまざまな液を静かにコンクリート床にしみこませながら体は少しずつとけていた。甘酸っぱいような腐臭がたちこめている。通過する区や町などで防空壕や貯水池を見ると私はよっていった。私たちは一年まえに動員令で狩りだされ、大阪市内の東西南北をわたりつつ穴を掘ってまわったのだった。私たちは穴掘りの達人なのだ。空地を見ただけで深さ何メートルの貯水池が何人、何日でつくれるかということなど、ピタリとわかるくらいなのだ。けれど、こうやって、たいていの防空壕や貯水池が死体でいっぱいなのを見ると、私たちの一年間の苦闘はまったく力の乱費にすぎなかったようである。むしろ、そういうものをつくったばかりに人びとに錯覚をあたえ、逃足をにぶらせ、かえって罠《わな》へさそいこむようなことになってしまったのではないかとさえ思う。こういうものがなければ逃げのびられた人もいたのではあるまいか。私たちがこの人びとを殺したのだということになりはしないだろうか。人はたがいに相手がわからないまま長い、長い手で首をしめあっているのではないだろうか……

城東線に沿って雨のなかを寺田町《てらだちよう》までやってきたとき、空腹でたおれそうになった。ぬかるみのような空が荒野にとけこんで、赤い瓦礫《がれき》のすきから夜が漂いはじめていた。その地区の人が小さな天幕をたててにぎり飯を罹災者《りさいしや》に配給していた。私は耐えられなくなってよっていった。ふとんや毛布にくるまった人びとの長い列ができていた。人びとは雨のなかでふるえ、ただだまって佇んでいた。私は列のうしろについた。順番がきたとき、小さなロウソクや懐中電燈がちらちらするなかに、にぎり飯の小さな山とたくあんを盛った大ざるのあるのを見た。しかし、これはこの町内の罹災者だけのもので、他の区の人は罹災証明書がないともらえないということがわかった。罹災証明書は区役所か、市役所でくれるのだそうだ。

眉や顎から雨をぽたぽたたらしつつ私は係りの人のまえにたった。顔を伏せて、聞きとれないほど低い声で、とぎれとぎれにつぶやいた。

「……ぼく、罹災者なんですけど、朝から何も食べてないんです。昨夜《ゆうべ》から歩きつづけです。お父さんもお母さんも行方不明で、どこへいったかわかれへんし」

「罹災証明は？」

「持っていません」

「困るな、そういう人は」

「昨夜から走ったり歩いたりしてたんです。それで、ぼうッとなってしもて。お父さんもお母さんも行方不明なんです。弟や姉さんもわからんようになったんです。念のために思《おも》て学校へいってみたら、朝になってて、いっぱい死体があるのんですけれど、みんな黒焦げになってて、どれがどれやらよくわからんのです。顔の皮がずる剝《む》けになったのもあるし、防空頭巾ひっぱったら耳のおちるのや、相撲《すもん》とりみたいにふくれたのもあるし、子供みたいになったのもあるし、どれが女で、どれが男なのかもわかれへん。胸の名札見よ思ても黒焦げでわからんし、武《たけ》ちゃんも、君子姉ちゃんもどこぞに入ってるのンとちがうやろかとは思うんやけど。お父さんも、お母さんもばらばらに昨夜《ゆうべ》逃げて、大正橋まできたらぼく一人になってたんや……」

「しかし罹災証明がないと」

「ええがな。やれや。おなじ日本人やないか。かわいそうに、坊《ぼ》ン、ウロがきてるわい。なんや、にぎり飯の三個や四個」

「そうでっか……」

「あげなさい、あげなさい」

そういう声が聞えたかと思ったら、いきなり暗がりから三角のにぎり飯三個とたくあんひとつまみがつきだされた。にぎり飯はどうやら麦六米四のようだった。

「……あのう」

「何や、まだあるのンか？」

「あのう、お茶は」

「水や、水や。そこの溝に水道栓のこわれたのがあるよってに、さっさといってんか。あとがつかえてかなわん」

にぎり飯を持っていわれたところへいってみると、天幕の裏あたりに、水道栓のこわれたのがひとりで水を噴いていた。そのまわりには何人もの人がしゃがんだり、たったりして、にぎり飯を食べていた。私もそのなかに入ってしゃがみこみ、まだ油くさい匂いのする雨といっしょににぎり飯を食べた。暗がりのなかで人びとはほとんど口をきかなかった。ときどき水を飲む音や、深い吐息をつく気配が聞えた。従順で、無口な、賢い家畜が嘆息を洩らすようであった。私は水を飲むと、たちあがって、また歩きはじめた。

五月に入ってしばらくすると操車場から和歌山の山奥へ移動を命じられた。新宮《しんぐう》からずっと奥へ入った山のなかで、山腹に横穴の火薬庫を掘ったのである。B29だけでなしに南方洋上に接近した航空母艦からとびたつ艦載機の攻撃が毎日のようにあるので、山の尾根にあちらこちらに高射砲と機関銃の陣地、および弾薬と食糧の補給庫をつくろうという作戦であるらしい。艦載機は紀伊山脈の尾根すれすれにとんで大阪へ侵入するというコースをとるので、尾根のあちらこちらに関所をつくろうという考えのようであった。私たちは何班にもわかれて山寺の本堂に泊り、毎日、朝から晩まで働いていた。横穴壕の支柱に使う松材を肩にかついで峰から谷へ、谷から峰へと、一日に何往復と知れず歩くのである。四斗樽《しとだる》に高粱飯《コーリヤンめし》をもらい、ドラム罐を寺の庭にすえつけて風呂をたてた。私たちは豆粕《まめかす》や芋しか食べないのに、夕方になって寺の庭に裸になって並ぶとミルクくさい匂いが発散するのは不思議だった。その匂いはよく知れわたった事実なのだけれど、なんとなく私たちは子供の匂いだと思っているので、誰も口に出す者はいなかった。

川田や尾瀬たちは過労のあまり赤い尿がでるようになったといって不平を鳴らしていたが、私だけはどういうものか、かつてないほど血色がよくなった。時間通りに規則正しく働き、規則正しく食事をするからではないかと思う。けれどそれを口にだすと過労だ、過労だといいたてている仲間から殴られそうだったので、いわずにおいた。二週間ほど山にこもって働いたが、兵隊といっしょの毛布に寝たので、みんな、いんきんや、たむしをもらった。ノミ、シラミはいうまでもない。むしろこれらの昆虫は私たちとは切っても切りはなせない、いないとものたりないような、さびしいような気のする仲間になっていた。新しくわりこんできたいんきんで川田と私はすばらしい感覚を開発した。はじめに川田が発見して教えてくれたのだ。私はそれを洗練し、鋭敏化した。いんきんにかかると患部の皮膚がしらちゃけた不毛地になる。この昆虫か菌糸かは、いつも塹壕《ざんごう》戦《せん》を試み、不毛地の周囲に小さな瘡粒《かさつぶ》のつらなった塹壕線をつくって版図をじりじりと拡大してゆく。いつもは眠っていて、腿《もも》が汗をかいたり、毛布で温くなったりすると、いてもたってもいられないような灼熱《しゃくねつ》の陣地戦をはじめるのである。

　これをかきむしらないで、そのままにしておいて、熱い風呂の湯につけると、〝小便をちびりそうになるくらい〟の戦慄が背骨を走るということを川田は発見した。私は教えられて、二、三工夫してみたところ、あま皮を爪でそっとおとしてから赤ン坊の肌みたいな薔薇色の肉を湯につけたほうがすばらしいとわかった。かゆくてかゆくて胴ぶるいがでそうになるのをこらえつつ、じりじりとドラム罐に体を沈めるのである。すると、湯が薔薇色の患部にしみこむ瞬間、思わず犬のように全身をふるいたくなるような衝動が殺到してくるのである。尾骶骨《びていこつ》から脳の芯まで川がざわざわとつっ走るのだ。湯のなかで鳥肌がたつ。気絶しそうになる。おしひしがれたようになってしまう。

「眼の奥がツーンとしびれるなあ……」

　川田は、あるとき、となりのドラム罐のなかで、つくづく嘆賞する口調でそうささやいた。そして、この絶妙さと感動の厖大《ぼうだい》さにくらべると例のいたずらなどはまるでお話にならないいくらい子供くさいものじゃないかという意味のことを、あえぎあえぎつぶやいた。

私たちは湯におぼれそうになりながら
「くちびるがゆがみそうやなあ」

「寒うなってくるなあ」

といいかわした。

山の仕事が終ると、また操車場にもどったが、六月には近くの八尾《やお》の飛行場へ作業にいった。先生が飛行隊から聞いてきた話によると、艦載機を迎撃するために滑走路を拡張する工事だということであった。事実、艦載機は毎日のように操車場へやってきて、機銃掃射をした。操車場は重要軍事施設なのである。吹田も毎日やられているということであった。けれど、いくら攻撃されても私たちは逃げまわるばかりで、操車場には高射砲もなければ機関砲もない。ただ機関庫の近くでスーちゃん伍長が蛸壺壕のなかから玩具じみた一梃《ちょう》の機関銃を空へ向けて射ちまくるだけである。しかもあたったためしがない。スーちゃん伍長は敵機が去ると機関銃をかついで本部の宿直室へひきあげ、弾丸を何発射ったかということをこまかく数えて日報に書きこんでいる。〝モロトフのパン籠〟の徹底的な、気まぐれな、およそ物惜しみということを知らない気まえのよさにくらべると、スーちゃんの精密さや正確さはどうにも心細くてならないものであった。百三発であったか、百四発であったかといって、たった一発の弾丸をめぐって大の兵隊が三十分も大騒ぎしながら弾帯を数えているのだ。

八尾飛行場は操車場の近くにあるが、それほど大きなものではない。しかし操車場を防衛してやるというのでシャベルをかついでいってみたところ、飛行機は一台もなかった。爆撃機もなければ戦闘機もいず、『呑竜《どんりゆう》』の姿も見えなければ、『零戦《ゼロせん》』の姿も見えなかった。練習機の赤トンボ一台いなかった。私たちは広い飛行場に散らばってすみからすみまでしらべてみたが、ついに格納庫も掩蔽壕《えんぺいごう》も一つのこらずからっぽであることがわかった。二週間働いたが、そのあいだ一度も爆音を聞いたことがなかった。地上整備兵と通信兵がいるだけで、彼らは一日中、食べて、日なたぼっこをして、寝るだけであるから、コロコロに肥《ふと》っていた。いままでずいぶん兵隊といっしょに仕事してきたけれど、こんなにまるまる肥った、血色のいいのは見たことがない。川田にいわせれば、〝子持ちの南京虫《ナンキンむし》そっくり〟である。走るよりころがったほうが速いくらいだ。

作業というのが人を食ったものであった。はじめに滑走路いっぱいにぼうぼうと茂った雑草を刈らされ、それがすむと滑走路を拡張するのではなくて、そのよこにイモ畑をつくらされたのである。〝軍機密〟に属することであるから作業内容は明示しないと隊長がいったので、はじめのうちはわからなかった。滑走路のよこに何本もの杭《くい》をうちこみ、杭と杭を紐でつないである。その紐に沿ってほぼ四十センチ幅で土を掘り返せという。となりの筋とはつねに足一足分の間隔をあけよという。毎日毎日私たちは紐に沿ってシャベルで掘り進んだ。日が暮れると地上整備兵がやってきて人員点呼をし、どの班は何メートル進んだかということを作業日報に書きこむ。いったい自分たちが何のために働いているのかということがさっぱり私たちにはわからなかったが、そのうちに誰かが聞きこんできて、これはサツマイモの畑の畝《うね》をつくっているのだと教えてくれた。そういわれて掘り返したあとをふりかえってみると、なるほど、みごとなイモの畝の列であった。いわれるままに深く掘り起し、こまかく土を砕いて盛りあげたので、つやつやした黒土の、すばらしいイモ畑になっていた。大きな、強い、ずしりとしたイモがむくむく育つだろうと思えた。

「……しかし、おかしいやないか、なんでよりによって飛行場にイモをつくらんならんのや？」

狼狽《ろうばい》からたちなおって誰かが叫ぶと、誰かが笑いころげながら説明してくれた。サツマイモをたくさんつくって、それからアルコールをとり、そのアルコールで飛行機をとばそうという計画なのだそうだ。〝関西防衛、自給自足体制〟というものの一環なのだそうだ。ここでつくったイモを精溜《せいりゅう》するために、いま八尾の町では焼酎工場が買収され、アルコール蒸溜塔の増築工事をやっているところなのだともいう。

「……ほんまかいな、その話。だましたら承知せえへんで。バッキ運転やらしたるで」

「ど盲《めくら》め。汝《われ》の足もと、よう見やがれ。イモ畑が見えんか。嘘《うそ》やと思たら兵隊に聞いてみい。軍機密が聞いて呆《あき》れる。アホらしゅうて尻《けつ》カーバイトや。零戦がイモ焼酎でとぶとは、わしも聞きはじめや。『呑竜』やないわ。呑酎や。火たたきで焼夷弾消して、焼酎で飛行機とばして、お宮さんでは竹槍《たけやり》の練習や。松根油《しょうこんゆ》というもんもありますわい」

私たちがぼんやりしゃがみこんでいるところへ頭から冷笑を浴びせて、その情報屋は二、三人の仲間といっしょにどこかへ消えた。彼らは朝から仕事をせずにうろうろと歩きまわっているのだ。戦闘帽をあみだにかぶり、ゲートルをほどき、気楽な恰好で格納庫裏あたりに群れて整備兵と猥談《わいだん》にふけっているのである。昼の大休止の時間に彼らが掩蔽壕のうえにあぐらをかいて歌をうたっているのが聞えてくる。広びろとした飛行場をゆるやかに通過してゆく初夏の微風のなかで歌声はゆれたり、よろめいたりする。

昨日生れたブタの仔《こ》は
ハチに刺されて名誉の戦死
ブタの遺骨はいつ帰る
四月八日の朝帰る
…………
……

何日かたってから、ある夕暮れ、私たちは格納庫のまえに整列させられ、隊長からははげしく叱られた。私たちの怠慢ぶりは目にあまるものがあるというのだ。イモ畑をつくると聞いて貴様らは動揺し、一挙に怠惰におちこんだらしいが、不心得もはなはだしいことである。イモをつくるのも飛行機をつくるのもおなじ心でやれ。神州日本は不滅なのだ。かならず天佑神助《てんゆうしんじょ》があるのだ。おれが約束する。天佑神助はかならずあるのだ。男の約束を信じろ。皇国は万邦に比類ない不敗の国だ。その日がくるまでは歯を食いしばって人事を尽せ。よけいなことを考えるな。いいか。わかったか。われわれはいま日に日に民族の悲愁を味わっているのだ。しかし、人事を尽せば、やがて、天命が下るであろう。爽やかな心でそれを待て。イモ畑で死ね。何も考えずに働いて死ね。美しく死ぬことは美しく生きることだ。若い隊長は頬を紅潮させ、白絹のスカーフに風をなびかせ、音吐朗朗と叫んだ。半長靴《はんちょうか》をはいた航空服姿の精悍で悲痛な彼の演説に私たちはうたれた。この飛行場にきてからたえて眼にしたことのない戦闘機や爆撃機や爆音や石油などの唸りを彼はひとりで代表していた。目的を知らず、意味をさとらず、ただ運動する精力それ自体で、彼は、あった。私たちは彼の美貌にうたれて恍惚《こうこつ》としていた。彼はたちどまらず、ふりかえらず、言葉に酔い、無智《むち》で、倨傲《きょごう》であった。彼の演説の内容は一分の凝視にも耐えられなかった。けれど、私たちは、なんといっても都会育ちであった。すばやいまなざしが好きで、うつろで鋭いたわごとが好きだった。美しく大きなたわごとに泥酔しきっている彼の鋭い無智が好きだった。

木を食う男

『青ひげランドリュの公判記録』を筆写したあと川田はしばらく鳴りをひそめていた。徹夜で眼が赤くなったり、足がふらついたりすることはなくなった。和歌山でも八尾飛行場でも彼はみんなといっしょにおとなしく働いた。操車場にもどるとまた尾瀬を相棒にして不平をいいつつも毎日せっせと空気制動管を切ったりつないだりしていた。

「……悦《えつ》。悦。悦やぞ」

ある朝、彼は私のところへやってきて、眼をキラキラさせて報告した。すばらしいことが起ったというのである。聞いてみると、彼の父がどこからか投網《とあみ》を借りてきたというのだ。彼の父というのはどこかの駅の駅長をしているのである。部下の駅員の一人で川遊びの好きなのが疎開の荷物からはみだした投網を持ってきて、どうせおいといても無駄だから使ってくれといったそうである。彼の父は家へ持って帰って、おれは時間がないからお前が使ってオカズをとってきてくれといい、網の投げかたを手をとって教えた。ついでに網のつくろいかたも教えてくれた。川田は家の二階で網を投げる練習をはじめ、毎夜おそくまでかかって網のやぶれたところをつくろった。そして、網はもうほとんど新品同様になったという。

「……また徹夜したのか？」

「いや、徹夜はせえへんけど、嬉《うれ》しゅうて嬉しゅうて、おちおち寝られへんのや。魚はまき餌《え》して集めるけど、集められへんかったら呪文となえたらよろしい」

「どういうのや？」

「こう手で印を結んで、急々如律令《きゆうきゆうにょりつりよう》、勅、勅、勅と叫べばよろしい」

「こないだの『遊仙窟《ゆうせんくつ》』やな？」

「どうでもええがな」

「そのまえに天上大師というねん」

「そや、そや」

「すごいことになるゾ」

「悦。悦。悦……」

眼を細くして彼は踊るような足どりでどこかへ消えた。鮫皮《さめがわ》の靴の紐をしめながら私も頭に血がのぼってくるのを感じた。

その日の夕方、さっそく川田の家へいってみた。彼の家は平野の大念仏寺をちょっといったところにある。貨物列車は平野駅と天王寺駅で徐行してくれる。私たちは客車が待ちきれなかったので、いつものように八尾駅へはいかず、操車場から貨車にのりこんだ。平野駅へ入って徐行がはじまるととびおりて、改札口は通らず、柵からぬけだした。

急々如律令だ。心臓がどきどきする。川田も私も魚釣りとなると眼がくらむのだ。何度もいっしょに釣りにいったが、網だけはまだうったことがない。生れてはじめてである。

川田は家へとびこむと、靴をぬぐのもそこそこにして二階へかけあがった。彼の家はふつうの二階建の長屋の一軒だが、いついっても薄暗い部屋のなかに弟や妹がごろごろしていて、あちらの小部屋、こちらの階段下から顔をだしたりひっこめたりするのだ。口をきかない大きな綿埃《わたぼこり》が歩きまわっているといった感じで、いったい何人いるものやら、何度見てもわからない。二階はがらんとして、つぶれそうになった一閑張《いっかんば》りの彼の机一つがあるきりである。まるでからっぽの倉庫みたいだ。どこの家もそうなっている。私の家もそうだ。タンス、茶ダンス、長持、鏡台といったような家財道具はみんな田舎へ疎開したのである。湿った畳のうえを歩くといたるところにきつい男の匂い、足の匂いがした。壁まで匂う。ヤモリのように壁のうえを川田は歩きまわるのではないか。

「……網は強いけど複雑なもんやからしろうとはうっかりさわったらいかんのや。わるいけど、見るだけにしといてんか。なんせ大事なものやよってにな」

彼は部屋のなかへ入るとにわかに優しいがおごそかな声をだした。一閑張りの机のしたから風呂敷包みをひっぱりだし、網をとりだすと、窓ぎわへ持ちだした。かつぐことは認めないが手でさわることは許してくれた。たそがれの微光にすかして見ると、鉛のおもりは一個のこらずそろい、たくさんの小さなかすり傷がついて、よく使った網であることがわかった。あちらこちらにやぶれめがあるが、たんねんに、しっかりと、つくろってあった。私は嘆息をついた。一人前の網だ。みごとな、本式の、くろうとの、大人の使う網だ。

「これが鯉《こい》。淵《ふち》に一匹で孤立した奴。これが山女魚《やまめ》の群れ。いや、山女魚は網ではむつかしいな。鮠《はえ》にしよう。鮠の群れや。これはまき餌したらよってきよるし、大和川《やまとがわ》も上流ならたくさんいよる」

そういいながら川田は部屋のあちらこちらに靴下やら風呂敷やらを配った。靴下は鯉で、風呂敷の広げたのは鮠の群れだというわけだった。なにもかも本式にやらなければいけないと彼はいった。つい最近読んだばかりだが佐藤垢石《さとうこうせき》の『たぬき汁』という本によると魚釣りのコツは川へ食いつくことにあるのだそうだ、ともいった。そこで彼はゲートルをほどいて、ズボンを脛《すね》までめくりあげ、上半身裸になってしまった。そして網を手にかけると、畳のへりのうえをしのび足でそろりそろりと歩いた。キッと口を閉じ、あたりを鋭くうかがいながら、そろりそろりと歩いた。網を投げるとき、エイともヤッともいわなかった。ちょっと腰がくだけてよろよろしたが、網はうまくひろがって靴下や風呂敷にかぶさった。暗いなかで、網は、乾いてはいるがずっしりと重みのある音をたてておちた。

「冗談やない。ゲートルまいて川へ入る奴があるか。本気でやれ、本気で。ゲートルなんかとってしまえ」

私がかけよって網のなかから靴下をとりだそうとすると彼はそういって頭から叱りつ

けた。私はゲートルをほどき、靴下をぬぎ、ズボンを脛までめくりあげて、手さぐりしながら網のなかから靴下をとりだした。靴下はじっとりと湿ってひどい匂いがした。私は夢中になって叫んだ。

「すごい。野鯉だ。尺五寸はあるゾ！」

川田はやっと上機嫌になって

「逃がすな。逃がすな。跳ねるゾ！」

と叫んだ。

「わッ。跳ねよる。跳ねよる」

私も叫んだ。

何の役にもたつまいが尾瀬も誘って、今日は三人で川遊びである。朝の七時、天王寺駅集合ときまった。関西線にのり、王寺《おうじ》のさきでおりる。場所は川田が聞きこみできめた。操車場の釣好きの駅員に聞いてまわり、日頃の勘を加味して、彼は五日かかって地図をしらべた。紀ノ川の上流と支流、奈良の奥もわるくないが、最初の足試しにしてはちょっと遠いから、さしあたってはおれのあとにだまってついてこいと彼はいった。さんざんねだった結果、十回に一回ぐらいは私も網を投げさせてもらえることになった。ただし、浅瀬とかけあがりだけである。深ンどはくろうとだけにしか向かないそうだ。二人で川を攻めているあいだ、尾瀬は岸でバケツの番をする。家のなかでいちばん大きいバケツを持ってくるんだぞといったら、尾瀬は嬉しそうにうなずいた。念のために私るだろうと川田はいった。まぐれに野鯉の尺物が一本か二本、ひょっとしたら外道《げどう》で鰻《うなぎ》や鱒《ます》がまじるかも知れないがこれは計算に入れないことにしようともいった。賛成だ。正確な洞察だ。鰻や鱒はあやしいかぎりである。尺物の野鯉が一本か二本というのも削ったほうがいい。けれど鮠だけはいくら期待してもいいだろう。あれは貪慾《どんよく》で、まき餌をしたらいくらでもよってくる魚だ。おまけに人ずれがしていないから、とり放題である。連日の空襲騒ぎで誰も釣りなんかしてるひまがないから、網がハチ切れそうになるくらいとれるだろう。

計画を私たちが話すと、尾瀬はいつものように考え深げな牛のような眼をして、ぼんやりと

「カルシウムと動物性蛋白《たんぱく》やな」

といった。

天王寺駅の改札口で待っていると、二人とも七時きっかりにやってきた。操車場で働くおかげで私たちはひどく時間が正しい。川田は風呂敷に包んだ網を背負い、尾瀬はたまげるほど大きいバケツを持ってきた。私のは底がぬけたので漬物樽の鏡板をセメントではりつけてある。バケツよりセメントの方が重いという奇怪なしろものである。尾瀬のは銅でつくったすばらしいもので、底に小さな弁当箱がおちていた。よく供出せずにすんだもんだなといったら、彼はしばらく考えてから、うっそりと、これまでだしたら

焼夷弾が消せんやないかと答えた。たしかにそのとおりである。のろいけれど彼はいつでも正しいことをいう。私の家も、のこっている金属といえば、バケツとヒシャクと釜くらいのものだ。あとは弾丸をつくるためといって文鎮から火箸《ひばし》まで供出してしまった。焼夷弾がおちてきたらあわてず騒がず砂をかけてから、火たたきで消し、このセメント樽みたいなバケツで水をかけるつもりだ。油脂焼夷弾がおちたら団子にキナ粉をまぶす要領で砂をかけなさいと町会長もいった。あわてて水をかけると高熱で酸素が分離してよけい火勢が強くなるのだそうだ。特殊な場合、油は水の強力な仲間なのである。そこまで正確なことがわかっていながら、なお、砂で油脂焼夷弾を消せという。つまり、爪《つま》楊枝《ようじ》一本で暴走する牡牛をとめろということである。

天王寺駅には罹災した人や疎開する人が泥水の氾濫のようにおしかけていて、足の踏み入れようもないほどだった。いかがわしい特権を何ひとつとして持たないふつうの人びとは窓口に長い、長い列をつくり、いつ乗れるとも知れない汽車の切符を手に入れようとして、たったり、しゃがんだり、床でじかに眠りこけたりしていた。その列は駅からはみだして広場を埋めていた。夜になるとそのまま広場の土のうえで眠るのだ。新聞紙や、ゴミ屑《くず》や、釜や、毛布、ふとん、ござ、むしろなどが散らばり、女たちはいっしんになって胸の赤ン坊をあやしていた。土はすでに柔らかくなって、尿と汗の匂いをたてている。奥深いところからその匂いと人の体熱はのぼってくる。どんなところでも人間がやってきて腰をおろすと、何日もたたないうちに、きっと匂いがたちはじめる。土の肉の深い、深い奥からくるように、匂いがたちはじめる。まるで何十年もそこに住みついていたような、きっと台所や、便所や、押入れや、畳の匂いが、どこからともなくたちのぼるのだ。匂いをつけずに人は歩くことができないもののようだ。

私たち三人は切符を買わなくてもよかった。国鉄の臨時職員ということになっているので、優待券がある。ふつうは乱用してはいけないことになっているのだが、〝お願いします〟と改札口で声低く挨拶したら、たいてい通してもらえるので、ほぼ日本全国どこへでもその気になればいつでも旅行ができる。駅前広場で何日も切符が買えなくて野宿している人びとをみると、にわかに気持がくじけて、すまない気持になってくる。しかし、と私は思うのだ。この人びとも職場へもどれば、きっと何がしかの、他の職場の人びとには手に入れられない便宜があるにちがいないのだ。それにこの人たちともおそらくおなじだが、私だって操車場では暴走する貨車を食いとめ、機関車の釜たきをし、機銃掃射に追いまくられている。

「……それッ！」

「おとこ！」

「走れッ！」

迷い子列車がようやく駅にすべりこんで改札がはじまると、私たちは人びとをかきわけ、おしのけ、とびこして走り、いちもくさんに陸橋をかけぬけると、階段をころがるようにしてとんでいった。人びとは泥沼の堰《せき》が切れたようにかけだし、口ぐちに必死になって何事かを呼びかわしていた。この群れは一人一人が全身に世帯道具を背負いこんで身うごきならないほどなのだが、いざ走りだしたとなったらみごとなものである。プラットフォームにかけおりると窓から客車にとびこみ、あッというまに座席を占領してしまった。私たちはたいてい席取りにかけてはすれっからしのつもりでいるが、とてもかなわない。なにしろ一秒まえまではわめく、吠える、叫ぶ、人をつきとばすという騒ぎだったのが、一度席にありつけて家族や世帯道具が無事におちついたと知ると、たちまち眼をしっかり閉じて居眠りをはじめるのだからかなわない。それもなまじっかな居眠りじゃないのだ。深山の淵で五十年も六十年も眠りつづけてきた山椒魚《さんしょううお》のような頑固さとしぶとさで、コトンと眠りにおちこんでしまうのである。

汽車は長方形の車体が楕円形《だえんけい》になるぐらい人間を呑みこんでのろのろと走りだし、都会をぬけ、平野をぬけると、やがて静かな山へ入っていった。渓谷に沿って走り、小さな駅で私たちをおろすと、あえぎあえぎ去っていった。この駅でおりたのは三人だけであった。よほどの田舎だ。駅長がでてきて機関士に車票をわたすということもしなかった。私たちは夏空と蟬《せみ》の合唱のなかにおちていた。川の音が聞えて、あたりいちめんに草の匂いがあった。人びとは怪訝そうな顔つきで窓から覗《のぞ》きつつ連れ去られていった。

「大漁疑いなしやで、これは」

「買出しなんかくそくらえやな」

「ほんまに悦や」

谷は深くて、静かで、木がよく茂って、薄暗いほどであった。河原へおりてから注意して私は見て歩いたが、どこにも人の跡はなかった。どの石ころもキャンプの火で焦げていず、どの岩かげにも新聞紙や空罐はおちていなかった。上流にもいったが、釣りをしている人の姿はどこにも見られなかった。まさに処女地であった。淵の水は青く、どの岸にもゴミがなく、河原の石はすべて白く洗いさらされ、草は一本も踏みにじられていなかった。川田と私の頭には血がのぼった。血の重みと熱さで足がふらつくほどだった。たちまちバケツを投げだしてゲートルをほどいた。靴をぬぎ、靴下をぬぎ、ズボンを脛までめくりあげ、川田は昂奮のあまりパンツ一枚になってしまった。尾瀬は大バケツのうしろにしゃがみこんで私たちを見守った。川田は網を手にかけると、作法通りに、キッと口を閉じて、そろりそろりと川のなかへ入っていった。

しばらくたって私たちはとんでもない計算ちがいをしていたことをさとった。網は水にぬれるとひどく重くなるものだということを知らなかったのだ。部屋のなかで畳へ向って投げるのとはまったくちがうのである。水にぬれた網は背骨が鳴るほど重くて、有刺鉄線のようにしぶとくからみあい、まったく円を描くようにはのびのびと広がらないのだ。とてもそんなものじゃない。円を描くように広がらないなどというものではない。まるで岩のかたまりである。川田は顔を真ッ赤にして何度となく肘をはねて網を投げたが、網は広がりも、のびもせず、ただ、ドボッと陰鬱な音をたててかたまったまま水のなかへおちた。何度やってみてもそうだった。何度やってみても網は広がらなかった。

私たちは川田が用意してきた米糠《こめぬか》のいったのとカンバイ粉を河原の砂泥といっしょにまぜて見て団子にし、何個となく淵やかけあがりへうちこんだ。高い岩にのぼって息をころして見ていると、水底で団子がとけるにつれてどこからともなく鮠の大群が現われる。予想のとおりだった。魚は腹をへらしたうえにまったく人を恐れなかった。青い水をすかし見ると、黒い、狂奔する魚の群れのなかに、ときどき、落ち鮎《おあゆ》ほどもあるかと思える尺物の白い腹が閃くようであった。魚たちは群れ集り、夢中になって川底の糠団子を、めいめい逆立ちしつつ鼻さきでつついていた。けれど、川田が網をうつと、みんな逃げていった。あッと眼をこする間に逃げてゆき、影も形もなくなった。川田は侮辱されて顔を真ッ赤にし、腿から腹まで浸るような深ンどにたちこんで、くりかえし網を投げたが、網はいっこうに開こうとしなかった。ためしに川田が疲れたところで私が勇躍してやってみたが、なにしろしろうとなのだから、どうしようもなかった。たぐりよせる網は肘へ岩のようにもたれかかり、どう腰をひねってみても、岩を投げるようにしか川へおちなかった。

私たちは河原へあがって、昼弁当を食べ、体を干したり、雑談にふけったりした。川田と私がかわるがわるにおしゃべりをし、尾瀬は聞くほうにまわった。罹災証明書がなくてもでたらめの感傷を述べたてたら焼跡でにぎり飯にありつくことができるのだということを私は話した。川田は例によって出所不明の情報をひそひそ声で話して、このあいだから大阪に降りつづけている焼夷弾は何十発というものを鋼鉄のバンドでくくったものであって、空中で鋼鉄バンドが爆発したら一発一発が蜘蛛《くも》の子を散らしたみたいに落下し、ほぼ一平方メートルに一発の割りあいでおちるのだということを話した。どこで知識を仕入れてくるのかわからないが、こういうことにかけては、川田は誰にも負けない知識をもっていた。

つぎに私はペトロニウスという人物のことを話した。最近、『クォ・ヴァ・ディス』という本を私は読んだのだ。これは豊熟して頽廃《たいはい》におちこんだローマの物語である。ネロという気まぐれで兇暴で腺病質《せんびょうしつ》な暴君がでてきたり、セネカという貧乏な幇間《ほうかん》哲学者がでてきたり、たしかポッピアとかいう名の暴君の淫乱《いんらん》女房がでてきたりする物語だ。まわし読みをしたので川田も尾瀬も知っている。ペトロニウスは『粋判官』と呼ばれている。詩の達人で、痛烈な韜晦《とうかい》の達人だ。暴君の宮廷を香油を匂わせつつ歩きまわり、お世辞たらたらの大官連中を頭からバカにし、暴君や淫乱皇后を真正面から痛罵する詩を書きながらさとられない。けれど何のはずみからか、最後には暴君から死を命ぜられ、そのことを察して、自分から、従容《しょうよう》として金の紐《ひ》で腕をくくらせ、動脈を切りひらかせるのだ。どういうものか私はこの人物の態度に魅かれる。ライオンや剣闘士たちのあらゆる拷問と弾圧にもかかわらずキリスト教に帰依してどこへともなく消えてゆく真摯誠実な主人公の青年貴族とその清純な恋人よりも、なぜか私はこの人物に魅かれた。彼はこの世のあらゆる官能を味わいつくし、全智《ぜんち》である。すべてを洞察し、すべてを知りぬいている。しかし、結局のところ、何もできない。愚劣きわまる狂気の権力者を痛罵しつつも、その命令に服して、死んでゆく。すべてを知りぬきながら、何もできず、敗れてしまうのだ。従容として、聡明に、静かに、なにやら洒落《しゃれ》たことを口にしながら、眼を閉じてゆくのである。

川田はパンツ一枚になって河原の日光のなかで私の話に耳をかたむけた。いまさら私が説明するまでもないことなのだ。彼はよく知っているのだ。〝ペトロニウス〟といっただけで、わかるのだ。彼と私とはたくさんのことが短い言葉で理解しあえるのである。彼は私のいうことに、ふんといってうなずきながら、しばらく考えこんでいた。が、やがて、顔をあげると、とつぜん私に妙なことをたずねにかかった。

「……あいつは」

というのだ。

「あいつは、いんきんの味を知ってたやろか？」

「いんきん……？」

「ふん」

「ペトロニウスが？」

「ふん。ペトロニウスや。あいつは、いんきんの味を知ってたやろか。おれはそこを知りたいな。あいつは御馳走《ごちそう》をたらふく食べて、うまい酒を腹いっぱい飲んで、女のことならなんでもわかってるというけれど、いんきんの味を知ってたやろか。どこにも書いてないこっちゃけどな。そこをちょっと知りたいもんやと思うな」

私たちはしばらく議論にふけった。二人ともめいめいの意見を述べて、ゆずらなかった。私の考えによると、ペトロニウスは奴隷の剣闘士から帝王にいたるまで、すべての人びとの心理に通暁しているのだから、そういう皮膚病のかゆさやつらさをけっして知らないわけではなかったはずだということである。しかし川田の考えによると、『クォ・ヴァ・ディス』のどの頁をあけてもペトロニウスは蒸し風呂に入って気持よさそうにヌビア奴隷にオリーブ油をぬりこませているのだから、汗をかくひまはなかっただろうということである。だからいんきんなんか知るはずがあるまい。何でもわかったような顔をしているけれど、じつはあいつは何にも知らなかったのじゃないか。きっと剣闘士は汗まみれ、垢《あか》まみれで、いんきんに悩んでたにちがいあるまい。そのむずがゆさにたまりかねてライオンの真似してキリスト教徒をたたき殺したかも知れんじゃないか。果してペトロニウスはこのことを見ぬいていたか？……

私たちがああでもない、こうでもないと議論にふけっているあいだ、尾瀬はぼんやりと銅張りのからっぽの大バケツのそばにしゃがみこんで渓流の音に耳をかたむけているようであった。しかし、いつまでたっても議論のらちがあきそうにないので、とうとう彼はたまりかねたように口をはさんだ。おずおずとためらいながら、にぶい口調でたずねた。

「……いまさきからだまって聞いてるけれど、お前らはいんきん、いんきんというが、なんでいんきんがそんなに大事なんや？」

私と川田は少し赤らみながら顔を見あわせ、すぐに眼をそむけた。このことは和歌山以来、二人だけの秘密にしてあって、暗黙の約束のとおりなら、おたがい誰にもうちあけていないはずであった。

川田は

「お前」

ひそひそした声でたずねた。

「いんきんを知らんのか？……」

尾瀬は、うっそりと

「知らんなあ、そんなもン」

といった。

それは私には、まるで、例の悪い手のいたずらを知らないと公言してはばからないような、眼をこすりたくなるような発言のように聞えた。すごい青ッ洟をたらしてるけれど尾瀬は削りたての白木の板のように無垢《むく》であるらしかった。川田は頬に冷嘲をうかべた。その冷嘲のままに体をのりだして声をだそうとした鼻さきへ、尾瀬は何にも知らずに痛い質問をつきつけた。彼は私たち二人の全裸も同然の体をじろじろと眺め

「お前ら、二人とも、いんきんか？」

と聞いたのだ。

私と川田は顔を見あわせ、口をつぐんでしまった。尾瀬のどんよりした眼と青ッ洟が

いかにもはばかられ、まともに見られなかった。ペトロニウスについての議論はそこで消えてしまった。私たちは内股の奥のおなじ場所に傷を飼いつづけていた。それはつきぬ快楽ではあるけれどどうしても大声でいうのは避けたく、大声でいうのは避けたいけれど、しかし、つきぬ快楽であることも、どうにも避けようのないものなのであった。

「……やい、尾瀬」

川田が腹だたしげな声をだした。

「お前はなんでラテン語勉強してるのや」

尾瀬は真剣な目つきになって、なぜかおろおろと

「ラテン語は、死んだ言葉で、どこの国にも関係ないから大丈夫やと、お父ちゃんがいうたのや、そやよってにな」

とつぶやいた。彼の父はどこかの大学の西洋史学の教授であると、聞いている。母親はどこか有名な女子高等師範学校の国文科の出身で、『新古今集』を専攻したそうだ。彼は一人息子である。

午後になってから、私と川田はもう一度水のなかへ入り、団子をうちこんだり、網を投げたりしたが、魚は一匹もとれなかった。二人はへとへとにくたびれ、自分を嘲笑する気力も失ってしまった。私と川田は入れかわりたちかわりパンツ一枚になって、深ンどといわずかけあがりといわず、あたりいちめん、狂ったように網をうってまわったが、ついに、天上大師ともいわねば、急々如律令ともいわなかった。勅、勅、勅ともいわな

かった。手をかさねて印を結ぶような真似は思いもおよばなかった。私たちはもののみごとに惨敗したのである。青い淵、ゆるい渦を巻くかけあがり、ほとばしる浅瀬、一個一個がすみからすみまで洗いさらしたような河原の白い石、すべてが私たちを冷笑し、体を冷やした。私たちは天候がわるいのだとか、この川は足場がよくないのだなどと小声でいいかわしながら河原へあがり、体が乾くと、さっさとズボンをはいて、ゲートルをまき、靴をはいて、崖をよじのぼり、駅へでた。

一時間ほど待っていると、列車ダイヤにはない迷い子汽車がどこからとも知れずやってきた。あいかわらず長方形の古鉄の箱が楕円形になるまでふくれあがっている。私たち三人が錐《きり》のようになって頭からさきに昇降口へ乗りこむと、足がプラットフォームからはなれるかはなれないかに列車は深い、深い嘆息をひとつもらして、ゆるゆるとうごきだした。川田はぬれしょびれた投網をかついだままどこかの買出しのおっさんのリュックサックに首をしめあげられ、その川田の背に私は鼻をつっこんでわる臭い汗の匂いをしこたま吸いこんで身うごきがつかず、尾瀬はたえまなくデッキからおちそうや、おちそうやとうめきながら私のベルトをぎゅっとにぎりしめていた。一人一人の形があるのかないのかわからないまでにつめこんだ車内は息がつまりそうで、ゆれるたびにあちこちから固い、兇暴な荷物がのしかかってきた。ある荷物は野菜の匂いがし、ある荷物は塩干魚の匂いがし、ある荷物はぬれた畑土の鮮烈な匂いがした。食慾をおぼえたり、慾情に胴ぶるいしそうになったりしながら私はゆがんだまま線路のうえを東へ流れていった。

王寺駅をでてしばらくしたらとつぜん汽車が深い渓谷と山のなかで停止した。なんだろうと思っているうちに線路の栗石のうえを駅員が走り、艦載機来襲、艦載機来襲と叫んで過ぎていった。たちまち硬直がほどけた。尾瀬は私のベルトをはなした。私は川田の背から顔をあげた。川田はゆがみっぱなしになっていた首を闇屋のリュックサックからもぎはなして頭をふるった。三人ともほとんど一瞬のうちに栗石のうえへとびおりた。つぎからつぎへと人が降ってきた。私たちは人びとをかきわけおしのけながら線路近くに迫った山の腹へとびついた。急斜面が草むらと雑木林になっている。私は爪を草にからみ、蔓《つる》にひっかけ、土に食いこませ、夢中になって傾斜をよじのぼって雑木林のなかへもぐりこんだ。あとから川田と尾瀬が犬のようにあえぎをたてつつよじのぼってきた。さまざまな物を背負った大人の男や女たちが、眼を血走らせ、髪をふり乱して私たちのあとを追って雑木林へ這いこんだ。

午後三時頃のはげしい夏の陽が射して汽車は汗で煮えかえっていたが、林のなかは涼しくて、青い、爽やかな匂いがたちこめていた。バケツをひきずってあえぎあえぎのぼってゆくと、むしろ張りの小屋が見え、とつぜんそのなかから一人の男がでてきた。越《えっ》中《ちゅう》ふんどし一つの大男で、全身が赤銅色《しゃくどういろ》に焼け、煤と垢にまみれていた。のび放題にのびた髪が肩にかぶさり、顔はひげに埋もれていた。薄汚い酒顛童子《しゅてんどうじ》といった恰好であった。しかし、口をきいてみると、男はひどく静かでおちついた、上品な言葉を使った。

どうしたのですかと聞くから、艦載機ですと答えたら、じっと耳を澄ませてから顔をあげ

「……大丈夫でしょう。近頃は誤報が多いようです。いまお茶をさしあげますから、しばらく休んでおいでなさい」

といった。

ちらと小屋をふりかえり

「お客さんですよ。お茶を入れなさい」

と声をかけた。

男の赤銅色の巨体にかくれてよく見えないが、ちらと覗いたところでは、小屋のなかにはもう一人誰かいるらしくて、静かにうごきまわる気配がした。あたりを見まわすと松の枝へ紐を張ったのに二、三本の手拭いとまじって女物のモンぺがかかっていた。

「網をうちにいったのですか？」

「そうです」

「大漁でしたか？」

「いえ。まき餌やなんかしてみたんですけど、だめでした。網をうつのははじめてなんです。うまくいきませんでした」

「私ならそんなことはしないな。この川には魚が多いのですから」

「釣るんですか」

「手でつかむのですよ」

「…………」

「竿や網なんかなくても、自分が食うぐらいは手でつかめます。コツさえおぼえたら猫を拾うようにやさしいことです。あなたがたは技巧にたよるからいけないのです」

「…………」

「物や技巧にたよると人間は弱くなるのですよ。裸がいちばんいいのです。人間本来無一物と申しますでしょう。あなたがたは知ってますか?」

川田が答えかねて顔を赤らめていると、男はかまわずに話をつづけた。いつのまにか私たちのまわりに退避してきた汽車の客たちが群がり、男の話を聞くともなしに聞いていた。男は静かな、上品な口調で話をつづけた。人間の体は洞穴時代の昔とくらべて少しも変っていない。氷河期はすぎたが、まわりの自然もそれほど変ったわけではない。だのに人間は靴をつくり、服をつくり、煤煙《ばいえん》だらけの都会や、爆弾、焼夷弾を発明した。植民地主義というものもある。ABC包囲陣にしめつけられて日本は中国に戦争をしかけ、アメリカに戦争をしかけ、イギリスに戦争をしかけた。そのおかげで全土が焼跡になりつつある。すべてこれは〝我《われ》〟がなせるわざである。人間は物慾、色慾、権力慾、〝我〟という慾のとりことなって滅びてゆくのだ。そのため昔の能力をいっさい失ってしまった。食べようと思ったら木の葉でも食べられるのに買出しだ、闇だと血眼《ちまなこ》であくせくしてらっしゃる。そのあげく汽車から転落して死んでしまう。自分は神も仏も信じないが〝我〟を殺したい一心で山に隠れた。食べたいときに食べ、眠りたいときに眠り、いいたいことをいって暮している。気ちがいだと思われてるから何をしゃべっても警察にもひっぱられないし、憲兵隊にもひっぱられない。しゃべったところでいっさい無意味、無駄であるけれど、しゃべりたくなればしゃべる。あなたがたにこうしてしゃべったところで木の洞《うろ》に向ってしゃべるより無駄だと思うが、久しぶりに人声が聞えたのでちょっと顔をだしたまでのことなのだ。私はあなたがたをばかだと思い、あなたがたは私をばかだと思って焼跡へ帰ってゆくのである。恐らくどちらも正しいのである。ばかどうしなのだから喧嘩も起らないだろう。ばかは死ななきゃ治らないというのはたいへんな真理かも知れない。けれどよくお考えになるといいが、無一物の私は素ッ裸でまるまると肥り、誰にもめいわくをかけないでいる。あなたがたもどうやら日に日に私の境遇に近づきつつある様子だが、強制されて裸になるのと、自分から裸になるのとでは天と地ほどのちがいがある。百尺竿頭《ひやくしやくかんとう》一歩をすすめて早く体を躍らしなさるがいいのではないか。日本は山国だから住むところはいくらでもある。

男はおおむねそのようなことを静かな口調で説いた。訴えるのでもなく誇るのでもなく、しばしば私たちを面と向って罵っているらしいのに少しも反感を抱かせないのが不思議であった。都会の蒼白《そうはく》な男や女たちはじっと男の話に聞き入った。はじめは理由のない冷嘲で苦笑していたが、男が人をも嘲り、自分をも嘲りつつ、しかも冷静さと聡明さの気配を失わないのを感じて、ようやく人びとは真摯なまなざしになった。

「……すると、何ですか、あんたはこんなところへこもって木の葉食べて生きたはるのでっか？」

誰かがたずねると、男はうなずいた。だまってゆっくり手をのばすと、かたわらの松の枝をひきよせ、無造作にひとにぎりの葉をちぎって口へ入れた。もぐもぐと噛むと、緑いろの泡がでた。

「うまいもんですよ」

男はひっそりとそういうと、もうひとにぎり松の葉を食べた。上品に、おっとりと、静かに食べ、一本のこらず呑みこんでしまった。いまは夏で葉が剛《こわ》くなり、にがりがあるけれど、春の新芽の頃だと甘いくらいのものだと、ちょっぴり不平がましい批評も述べたようであった。

「米穀通帳はどうなってますのや？」

「人にくれてやったですよ」

「火はどうします？」

「火打石を使わんでもないが。ときどき自然薯《じねんじょ》を掘って里へ持っていってマッチにかえます」

「……薬やお医者は？」

「考えたことないですね」

「しかしそういうても、奥さんもいたはるらしいのに、人間いつ、どうなるやら、わかるもんやないのとちがいますか。何か慾、慾と貪《どん》に走らんでも、イザというときの最低の備えぐらいは持っておきたいと思いますのやが」

「そこが別れめでしょうね。焼夷弾を浴びて今日明日にもイナゴみたいにあぶられる人が何をいいます。最低も最高も、備えも攻めも、よろず持とうとするから自由がなくなるのでしょう。私も妻《さい》もここへこもってからはごらんのとおりで、恰好はお猿さんも顔負けだが、病気なんか、字も忘れてしまいました。だいたい字というものも災厄のもとなんですよ。人間文字を知るが憂患の始まりなりという言葉を知ってらっしゃいますか」

「…………」

「……」

「…………」

「蘇東坡《そとうば》だったと思いますよ」

男に圧倒されきって私たちがすっかり黙りこんでいると、とつぜん遠くで汽笛が鳴った。男は優しい口調で、低く
「汽車がでるようですよ」

そうつぶやいたかと思うと、くるりと背を向け、すたすたと小屋にもぐりこんでしまった。ふたたびでてくる気配はなかった。

静かな林のなかに二回めの汽笛がひびいた。私たちは眠りからさめたように手足をふ

るわせ、われがちに息せきってかけだした。木にぶつかる者、根につまずいてころぶ者、坂をころがる者、鍋、釜、バケツ、水筒、鉄兜《てつかぶと》、救急袋、防空頭巾、弁当箱、投網、なにやらかやらがもつれあい、からみあって、ぐゎらんぐゎらんと、林の静寂のなかを音たてて疾走していった。人をかきわけ、おしのけ、つきとばされまいと必死になって肘つっぱって走りながら、ふとその物音が耳に入ると、なにかが私のなかで砕けた。それは痛烈に下劣で、痛烈にあさましい、救いようのない騒音であった。かつて耳にしたことのない騒音であった。

「カマイホワクテヨチタコキロニ」

投網では失敗したけれど、日曜日は操車場が休みなので、カエル釣りか買出しに私はでかける。どこの池や川へいっても釣る人がいないので不気味なくらい静かだった。杭、桟橋、岩かげ、藻のかげ、淵、いたるところに魚紋《もじり》があって、影が閃く。魚にみちみちている。藻かげで魚の呼吸する音、水面に跳ねる音、もつれあって逃げる音などにみちている。あとは木の葉のそよぎと、水や泥のうえで煮える日光のざわめきがあるだけだ。けれど私はカエルかライギョを釣るために岸の草むらを歩きまわる。カエルは赤い布のきれっぱしをちらつかせただけでとびついてくる。ライギョは小さなカエルを鉤《はり》にくくりつけて藻をたたけば暗い水底から躍りあがってくる。この魚はヘビに似た紋があり、肉食性で、鋭い歯を持っている。獰猛で、貪慾で、釣りおとしてもおなじところを攻めたらまたこりずにとびついてくる。彼が一匹、池へ流れこむ小川の入口にいると、フナやタナゴやモロコなどは恐慌におちこんで池へ入れなくなり、群れをなして小川の岸へ逃げてくるようである。しかしライギョは、その獰猛な形相にもかかわらず肉親愛がつよくて、藻のあいだで仔の群れが跳ねまわっていると、きっとどこかそのちかくにひそんでいる。だから、卵がかえってしばらくのあいだは、仔の魚紋さえ見つければ釣ったのもおなじである。四十センチくらいもある母親か父親が藻を裂いてとびかかってくる。

道具らしい道具がいらないのと、釣るのに時間がかからないのと、肉が多いのとで、カエルやライギョを私は釣るのだ。空襲警報がいつ鳴るかわからないので、いつでもすばやく逃げられるようにしておかないといけない。ちかごろは夜でも昼でもおかまいなしに空襲警報が鳴る。敵機が頭のうえにくるようになってからやっと鳴りだすということもある。それにちかごろこわいのは艦載機である。空冷式の胴がずんぐりふくらんでいるので〝熊ン蜂〟という渾名《あだな》のついた戦闘機が機銃掃射をやる。急降下銃撃、旋回銃撃、おどろくほど低くおりてくる。機首に描いた鮫や虎や禿鷹《はげたか》の漫画がありありと見えるところまでおりてくる。だからのんびり池のふちに白シャツ姿ですわりこんで浮子《うき》のうごきを見つめるというわけにはいかないのだ。

いつかヘラブナを釣ろうと思ってそうやって岸の草むらにかがみこんでいたら、警報も鳴らず、艦載機もこないかわりに、見ず知らずの通行人がよってきて、私のことを〝非国民〟だといって、いきなり叱りつけた。不心得だというのである。こういう非常時に魚釣りをするなど、もってのほかだ。なんだと思っているのだ。それが銃後の国民か。戦地の兵隊さんに申訳ないではないか。学校の名前と貴様の名前をいえというのである。その男はたまたま池のほとりを通りかかったのだが、戦闘帽、国民服、ゲートル、肩からズックの鞄をかけ、手に防空頭巾を持ち、ごくありふれた恰好をしていた。在郷軍人でもなく、警官でもなく、教師でもなさそうだった。けれど鋭い眼を光らせて、頭ごなしに私をののしり、ぐずぐずしているといきなり堤をかけおりて手から釣竿をひったくってへし折ろうとさえした。私がでたらめの学校と姓名をいうと、やっと静かになって、釣竿を返してくれた。そして堤へあがると、なにか思いつめた顔つきで、去っていった。

どこにすきがあるのかわからないが四度もおなじ目に会ったので、私は釣竿をかついで町を歩かないようにした。家をでるときは鉤と糸と獲物を入れる布袋だけ持ってでる。竿は池の橋のしたにかくしてある。野蛮な篠竹《しのだけ》の一本竿だから、腐っても、人にとられても、ちっとも惜しくない。それを持って池のふちをぐるぐるとまわり歩き、たえず用心してあたりを見まわし、人の姿さえ見たら竿を捨てて逃げだすことにしている。そうやって釣るとなると、カエルかライギョかナマズしかないのである。みんなライギョが気持のわるい顔をしているからとか、ジストマがいるからとか、朝鮮人の食べるものだなどというが、私はその白い、厚い肉が好きだった。よくあぶらがのっていて、七輪のうえでぼうぼう火と煙をたてる。照焼にするとうまい。ナマズに似た味がする。カエルは牛か水車のまわるような声をたてて鳴く食用ガエルである。両足をつかんでいきなり石にたたきつける。全身が硬直し、たちまち眼に膜がかかって砂を浴びたようになる。見る見る皮膚が乾き、色がさめてゆく。食べられるのは二本の腿だけで、薄い皮をむくと、桃色の柔らかくて透明な肉の束があらわれる。兎《うさぎ》と鶏を合の子にしたような味、歯あたり、小骨のぐあい、まず眼を瞠《みは》って〝御馳走〟といってよいものだった。けれど、しばしばたじろぐことであるが、食用ガエルを料理するには、死体を見てはいけないようである。腿のないカエルの醜怪さはちょっとしたものだ。トノサマガエルやアカガエルではなくて、巨大な食用ガエル、牛ガエルが腿を切りおとされ、カッと眼をひらいてのけぞっているのだ。醜怪さ、陋劣《ろうれつ》さ、とりわけその巨大さが私を胸苦しく圧《お》してくる。腿のほかに食べるところはどこもない。平べったくて硬い頭蓋骨と、へらのような背骨に薄い皮が張りついているだけである。腹は巨大にふくらんでいるが、開いてみるとドロドロの内臓のかたまりであって、私にはどう料理したらいいのかわからない。ときどき胃からとけかけたトンボや金《かな》ブンがでてくることがある。赤、紫、黄、さまざまな色の臓腑《ぞうふ》が青いような色の血にまみれて流れだしてくる。腿をおとされた食用ガエルは悪臭と混乱と不可解さと粘液にみちた、巨大な、水っぽい袋である。捨てるよりほかないのだ。食べるところより捨てるところのほうがはるかに多く、はるかに大きく、複雑なのである。そんな浪費をしてまで殺し、食わなければいけないのだろうか。カッとひらいた眼をのぞきこむと、とっくに金や緑のかがやかしい縞が消えて、苦痛も驚きも憎悪も見られないが、そのうつろはひどく深い。

あるとき、日曜日のたそがれに、私がカエルを料理しているところへ、川田がやってきた。私は彼のくることがわかっていたので御馳走をしてやろうと思い、その日の午後いっぱい池のほとりを歩きまわったのだった。川田は表の戸をあけて入ってくると、私の手が血まみれになり、あたりにダルマのようになったカエルが何匹となく散乱しているのを見て、ギョッとたちどまった。そんなにたくさんのカエルが死んでいるところを見たことはなかったのだ。たじたじとなって見つめていたが、やがて、私のことを非難がましい口調でなじった。

「……えらい酷なことするやないか」

彼はかがみこんでカエルをじっと眺め、石にたたきつけられたはずみにふるえたままになっている前足の白い五本の指にふれてみたりした。指はふるえ、なにかをつかもうとしたままになって、キュッとまがっている。どさっ、どさっ、というひびき、グウッとうめく一声《ひとこえ》、全身を走るけいれんなどが私の手のなかにのこっている。

川田は考え深げにいう。

「魚やったらちっとも気になれへんのにカエルはなんで、こう、気持わるうなってくるねんやろ。人間にちかいからやろか。人間の先祖は海からでてきたちゅうことになってるよってに、カエルのほうが魚より人間にちかいわけや。なにかの本にそう書いてあった」

私がたずねる。

「食えんか？」

川田はあわて、いそいで

「いや、食うよ、食うよ」

といった。

カエルを殺すいやらしさと物々交換に農家へいくいやらしさをくらべてみると、まだしもカエルを殺すほうが楽なのではあるまいかと私は思う。日曜日ごとに母は私をつれて風呂敷やリュックサックに和服をつめて田舎へでかける。茶羽織や、お召《めし》や、訪問着などを彼女はタンスのなかから何度もだしたり入れたりしてさんざん迷ったあげくに何着かをリュックサックにつめこむのだった。それを農家に持っていって、米や芋や野菜にかえるのである。人びとはみんなそうしている。お金を持っていっても見向きもされない。嘲笑されるだけである。駅や、畦道や、街道は、私たちのような人びとでいっぱいである。人びとは山のようなリュックサックにおしひしがれて、はァはァ喘《あえ》ぎながら、たがいに、どの村のどの家へいけば羽織一枚を大根何貫にかえてくれたかというようなことを話しあっている。はじめのうち都会人たちは百姓のずるさを非難し、絞《しぼり》も銘仙も久留米《くるめ》飛白《がすり》もいっしょくたにしてしまう無智を嘲笑していたようである。何度となく駅や野道で顔の白い人びとがいいかわしているのを私は耳にした。しかし、もう、このごろでは、そういう傲慢さを持っている人は一人もいない。ただ着物一枚が大根何貫にかわったかということを話しあうだけである。ときには、自分の見つけた穴場をかくすために、なにを聞いてもだまりこくっている人もある。そ知らぬ顔をよそおって、ただ、今日は昨日よりも暑いようだとか、明日は今日より晴れるのだろうかというようなことだけ、人びとは話しあう。

「洞穴時代やで、これは」

川田はあっさりという。

「紀元は二千六百年。洞穴時代やで、これは。お金のかわりにブツでじかに取引してるねんよってに、おれらは洞穴時代に住んでるのや。ケイヴ・マンとか、ピテカントロプスとか、ペキネンシスとか、なにかおれらはそんなもんなんやで。いっそ日本語もやめて、お猿さんキャッキャッでいったらどうや」

ほかに川田は科学小説や空想小説を頭にいっぱいつめこんだ結果、一つの意見を得た。それによると、南アメリカやアフリカやアジアの奥地には孤立したために滅びていった民族がたくさんある。インカ帝国もその一つである。日本は絶海の孤島にとじこもって何千年かすごし、明治になってようやく開国して、いまこうなった。だから私たちはインカ民族とおなじであって、スペイン人が火薬で攻めこむのにインカ民族が弓矢でたたかったようにたたかっているのだ。それがなによりの証拠に竹の棒のさきに藁をくっつけた火叩《ひたた》きで焼夷弾を消そうとしているではないか、というのである。

尾瀬の意見は少しちがう。父親の書斎にある本をかじった結果、いつとなくそういう考えが頭のなかへ浮かんできたのである。

彼のいうところでは昔のエジプト人は猫を神様として敬っていたそうである。いまでも猫のミイラが王様のミイラよりたくさん発掘されてくる。エジプトの城を攻めおとそうとしてペルシャかどこかの国は夢中になって攻撃したが、エジプト人は勇猛果敢、何度攻めてもおちなかった。けれどさいごにペルシャの王様は一案を思いつき、第一線の兵隊一人一人に一匹ずつ猫を持たせ、城壁によじのぼってほうりこませた。するとエジプト人は神様がふってきたというので猫を救うのに夢中となり、そのすきに攻めこまれて、とうとう城はおちてしまったそうである。これは史実として記録されているとのことである。シュリーマンの発掘した碑ではないが、べつの碑かパピルスにちゃんと書いてあるという。

「……おれらのやってることはどこかエジプト人に似てるようやと、おれは思うねん。なんやしらん、そんな気がしてならんなア」

ぼそぼそと尾瀬は青ッ洟をすすりあげながらそういったが、あとで蒼い顔をして不安そうにあたりをうかがった。憲兵がいやしまいかと心配したのだ。川田も私も不安におそわれ、思わずあたりを見まわした。

百姓はいまこそとばかりに町の人間に復仇《ふつきゆう》しているのではあるまいかと思う。いったい私たち町の人間が農家へ持っていくものは百姓にとってなんの役にもたたないものばかりである。母は茶羽織や訪問着を手放すまいとして思い出話や愚痴のありったけをならべ、ときにはたまらなくなって、わッと声たてて泣きだす。けれども百姓がそんなものをもらったところで、なんの役にもたたない。茶羽織着て田植をする百姓なんて、見たことも聞いたこともない。ふだん家にいるときに着ようと思ったところで『贅沢《ぜいたく》は敵だ』といわれているのだから警官や憲兵に見つかったらたいへんなことになる。タンスか納屋か倉のどこかにしまいこんで虫に食わせるよりほかないのである。げんにそういうタンスをいくつも私は見せつけられた。

「……着物はもうこんなにあるわい。硫安ないのけ。硫安持ってこいよ。硫安持ってきたら米でもイモでもかえたるわい」

百姓はそういう。

けれど化学肥料を手に入れるなど、思いもよらないことだから、母と私は長い道を汗まみれになって歩いて着物をかつぎこむ。靴もかつぎこむし、鞄もかつぎこむ。バケツでもかつぎこむ。百姓は一つ一つ手にとって見ることもせず、舌うちしながら私たちを裏の納屋につれてゆき、シャベルでジャガイモをすくってリュックサックに投げこむ。なにかいやらしいはずかしさに私はとらえられる。手ごたえのない恐しさにもとらえられる。納屋にはジャガイモが着物何百枚分もころがっている。私たちにもらえるのはほんのわずかなもので、いいかげんシャベルですくったつもりでも痕跡がまったくのこらないのだ。私の家のタンスはもう何段もがらがらになってしまっている。いったい着物がなくなったら、それからさきはどうなるのだろう。冷汗がでてくる。いてもたってもいられない焦躁をおぼえる。考えるまい、考えるまいとしても、どうにもならない。体がふるえてきそうになる。百姓の肩や腰のたくましさが私をおびやかす。細くて、しなびて、黄ばみ、乾いた自分の手や足を見ると、切りすててしまいたくなってくる。いまは百姓だけが食べて、生きられるのだ。私たちは番外品なのだ。廃品なのだ。回収したところでどう再生のしようもない品物である。

また何日かしたらやってこなくてはならないだろう。どうして人間はたえまなく食べなければ生きられないのだろう。こわいのは死んでからさきどうなるかわからないことである。汚辱や空腹でこれだけ熱くなる、こんなしつこい、わずらわしい、濃いものが、息をとめたからといって消失するとは、とても想像できない。

私たちはよろよろしながら野道を駅へもどってゆく。そのとちゅうでイナゴを見つけたら針で刺して糸にとおす。ノビルを見つけたらぬきとって風呂敷包みに入れる。ノビルだけではない。ツクシ。ヨメナ。アカザ。ヨモギ。タンポポ。ハコベ。なんでもつみとる。道ばたにサツマイモの茎をぬいたのが堆肥《たいひ》にしようとして積んであるのを見つけたらたちまち声をあげてかけつけ、しゃがみこんで、茎と葉をつみとる。茎は〝フキのような味がする〟と私たちはいうのである。葉を煮しめたのは、〝ちょっとシソに似ている〟というのである。ヨメナは、〝ホウレン草みたい〟という。母によれば、カナリアの鳴声がいいのはハコベを食べるからで、カナリアにさえそれだけ効くのだから人間が食べてわるいはずがないと『主婦之友』に書いてあったそうである。わるくないどころか、ヴィタミンCだのなんだのと、栄養分がいっぱいあって、どうして戦前こんないいものを見捨てていたのかしらと悔まれてなりませんと書いてあったそうである。新聞の料理欄にも毎日そういう記事がでている。雑草にもちゃんと分析表がついていて、カロリーだの、ヴィタミンだの、ギッシリと数字がならんでいるのである。牛肉や豚肉は高血圧になるからいけないとも書いてあるようだ。雑草や漢方薬を再評価せよと書いてある日もある。科学は偉大だが所詮は人智のさかしらで限界がある。それを知らないで傲慢なる米英人は科学と物質のみにたよって伝統や文化を忘れているから鬼畜と呼ばれるのである。吾人《ごじん》は文明に挑戦する。しかし科学する心を失ったのではない。科学的に雑草を食べればよいのである。そういう記事を読むこともあるのだ。

だから私たちは道ばたに堆肥を見つけると、ちっともはずかしがらずにかけつけることができるのだ。いっぱいにふくらんだ風呂敷包みを両手にさげリュックサックを背にのせてたちあがると、イモの蔓の山は葉と茎を一本のこらずむしりとられて、針金のぐるぐる巻きをころがしたみたいになっている。

ある日曜日も私は母と小川の岸を這いまわってヨメナをつんだ。町からきた人間がめぼしい野草という野草をまるでカミソリで剃《そ》ったみたいにとってゆくので、この草もすっかり見つけにくくなった。街道からおりて畦道へでも入らなければ見つからない。

その日の穴場は林のはずれの小さな空地で、かねがね母が目をつけておいた、とっておきのところであった。いってみると、なるほど、前人未踏の処女地である。大きな、つやつやした、砂埃にまみれていない、黒いぐらいに緑いろのヨメナがぎっしりと生えていた。ちかくに古い肥溜《こえだ》めがあるが、ちっとも気にならない。むしろ栄養があっていいだろうと私たちはいいかわして、さっそくつみにかかった。この草は味はそうわるくないが、芋とおなじで、灰汁《あく》がでる。つんでいると指がたちまち真ッ黒になってくる。

爪にもしみこんで、なかなかとれなくなる。洗いおとすにも石鹸《せっけん》がないからほうっておくしかない。やっとおちたころにまたつみにでかけるから私の指はいつも黒くて、にがい。母の指もそうである。彼女は草むらのなかを四つ這いになって這いまわりながら、しきりにいま手放してきたばかりのお召のことを話した。

彼女の指と口はべつべつの二匹の生きものである。昔のことを思いだしてくどくど、めそめそ、ひっきりなしに口でしゃべりながらも彼女の指は大きい葉、厚い葉、色のよい葉をせっせと機敏に選《よ》りわけてうごきつづけるのである。彼女の思い出話は精緻をきわめている。家にいるときもタンスをあけさえしたら、たるんでひからびていた細胞に水がしみこんで、いきいきしてくるのである。そのお召をつくったときの物価の信じられない安さ、道頓堀《どうとんぼり》のにぎわい、吉野山のサクラ、歌舞伎座《かぶきざ》の当り狂言、落語家の奇行、化粧品の広告文案といったようなことから、あれこれの老舗についての伝説を通過し、隣近所の人びとの悪口でさまよい、やがて女学校時代にさかのぼり、彼女の妹、私の叔母がフランス系のミッション・スクールに通っておぼえてきた『ラ・マルセイエーズ』の一節、二節を口ずさんでみせ、フランス人の修道女が片言の日本語で『歌ウタウ、肺《アイ》ニヨロシイ』といったそうだと何度もくりかえしてくっくっと笑い、つぎに小学校時代にうつる。それがすむと子宮へもぐりこみ、祖母の話、とつぜん子宮からとびだして、小学校、女学校、婚約、結婚と息はずませて駆け、とつぜん夫のことを思いだして、わッと泣きだす。夫はまじめで、頭がよく、よく勉強する小学校の教師であったが、腸チフスを風邪とまちがえられて死んだのである。私が中学校一年生になったときのことである。夫のことを思いだすときだけ彼女の指は動かなくなる。指も、口も、いっしょに死ぬ。歯車がとまる。子供の玩具箱をひっくりかえしたみたいな世界がとつぜん悲痛な息を吸って、窒息する。

モンぺからよごれた手拭いをとりだして顔にあて、彼女はヨメナの風呂敷包みをほうりだして泣きだす。せめてお父ちゃんがいま生きてくれてはったら、せめてお父ちゃんがいま生きていてくれてはったらというのだ。草むらにぺたりとお尻をおとして、顔を手拭いに埋めて、泣きじゃくるのである。手拭いで口をおさえようとすると、声がくぐもって、笑っているかのように聞える。

少しはなれた小川のほうへいってヨメナをつんでいると、しばらくして彼女がよちよちとやってきた。小さくて、子供くらいしか背がない。眼は赤いが、もう泣いていない。

「あのな。怒ったらあかんで」

「怒ってへんよ」

彼女はてれくさそうに笑った。

私がそういうと、彼女はもじもじしながらあたりを見まわしてから、やっと決心がついたように話しだした。声をひそめて、よほどの秘密を話すような口調で、こないだコックリさんをやってみたんやといった。

「……コックリさん?!」

私は大きな声をだした。

「そら怒ったやないか。怒れへんいうたのに怒ったやないか。怒んねんやったら、もういえへん。もういえへん」

彼女は風呂敷包みのほうへ逃げていった。

けれど、そうして体をうごかしたはずみにはずかしさが砕けたのだろうか、ヨメナの風呂敷包みを持ってもどってくると、彼女は私とならんで草むらに腰をおろし、ひそひそと話をはじめた。五、六日前の午後、私が操車場へいって留守のときに、彼女は叔母といっしょにコックリさんをやってみたというのである。この叔母は彼女の二番めの妹で、フランス系の女学校にいったのは一番めの妹である。三人姉妹である。三人のうちでこの叔母がいちばん寡黙で、神経質である。結婚したのだけれど夫があまり母親の尻のしたに敷かれてだらしないのでとびだしてきて、いまは家のなかを影のように歩きまわりながら隣近所の洋裁仕事をしている。けれど縫うものがちかごろはなくなったので、たいてい空腹をこらえて藁のようによこたわり、『般若心経《はんにゃしんぎょう》』やら『デカメロン』やらをとりとめもなく読みちらして、薄明のなかをさまよっているようである。そこへ母がよちよちとよってゆき、二人で何事かを話しあった結果、コックリさんをやってみようということになった。

晴れた夏の午後の縁側へ二人はでてきて、新聞紙をひろげ、墨をすった。新聞紙にはアイウエオ、カキクケコと五十音を書いた。用意ができると叔母は筆を持って新聞紙のうえにかがみこんで、コックリさん、コックリさんとひくい声で呼んだ。コックリさんがおりてくると筆がひとりでにうごきだして字をおさえてゆくはずである。うごかなくなったらコックリさんはどこかへハコベを食べに去ったのである。字をつないでみれば、それがお告げになる。人の話によると、無念無想、高山の空気のように心を澄まさなければいけないそうである。そこで母と叔母は相談し、いつ神風が吹くのでしょうかとお伺いをたてることにした。これは口にだしてはいけないのである。叔母は筆をもって新聞紙にかがむと、コックリさん、コックリさんと、ひそひそ呼び、キュッと目を固く閉じた。そして、一心不乱、ただもう、いつ神風がふくのでしょうか、いつ神風が吹くのでしょうかと、ひたすらその問いだけをくりかえし、くりかえした。叔母がそうやって一心に祈念をこめているのをよこで見ているうちに、なにかしら母も心臓がドキドキしてきた。おなじようにキュッと眼を閉じ、手をにぎりしめて、おなじ祈念をこめた。やがて叔母の手がかすかにふるえてきて、筆は字のうえをさまよいだした。コックリさん。コックリさん。叔母はひそひそ声をひそめ、なにやら凄《すご》い気配をこめて祈りだす。母はこわごわ薄目をひらいて筆の行方を追う。この日、コックリさんは、大阪市東住吉区北田辺町五五一番地の軒下に十二分か十五分とどまり、寡黙に何事かを啓示して去られた。ああ、疲れた、といって叔母は筆を投げだし、うしろへのけぞるようにした。その額には薄く汗がにじんでいたということである。

「……そこでさっそく私《うち》が墨のあとのついた字を集めてみたんや。これはコックリさんのつけていきはった順番どおりにやらんと意味がないということや。暗号解《と》くみたいにひっくりかえしたり、まぜこぜにしたりして、しいて解釈しようとしたらあかんというねん。そやから私《うち》は八重子《やえこ》の筆さきをじいいッと見てて、一字一字の順序を忘れんようにと見つめていた」

母はモンペのどこからか小さな紙きれをとりだして、私にわたした。ひらいてみると、鉛筆だけれどなかなかの達筆で、いくつかの片カナが書きつけてあった。『カマイホワクテヨチタコキロニ』と読めた。

「これがお告げやねんけど、私《うち》にはなんのことやらさっぱりわからへん」

「おれにもわからんわ」

母はおずおずと私の顔をうかがった。叱られやしまいかとびくびくしているようである。けれど、なにげなしに眼を覗きこんでみると、まじめに思いつめた気配がただよっていたので、私はギョッとなってしまった。お告げを解《と》こうとして彼女は本気になって考え、考えあぐねて私に見せたらしかった。怒りがこみあげようとしたが、湧いた瞬間になぜか挫かれてしまった。熱い酸だけがのこった。朝からなにも食べず、重いリュックサックを背負って何粁《キロ》もの野道を歩いたので、へとへとに疲れていた。体が萎えた皮袋のように感じられる。底のからっぽの腸のなかを刺すようなものがたえまなく走ったり、迷い歩いたりしているのだ。

コックリさんは、いま、流行《はや》っているのである。川田のところでも尾瀬のところでもやったことがあると聞いたことがある。ほかに何人もおなじことをいうのがいる。母親や祖母や妹たちがそういうことをしているのを目撃しては操車場へきて仲間にこっそりうちあけるのだ。仲間に話すときはみんな腹だたしげな揶揄《やゆ》、嘲笑、罵倒の口調であるが、ほとほと手を焼いたというような顔をしながら、どこか不安がっているようでもある。母のいうところでは、隣近所で、やらない家は一軒もないということである。たいていてれくさそうな、はずかしそうな、ひやかしや、やけくその顔つきで告白するのだが、一度告白したとなると、みんなきまじめに、熱心になり、どういうお告げがあったかということを話すのだそうである。そして、やりかたなどを手にとるようにして教えてくれるそうである。いつか夜なかに空襲警報がでて防空壕に入ったとき母が暗がりで、いっそコックリさんにお伺いたててみようかしらといいだしたので、私はちょうど芋を食べたばかりのところだったから怒りくるってどなりつけたことがあった。すると母は、ひるんで、自嘲しながらも、どこかしぶとい気配をこめ、当るも八卦《はっけ》、当らぬも八卦、べつに損することでもないやないかといった。いまから二ヵ月ほど前のことである。その後二度といいだそうとしなかったところを見ると、おそらく彼女は、だまって脳のなかで思いつめ、機会をねらっていたのではあるまいか。日本全国の女や男がやっているらしいのだ。教育のあるなし、財産、地位のあるなしにかかわらず、みなひたすらに筆をにぎってアイウエオを見つめているらしいのだ。尾瀬の父は大学の西洋史学の教授である。母親は女子師範学校の国文科を卒業したとかいうことである。尾瀬の脳にエジプト人の話が駅名をかきわけて侵入してきたのは、きっと、母親がキュッと眼を閉じてコックリさんをやっているのを見た瞬間にちがいない。

彼はにわかにぼんやりとなってしまい、なにをいう気力も失《う》せてしまった。しばらくしてからのろのろたちあがり、二階の父親の書斎へ入って、エジプト史の本を洟《はなみず》すすりすすり頁を繰って、記憶をたしかめたのだった。仲間には母親のことを伏せておいて、探究の結果だけをおずおずと話したのであろう。おそらくそれにちがいない。私にしたって、とても『カマイホワクテヨチタコキロニ』など、そんなことを、彼らに話せたものではない。武器をほうりだして猫を追っかけるのに夢中になったというエジプト人と、焼夷弾におびえて筆のけいれんを一心に見つめている日本人と、どこで区別してよいのかわからない。千年、二千年のひらきがあるということもわからない。変れば変るほどいよいよおなじだという言葉がどこかに書いてあったけれど、ほかにどういえばよいのだろう。教育をうければうけるほど人間はかえって頭がへんになっていくのではあるまいか。

「……ちゃん」

母がひそひそとあたりをうかがいつつ、どこかしぶとい顔つきで、たずねる。嘆くでもなし、望むでもなしの、とりとめない口調でいうのだ。

「ほんまに神風て、吹くのやろか？」

「…………」

私たちは背にリュックサック、両手にヨメナのいっぱい入った風呂敷包みをぶらさげて、たちあがる。街道へでてゆくと、あちらの林、こちらの農家から、二人、三人、おなじような恰好をした人が前かがみになって畦道づたいにやってくるのが見える。人びとは荷物におしひしがれて、ただ足もとの土だけを見つめて歩いてゆくのだ。空と、響きを恐れて、額に血管をうかべ、薄い肩をきしませ、右に左によろよろしながらどこへともなく去ってゆく。

暗箱に小さな穴をあける。そこからだけしか日光が入らないようにしておく。この箱をエンドウの鉢にかぶせ、日なたにおく。当然のことだけれどエンドウは暗がりのなかで穴の光をめざしてのびてゆく。何日かたつと穴から蔓が這いだし、上へ上へとのびる。そこで暗箱をとりのけてみると、エンドウは蒼白になってふるえている。闇に浸っていた部分は茎も、葉も、蔓もすっかり色を失って弱っている。穴からでた部分の蔓は強くて、よく巻きつき、濃い緑いろだが、あとはどこもかしこも血を失った爪のようになっている。

いつか学校の生物の時間に明るい窓ぎわで見せてもらったこのエンドウのことを私は佐保を見るたびに思いだした。彼はひとことでいって薄い子だった。どこを見ても薄かった。髪が薄かったし、眉が薄かった。裸になって戸外で働いているところを見ると、胸も薄く、肩胛骨《けんこうこつ》も薄かった。膚《はだ》が白いので日光は障子紙をすかすようにして体をぬけた。

「……あれは月足らずとちゃうか」

「たよりない恰好してるなあ」

「こっちまで元気なくなりそうや」

やせた佐保が小さな戦闘帽を頭にのせ、猫背になってよろよろと歩いていく姿を見送ってみんなはときどきつぶやいた。

彼は誰もおびやかさず、誰の邪魔にもならなかった。いつもどこかのすみっこにひっこんで科学小説を読むか、空想画を描くかしていた。ときどき這いだしてきて、私たちが大きな声で兵隊直伝の猥談や法螺話にふけっているのを耳かたむけて聞き、小さな口をあけて声低く笑ってはもとのすみっこへこっそりもどっていった。彼はすみっこが大好きだった。なにかに背をぴったりくっつけておかないことには安心できなかった。部屋のすみっこ、壁ぎわ、つみあげたふとんのかげなどが彼の気に入りの場所であった。いつか私に話してくれたことがあるが、家でも彼は部屋の広い場所や机は弟と妹にくれてやり、自分は押入れか机のしたにもぐりこんで本を読むのだそうである。そうしないことにはどうしても頭がハッキリしないという。寝るときもふとんを八畳の間の遠いすみっこへ持ってゆき、壁ぎわにぴったり体をくっつけ、エビのようにちぢまって寝るのだそうだ。

「何が楽しいというて、本持ってネズミの巣みたいなすみくだへ入っていくときほどええことあれへん。ぼく、わくわくしてくるわ。そこへお茶とおイモさんの蒸したのがあったら、もういうことないなあ」

ひそひそと彼はそういって眼を細め、はずかしそうに口をつぐんだ。彼にそういわれてみると、なるほどこの世ですみくだほどいいものはないという気がしてくる。

川田や尾瀬と彼は仲がよかった。彼は空想画では川田の弟子であり、科学趣味では尾瀬の弟子であった。運動神経がないので操車場では突放作業や機関助手などの荒業《あらわざ》はせず、もっぱら検車、倉庫整理などをしていた。彼は不器用で、ひよわで、本好きであったが、川田や尾瀬のようではなかった。猥本を十日も徹夜で筆写する狂熱もないし、日本全国の駅名を丸呑みこみしてしまう徹底もなかった。一人でラテン語や高等数学を勉強するということもなかった。尾瀬とおなじようにゲートルはいつまでたってもうまく巻けなかったけれど、軍事教練や査閲のときに号令かけて三八銃をさかさまにかついでしまうというようなことはしなかった。川田にならって彼も押川春浪《おしかわしゅんろう》や海野十三《うんのじゅうざ》やジュール・ヴェルヌの小説をむさぼり読み、しじゅう膝に紙をひろげて空飛ぶ戦艦や殺人光線の画《え》を描いた。彼の指は細くて、長く、よくしない、鉛筆を固くにぎって機敏にうごきまわった。けれど彼の指は鉛筆や、消しゴムや、箸や、防空頭巾などと川田のような関係を結ぶことはできなかった。私とおなじように彼は物を使うだけであった。にぎるまえとにぎったあとで物が彼の手のなかで変ってしまうことはなかった。

彼は不平をいったことがなかった。人を罵ったこともなかった。人を殴ったり、おしのけたりしたこともなかった。いつも仲間のあとについて歩き、命じられた仕事は忠実に果す努力をし、時間いっぱい働いた。怠けたり、列からはみだしたり、一人でどこかへ消えてしまったりしなかった。けれど誰も彼を模範生と考える者はなかった。私も考えたことはなかった。どんなに彼が消耗しても力を感じさせられたことは一度もなかった。たいていみんなは彼のことを忘れていたし、忘れられていることに彼は満足していた。めだつことはなにより苦手であるらしかった。冬の夜にふとんから足がはみだすのを恐れるように彼は広い場所や他人の視線を浴びることを恐れた。学校にいた頃、軍事教練の時間にみんな毎週交替で小隊長になって、号令をかけたり、列の先頭を走ったりしたが、彼は当番がまわってくるのをひたすら恐れた。肩から赤い綬《じゅ》をかけて広い運動場を一人で走りまわるのが彼はいやでいやでならなかった。考えただけでも胸がつまり、息が切れてくるのだ。顔が赤くなり、冷汗がにじみ、足がふらつく。しどろもどろになった彼がせっぱつまったような金切声をあげて号令をかけ、まるでその声から逃げるような恰好でひょろひょろと夢中で駆けていくところを見るとみんなは大きな声をだして笑った。仲間から嘲笑され、配属将校には殴られ、教練の時間がすむと彼は狂ったような眼をして綬と点呼簿をもどしに教員室へとんでゆくのである。しぼみきった彼が汗をぬぐいぬぐい廊下をやってくるところを見ると、影まで失ってしまった気配であった。たいてい仲間は彼のことを忘れているが、ときどき思いだすとたいくつしのぎにからかったり、いじめたりした。彼はけっして反抗しないのだからいじめたところでちっとも楽しいことはないのだが、みんなはしりごみする猫に袋をかぶせてよろこんだ。仲がよいはずの川田でも発作を起すことがあった。これは足にじゃれつく仔犬でもたまには蹴とばしてみたくなるようなものらしかった。あるとき彼は宿直室に寝ころんでうつらうつらしていた。その枕もとに佐保がいつもの癖で女のようなすわりかたをしてひそひそ声で誰かと話をしていた。聞くともなしに聞いていると佐保は札《さつ》で指を切ったことがあるという経験を話していた。よく世間では〝手の切れるような札〟というけれどあれはほんとの話で、げんにぼくは、いつか、五円札で指を切ったことがあると、佐保はいうのであった。川田はひょいと顔をあげると、優しい声でたずねた。佐保はそこで気がつかなければいけなかったのだが、何も知らないで逸脱をちょっぴりすすめてしまった。

「……ほんまの話か、それ」

「ほんまや、ほんまや。手の切れる札てあるもんなんやで。ぼく、知ってるもン。せんに新しい五円札さわったら指切れたことがあった」

「血でもでたか？」

「薄《うす》うにナ、でたよ」

「ほんまかいな？」

「ほんまやとも！」

「………」

　川田はだまって寝返りをうち、眠そうに薄く眼をあけて、やぶれ畳のほつれを眺めた。

　その翌日、佐保はひどいめに会った。昼の大休止もそろそろ終りかけた頃になって川田は操車場にあらわれた。どうして遅れたのだと聞くと、銀行へいってたのだと答えた。

彼は宿直室のすみっこにうずくまっている佐保のところへ歩いてゆき、ポケットから財布をとりだした。財布のなかにはやわらかいちり紙で包んだ五円札が入っていた。銀行からおろしたての新札で、いま刷りあげたばかりのように見えた。彼は注意深い手つきでちり紙をとると、札をいきなり佐保の顔のまえへつきだし、低くせせら笑った。

「持ってきたで」

「…………？」

「パリパリの五円札や。指切ってもらおうか。とびきりのパリパリにしてんかと銀行でたのんだ。おかげで半休になってしもたわ」

「…………！」

　ぼんやりと川田の顔と札を見くらべているうちに佐保はとつぜん罠におちたことをさとった。川田の眼のなかをちらと覗きこんで彼は顔をそむけ、あわててあたりを眺めたが、もうおそかった。あまりすみっこへもぐりこみすぎていたのだ。逃げ場がどこにもなかった。狼狽と当惑でたちまち眼が乱れ、顔が真ッ赤になった。彼も川田の性質はよく知っていたので、おちこんだ罠がぬきさしならぬものであることを感じとった。

「あれは冗談やんか！」

　佐保は叫んだ。

「あかんわい！」

　川田も叫んだ。

「おれは昨日、二度も念をおしてお前に聞いた、ほんまの話かと聞いた。そしたらお前はほんまの話やというた。二度ともそういうたやないか。そこでおれはわざわざ銀行へいってパリパリの札をもろてきたんや。ちゃんとお前のいうとおり五円札や。早《は》よ指切ってもらおうか。科学する心や。科学する心でやってもらおうか」

「………！」

とつぜん佐保は体を起すと、壁から跳ねた。頭から川田の膝につっこみ、しゃにむに股を這いぬけようとした。そうするよりほかなかったのだ。川田をおしたおす力は佐保にはなかった。彼は尻をぽんと蹴られてころがった。四つ這いになって逃げようとした。川田は足でからみ、手でおさえつけ、馬のりになって五円札をふりかざした。二人はもつれたり、からんだりしながら、あたりをどたばたところげまわった。私たちは広い宿直室のあちらこちらに散らばって猥談と法螺話にふけっていたので、何事が起ったのかと首をのばしたが、騒ぎの原因を聞いてばかばかしくなり、すぐまた果てしない未知の女体の話にもどった。そのよこを二人は息切らしつつころげていった。誰も相手にしないのに二人はいつまでも組みうちをやめようとしなかった。金切声の悲鳴と嗄《しやが》れ声《ごえ》の嘲笑がわずらわしくて、低声《こごえ》の女体の話が切れぎれにしか聞きとれないのが腹だたしかった。

「あれは冗談や！」

「科学してくれ！」

「冗談を本気にするなよ！」

「科学しろったら科学しろ！」

「かんにんや、ぼく、かんにんや！」

「やれ。心頭を滅却してやれ！」

さんざん埃をたてたあげくに二人はやっとはなれた。ぼくは嘘つきですと佐保は二度いわされたうえに、寝小便たれといわれた。

姿三四郎に凝っていた頃の崎山はしばしば佐保を稽古台に使って苦しめた。崎山は学校の柔道部に入り、黒帯をもらっていた。動員令に狩りだされてからは練習のひまがなく、学校が兵舎になってからはいよいよ手持無沙汰で困った。そこで彼は誰彼なしにつかまえては投げてあばれまわった。投げなかったのは先生とスーちゃん伍長くらいで、あとはみんな投げた。私も投げられたし、川田も投げられたし、尾瀬も投げられた。はじめのうちはさからってみたけれど、そうすればするほど彼は手ごたえがあるとか見こみがあるとかいってはずんでくるので、しまいには、いちもくさんに逃げだすか、投げられるままになるか、どちらかしかなくなった。たいていはいちもくさんに逃げだすことにした。そこで彼は佐保に眼をつけた。佐保はいくら崎山がどかどか足音をたてて迫ってきても、逃げもかくれもしなかった。

「……おい、ちょっと。コンニャク」

いまいましげに崎山が声をかけると、佐保は鉛筆と紙をおいて、そっとたちあがる。

投げるのでも絞めるのでも崎山は本気になってやるので、佐保は苦しかった。両手をだらりとたらして彼は崎山のまえにたち、力をもろにうけた。投げられるまま、絞められるままになった。彼は頭から宿直室のやぶれ畳に墜落した。一度、歯を折られたことがある。二度ほど鼻血をだしたこともある。けれど彼は崎山が近づいてくると、小さな吐息をついてから、従順にたちあがった。ぐにゃぐにゃの体を気まぐれで兇暴で正確な崎山の腕と腰と足にゆだねた。どんなにひどいめに会わされてもけっして彼はいやだとはいわないのだ。何もいわないのだ。ただ必死になって圧力に耐え、蒼ざめたり、あえいだりするだけなのだ。私たちは彼の底知れぬ忍耐力に気味のわるい思いをさせられ、蒙昧《もうまい》な歓呼の声をあげる崎山と、ただだまって口から泡を吹いているだけの佐保とを見くらべて、果してどちらが勝者なのか、よくわからないような気がした。そして、崎山が満足して去ったあと、へとへとの四つ這いになって寄ってくる佐保を、夢遊病だとか、腰ぬけだとか、奴隷だとか、しばしばのことだが、きんぬきなどと呼んだ。彼は私たちがどんなに叱ったり、罵ったりしても、何もいわなかった。気弱く善良に微笑しながらのろのろとすみくだにもぐりこみ、鉛筆をとりあげて、殺人光線の画のつづきを描きにかかるのだった。自分にはとうていできそうにないことを彼が平気でするので、私はいらだちをおぼえた。それが腹だたしくもあった。何度となく川田と声をそろえて佐保を罵ったり、嘲ったりした。けれど、おなじことが何度もかさなるうちには、はじめ感じたように佐保が果てしない力を持っていてどんな乱費も惜しまないのだというふうには感じられなくなってしまった。ただ蒙昧で、無智で、消耗しているだけのことなのだと思いこむようになった。佐保は薄いのだ。それだけのことである。ただ薄いだけだ。

崎山に気絶しそうなほど絞めあげられたあとで、佐保はよろよろと体を起し、細い首を撫《な》でつついうのであった。やっとはなしてもらえたことをよろこびつつ、うっとりした微笑をうかべて、彼は媚《こ》びるのである。

「……ええ絞まりぐあいやった。ものすごい腕あげよった。ぼくら、かなわん。純綿の絞めかたや。ほんまに、崎山、姿三四郎になれるなあ」

崎山は苦笑して、短く

「おおきに。御馳走《ごっつぉ》はん」

といった。

七月のはじめのある日、私は佐保とおなじ班に入って働いた。川田と尾瀬はいなかった。彼らは別の場所にまわされた。私たちは午前中、機関庫で働き、午後、車票点検をした。機関庫では機関車を洗った。火をすっかりおとした機関車をホームで水洗いしたあと、溝へもぐりこんで、油をしませた雑巾で大動輪や車軸を磨くのである。機関車の下腹をくすぐっているような恰好になる。これはあまり気持のよい仕事ではない。暗いから手さぐりでやっていると、ときどき機関車が旅行中にくわえこんだとんでもない手土産品をつかませられてしまうのである。人間の腿や腕などである。根もとからきれいに切断されたのがまるまる一本でてくることがある。

「……まぐろ一本！」

私たちが溝から這いだして吐いているよこで国鉄の機関庫員は長い火掻棒《ひかきぼう》をたくみに使い、放埒《ほうらつ》な声をあげてひっぱりだす。裸の腿がゴロリとコンクリート床にころがるところを見ると、ほんとに河岸《かし》のまぐろそっくりである。大動輪は厚くて鈍重そうだが、速度がついて回転しだすと剃刀《かみそり》より鋭く、薄くなるのである。どの腿や腕も見とれるくらいあざやかに切断されている。

午前中、暗がりで油まみれになって働いたので、明るい日光のなかを散歩する午後の仕事は楽しかった。私は佐保と二人で何本もの貨物列車に沿って歩いていった。佐保が一台一台の貨車の車票を読みあげると私が送車原簿と照合してまちがいがないかどうか、鉛筆で印をつける。私たちはなるだけゆっくりと歩き、ゆっくりと読み、ゆっくりと調べるようにした。一列車終るたびにはげしい日光を避けて貨車のかげに腰をおろして休止した。佐保はひそひそ声で押川春浪の小説や楠公炊《なんこうだ》きの話をした。私はこのあいだの川遊びのことを話し、林のなかで会った木食《もくじき》仙人のことを話してやった。遁世《とんせい》した男が松葉を食べると緑いろのつばがでたこと、夏葉は剛《こわ》くてにがりがあっていけないとこぼしたこと、それから彼の奇妙だがひどく重みのある体と哲学のことなど話すと、佐保は小さな口を手でおさえて笑いころげた。彼の瞳は薄い茶いろで、日光のなかでまぶしげに笑うと、その奥に映っている小さな、小さな私の顔も笑った。

いつか二人は操車場のはずれにきていた。ここには廃線が二、三本あるだけで、雑草がぼうぼうと茂り、機関車や貨車もめったにやってこない。すぐよこが田ンぼである。とつぜん夏空をふるわせてサイレンが吠えだした。私たちはたちどまった。空襲警報であった。サイレンが鳴りだすと同時に広大な操車場のあちらこちらに散らばって突放作業をしていた何台と知れぬ機関車がいっせいに甲ン高く汽笛を鳴らし、あわてて貨車をふりはなして退避をはじめた。どこかで機関銃が短くはげしく咳《せ》きこみはじめた。その音を耳にした瞬間、私の眼は機首を低くさげて肉薄してくるグラマンP51の数機をとらえた。いつもの午後の〝定期便〟であった。けれど今日は早すぎた。あまりに不意でもあった。私は遠く来すぎていた。いつも退避する地下道からずっと遠ざかりすぎていた。〝熊ン蜂〟の機関砲の火のなかをくぐって走るにはあまりに遠すぎた。崎山がとんでゆき、川田がとんでゆくのが小さく見えた。彼らの姿はたちまち消えた。機関士、機関助手、操車係などもいっせいに機関車からとびおりて走りだした。彼らの姿もたちまち消えた。

「どうしよう、どうしよう」

佐保が声をふるわせた。

「もう間に合えへんで、ぼくら」

「……………」

息をのんで見ていると、〝熊ン蜂〟たちは編隊をとき、いっせいに翼をさげた。旋回銃撃に移ったのだ。一度斜めに高くあがってからとつぜん機首をさげてつっこみ、むちゃくちゃに射って疾走するはずである。このすきに何秒かがある。ほとんど毎日のことなのでよくわかっている。

いっせいに機首が空に向ったのを見て

「田ンぼへ逃げよう」

私は叫んで走りだした。

枕木を蹴り、栗石を蹴り、雑草を踏みたおして私は廃線をとびこすと、土手をころがるようにして田ンぼへおりた。汗にかすんだ眼が小さな、細い畦道を見てしまった。そこをよろよろしながら私はかけだした。すぐあとにつづいているはずの佐保の足音がどこか遠くの物音のように聞えた。頭のすぐうしろに爆音が肉薄してきた。土がゆれ、道がゆれ、稲がゆれた。足から力がぬけた。膝がふるえて、うまく走れなかった。〝熊ン蜂〟は走っても走ってもしぶとく追ってきた。とつぜん私はさとった。なんとうっかりしていたことだろう。今日私は白シャツを着ているではないか。広くて、青くて、何もうごくもののない田ンぼのなかでは絶好の目標である。私はあえぎあえぎたちどまると田ンぼのなかへとびこもうとした。泥に体を埋めたらいいだろうかと、ちらと考えたのだ。そこを佐保がかけぬけようとした。彼はよろめきながら私の体にぶつかってきた。とっさに私の手と足が反射した。私は彼を殴り、足がらみをかけ、蹴りたおした。何か声をあげながら彼は手をのばして私のベルトをつかんだ。彼の体をぶらさげて私はたたらを踏んだ。夢中で私は彼の頬を殴り、腰をふるい、怒り狂いながら足で胸や腹を蹴った。靴を通して佐保のか細い肋骨がふるえるのが感じられた。

「かんにんや、かんにんや」

とつぜん佐保はすさまじい声をあげた。そして、胴ぶるいしてたちあがると、のしかかる私をおしかえしにかかった。どこにひそんでいたのだろう、彼はすさまじい膂力《りょりょく》をふるって迫ってきた。

「何すんのや、殺す気か。くそっ……！」

彼は罵声をあげると眼を血走らせて私の手に嚙みついた。私は彼の声を聞いた瞬間、不意をうたれてよろめいた。異様な力があった。腸《はらわた》の奥からほとばしってきたその力は奔放で、乱費惜しまず苦しみ、あたりはばからずひびき、避けることを知らなかった。佐保は異様に強力、かつ、苛烈な男であったのだ。とつぜんさらけだしたのだ。

「お母ぁちゃん、お母ぁちゃん！……」

頬をひっぱたかれて泣きながら彼は殺到してきた。二人はもつれあったまま水しぶきをあげて泥のなかへおちこんだ。その瞬間、頭を削るほど低く〝熊ン蜂〟が疾過した。薄い泥の膜ごしに眼が一瞬に多くのことを見た。ジュラルミンの太い胴は機械油や煤によごれ、星が描いてあり、機首には黄や赤や青のペンキでポパイが力こぶをつくっている漫画が描いてあった。機関砲がはためいて火を噴いていた。あたりいちめんに水しぶきがたった。防弾ガラスごしに操縦席の男がはっきりと見えた。巨大な風防眼鏡《ふうぼうめがね》にかくされている頬が信じられないほどの薔薇いろに輝き、快活に笑っていた。人は人を殺すときに笑ったりするのだということをはじめて知らされた。私は兎であった。革ジャンパーを着た薔薇いろの犬に追われる黄いろい兎であった。眼を閉じ、息をつめて、私は生温い泥水のなかに顔を埋めた。洪水がはためきながら空をわたっていった。私は戦闘機は何度も操車場を旋回銃撃してからふたたび編隊を上空で組んで去った。私は全身泥まみれになって畦道へ這いあがった。あたりには明るい日光のなかで幾条かの荒い風が川のようにうごいていた。私はゲートルをほどき、靴をぬいで、水をあけた。佐保が畦道へ這いあがってきて、私の体によりそうようにしていつもの癖で女のようにぺたりと腰を土におとした。私は彼の顔が正視できなかった。ゲートルをほどき、靴の水をこぼしながら、彼はひそひそと話しかけた。

「……操縦士、笑てたな」

「…………」

「ぼく、ちゃんと見えた。ああいうときにはこまかいことがえらいよう見えるもんやな。こっちを撃ちながらニコニコ笑てたで」

「…………」

「機首のところになんや知らん、妙な画が描いたった。あれ、何の画やろ。よう見ようと思てるうちに、ぼく、水のなかへもぐりこんでしもて、見えなんだ」

「…………」

「なんの画やろなあ、あれは」

「ポパイや」

「あ、あれがポパイか」

「………」

私はポパイがもともとはホウレン草の罐詰《かんづめ》会社の広告漫画だったことを説明した。佐保は知らなかったので、眼を輝かせて聞き入り、ふん、ふんとうなずいた。こういうことは私たちには何もわからないのだ。外国漫画を見なくなってから、いったいどれくらいになるだろうか。たまに死んだ父親の古本のなかから『ベティ・ブーヴ』や『ジグスとマギー』などがでてくることがあって母がなつかしがるが、それだけのことだ。私たちはポパイも知らず、英語も知らない。チューインガムの味もとっくに忘れた。チョコレートの味も忘れてしまった。日本は私たちの生れるまえから間断なく戦争し、アメリカと戦争するようになってからでも、もう何年かたっている。けれど、アメリカ人の顔を見るのは今日がはじめてなのである。はじめて敵の顔を見たのだ。生れてはじめて外国人の顔を見たような気もする。彼が薔薇いろの頰をしていたので眼を疑いたいくらいだ。とてもおなじ人間とは思えない。

佐保とつれだって私は操車場へもどり、宿直室へ入っていった。すでに地下壕からひきあげた仲間が集って、寝ころんだり、あぐらをかいたり、壁にもたれたりして、口ぐちに〝熊ン蜂〟の話をしていた。私はそっと入っていき、みんなから離れたすみっこへ佐保といっしょにすわった。川田にも近づかず、尾瀬にも近づかなかった。誰にも近づかなかった。佐保のそばからはなれることができなかった。たえず彼の言動に注意していなければならなかった。おとなしい彼が不安でならなかった。私は彼を蹴りつけ、蹴りたおして逃げようとしたのだ。助けようとしないばかりか、おき去りにしようとしたのだ。殺そうとしたのだ。いつ彼がそのことをいいだすか知れない。もし誰かが声をかけ、彼が顔をあげたら、私はどうなることだろう。どうして防ぎ、どう弁解していいのかわからない。いまに誰か話しかけやしないか、いまに誰か話しかけやしないかと、私は不安でならなかった。体がつめたくこわばり、手や額に汗がしみだした。佐保は空飛ぶ軍艦の設計図に夢中になっていた。けれども私は田ンぼのなかで彼があげた声が忘れられなかった。すさまじい腕力をふるってうちかかってきたことも忘れられなかった。噛みつかれた手の甲は皮がやぶれ、血がにじんでいた。たえずしくしくと痛み、疼《うず》いた。息が苦しくなった。首までつめたいぬかるみに浸っているようだった。佐保の吐く息、吸う息をじっと息をひそめて凝視している自分の卑劣さ、いやらしさが耐えられなかった。どうして作業再開の命令がでないのだ。なぜみんなはいつまでも腰をおろして話にふけっているのだ。事件のあとでしゃべりあったところで何になるのだ。

崎山が階段をあがってきて、靴をぬぎ、宿直室へ入った。私たちのそばを通りすぎようとして、黄いろい縞の入った彼の眼はふと佐保の顔を見た。一歩いきかけてから彼はもどると、佐保のまえにたちはだかった。

「……おう兄《にい》さん」

と崎山はいった。

「ちょっと体貸してんか。命拾いしたらはずんでいかんわ。ちょっとこなしてくれや。一発だけや」

佐保はのろのろと顔をあげた。たっているのが崎山だとわかると彼はくちびるを嚙んだ。薄い眉がふるえた。私は見ていて息がつまった。手がじっとりとぬれるのがわかった。額の汗が眼にしむようでもあった。

不思議なことが起った。

「……ほんまに一発だけか？」

佐保が聞いた。

「ほんまに一発や。お前を何発も投げたところでしょうがないわい。うぬぼれたらあかんで。そうッと可愛がったるわ」

崎山が答えた。

佐保は小さな吐息をついて、鉛筆と紙をそっとおき、すみくだからたちあがった。彼は崎山に腕をとられるまま部屋のまんなかへよろよろとでてゆき、眼を閉じた。崎山はあたりにごろごろ寝そべっている仲間を乱暴に蹴散らし、やぶれ畳のうえへ佐保を人形のようにすえつけた。

「けったいな匂いするで、お前」

「田ンぼにおちたんや、ぼく」

「まるで肥溜めやな」

「………」

「仕様《しやあ》ない。いくか」

いきなり崎山は体をおとすと、足で佐保を跳ねあげ、腰でうけとめてひとひねりひねった。投げしなに低く声をかけた。トウッといったようでもあり、タッといったようでもあった。佐保の体は正確な軌跡を描いてとび、頭から畳へ墜落した。頭蓋骨がひび割れたのではないかと思うような、にぶい、陰鬱な、こもった響きがした。

「おみごとです、三四郎様」

「技あり。一本ッ！……」
二、三人がひやかした。
佐保は蒼白な顔になり、ぎゅっと眉をしかめた。死んだようになって畳にころがり、しばらくしてから体内にこもった激痛をそろそろ吐息といっしょに吐きだした。眼を閉じたまま彼はひそひそ声で優しくたずねた。

「一発だけやというたなあ、崎山」

「そういうたようやナ」

「もうええねんな？」

「そのようであるようやナ」

捨てゼリフをのこして崎山が去ると、とつぜん死んだようになっていたのがひょっくり体を起し、佐保はいそいそとすみくだへかけこんだ。鉛筆と紙をとりあげて膝にのせると、彼は痛そうに顔をしかめながらも、悦、悦、悦、とつぶやいた。私の顔を見あげて薄い茶いろの眼で優しく笑った。ひそひそと秘密をうちあける口調で

「……一発でかんにんしてもろた。珍しいこっちゃ。今日は崎山、何ぞええことあったんやろか。えらい気前がええわ」

彼は眼を細めて膝のうえの画を眺めると、もみ手しながら鉛筆をとりあげ、鼻さきを紙につっこんだ。

シャツとズボンを洗うことにしよう。私は体を一つふるわせてたちあがった。自信ができた。もういいようだ。何事も起らなかったのだ。何一つとして変らなかったのだ。もう耐えることができる。大丈夫だ。今後どんなに佐保がみんなのまえで私の所業をあばきたてても私は切りぬけられそうだ。しゃべるだけしゃべらせておいてから頭から嘲笑することにしよう。おだやかな口調で痛烈に彼の日頃の無気力と薄弱さをあばきたててうっちゃりを食らわす。みんなは何も知らぬ。きっと勝つのは私であろう。佐保は敗れるであろう。あるいは彼は強大、苛烈な、はばかることを知らぬ声をたてる勝者となるかも知れない。けれど、それを知るのは私一人だ。誰もそのことに気がつくまい。秩序は腐敗したまま平穏に運行し、ついに私は無事にすむと感じられる。明るい午後の畦道で起ったあのことはついに人に知られるまい。知らされても人は洞察するまい。知ら

されないことは存在しないことなのだ。あるいは人に知らせなければ私自身も知らされないことになるのかも知れぬ。畦道のあの異変は一瞬の暗い影にすぎなかった。私の錯覚であった。私が錯覚だといえばそれは錯覚になるのだ。なぜかわからない。どうしてそんなことになるのかわからない。私は卑劣な、陰湿な、うかつに口をきかない、敏感な、いやらしい奴だ。にぶい歯痛のようにそれは意識された。けれど、どうやら、そのような私はどこにも存在していないようであった。誰も私を怪しまず、疑わず、訝《いぶか》しまず、にこにこと笑ってたわごとを話しかけてくるようである。何か気のきいたたわごとを答えて私はすりぬける。今日、私は、生れてはじめて他人の頬をうった。ほんとに、生れてはじめて、他人の薄い、やわらかい、しっとりと生温い頬をうった。何事かが私にも起ったはずである。けれど私にはわからない。何が起ったのかわからない。何もわからない。

散った

万邦に比類なき天壌無窮の民はさまざまな怪力乱神にとりすがっていた。油脂焼夷弾を縄ぼうきで消そうと考えてどの家の入口にもバケツと竹竿がたてかけてあるし、男たちはB29爆撃機に備えて国民精神を作興するのだといわれて、毎朝、神社の境内で竹槍の練習をしていた。ヨメナはヴィタミンCに富み、イナゴは動物性蛋白とカルシウムにみちみちた栄養のかたまりということになっていた。神託は空のかなたからコックリさんの筆先に降り給《たも》う。人びとは何物をも信じていないくせにせっせと縄ぼうきをつくり、竹槍を磨き、野道ではイナゴを追い、タンポポを摘んだ。〝楠《くすのき》公炊き〟というものもあった。いつごろからとなく流行りだしたのだ。楠正成《まさしげ》が籠城したときに糧道を断たれ、飢えに苦しんだあげく案出した必死の慧智《けいち》であるということだった。空腹に苦しむ兵たちをこれでなぐさめ、励ましたのだということだった。一合の米を五合に見せるという不思議な術なのである。まずお釜にぐらぐら湯を沸かしておいてから、煎った米をパッとほうりこみ、蓋をかぶせるのである。しばらくして蓋をとると、米粒はいっせいにはじけて、ふくらみ、お釜いっぱいになって湯気をたてている。

「……なるほど。なるほど！」

隣近所で聞きこんできてはじめて試みた日、母はお釜の蓋をとって狂喜せんばかりであった。息子の茶碗《ちゃわん》に何杯もよそってやれるという、ただそれだけで、懐疑心のつよい迷信家の彼女の内部の何かが湯気のなかでだらしなくとけてしまった。〝楠公炊き〟はたしかに眼にはたのしくたのもしいものであった。縄ぼうき、竹槍、タンポポ、コックリさんなどとおなじようにひどく安上りで精力を必要としないという点ではまったくヒケをとらぬ怪力乱神であったが、軍国精神の基礎がすべて錯覚から出発している以上、当然のことであった。私と母はお釜からこぼれそうになるくらい盛りあがった御飯を見て、何度となく、悦、悦といいかわした。食べてみると、御飯はふわふわと泡のようであった。ちょっと焦げの香りがついてかんばしいが、米粒は噛むすきなしに歯のあいだからどこかへ消えた。お茶をかけてみるとたちまち正体がさらけだされる。アッと気がついたら茶碗いっぱいの米は茶碗の底にうずくまってしまって、どうしようもないのである。

ある夕方、母は茫然《ぼうぜん》とつぶやいた。

「これは胃に負担をかけへんから健康食やと思うわ。お焦げは体にええねん。死んだお父ちゃんなんか、いくらでも御飯が食べられる時代でも、釜底がうまい、釜底がうまいというたはった。ようお焦げをせがみはったもんや」

息子はつぶやいた。

「胃に負担かけへんのはええけど、歯もダメになってしまうのとちがうやろか。使えへん物はみんな退化すると聞いた。こんな飯ばかり食べて歯も胃も使わなんだら、そのうち、クラゲみたいになってしまうのンとちがうやろか」

母はやがて顔を蔽《おお》ってしくしくと泣きはじめる。しゃもじや茶碗をおいて、ゆっくりと涙を流しはじめるのだ。そして床下で鳴く秋のコオロギのように愚痴をならべるのである。とぎれとぎれに、世が世なら、とか、戦争さえなかったら、などというのである。せめてお父ちゃんが生きてはったら、とか、こんなはずやなかったのに、などともいうのである。燈火管制で黒紙をかぶせた電燈のしたで、ひからびた骨のようになった皿、茶碗、水屋、お釜などにとりかこまれて彼女はいつまでも水の虫のように泣きつづけた。私には、それは、わずらわしく、いとわしく、熱く、むなしく、どうしようもなく重い光景であった。しばしばこれからさきのことを思わせられて凍りつくようになってしまうこともあった。冬の日にうっかり踏みこんだぬかるみのつめたさのように背骨を浸してしまう想像があった。タンスはもうからっぽである。いくらかの貯金があることはあるらしいが、金がどれだけ無意味であるかは徹底的に教えられた。必要なのは脂、魚、毛布、靴、野菜など、〝物〟である。それらの物を工面する権力であり、顔であり、畑である。私たちには何もない。何もないといったら何もない。私たちは百姓に仇討《あだう》ちされている。彼らは暗鬱な顔をして、皺《しわ》と筋肉のなかで傲慢な、陰気なよろこびを味わいつつ私たちを迎え、蹴りだすのだ。町者の私にはどうやら彼らの復仇にはしぶとい正しさがあるようにも感じられる。けれど、蹴りだされた私たちは二貫、三貫のジャガイモや大根をリュックにつめて野道によろよろ漂っているばかりではないか。

私は兇暴な、熱い破壊慾にみたされて二階へかけあがる。壁、障子、窓、机、何もかもたたきこわしてしまいたかった。蹴破り、粉砕し、投げ、燃やしてしまいたかった。けれど、一息に階段をかけあがって暗がりのなかに踏みこむと、ふとそのはずみに疲労がこみあげてくる。熱い泥のようになった憎悪の鍋の底を舐《な》めていた火が、ふと、消えてしまうのだった。闇のなかにはしぶとく冷酷で陰惨な力、容赦ない、苛酷な嘲笑と静けさがあって私を圧倒した。暗がりを手さぐりで本と毛布のなかにたおれこみ、背骨を嚙み砕きそうな空腹感で身もだえしながら私は涙をこらえた。奇怪なことには慾情がそういう瞬間、暴風のように私をとらえた。涙をたらしながら私の悪い手はのびて灼熱の根をまさぐった。奔出のあと私は息たえだえになってよこたわった。荒涼とした壁のなかに私はよこたわり、すくみあがっていた。

はじめてこのいたずらを知った頃、皮膚が穂の波のように閃きつつざわめき、なびいたものだった。たえずいまわしい罪の匂いが後頭部のあたりに漂ったが、それは、主として、していることが快楽を導きだすからという理由からであった。しかし私は恥じながらも体をかがめることにふけった。それほど輝かしい敗北の姿はなかった。手にふれるもの、眼に映るもの、すべてに兆候があった。川田が徹夜で筆写したフランスわたりの猥本を読まなくても、ただ障子に日光が射すのを見ただけで、ひっそりと豊饒《ほうじょう》な草いきれを嗅《か》いだだけで、私の皮膚はざわめき、熱で輝いた。空、雲、草むら、日光、書物、口笛、なにげない通行人とのすれちがい、午前十時、午後三時、満員電車、すべてに私は挑まれた。煽《あお》られ、みたされ、発火し、強化された。バルビュッスの『地獄』が部屋の隅の本の山のなかに埋もれている。背表紙は見えないが、その本がそこにあると感じただけで軟かい中心は血で輝きはじめるのである。暗い部屋のなかで密会する男女の白皙《はくせき》で豊満な肩や腿が淵に浮き沈みするのが見えてくるのだ。私はかがみこみ、屈服し、呻《うめ》き、あえいだ。部屋から町へでてゆくとき私は腰のなかで液がたぷ、たぷと音たててゆれるのを感じた。

悪い手は絶望に出会うたび、ことにはげしくうごきだすのだが、近頃はなぜか、光輝と豊饒さが衰えてきて、むしろ、酸敗したみじめさにひしがれるようだ。空腹にかりたてられて夢中になると、そのあと、まるで肺や腿の一部をげっそりと削りとられたような疲弊をおぼえるのである。熱い腐臭にまみれて壁のなかにころがり、闇のなかに半裸でころがりながら私は考えてしようがないのだ。どこかで読んだか、誰かに聞かされたかの話である。猿にこの遊びを教えると夢中になってしまい、死ぬまで遂行するという話である。わき目もふらずに日夜没頭し、全精力をあげて体力を消耗する。あげく、キビガラのように枯れて死んでしまう。死ぬまで惑溺してしまうということである。南京《ナンキン》豆《まめ》やリンゴやクルミなどは彼の体を通過し、空にほとばしり、砂に洩れて消えてゆくばかりである。すでに私は病みきっている。もう来すぎてしまった。ひきかえす術《すべ》を知らない。のしかかられ、抱えこまれ、肩に爪をたてられてしまった。イナゴ、タンポポ、タニシ、楠公炊きしか食べていない私がこれほど浪費していいものだろうか。不安でしかたないのだ。一回奔出があるたびに私は腎臓がどこかで小さくなり、平べったくなり、萎えて色褪《いろさ》めてゆくように思う。腰が薄くなり、脆《もろ》くなったようにも感じられる。風や日光や電車が何の苦もなく体のなかをぬけていきそうなのだ。神戸で男の子が妊娠したという新聞記事を読んで私は狼狽し、人知れず不安で不安でならなかったことがあるが、そのときの憂悶《ゆうもん》に似ている。こんなことをつづけていると遠からず死んでしまうのではないだろうかと私は思って、手のつけようのない恐怖をおぼえる。

ある日、私は操車場を休んで近くの小学校へでかけた。身体検査だというのである。仲間の噂によると、一種の徴兵検査だということだった。みんな作業を休んでそれぞれの地区の小学校へでかけた。私はようやく大人として、戦力として扱われかけていることを感じて誇りをおぼえ、昂然《こうぜん》としていた。

しかし、母はどこからか聞きこんできて、おろおろしていた。彼女は息子が兵隊にとられるものだと思いこんで、朝、私のまわりを口のなかでブツブツいいつつ歩きまわった。彼女は蒼ざめて、狼狽し、何度私が身体検査にすぎないのだといい聞かせても納得しようとしなかった。

「……こんなことハッキリいうたら暗いとこへつれていかれるけどな。誰にもいうたらあかんで。憲兵隊にひっぱられるで。私の気持をいいたいけれど、これはここだけの話なんやで。川田さんや尾瀬さんにも絶対いうたらあかんで」

彼女は思いつめたようなすごい眼になり、ひそひそと、最深奥の秘密を告げようとするのである。ゆがんでひきしまったその顔にうたれて私が耳を近づけると、彼女は、びくびくあたりをうかがいながら
「私《うち》はな……」といった。

「ふん」

「私はな……」

「何や？」

「いおうか？」

「早よしてくれ。時間ないわ」

彼女はキョロリともう一度あたりを見て
「私は、もう、何も信じてへんのや」

早口にいった。

「それで？」

「…………」

「それがどないした？」

「そういうこっちゃ」

彼女は私から離れ、ひどいことを口にしてしまったことを後悔するように、なす術も

なく水道栓をあけたり、閉じたりした。しばらくのろのろしながら見ていると、またしても水の虫のように泣きはじめた。

小学校の講堂へいってみると、私とおなじくらいの年頃の中学生が裸になってたくさん集っていた。口ぐちに叫んだり、笑ったりしているので、広い講堂がわあああんんと唸っていた。やせたの、肥ったの、たくましいの、細いの、ねじれたの、筋だらけなの、威厳のあるのや、恥じ入ってふるえているのなどが一人のこらずパンツや越中フンドシ一枚になってカード片手に行列をつくっていた。家畜置場のようでもあったが、正視をはばかる祭典のようでもあった。香ばしい、青臭い、よくおぼえのある、はずかしい肉の香りが屋根のしたにみなぎってうごいていた。私は戸籍係の男からカードをもらい、すみっこへいって服をぬいだ。そんな広い場所でパンツ一枚になってみると、強《ごう》姦《かん》されたような気がした。鏡があったら悶死《もんし》したかも知れなかった。私はスコップや貨車や機関車や石炭山を相手に対抗してきたつもりでいたが、裸になってみると、肩は薄く、腿は肉を削《そ》がれ、肋骨は鳥籠のようだった。毛をむしられたヒナドリのようだった。肉の群れのなかに入っていくと、とつぜん、おぼえのある匂いが殺到してきた。あの匂いだった。乾いた精液がチョウチョウの羽の粉のようにたちこめているのだった。しかし、この容赦ない、悪意にみちた講堂のなかでは、夜あれほど私にとって強大、親密、熱にみちた性が、すっかり萎縮して、おびえ、だまりこくっているようだった。暴風の翌朝の渚《なぎさ》にたっているような気がした。

軍医が馬を検査するように私たちを嘲弄した。彼は足をひらいてどっかと椅子に腰をおろし、おずおずと近づく中学生たちを骨のようにつめたく硬い指と魚みたいな眼で分類していった。眼玉をひっくりかえし、歯列をのぞきこみ、胸をたたき、陰茎を剝き、四つ這いにしてお尻の穴を眺め、さいごにピシャリとなぐって、何かひとことというのである。その言葉をよこの当番兵がせっせと何かの記号にしてカードに書きこんでいた。軍医の判定基準は二つしかなかった。

体格のいいのがくると

「純綿！……」といった。

蒼黒くやせたのがくると

「配給！……」といった。

〝純綿〟は白米のことである。〝銀シャリ〟というものである。もう何年も私はそんな米の匂いすらかいだことがない。〝純綿〟は何かずるいことをして闇をしている連中しか知らないものである。正式に〝配給〟だけで生きている人間は、イナゴ、タンポポ、楠公炊きである。私である。ひからびたモヤシである。皮膚が黄ばみ、蒼黒くよどみ、かさかさで、白い粉をふいている。膝をしっかりあわせても腿に弓なりのすきまができる。頭が大きく、首が細く、眼がおびえたようにうごく。川田にいわせると、〝黒焼きのスズメ〟である。肋骨に沿って指を走らせたら何かの楽器のように、そう、シロフォンのように、うつろで甲ン高い音が鳴りそうだ。

「純綿！……」

軍医が賞《ほ》めそやすようにして叫ぶと、叫ばれた国策攪乱者の伜《せがれ》は傲慢な自信にみちて、誇らしげに、ゆうゆうと去っていく。

「配給！……」

そう叫ばれると、声のなかにある容赦ない嘲弄の気配に圧倒されて、小心、正直、無能な愛国者の伜はおどおどしながら、卑屈な笑いを顔にうかべながら去っていく。

私がおびえながら軍医のまえにたつと、軍医は朝から何百と数知れない肛門《こうもん》を眺めつづけてきた、ハゼ科の魚みたいな眼でちらと顔を眺めた。一系列の乱雑軽薄きわまるしぐさをそそくさとやったあとで、パンツを剝いだ。灼熱した闇の巨大な中心であるべき小突起物をちょいとくすぐったあと

「向うむく！……」

床に四つ這いにさせた。

イナゴやタンポポやハコベしか出したことのない、病みようのない、しっかりとしまった、しまりすぎるぐらいしまった、勤勉で正直な愛国者の第二通用門を私は絶望のあまり高々とかかげた。ざらざらした床板に手をつくと、やせこけた腿のあいだからムッと怒って軍医が顔をそむけるのが見えた。

「配給！……」

「配給でありますね、軍医殿」

「配給、配給」

「ハッ」

「次、くる」

「次ッ！」

「グズグズしないッ！」

屠殺屋《とさつや》どもの叫びに圧されて、のろのろとパンツをあげつつ去ったが、私の憂鬱はしぶとくて、しつこかった。服を着てゲートルを巻いてから講堂をでて運動場をよこぎった。雑巾でいきなり顔を逆撫でされたような感触が全身にこびりつき、いてもたってもいられなかった。鉄棒によっていくと、とびついて二、三度体をはげしくふってみた。たちまち眼がくらんだ。黄ばみ、暗く、急速にちぢまる視界のなかで無数の眼華《がんか》がゆっくりと舞いだした。鉄棒からとびおりて、私は砂に少し吐いた。


毎月八日は大詔奉戴日《たいしょうほうたいび》なので私たちはその日の朝だけ校長の訓話を聞きに中学校へいく習慣だったが、学校が兵営になってしまったのと作業がいそがしいのとで、このごろでは校長が各作業場を巡回して歩くようになっている。校長は川田にいわせると神経が頭の表皮のすぐ裏についているので、感動しやすかった。怒るのも速く、涙をおとすのも速かった。彼の訓話は神州不滅説であったが、どうやら心底からの国粋主義者であるらしい気配だった。『不惜身命《ふしゃくしんみょう》』のことを私たちが『不惜珍妙』などといいかわしているのを耳にしたりすると、どんな場所でも眼から血のでそうな激怒ぶりを見せた。ちかごろ彼は操車場へやってきて以前のように保田与重郎《やすだよじゅうろう》風の美しく神秘的で苛烈、朦《もう》朧《ろう》とした講演をしなくなった。全大阪が赤ちゃけていがらっぽい焼土となってしまったので、科学的廃墟《はいきょ》が彼の前方後円型の神秘的頭蓋骨をからっぽにしてしまったのである。

「君たちは信じていてよい。後事を託し、安んじて日々の作業遂行に専念してもらいたい。信念は山を抜き、世を蓋《がい》する。信じてもらいたいのだ。唯一、それだけなのだ」

空腹でぼうッとなっている汗まみれの私たちのところへやってきて校長は荘重な口調で講話にかかるのだった。以前だとそういうまえがきにつづいて万葉秀歌の朗吟や土井《どい》晩翠《ばんすい》の詩吟があり、さいごには

「弥栄《いやさか》……！」

と叫んだりしたのだが、ちかごろはすっかり地味になってしまった。みんなの噂では栄養失調で失語症にかかっているのではないかということだが、勃起ぶりがひどくおとなしくなってしまった。講話ははじめたとたんに終ってしまうのである。本でいえば、まえがきが数行あって、本文数百頁がすっかりなくて、結語が一行あるというようなものだった。結語のぐあいでは依然として神秘、苛烈、朦朧であるらしい気配だが、以前は谷を埋め、峰をかくした、跳躍に跳躍する雄弁があったのに、いまでは、もう、まったくの空白である。不思議なくらいの衰弱である。

「君たちに信じてもらいたいのだ。これが歴史の本念の悲願であり、現実である。わしは、いま、たったひとつだけいっておきたい。そういう気持なのだ」

そういって校長はゆっくりと眼を閉じ、荘厳な、祈るような顔になる。口をつぐんだきり、いつまでも瞑目佇立《めいもくちょりつ》している。眠りこんだのではないかと怪しみたくなるくらい時間がたってから、校長はやがてうっそりと眼をひらき、たったひとことだけつぶやく。

「……神風は吹く」

それだけいって、挙手の礼をし、おもむろに消えるのである。あの猫背の後姿を見送りながら川田が眼をキラキラ光らせる。彼はあたりをうかがってから、校長に聞えるか聞えないかぐらいの微妙な声で、けれどいつでも遁走《とんそう》できる姿勢で

「おまえさん……」

そういってから

「やせたねえ」

という。

ある週、私たちは操車場から城東線の乗客整理にまわされた。なぜそんな仕事がまわってきたのか、誰も知らなかった。二日間だけ貸してくれといわれて駅長と女中《ねえ》やんは私たちを貸しだすことにしたのだ。天王寺駅から大阪駅までのあいだの各駅に私たちは配られて、憲兵といっしょになって乗客整理をやらされた。川田、尾瀬、数人の仲間といっしょに私は森之宮駅につかされた。佐保はいなかったようだ。彼はどこかべつの駅につかされた。アジア最大の兵器工場といわれる砲兵工廠《こうしょう》があるので、駅は朝と夕方、無数の工員の群れで高架のプラットフォームがいまにも崩れおちてしまいそうなくらい

になるが、昼はひまだった。朝の二時間と夕方の二時間、私たちは憲兵といっしょになって汗だくで工員たちを長い鋳鉄《さびてつ》の箱からひっこぬいたり、おしこんだりした。電車は駅につくとき丸くふくれあがり、乗客を吐きだしてしまうともとの長方形にもどり、伸縮をくりかえしくりかえしでていった。

砲兵工廠は大阪市の中心をちょっとはずれたあたりにあり、広大な面積を占めているが、えんえんと刑務所みたいなコンクリート塀にかくされているので、内部はどうなっているのか、私たちにはさっぱりわからない。明治風の赤煉瓦のや、大正風の方形のや、昭和風の長くて丸いセメントのや、各時代さまざまの煙突からたえまなく煙が空へ吐きだされる。あちらこちら、いたるところで、何かの巨大な機械のうごく響きが空と土をふるわせている。何の機械かわからないが、一瞬の休みもなしに活動している。吠え、たたき、粉砕し、回転し、きしみ、呻き、嘆息をつき、全力をたたきこみ、発作を起し、えぐる。その轟音《ごうおん》の地区へ防空頭巾と弁当箱をぶらさげた、戦闘帽に国民服の群れが、汗と腋臭《わきが》と機械油で眼のくらみそうな匂いをたてつつ、どぶ水の氾濫のように流れこみ、流れでてくる。わき目もふらず工員や勤労動員の女学生や中学生が鋳鉄の箱からあふれて階段をおりてゆく光景は、何か精力的で荒涼とした干潟の混乱を思わせるものがあった。

乗客整理の仕事は朝と夕方いそがしいだけで、あとはまったくひまだった。容赦ない悪臭の潮がコンクリ塀のかなたに消えてしまうと私たちはすることがなくなった。プラットフォームのしたにおりて、涼しい高架下の日蔭《ひかげ》にもぐりこんで、本を読んだり、とめどない猥談にふけったりした。あたりの町はすでに広大な焼跡なので、アイスキャンデー屋を見つけるには赤い荒野をこえていかなければならなかった。川田が尾瀬をつれて買いにでかけたが、帰ってきたときには炎天でとけて箸しかのこっていなかった。

二日めに仲間は状況を見ぬいて怠けてしまった。川田、尾瀬、私、それに弓山の四人だけがでてきて、仕事をした。ラッシュ・アワーがすぎると昨日のように一人、二人とこっそり憲兵の眼を盗んで階段をおり、赤い荒野に焼けのこった空家のなかに入って遊んだ。川田は空想科学兵器の設計図を書き、尾瀬は何か石のような本にしがみつき、私は川田の草むらみたいにさかんな足臭に苦しみながら焼け焦げだらけの古畳に寝そべってルパンの『奇巌城《きがんじょう》』を読んだ。弓山はすることがないので、水虫を掘ってみたり、寝そべってフーッと吐息をついてみたりしていた。彼は私たちの仲間ではないのでよく知られてはいなかったが、おとなしい不良少年だった。崎山などが日本手拭いを腰にぶらさげてのし歩くあとをちょっとはなれてめだたずについてゆくという風だった。自分では悪いことはできないけれど、他人のわるさの尻馬に乗って見物したり、拍手したりするのが好きだった。本は読まず、運動神経は鋭く、おしゃれで、映画が好きだった。いつも、弓山のそばへよっていって、パンのイモ虫になりたいもんだといってやると相好《そう》くずしてよろこぶ癖があった。巨大な、フカフカの、家ぐらいもある食パンのなかにもぐりこんでイモ虫のようになって暮してみたいという話なのだが、どういうものか私たちがすっかり飽いてしまってからでも弓山だけはいつもはじめて聞いたみたいによろこぶのである。

昼飯をすませたあと、憲兵も呼びにこないし、女中《ねえ》やんも巡回してこないので、私たちはトコロテンを食べる相談をした。弓山は『姿三四郎』を見にいきたいといい張った。あの映画はもう四回見たが、何度見ても飽きがこない。ほかに見る映画もないからあれを見ようじゃないかというのである。

「……こんな焼跡のどこに映画館があるねん？」

「それがあるのや。おまえら知らんやろ。玉出《たまで》のほうに一つのこってるのや。三四郎をやってるのはここだけやで。おれは大阪じゅうさがして歩いたんや」

「こないだから竜華に来《け》えへんかったのはそれを探してたんやな」

「あたりまえや。そう毎日毎日馬の魔羅切りもでけへんやないか。おまえみたいに徹夜で猥本写す趣味もないしナ。上品な人はどうしてええかわからんワイ」

「ちえッ、ちえッ……」

弓山は川田とやりとりしたあと、一人で、駅へいった。私たちはトコロテンを買いにゆくことにして空家から焼跡にでた。トコロテン屋は川田が昨日、アイスキャンデーを買いにでかけたときに見つけたもので、代用醤油《しょうゆ》をかけて食べるのだという。少しマクリくさいが鼻をつまめば何ということもないそうだ。

私たちが空家からでたとき、弓山の姿はもう道のうえになかった。三四郎見たさにいちもくさんに駅へかけつけたのではないかと思う。私たちはパンのイモ虫の話をし、彼の悪口をいって笑いながら焼跡を歩きだした。

「飛行機がとんでるなア」

ぼんやりと尾瀬がつぶやくので仰ぐと、空を一機のB29がとんでいた。警戒警報も空襲警報もでていなかった。慣れてしまって、どうということもない。おそらくあれは偵察機である。機首の方向からすれば、偵察を終って帰投するところだ。きっと午前中にサイレンが鳴って、〝B29一機、南方洋上ヨリ侵入〟とラジオがいってそのままになっているやつなのだろう。

向う

通るは

三四郎じゃないか

…………

とつぜん炸裂音がひびいた。はげしい風が体を材木のようにうった。私はかけだして焼跡の溝のなかにとびこみ、体を伏せた。川田と尾瀬も溝にとびこんできた。炸裂音はそれきりだった。たった一発おとしたきりだった。かなり小型の爆弾だ。空を仰ぐと、のんびりした爆音だけがひびいて、もうB29は点のようになっていた。やがて積乱雲のなかにとけてしまった。

「ちきしょうめ。行きがけの駄賃にやりやがったな。重量軽減のためやろ。おどかしやがる」

川田が毒づきながら溝から体を起した。土を払いつつ溝からでてみた。広大な赤い荒野のどこにも異変はなかった。夏の陽がみなぎり、積乱雲がそびえ、赤い地平線は曲った鉄骨や折れた煙突などでところどころ裂けていた。しかし、駅を見ると、この夢のような光景がはげしく膜をやぶられていた。高架の駅の屋根が木ッ端微塵《こっぱみじん》に粉砕され、プラットフォームが陽のなかにさらけだされていた。屋根がとび、壁がやぶられ、赤い土煙がもうもうと舞っていた。電車がその直前に駅をでた気配はたしかに聞いていないから、フォームに人の姿が見えてよいはずだった。しかし、広い夏空のしたに全裸でさらけだされた舞台には、一人のかげもなかった。

私たちは顔を見かわしてたちつくした。

「…………」

「…………！」

「…………」

その日の夕方、そしてその後ずっと、弓山は家にもどらなかった。

死体について

　貨車を切り放すには、まず空気制動のゴム管を切り放さなければならない。これは簡単で、誰にでもできる。両手で雁首《がんくび》をにぎってねじればいい。けれど、連結器を切り放すのは、はるかにむつかしい。力と呼吸と熟練が必要である。

　連結器は鉄の顎と唇でできている。顎は車体にくっついてうごかないが、その顎にくっついた唇は左右にうごく。これがぶつかりあった瞬間に、ガッチリと嚙みあい、ピンがおちて、うごかなくなるのである。貨車を切り放すにはこのピンをあらかじめ梃子をひねって顎のなかからあげておかねばならない。力と呼吸と熟練はこれに使われるのである。

　唇は厚くて重い鉄製だが、ピンをぬいてあるときはぐらぐらと自由に左右にうごく。これが誘惑するのだ。突放作業をしていると、つぎからつぎへ貨車を切ったりつないだりするので、制動管は切ってあってもピンがあげてないということがしばしばある。すると、唇が閉じたままなので、突進してきた貨車は正面衝突する。広大な操車場いっぱいにすさまじくけたたましい響きが走る。反動がはげしいので、衝突の瞬間に貨車が牛のように全身をふるわせる。横腹の手すりにしがみついてもひとふりで私たちは大地にたたきつけられるのだ。そこで、ピンがおりたままの貨車を見つけると、見つけ次第に梃子をねじって唇をあけるように命じられているのであるが、半開きの唇はつい手をかけて開きたくなる。そこへ遠くからこっそり貨車がやってくる。制動梃子に制動手が両足かけて乗っかり、体重を利用して車輪をしめあげている。速力が殺されている。上手な制動手になると距離を目測して減速するので、まるで猫のように音もなくしのびよって、するりと連結してしまう。貨車は音もなくやってきて、二枚の鋳鉄の唇をそっと噛みあわせる。手を巻きこむ。五本の指と掌《てのひら》をするりと巻きこみ、ぐしゃりと砕くのだ。

中年の駅員が一人、ある日、噛み砕かれるのを目撃した。貨車は遠くから、ゆっくりと、うごくかうごかないかぐらいの微速でやってきたのだった。制動手は遠くから乗ってきたのですっかり安心し、ゆるゆるうごく車体にぶらさがったままよそ見をしていた。青い夏空を仰いで豆御飯のことでも考えていたのかも知れない。前方の貨車の半開きの唇を一人の男が手であけているのに気がつかなかった。貨車は貨車にしのびより、ゆっくりと唇を噛みあわせた。四十年間さまざまな物体を撫でたり握ったりしつづけてきた一枚の掌が音もなく粉砕された。それをぬきとるためには梃子をねじってピンをあげ、貨車をもう一度機関車でひっぱってやらねばならなかった。悲鳴が走ったときに私たちは制動手といっしょにかけつけた。中年の駅員の手は頑強無比の、巨大な鉄の顎のなかに埋もれていた。錆《さ》びた褐色の鉄の肌に赤黒い血がにじみだし、わきだし、長い糸をひいて滴っていた。駅員は手を噛まれたまま連結器に顔を伏せて呻いていた。顔をあげたところを見ると、髪まで蒼ざめていた。機関車が貨車をひいた。唇がゆっくりとうごき、従順に、優しく、あとじさりした。駅員は唇がひらいて離れた瞬間、強打を浴びたようによろめいた。血が噴出した。手首からさきにはぬれしょびれた、薄いぼろ布が一枚ぶらさがっているきりだった。

機関車で何度か目撃したところでは、大動輪に切断された人の腿は、男のも女のも、切口が巨大なメスで一瞬に切りおとされたように鮮かであった。国民服のズボン、皮膚、脂肪、筋肉の束、骨、すべて鉄の重量と速度に出会うと紙よりも脆かった。あっけなく、たわいなく、木の枝が一本折れたほどの抵抗もなかった。艦載機の機関砲弾を浴びせられた機関車が毎日のようにどこからか回送されてくるようになったが、銃弾は機関室の屋根をやぶり、火夫の肋骨をへし折って胸のなかをくぐりぬけ、さらに鋼鉄の床板をつらぬいて消えていた。よほどの至近弾を浴びたものらしかった。弾痕をしらべてみると、鋼鉄板は穴の内側へ薔薇の花のようにひらいていた。はじけ、ひらき、裂けていた。花びらの一枚一枚がナイフの腹のように鋭かった。この圧力を浴びると私の体は水のように粉砕される。私たちはヒゴ細工のような骨格の上に薄い皮膚を張ってよちよちと歩きまわり、寒がったり、暑がったりしているのだ。ひもじがったり、罵ったりしているのだ。速度。重量。圧力。頰の桃いろに輝くアメリカ兵が笑いながら空から兎を狩りたてる。いったいあれは人間なのだろうか。人間の頰があれほど鮮かに輝くものだろうか……

つかまえどころのない恐怖が私の体にしみついている。私は満員電車に乗り、満員列車に乗り、貨車にとび乗り、制動管を切り放し、ときには火夫の真似をして巨大なシャベルで石炭を罐《かま》に投げこむ。機関車を洗い、合図をし、叫ぶ。巨大な鉄塊が私の声や手のうごきで地響きたてて移動しはじめる。いがらっぽい蒸気の濃霧のなかでむせながらときどき私は恐怖におそわれながらたちすくんでしまうのである。全身がこわばり、すぐに力が影のように腕や足からぬけ出し、藁が水に浸される。たっていることもできなくなる。すべてが剝落し、形を失う。日附《ひづけ》、文字、数字、言葉、機関車、動輪、蒸気、鉄骨屋根、移動クレーン、機関士たちの叫び、火搔棒のころがる響き……すべてが、一瞬遠ざかる。それぞれに何の意味も関係も感じられなくなる。機関油と汗にまみれた、数枚の薄い布で蔽われた肉の袋。軟い、細い、薄い、ゆっくりと息づく、悪臭をたてる、私はただそれだけの肉の袋であるしかなかった。

この瞬間は死体からくるものではなかった。死体の記憶からくるものでもなかった。死体の記憶をつみかさねたからくるものでもないようであった。私は無数の死体をみた。焼けたの、とけかけたの、焦げたの、ちぎれたの、崩れたの、誰の持物とも知れなくなった胃、腸、脳、さまざまの物を見せられた。けれど、いつでも私は確実な動作をした。黒い、ねばねばした雨のなかを私は影のようにではなく何時間も歩き、ときどきたちどまって人と口をきき、東へ向ったり、南に曲ったりした。小学校の校庭、公会堂のホール、駅の広場などに、つみあげたり、ころがしたり、ならべたりしてある死体を私は眺め、嗅ぎ、判断し、ときどきそれらの異物が送り迎えしてきた日や週や部屋や食卓などについて考えたりすることもあった。けっして私はひるむこともなければ、たちすくむこともなかった。もし命令があれば私はそれらの物をせっせとはこぶ。いわれた場所へ持っていき、いわれたようにつみあげる。あるいは、ころがす。ならべる。そんなことは平気だ。慣れてしまった。はじめに甘酸っぱい悪臭が鼻を強打する。脳がしびれる。胸がわるくなる。これは避けられない。けれど鼻はいちばん敏感だから、すぐ鈍くなる。水にもぐるときにぐっと一瞬息をつめるのに似ている。最初の一瞥《いちべつ》、最初の強襲、息つめてこれに耐えぬけるかどうか。この数秒の苦闘に修羅絵の細部も全貌も凝集されるのだ。この苦闘に勝つ術はいくらか知っているつもりである。

しかし、あの滅形の瞬間は何か、まったくべつの襲撃だ。あれに襲われると私は石化してしまうのだ。脳も眼も手もうごかなくなってしまうのだ。予感もできず、防衛もできない。ひとりでもの思いにふけっているときにかぎって襲われるというのでもない。道を歩いているときにも起るし、人と話をしているときにも起るのだ。とつぜん異様な明晰《めいせき》さで虚《うつ》ろさがこみあげてくるのだ。銃弾に追われ、佐保を蹴りたおして田ンぼにとびこんだ瞬間には起らなかった。あの瞬間、私は眼だけになっていた。瞬間の一瞥にすべてが凝集していた。重量、速度、圧力が空から川のように雪崩《なだ》れおちてくるなかで私は眼だけになっていた。けれど、暴力のそのような緊張のさなかだったから滅形が起らなかったのだといいきることはできないような気がする。ある日、私は突放作業をしていて襲われたことがある。狂った牡牛のように奔走してくる一輛の貨車にうまく私はとびのることができた。手すりに右手でぶらさがりつつ私は左手でピンをぬきとり、制動梃子に両足をかけて乗った。体重を利用して私は疾走する貨車の横腹で梃子をおしさげるべく必死になって上下に跳躍した。いちばん下まで梃子がおりた瞬間にすばやく左手のピンを穴のなかにさしこむ。下の穴にさしこむほどブレーキがきくのだ。体重がないと梃子はブレーキにはねられて車輪をしめつけない。けれどうまく跳躍すると体重のない者でも意外に梃子をおしさげて瞬間に食いとめることができるのでこの仕事はおもしろい。

　日光を浴びながらする野外の労働は私は好きだった。肩、腰、腕、腿、肉の力が精巧な軌跡を描いて無駄なく進行し、効果をあげている気配を全身に感ずるのは気持よいことだった。どこにも朦朧さがない。土や鉄を支配しているのだと全身で感ずることは教室で例外や偶然にみちた文法を、活字を、曖昧な作者の恣意をしどろもどろでさぐっているよりはるかに楽しかった。仕事が終ってふりかえってみるとうんざりするほど小さい、みじめなことだったとわかっても、少くともその小さな面積や量が私だけに支配されて変化を起したのだと知ることは他の何も与えてくれない快楽であった。防空壕掘り、蛸壺掘り、貯水池、横穴壕の火薬庫、峠から峠へ脂《やに》だらけの松材を肩ではこぶこと、何でも私は愛した。どんな仕事もいとわなかった。仲間に嘲笑されることをはばかって、決して私は好きだとは口にださなかったけれど、どこへ動員の命令がでてもいそいそとうけ入れた。仲間もどうやらおなじであった。何故《なぜ》か私たちは本心では好きなものを口で嘲罵することにふけっている。

私は機敏に、的確にうごいた。梃子に両足かけて上下に跳躍し、右手一本で手すりにぶらさがりつつ左手にピンを握って穴を狙った。貨車は私のとぼしい体重を嘲弄して奔走しつづけた。いくら梃子を踏んでも私の体はそのたびにはじきかえされた。好敵手であった。貨車は新鮮な、兇暴な、まったく妥協を知らない精力にみちみちていた。闘志をかきたてられずにはいられなかった。耳もとをかすめる風の音を聞きながら私は右手一本で手すりにぶらさがりつつ、はじかれたり、はねられたり、一瞬のすきを狙って強圧をかけたり、肉の苦心と工夫に魅せられていた。そのときとつぜんあの瞬間がやってきたのだった。何故ともわからず、とつぜん私は、すべてが虚ろになるのを感じた。腕と背から力が容赦ない、気まぐれな、強力な寡黙さで抜けていった。とつぜん関係が変った。貨車は兇暴で好もしい意志にみちて疾走する生物ではなくなった。私を嘲笑する、経験にみちた、老いてたくましい好敵手ではなくなった。さわがしい、苛酷な、ぶざまで錆びだらけの、古鉄のかたまりでしかなかった。私はその横腹にしがみついている、何かのやせこけた、非力な、栄養不良でひからびた、一匹の寄生虫であるらしかった。土が流れ、石が流れ、レールが流れた。右腕から力が抜けた。貨車は複雑なレールの枝と幹をはげしく身ぶるいしてわたっていき、私は土にたたきおとされた。玩具の人形のようにレールとレールのあいだにころがった。その瞬間、眼をあげると、わずか十センチほどのところをとなりのレールの貨車の車輪が冷酷なゆるやかさでうごいているのが見えた。首が轢《ひ》かれるところだった。車輪は、冷酷に、無心に、無邪気に回転して、ゆっくりと去っていった。私には何の反射も起らなかった。ただ壊れた玩具のように赤く錆びた土にころがって、まじまじと眼を瞠っているだけであった。恐怖もなく、後悔もなかった。ここでとうとうのたれ死するのだという感懐もなかった。やわらかい皮膚、細い首、脆い骨、のしかかる車輪、巨大な重量のしたのゆるやかな死、苦痛の予感、何も起らなかった。私の脆い首の骨を踏み砕くだけの力でそのままとまってしまいそうなくらい車輪は衰えきっていた。首が砕けるのと、その貨車が息絶えて止まってしまうのと、おなじ瞬間であるかに思えたほどである。けれど私は、不可解にしびれたまま、首をひっこめもせず、まわしもせず、ただ眼を瞠って、車輪がのろのろと過ぎてゆくのを眺めているだけだった。

町名のわからなくなった焼跡で通りすがりに見つけた一つの死体が私の印象にのこった。それまでに見た死体はすべて掘りだされたものだった。遺族に点検してもらうようトタン板や畳やゴザの上にころがし、ならべてあった。たいてい焦げていた。眼球がとけ、唇は消え、鼻は穴になっていた。焼木杭《やけぼっくい》のようになった皮膚の上に服と肉がとけて泥みたいになったものが流れたり、雫《しずく》になったり、汚点となって拡《ひろ》がったりしていた。けれど、その死体は町角に忘れられた物だった。死後何日もたっているのでガスが体いっぱいにこもっていた。まるで力士のようにふくれあがっていた。腹、胸、臂《ひじ》、肩、首、すべての境界線が霧、またはかげろうのようになって漂っていた。よくよく眼を凝らさなければこの肉の山は男とも女とも判別できなかった。いつもの甘酸っぱい、濃い、淫《いん》猥《わい》なようでもある腐臭が粥《かゆ》のように澱《よど》んでいた。日光を浴びてその匂いは液のようにキラキラ輝いていた。広大な、赤い、ひからびきった無機物の荒野をこえてどこからか無数の蠅《はえ》が集って、せかせかと昼食を貪っていた。彼らはまるまると太り、胴腹の毛はぬれしょびれ、翅《はね》が脂で虹のようにぬめり光っていた。

蛆虫《うじむし》に食いやぶられて巨大な、どろどろした海綿の山となったこの異物に意志の痕が見られた。閃く悪臭の沼のなかにこの男のさいごの意志がおぼろげながらもしぶとい形でにじんでいた。あまりにふくれあがっているのではじめのうちはわからなかったが、よく見ると彼は浅い溝のなかにもぐりこもうとして死んだのだということがわかった。瓦礫のなかに細い溝が影のようについていた。溝は浅くて細く、せいぜい赤ン坊一人を寝かすぐらいのものであった。そこへ大人が一人もぐりこもうとしたのである。肩や肋骨にじゃまされながらも、おどろいたことには、彼はしゃにむに溝へ体をおしこんでしまった。背後から火に追われて町角まで逃げてきた彼は溝のなかへ必死になってもぐりこもうとしたのだ。おそらく溝そのものに化合してしまおうとするような努力であったにちがいあるまい。いま彼の体は腐敗、膨脹《ぼうちょう》して、浅い溝から雲のようにはみだしていた。煉瓦のかけらを投げてみると、腹の沼のなかへ音もなく吸いこまれた。白い、脂ぎった、ふくらみきった皮膚は脆かった。煉瓦は腐肉のなかに吸いこまれて姿を消した。やぶれた口から蛆虫が薄黄いろい奔流となって溢《あふ》れだしてきた。

燦爛《さんらん》と輝くこの醜怪な死体はその後私が死体や人の意志の力などについてもの思いにふけるたび、かならず登場したが、杉木が去ったときには雨しかなかった。彼はべつの組に入って港に近い造船所で働いていた。和歌山の山奥ではいっしょになったけれど、山をおりたら彼の組は地下鉄の車庫や造船所へ働きにいった。死んだのは造船所が焼夷弾を浴びせられた日であった。焼夷弾がおちはじめて彼は仲間といっしょに逃げだしたが、とちゅうで鞄を作業場に忘れたことを思いだし、みんながとめるのをふりきってとりにもどった。作業場はすでに炎に包まれていた。鞄をとって走りぬけようとしたとき、つぎつぎにおちてくる油脂焼夷弾や黄燐焼夷弾のため、彼は火のなかにとりのこされたことを知った。煙に巻かれて彼は窒息し、倒れた。あとで救出されたとき彼は全身を火傷して、すでに人事不省におちこんでいた。病院にかつぎこまれたが手のつけようがなかった。火にあぶられて彼の顔も生きながら力士のようにふくれあがっていた。医者がゲートルをほどこうとしたが、肉ととけあっていて、ほどくことができなかった。鋏《はさみ》で切りとったのだが、布をひっぱったはずみに肉もいっしょについてきた。匙《さじ》でジャムをすくいとるように、どろどろになった肉がひとかたまり脛からとれてしまった。あとに骨がのぞけるほどの穴があいた。黒い、ねばねばした、大災厄の直後にかならず降る雨が空をぬかるみのようにしていた。

「マスも死によった」

「死によったか」

「鞄なんかほっといたらよかったのにな」

「ほんまに」

杉木の組の担任教師が翌日、操車場へやってきて、私たちを集めて臨終の模様を報告した。杉木が鞄をとりに帰るといいだしたのを逃げるのに心せかれてさいごまでとめなかった自分がわるいのだといって先生は声をあげて泣きくずれた。女中《ねえ》やんが声低くなぐさめたがだめだった。嗚咽《おえつ》が雨で暗い宿直室の壁をふるわせるのを聞きながら私はぼんやり佇んでいた。

杉木とは仲がよかった。彼は美貌で長身であった。ハンド・ボールでは前衛をつとめた。長い脚と、つよい心臓と、鋭い反射神経を仲間から買われ、重宝がられていた。彼は不良ぶるのに夢中になっていて、小心で臆病な点取り虫なのに、それをかくすのに必死であった。みんなにかくれて徹夜で勉強するくせに遊《あそ》び呆《ほう》けているような顔をしなければならないので苦しんでいた。虚栄を張るのに精力の大半を消耗していた。けれど誰もその虚栄や偽悪ぶりをあばこうとはしなかった。それは鋭すぎるメスだった。指摘してやると彼はまっ蒼《さお》になって狂うにちがいなかった。それは私たち自身の恥部でもあったから、彼の正体をあばくことは自分自身をあばくことになった。むしろ私たちはよってたかって彼が不良ぶるようそそのかした。たえず人の意表をつく新しい手口を編みだすのに彼は苦心していた。誰にも真似ようのない、完璧な、ほめるよりほかない徹底といったものをたたきだすことに彼はふけった。そこで、ある日、彼は授業中にペニスをぬきだし、英語の動詞変化を合唱しながら射精するということをやってのけた。前の日に彼はみんなを集めて計画をうちあけた。〝do〞か〝finish〞でいこうというのである。誰かがたちあがって〝do, did, done〞または〝finish, finished, finished〞とやってくれ。どちらでもそのさいごのところにあわせてきっと発射してみせるというのである。私たちはかわりがわりにたちあがって先生が何もいわないさきに〝……, ……, done!〞〝……, ……, finished!〞と叫んだ。杉木は級長であったので、教壇にいちばん近い、最前列の席にすわりながら、『地獄』や『青ひげランドリュ』の描写を暗誦《あんしょう》しつつせっせと手をうごかし、ついに完成した。教師はまったく気がつかなかった。その日から彼は〝えらいやつや〞ということになり、しばらくは何もあくせくしなくてすんだのだった。

「……杉木は御国《おくに》のために死んでいった。諸君は彼を見習う必要はない。むしろ二度とこういう不幸の起らないように努めてほしい。死ぬのもむつかしいが生きるのもむつかしいことなのだ。生きて、生きて、生きのびて聖戦遂行に各職場で勇往邁進《ゆうおうまいしん》してください。杉木のお父さんやお母さんも昨日、諸君にそう伝えてほしいと病院でおっしゃった。立派な人たちです。私は言葉がなかった」

息ひそめてそうつぶやくと先生はハンカチを鼻にあてて、また嗚咽した。眼をとじ、肩をふるわせて、先生は激情をおさえようと苦しんだ。先生はほんとに自分を責めて苦しんでいる様子だった。私も何かいわねばならないのだろうか。級友代表として何かいわねばならないのだろうか。何をいえばいいのだろうか。泣かねばならないのだろうか?

(………)
(汽笛が鳴る)
(連結器がぶつかっている)
(煤煙はにがい)
(川田の靴下が匂う)
(また尾瀬が洟《はなみず》をすすった)
(壁に大きな汚点がある)
(ふかしイモを食べたい)
(食パンのなかで寝たい)
(また汽笛が鳴った)
(蒸気はいがらっぽい)
(いま杉木はどこにいるのだろう)
(機関車が後進した)
(自動転轍器《てんてつき》がうごいた)
(………)

窓から吹きこむつめたい雨しぶきにかるくふるえながら私はしびれの這いはじめた足を踏みかえ踏みかえしていた。何事も起らなかった。私はただ冷静で、もの憂かった。嗚咽がすぐ腐りはじめた。わずらわしくなりはじめた。なぜか、すべてが遠かった。よそよそしく、ぎごちなく、朦朧としていた。

森之宮駅は粉ごなに砕けた。溝から起きあがって私は川田、尾瀬の二人といっしょに駅へかけつけた。階段が裂け、壁がくずれ、線路の赤く錆びた割栗石《わりぐりいし》が噴水のように飛散していた。広大な荒野のどこからともなく爆発音を聞きつけて人びとが集ってきた。

「死んだらしいで」

「みんなやられたらしいで」

「フォームで待ってたいうんやね」

「見事命中やな」

「米《べい》さんはええ眼しとる」

私たちは口ぐちにいいかわす群衆のなかをすりぬけ、崩れた階段を苦心して一歩一歩のぼっていった。蒼白な顔をした憲兵が上のほうで何か叫んでいた。彼は助かったらしかった。私たちとおなじようにどこかで怠けていたらしかった。

階段をのぼりきってプラットフォームのほうにたったとき、私は眼を奪われた。今朝、つい数時間前まで尾瀬や川田といっしょに無数の工員や動員学生の群れを電車につめこんだり、ひきずりおろしたりしていたフォームはめちゃくちゃになっていた。床板がとんで鉄骨がさらけだされていた。屋根が消えてなくなっていた。壁は穴だらけになっていた。割栗石が水をしぶいたように飛散している。火薬の力の走るままに割栗石がしぶき、レールが跳ねていた。枕木がまるまる一本、犬釘とレールをはじいてフォームの床にあいた大穴にひっかかっていた。

「……すごい」

川田は蒼ざめて息をのんだ。

フォームの木の壁についているのは土砂のしぶきだけではなかった。鮮血がいたるところにほとばしっていた。何人の人が電車を待っていたのだろう。一瞬に粉砕された、さまざまな物があたりに飛散していた。物たちはたたきつけられ、ひきちぎられ、ひっかかり、よこたわっていた。靴。防空頭巾。戦闘帽。風呂敷包み。靴をはいたままの腿。両足を失った胴。滝のように赤や紫のはらわたを流した腹。豆腐をたたきつけたような脳。腕。壁ぎわに中年のおばさんが一人モンペの足を投げだしたままうなだれてすわっていた。カスリ傷一つないが死んでいた。爆風ではらわたがずたずたにちぎれているのかも知れなかった。完全に形を失って散乱するそれらすべての破片の上に荒あらしい風が縞をつくって川のように流れ、うねっていた。

「………」

「……」

尾瀬がしゃがみこんで嘔吐《おうと》しはじめた。蒼白になり、眼を閉じ、苦しそうに咽喉《のど》を鳴らしながら彼は粥のような物を吐いた。いまさき食べたばかりの昼弁当の豆粕御飯を胃をしぼるようにして吐きだすと、彼は、涙でどんよりした牛のような眼をまじまじと瞠って吐瀉物《としゃぶつ》を眺めた。ぬれた、厚い唇のはしから涎《よだれ》がたれるのも知らなかった。川田がそれを見て眼を閉じ、よろめいた。私はたっていられなくなって、ぐらぐらゆれる穴のふちにしゃがみこんだ。おおッ、おううッと川田が呻いている声を耳にすると、暗い波が咽喉もとまでこみあげてきた。口いっぱいに温い液がみなぎった。私は口をあけ、涙を流した。液がほとばしり、顎がぬれた。視界が見る見る黄ばみ、暗くなった。ひどい頭痛がした。闇のなかに無数の銀粉がキラキラ閃きつつ流れだした。

「……中学生。立つッ！」

叫び声がしたので頭痛をこらえつつ眼をあけると、憲兵が眼を血走らせてたちはだかっていた。長靴《ちょうか》の胴が土砂の血でよごれているのが見えた。

「ここは貴様らの部署だ。貴様らも掃除を手伝う。いいか。丹田に力を入れろ。いちいち見るな。下の駅長室のとなりに倉庫がある。バケツと箒《ほうき》を借りてこい。いいか。いちいちたちどまって見るんじゃないぞ」

「………」

憲兵の眼は暗い精悍さをみなぎらせてキラキラ輝いていた。たくましい胸は汗と保革油の匂いを発散していた。

ふと見ると、いつのまにか数人の駅員があがってきて線路におりていた。彼らは手にバケツをぶらさげて大穴の底におりたり、ふちを歩いたりしていた。枕木から枕木へ歩いている者もあった。ブリキの塵芥挟《じんかいばさ》みで彼らは土砂のなかから肉片を拾ってはバケツに入れた。なかには箸で拾っている者もあった。古い、よごれた箸で枕木のかげや土砂のなかをつつき、ひときれひときれつまんではバケツに入れるのだ。ときどきたちどまってハンカチを口に持っていく者もあったが、蒼白になりながらも彼らは正確に仕事をすすめた。なにか鷺《さぎ》の群れが小魚をついばみつつ水田をわたっていくのを見るようでもあった。

「……ぼく。でけへん」

尾瀬は涎を垂らしたまま憲兵の顔を見あげると、低い声でそういった。必死であった。大きな眼は血走ってぼんやりしているが、唇がふるえていた。憲兵の眼のなかをはげしい影が走った。殴るのだろうか。蹴るのだろうか。

「貴様」

憲兵がささやいた。

「命令に背くのか？」

低い声だが苛烈な力にみちていた。私はうなだれたまま長靴のさきを眺めた。それは厚い革で固められて石のようになっている。裏には鋲がうちこんであるかも知れない。橋脚のようにたくましい足を包んでいる。長い、バネさながらによくしなう筋肉の束は充血して鋼のように固くなっているにちがいない。尾瀬の顎ははずれてしまうかも知れない。骨にひびが入るかも知れない。胸にめりこむのかも知れない。

「ぼく、でけへん。ぼく、でけへん」

尾瀬はぶざまに尻をおとしてしゃがみこんだまま憲兵の顔を見あげた。声がかすれて、もつれた。蒼ざめた頰を涙が流れた。

「よし、わかった。貴様。中学生」

憲兵の眼がうごいて川田を見た。

「中学生、貴様はどうだ」

「………」

「貴様も員数外か？」

「………」

「仏を拾ってやれ。喜ぶぞ。功徳《くどく》だ」

「………」

「日本語がわからんのか、貴様！」

吐いた粥の粒を顎にくっつけたまま川田は眼を閉じた。憲兵の眼は最初の一瞥で彼を粉砕していた。額に汗を浮かべて彼は唇を噛んだ。かたくなに、しぶとくそこにうずくまって、ただ蹴られることだけを彼は待っているようであった。私は体がふるえだした。憲兵の眼はつぎに私を瞶《みつ》めるにちがいなかった。その瞬間、おそらく私も粉砕されるにちがいなかった。私には耐えられそうもない。重量、速力、圧力、火、そのいずれとも異なる力だ。暗鬱な、湿った、つかまえようのない、熱いいらだたしさのなかに私はおちていった。肩をすぼめ、腕で膝を抱きこみ、私は低く低くうなだれた。弓山がここで飛散して舌がひょっとしたら枕木のかげにおちているのかも知れないという事実につ い ては何も考えられなかった。汗が横腹をつたってパンツにしみた。尾瀬のひそひそと泣きじゃくる声が聞えた。額のあたりで風がゆるくうごいていた。薄く眼をあけると、足が穴のふちにかかっているのが見え、裂けた床板、はるか下に赤い焼跡が見えた。空のなかに私はうずくまっているのだった。思わず眼を閉じると、ふたたび闇のなかで無数の銀粉が閃きつつ星群のように流れはじめた。

「…………」

何か叫び声がして、長靴は床板を踏み鳴らして去っていった。ぬかるみのような汚辱感がこみあげてきた。

ヒラメの眼

八月に入ると叔母が祖父と妹をつれて福井県の村に疎開した。汽車の切符が買えないので母と叔母は大阪駅の切符売場に二日間すわりこんだ。大阪駅は罹災者たちの群れで身うごきならなくなっていた。切符売場は山陽本線、山陰本線、東海道線、北陸本線、売場という売場に長い行列ができ、何本もの行列がたがいにくねりあい、まじりあって、どれがどれだかわからなくなっていた。山陽本線のつもりで並んでいたのがいつのまにか東海道本線になったり、北陸本線のつもりが山陰本線になったりした。汽車の時間表は空襲のためにむちゃくちゃに乱れているので、ようやくのことで切符を手に入れても汽車に乗るには改札口を通ったあとでまたしても階段やプラットフォームで待たねばならなかった。

行列の最後尾をさぐりあててから先頭を背のびして眺めると、切符売場は人の頭や家財道具の大波のはるかかなたにかすんでいた。見ると絶望したくなるということを知っているのか、母はだまってコンクリにしゃがみこんだ。まわりの人びとはみなそうだった。無数の男たちや女たちは待つというよりは、そこで暮しているのだった。駅の構内や、プラットフォームや、階段などで人びとは暮しているのだった。天幕を張っていないだけで、あらゆる場所で人びとは眠り、食べ、排泄《はいせつ》し、喋《しゃべ》り、また眠り、どこかへ行く途中でそうしているのだというよりは、そうすること自体が目的であるように見えた。母と叔母は交替で駅にかよって家財道具のなかで眠り、少しずつ少しずつ、足を折られた甲虫のようにのろのろと進んで、三日めにようやく三枚の切符を手に入れた。祖父と妹がやってきて叔母といっしょになり、三人は渚の漂着物のようにゆれつつ改札口を通って階段をあがっていった。私は操車場から国鉄職員の全線パスをもらっているので改札口はどの線も自由に通ることができた。祖父たちが通ったあとを追って母をつれて改札口を通り、階段をあがってみると、どういう不思議からか列車がすでに着いていて、祖父、叔母、妹の三人はちゃんと席にすわっていた。学童疎開地から引取られてきた小学生の妹はもともとひよわな、疲れやすい子だったが、栄養失調の気味があるのか、席につくとすぐに眠ってしまった。この子は大阪の郊外のある村に疎開して豆と高粱ばかり食べていた。福井県へ疎開させるために引取りにいってみると、しばらく見ないうちに手や背に薄黒くて長い毛がぼうぼうと生えていたので母はおどろいた。これはきっとお豆ばかり食べたからにちがいない、もとにもどるのやろか、まるでお猿さんみたいやといって母は気味わるがったり、茫然《ぼうぜん》としたりしていた。

「……気ィつけて、な」

「そっちこそ気ィつけや」

「福井は米所やさかい、ええなァ」

「ほんまや」

「純綿ばかり食べられるなァ」

「早よおいで」

「大阪よりなんぼええかわかれへんで」

「こないだ鶴橋の駅の焼跡で拾《ひろ》てきた塩のかたまりなァ。あれは食塩やろか岩塩やろかと、まだ疑《うたご》うてんねん。おなじようにまわりで拾てる人に聞いてみたら、貨車に塩を積んだったのが油脂や黄燐でやられて貨車ごと熔《と》けたところへ雨がザアザア降ったもんやからこんなにかたまってカチンカチンになったんやというねんけど、ほんとにそやろか。女学校でそんなこと教えてもらわなんだけど、そういうことて、あるねんやろか。ちょっと信じられへん話やと私は思てんねんけど、みんなそうやそうやというたはった」

「ほんまにあの塩はけったいな塩やた。そらけったいなもんやと私《うち》も思た。こんなもゝ食べてええねんやろうかと思。焼夷弾で熔けた貨車の塩を食べたら貨車の鉄分を食べることになるのゝとちゃうかと思て、心配でならなんだわ。金槌と出刃でカンカンたたいたらやっと砕けたけれど、出刃で塩を削って食べるなんてこの年になるまで知らなんだわ。私、あれは岩塩やないやろかと思てクサイと睨《にら》んでるねんけど、削ってみたら肌理《きめ》が細かいよってに、ひょっとしたらひょっと、やっぱりこれは食塩の化けたもゝかも知れんなァと思ったりもしてる。妙に辛《かろ》ないのが不思議やな。塩は焼けたら辛味が消えるのやろか。けったいな塩もあるもゝやと思たけど、やっぱり食べてしもたやないか。下痢もせえへんわ。戦争のおかげで、いろんなこと勉強さしてもろた。あんたは、どや？」

「ほんまにあの塩が辛ないのは不思議なことやと思うワ。さりとて砂糖みたいに甘うなったというわけではないねんけど塩らしゅう辛ないのは事実や。塩が塩らしゅう辛ないちゅうのはどういうことやろかと思うなァ。そのくせ焼けたというのに意外に焦げくさくもないし、火くさくもないから、ほんまにけったいな塩やった。しかし、そうそう悪口いうてもそこらにゴロゴロおちてるもゝとちがうねんよってに、冗談やなし、大事にとっとかんとあかんで。苦労して拾てきたもんやよってにね。私かてあんな乞食《こじき》の真似なんかイヤやと思たけど、こうなったらそんなことというてられへんやないか。死にとないねんやったら乞食もせんならんわ。こないだはこないだで買出しに浜寺までいったら、あとで海岸歩いて、藻《も》拾てきた。何人も拾てる人いたよってにどの藻を拾たらええか教えてもろて拾たんやけど、その人もおたがいにつらいことですねというたはった。お国のために乞食するねゝ。しかしあのミルというのは、あの藻は何や知らん、けったいな味やったなァ」

「福井は米所やよってに、もうそんなもゝ食べんでもすむよ。純綿のパリパリばかりやと思うワ。そういうのゝ食べてたら順子の体も自然にもとにもどるやろと思う。私は心配してへんねん。心配やいうたら心配やねゝけど、豆食べてこうなったんやったら純綿食べたら羽二重餅《はぶたえもち》みたいになるやろと思てンねン。お医者さんもおれへんし、薬もないねンから、そう思うよりほかに気の慰めよう、ないやないか。これで、あんた、大阪にいていつまでも豆粕やヤシ粉やミルやカイホウメンやナンバ粉やハコベやヨメナやイナゴなんか食べててごらん。どうなると思う。どうなるかわかれへンよ。見当つけへンよ。どうなるどうなると思てても、そう思うだけで、どうもなれへんよ。どうなるどうなると思うだけで体に毒やないかと思うワ」

「陽子はどうしてるやろ？」

「それが不思議やねン。あの子も学童疎開で道明寺《どうみようじ》の奥の田舎へいったんやけど、順子のいたとことあまり離れてへんのにお米だけはあるらしいねン。豆粕もヤシ粉もハコベもここへきてからは食べたことないというてたワ。それで心配になってお寺の本堂の裏へつれていって服ぬがしてみたら、お猿さんみたいになってへんかったので安心した。やっぱりあれはお豆のせいやと思うなァ。ところが陽子は妙な子で、見舞いにいったらいきなり本堂の縁にピタッと両手そろえて手ェついて、おかあさま、心配はいりません、私たちは銃後の少国民として毎日元気で働いています、というやないの。先生に教えられたとおり、教科書読むみたいな調子で、真顔になってそういうねン。気持わるうて。そうか、そうかというてはみたものの、何やしらん気持わるうていかんかったよ。というてどこも非難はでけへんし、むしろ立派なことで、何ともいいようはないねんけど、何やしらん妙なぐあいやったなァ。順子はどうかというと、これはこれでまるであべこべで、猫の仔みたいに寝そべったきりやねん。どこも体わるないのに話をしてもすぐころッとよこになってしまう。だいたい話をするのがめんどうやというのがあの子の昔からの癖で、何聞いても知らんワとか、ふんとかいうて、すぐコロッとよこになってしまいやる。だいたい背骨をたててるのがめんどくさいらしいワ。行儀わるいやないかというて叱ったら見る見る蒼《あお》うなってふるえてプイと向う向いてしまうのやから処置なしや。弱い子やねンからまァそれもええやろと思て、わざとほったらかしにしてあるねんけど、小学校四年からもうこんなに三年寝太郎やったら、これからさきどうなることやろと思うしなァ」

母と叔母がゆるんだ水道栓のようにとめどなく汽車の窓ごしに話しあっているあいだ、祖父は黙ったきりであった。彼の眼は老齢になるにつれて何故か西洋人のように淡青色を帯びてきていた。明治の末年に福井県の水田と森のなかから大阪へでてきた彼は、いま、その出生地の村へ帰ろうとしているのである。小作農の八男に生れた彼は兄弟姉妹がことごとく結核で死んでゆくのを見て、ほとんど毛布一枚と腰弁当だけで大阪へ遁走した。土方、人力車夫などをして放浪したあげく上本町《うえほんまち》の長屋に住みつき、おなじような大量の流亡者仲間に烏金《からすがね》を貸すことをはじめた。朝貸して夕方とりたてにゆく顕微鏡的シャイロックである。恨んだり恨まれたりの七転八倒の何十年かがあって、気がついてみたら、小さな不在地主、小さな三軒の家主、いくらかの株券所有者になっていた。福井県にいくらかの田を持ち、村の神社に献金して名を一本の石垣に刻まれ、大阪の南郊に三軒の家を持ち、隠退して金利者生活をはじめようとしていた。故郷の小作農の子弟のうち頭脳優秀、操行善良な一人の青年に眼をつけ、養子として娘と結婚させた。青年は師範学校に入り、大阪に出て、小学校教師となり、一人の息子と二人の娘をつくった。息子が私で、二人の娘が陽子と順子である。

祖父は頑健な体軀《たいく》を持ち、底知れぬ酒豪で、執拗きわまる碁打ちであった。肉体労働、金貸、酒、碁、経典の筆写、辞書の作製など、すべて手のふれたものにはことごとくたゆみない精力を傾注して彼は倦《う》むことを知らなかった。私が物心ついたときの彼はすでに金利者生活に入っていたので、どのように苛烈な精力を傾倒して彼がどん底仲間の弱肉強食の争闘から這いあがったのか、何も知らなかった。父や母も何事かを知ってはいたが、けっして私には知らせるまいとした。しかし、倨傲、孤独の祖父が奥座敷に岩のようにすわりこんで、黙ったまま果てしなく酒を飲み、果てしなく碁を打ち、誰一人として来訪者のない日はただひたすら、何を思ってか、机に向って経典を古くなった会計簿の余白に筆写してゆく姿を見ていると、私は畏怖と敬意を感じさせられた。後半生の彼は圧倒的な精力と知力にひしがれて、何故か、いつ見ても経典の筆写と読書にふけっていた。小学校もろくに卒業するかしないかなのに、ときたまかいま見る彼の手製の経典と新語辞書は、清潔で迫力のある筆跡でつづられ、漢籍からの引用文も誤っていないようであった。誤っているかいないかは私にはよくわからなかった。しかし、誤った字はいちいち消しゴムでていねいに消し、正字を書きこんで、その頁には記憶のため、一本一本こよりがつけてあった。その周到さのために何となく私は、祖父の書く字には誤《ご》謬《びゅう》はないのだと思いこんでいた。経典の筆写が終ると、彼は新しい会計簿を一冊どこからかとりだして、新語辞書を作製しはじめた。新聞で見たり、私や妹がまきちらかすのを聞いたりして不審に思った言葉をことごとく書きとめていくのである。『エッ＝悦＝嬉シイトキニ中学生ガ言フ』とか、『ジュンメン＝純綿＝精白シタ米ノコト。マザリモノノナイ米ダケノ飯ノコト』などからはじまって、『トッコウタイ』、『ドウキノサクラ』、『ダイトウアシサウ』まであった。ときどき母と私はたいくつすると燈火管制の暗い灯《ひ》のしたで祖父が寝ているところを見てこの新語辞書をとりだし、笑って遊んだが、私は笑いながらも、畏怖していた。ただ自分の脳の内にこもる圧力にひしがれて、何の目的もなしに何百語と祖父が採集した単語の配列は私をおびやかした。友人、知人、兄弟姉妹、息子、娘の婿養子、すべてが死んでしまい、株券は反古《ほご》になり、国家の戦時統制で水田を失い、かろうじてのこった三軒の家もいつ空襲で焼けるか知れず、銀行預金は水のように流失しながらしかも金には一枚の枯葉ほどの力もない、金・銀・鉄はすべて供出させられる、書画骨董《こっとう》はおろか、着物、靴、すべてのものがジャガイモとなって胃をちょっとふくらましてから便所へ消えてゆく。このような幻滅、荒亡のなかでも倨傲な祖父はほんのときたま淡青色の瞳に増悪の光を一瞬みなぎらせて冷嘲の言葉を何者にとも知れず吐くが、あとはただ、黙って、薄暗い、枯れきった、乾ききった座敷のなかにすわって孫の猥雑《わいざつ》な叫びをいちいち文字に書きとめていくのである。彼は私に何も教えてくれなかった。何をしても、賞めてもくれなければ、否定もしなかった。私も彼に甘えたことはなかった。甘えられる人物ではなかった。無器用に、執拗に、さびしく、彼は生きていた。ひそやかな精力にみちた、敗北せる巨大な隣人として彼は私の眼に映った。私は死体と乱読と戸外の生活に生きていた。しかし、父を早く失ってしまった私は、家のなかに入ると、奥座敷から祖父が放散する、乱費を惜しむことを知らないなにものかの透明な波に浸されるのを感じないではいられなかった。おそらく私は彼に支配されていた。私は彼が好きだった。倨傲、孤絶、飽くことを知らぬ知識慾、ぶざまな羞恥心、嘲罵の精神、寡黙な大酒、持続力、自己と他人と時代を一瞬に無化するとつぜんの冷嘲の閃き、公認されない碩学《せきがく》となった一北陸農民のそれらを私は何も知ることなく尊敬していた。

「あ、ベル鳴った」

「ほんなら気ィつけて、な」

「早よおいでや」

「うんうん」

「大阪焼けても知らんよ」

「おじいちゃん見たげてや」

「わッ、うごいた！」

「この汽車、うごいたワ！」

「うごいた、うごいた！」

母と叔母は関西女特有の洗練された嘲罵の言葉を散らしあった。嘲りながら愛するのが彼女らの日常であった。二人ともモンペをはき、汽車の内と外をチョコマカ走ったり、ジタバタ床を踏んだりしながら、ねとねとした難民仲間の群れのなかで、はかなく叫びかわした。祖父はついにひとことも言葉を発せず、淡青色の瞳に嘲罵と放棄のいろを漂わせながら、数十年の立身出世の惨苦の都会が焼けただれた荒涼の風景のまま流れてゆくのを眺めていた。

難民仲間のなかをかきわけ、くぐりぬけして私は母といっしょに階段をおりてゆき、地下鉄の穴におりていった。全市がほとんど廃墟となった都会の地底でその日はどうしたことか鋼鉄の長方形の箱がうごいていた。バケツ、防空頭巾、国民服、腰の救急袋、風呂敷包み、鉄兜、軍靴、肩からさげた帯芯のズック鞄、いつものわッとした群れといっしょにわッととびこんだが、母も私もうろうろためらっているうちに席をとられてしまった。

二人で吊皮《つりかわ》にぶらさがって暗いトンネルの轟音のなかでゆられていると、ふと母が口を近づけてきて、耳に何かを吹きこんだ。豆粕の匂いはしなかったが、なじみ深い息の匂いが鼻さきをかすめた。（豆粕は匂わない。あれは粕であった。徹底的に搾《しぼ》られたあとのものだった。匂いようにも匂いようがない）

「……なんやて、なんやて?!」

私は叫んだが、母の声は聞きとれなかった。鋼鉄のくたびれた長方形の箱は轟音にみちてふるえていた。

淀屋橋《よどやばし》の駅に着いたときに、やっと彼女のいおうとしていることがわかった。枯れた口の匂いに困りながら耳を近づけると、背の低い彼女は私の肩のあたりで、しきりに眼を怒らせて私を非難しているのだった。

「……あんたは冷たい人間や」

彼女はそういった。

「なんで？」

私はものうく問いかえした。彼女は怒りに脳を占められたらしい気配で私の眼を見ることなく、ただ窓をじっと瞶《みつ》めながら、低声《こごえ》で、しかも私の耳にはよく聞えるように、つぶやいた。小さな、薄い、私のによく似たくちびるがとがっていた。どこか童女を思わせる形であった。

「あんたはおじいちゃんそっくりや。はじめから終りまで、何もいえへんかったやないか。ああいうときには何かいわんならんもンや。それにあんたは何もいえへん。知ってるらしいのに何もいえへんかった」

「………」

「私が八重子とおしゃべりしてるのをあんたはヒラメみたいな眼で見てたやろ。ちゃんと知ってるで。私も八重子もあんたほど頭はええとは思わんけど、ああいうときには、何かいわんとあかんのや。それをあんたは、おじいちゃんといっしょになって、何もいえへんかった。ずっと二人でヒラメみたいな眼をして黙っていた」

「………」

「あんまりバカにせんといてや」

「………」

「私の教育がまちごうてたのかも知れん。お父ちゃんが死んでから、男のことはわからんようになったよってにな。しかし、ああいうヒラメみたいな眼したらあかんで。いうとくけどな、あんたこれから苦労するで」

「………」

「私にはどうしようもないけどな」

「………」

「遺伝てこわいもンやと、つくづく思た。あんたは私が八重子とバカ話だけしてると思たやろ。しかし私は八重子とバカ話しながらこっそりあんたとおじいちゃんを見てたんやで。そしたら二人ともほんとにおなじ眼つきやったんで、アッと思た。あんた、知らんやろ。ヒラメみたいな眼ェしてたんやで」

「………」

「偉そうにするな。バカバカしい」

「………」

淀屋橋、本町《ほんまち》、心斎橋《しんさいばし》、難波、大国町《だいこくちょう》、動物園前と、鋼鉄の長方形の箱が駅にとまるたびに母は私の肩に口を近づけてきて、そういうことをつぶやいた。私は返答しなかったけれど、彼女が冷酷に怒っていることはよくわかった。私は彼女が父との別離で感傷に浸されていることを感じたけれど、暗愁がそういう攻撃になろうとは思わなかったのでたじろいでいた。その感傷的な攻撃がしばしばどうしたことか私の正体をグサリとえぐっているように感じられることがあったので、私は苦しかった。大阪駅に両手をさげたまま佇んでいた私はたしかに〝ヒラメ〟の眼を持っていたにちがいなかった。私はそう思った。きっと私はそうであったにちがいなかった。あんな愚痴に腐心していたはずの母がいつのまに悟ったかと思うと、その鋭さ、その鋭さにまったく気がつかなかった自分の無知ぶりが、どうしようもないものに思われた。

南京さん

　祖父、叔母、妹たちが北へ去ると、私と母だけが家にのこされた。人の匂いを失うと、とつぜんすべての物が乾きはじめた。畳。柱。壁。障子。襖《ふすま》。箪笥《たんす》。机。本。皿。手にふれる物、足のうらにつたわってくる物、すべてが乾いて、衰え、弱くなり、埃をかぶりはじめた。皿はいくら洗ってきれいにしても、光沢《つや》がでないように思われた。水はかけるあとから乾いた。けれど、脂のよくしみた皮膚が水滴をはじいてたちまち乾くようなぐあいに乾くのではなかった。水滴は一粒も吸わない。皿はふくらみもせず、輝きもせず、ただしなびた藁のように乾き、ちょっと眼をそらすすきにたちまちしらじらと埃をかぶってしまうのである。陶器も、また、枯れるのだ。

　畳が枯れた。庭石が枯れた。本が枯れた。襖が枯れた。便器までがやがて枯れはじめた。家のなかで寝ころぶと、どこに寝ころんでもガサガサした枯葉か藁のうえによこたわっているようであった。体を起すと手や足、額、顔、いたるところ薄白い埃にまみれるようであった。私と母はけだるくてならないので、ひまさえあると薄暗い畳に寝ころんで、小さな庭に射す日光をものうく眺めた。母はもうコックリさんをする気力も失っていた。バケツに穴があくと底に古い漬物樽の鏡板をおしこみ、セメントをぬりつけた。どういうわけか、セメントだけはあった。どこからどう工大してくるのかわからないが、母はせっせとバケツの底にセメントをぬりこむことにふけった。そのためバケツは手にさげると、まるで石の桶《おけ》のように重く、それでいて水はほんの少ししか入らなかった。手が折れそうなくらい重かった。〝モロトフのパン籠〟がおちてきてもこれでは自分の体に浴びせる水をくむのがせいぜいであった。家のまえの防火用水は水がなくなって底が割れ、雑草が生えている。戸口のわきの砂山はいつのまにか風雨で消えてしまった。縄を竹竿のさきに編みつけた火叩きは、うっかりそんなもので黄燐焼夷弾や油脂焼夷弾の火の粒をおさえようものなら、かえって燃えあがってしまって全身火傷になりそうである。

夜になると空襲がある。サーチライトで蒼白に切り裂かれた乱雲のなかをB29の大編隊がゆうゆうとわたってゆく。爆弾と焼夷弾の大群が落下しはじめる。一箇一箇の爆弾が空から鋼線をつたいおちるような悲鳴をたてて殺到する。土がふるえ、家がふるえ、壁がきしみ、柱が鳴り、巨大な砂袋を力まかせに屋根へ叩きつけるようである。暗い狂騒のなかによこたわり、私はじっと耳を澄ませながら、つぎのやつでやられる、つぎのやつでやられると、考える。母は空襲のたびに防空壕にかけこんだ。けれど私は慣れてしまって、めんどうでならなかった。爆音や炸裂音の遠近を冷静に計算しながら、すべてを放棄していた。ただ暗がりのなかに空腹をこらえつついぎたなく寝そべっていた。

防空壕に入っても死ぬであろうし、家のなかにいても死ぬであろう。かりに道を走ることができたとしても炎は私の足より速いにちがいなかった。また家々が崩れてきて道を塞いでしまうはずでもあった。爆弾の狂騒が体内に充満して皮膚が裂けそうに感じられる瞬間がしばしばあった。すべて諦めきっているはずなのに私の手や足は瞬間的に反射する。たちあがって走りだしたくなる。たまらなくなって絶叫したくなる。手足が叫びそうになるのだ。空腹からくる、汗のにじむような、熱い焦躁の波のなかでふるえながら私はあてもなく畳のうえをころがりまわった。

爆撃機の編隊が去ってゆくとゆるみきった家のなかに静寂がしのびこんでくる。荒い風が縞をつくってゆるやかに部屋のなかに流れる。その風は兇暴で鮮烈な精力をひそめて枯畳のうえを流れ、庭に消えてゆく。どこかでひそひそとコオロギが鳴きだす。水が洩れるように彼らはひそひそと弱い羽をすりあわせて侮蔑の歌をうたう。母が防空壕から泥だらけになってもどってくる。ロウソクに火をつけて彼女は枯畳に寝ころぶ。

「すんだようやな」

「ふん」

「いってしもたわ」

「…………」

「焼けんですんだ」

「明日焼けるかも知れん」

「いやらしい」

「………」

「いやらしいこといいな。げんくそわるい。明日焼けるなんて。じょうだんにもそんなこといわんといて。げんくそわるい。この家はおじいちゃんが苦労して建てはったんやで。焼けてどないすんねん。あほ」

「……あほ？」

「あほやがな。あほです。あほやわ。家焼いてどうなるねン。たいていえげつないこという子やな。じょうだんもええかげんにしときや。あんたはきっと口で失敗すると思うな。きっとそうやワ」

「焼夷弾で失敗するワ。いつかやられるよ。ぶくぶくにふくれて相撲《すもと》ン取りみたいになって死ぬと思うな。ゲートルとろうとしたらゴボッと脛の肉もとれて、穴あいて、べろべろに皮とけて死ぬと思うな。もう永いことないよ。瓦やなんかに埋もれて、そこへギラギラ照らされて、ほかほか蒸れる。そしたら腹のなかにいっぱい蛆がわいて、もくもくうごきよって、ムズムズ痒《かゆ》いこっちゃろと思うが、搔《か》きようないワ」

「げんくそわるいこといいな」

「事実や」

「事実や事実やて、そんなことが何で自慢になるのや。事実は誰でも見て知ってるワ。あんたに説教されんでもわかってる。そこを見て見んふりして知ったうえでほかのこというのが人間やないか。ちっとは智慧《ちえ》ついたかと思たのに、やっぱり子供やな」

「蛆虫や」

「蛆虫やありません」

「芋食いたい」

「便所いっといで……」

母はにわかに声が低くなり、よわよわしくヘンなことを口走ったが、それきりだまってしまった。彼女が苦しんでいる気配は暗がりのなかでよくわかった。それ以上私が空腹を主張すると彼女はまたしても水の虫のように泣きだすにちがいなかった。私のからっぽの胃の内壁には鋭い歯がギッシリ生えていて、背骨を嚙んだり、しがんだりする。バンドをきりきりしめて私は熱い悪寒に耐える。飢えると体が熱くなったり、冷たくなったりする。悪寒の発作のあとは硬い、暗い空洞が体のどこかにあく。

ある日の夕方、操車場の仕事が終って天王寺駅にやってくると、とつぜん私はどこかへいってしまいたくなった。満員列車の汗と体臭、尿の匂いをたてて切符売場や広場にうずくまる厖大な数の罹災者、卑屈で冷酷でよわよわしいまなざし、一枚の切符をめぐって人殺しでもやりかねまじき罵声、叫喚、殴りあい、廃墟におちる真紅の夕陽、植物園のドーム、とつぜん私はどこかへいってしまいたくなった。金はなかったが国鉄従業員の全線パスがあった。どこへでもいけた。その気になれば札幌《さっぽろ》にも鹿児島にもいけた。私は暗い階段をおりて地下鉄にのり、梅田で阪急電車にのりこんだ。そしてそのまま神戸までいってしまった。ばかばかしいほど短い移動であったが、規則と命令の糸車をまわすほかに何も知らない日常から少しハミだしただけで私は酔いと満足をおぼえた。それよりほかには何もできなかった。

神戸の街をどう歩いてよいのかわからなかった。木や空や窓を眺めつつゆっくりと足をはこぶ散歩者の歩きかたが私にはできなかった。私は散歩者にちがいなかったが、トットッと石を蹴ちらしつつ目的ある人のようにいそぎ足で歩いた。神戸は山手から海岸通りをめざしておりてゆくと海がたえず家の垣や、屋根のあいだや、軒さきなどに見えかくれし、小動物のように出没して眼をたのしませ、道に主題を感じさせてくれる街であるが、私は右に曲ったり、左に折れたり、気ままにせかせかと歩きつづけた。この街は焼夷弾を浴びてどこまでも赤い廃墟がひろがり、気がつくと私は岸壁にたっていた。水平線の広大なひろがり、燈台の灯、湾内に沈んだ貨物船の赤錆びた船腹や折れたマストなどが私を恍惚とさせた。空と光と風景は最良の瞬間になかった。けれど私は厖大な物質の崩壊と荒涼のほかに美を知らされていなかった。焼跡ほど清潔さで私を魅するものはなかった。それは巨大で徹底的な意志の容赦ない通過の跡であり、痛烈に快かった。人びとの悲嘆、懊悩《おうのう》は私にほとんど訴えてくることがなかった。私はこの痛烈さのほかに自分をゆるがす自然美を知らなかった。

海の微風は塩と藻の香りで重く、厚く、湿っていた。私は崩れた岸壁のうえをせかせかした足どりで、やっぱり目的にいそぐ人のように歩きまわった。荒地のなかには人の姿も鳥の影もなかった。電柱がたおれたり、電線が髪のように這いまわったりしている道に一台の木炭トラックがとまり、運転手が送風器を手でまわして炉に火をおこしていた。トラックの運転台の屋根には炭俵が二俵積んであった。長靴《ちょうか》をはいた憲兵が道のうえにたちはだかって、白布を巻きつけた軍刀の柄《つか》に手をかけ、何かを凝視していた。荒地のなかで上半身裸体の金髪の男たちが数人、のろのろと石をはこんだり、大股に歩いたりしていた。アメリカ兵の捕虜たちであった。彼らの肉はたくましく、ゆたかで、茶褐色の毛の茂みのなかで夕陽が閃いていた。竜華操車場の水田のなかで私をおそった戦闘機のパイロットの信じがたい薔薇色を彼らも頰に持っていた。彼らは口笛を吹きつつ、のろのろと仕事をしていた。硬直した憲兵の姿と見くらべると、彼らの動作は放恣で、緩慢で、私には不可解な自信にみちていた。その仕事ぶりはいかにものろのろしていたが、筋肉の動きや長い足の動きは力を節約していて無駄がないように思われた。私たちのとりかたがちがうだけで、やっぱり彼らも汗にまみれて労働していることがわかった。何のために彼らがそこでそうしているのかは私にはわからなかった。やがて日が暮れると、彼らはトラックにのりこみ、口笛吹きつつどこかへつれ去られていった。薄青い、荒れた夏の黄昏《たそがれ》の道と空気のなかに口笛は鋭い水鳥の足跡のようにクッキリとのこり、ほとんど手でさわれるようであった。私はその歌の節を真似て口笛吹きつつ駅へもどっていった。

ある日、正午、操車場のはずれで車票点検をしているところへ、川田がのろのろとや

ってきた。口に草をくわえ、戦闘帽をあみだにかぶって彼はぶらぶらと貨車のまわりをひとまわりしてから、私のそばへ寄ってきて
「女中《ねえ》やんがみんな集れというてるぞ」

といった。

「なんや知らん、女中やん、眼ェ真ッ赤にして泣いてたわ。俺を呼んでみんな招集してこいいうのに声ふるえてた。ほんまに学生さんにフラれた女中やんみたいになってたワ」

川田は嘲るようにそういってから、ふと口をすぼめ、困惑しきった顔になった。空想兵器の画を描いてるか西洋猥本を筆写してるかのほかにあまりまじめな顔を見たことのない彼にしてはめずらしく混乱したまなざしになっていた。

車票を原簿と照合しつつ
「どうしたんや？」

と聞くと、彼はぼんやりした眼で
「日本が負けたらしいで……」

とつぶやいた。

「…………」

「天皇陛下が放送したらしいで……」

「…………」

川田はそういうと口に草をくわえたままぶらぶらと消えてしまった。私はもう一輛、車票点検をしてから、広い構内をよこぎって宿直室へいった。仲間はみんな宿直室のやぶれた柔道畳のうえに不動の姿勢で整列し、国漢教師の話を聞いていた。

「……日本帝国は敗れた。ただいま玉音放送がありました。無条件降伏です。ポツダム協定を受諾することに決定しました。人事を尽して天命を待つ覚悟一途《いちず》で、みんな今日までやってきたのですが、すべて終った。諸君はいたずらに軽挙妄動してはならない。不滅の神州の民の一人として冷静に行動していただきたい。今日はこれで家へ帰ってもらう。作業は一切中止します。今後のことは後日追って通達します。あくまでも冷静に、矜持《きょうじ》をもって行動していただきたい」

先生は涙を流しながらそういうと、とつぜん不動の姿勢をとり、顔を伏せた。圧力に耐えられなくなって彼はくちびるを噛みしめたが、嗚咽は老いて衰えた歯から洩れおちた。

「われわれは最善を尽した！……」

先生はうなだれたまま、ほとんど叫ぶようにそういった。私は裂帛《れっぱく》の激情に体をうたれた。いつ見ても虫食いの漢籍を読むか、布鞄からいり豆をつかみだしてぼそぼそと口うごかしつつ田ンぼの畦道を歩いているだけの、水に浸った藁のような先生のどこにこうはげしく苦しめる力がひそんでいたのか、まったく予想できないことであった。

「断じておこなえば鬼神もこれを避くと私は信じていたが！……」

うなだれたまま先生は薄い国民服の肩をふるわせ、手をふるわせて嗚咽を嚙みころすのに苦しんだ。苦痛を苦痛のままにほとばしらせておこうとする気配もあるようだった。ふたたび私は困惑した。友人の焼死を聞いたときとおなじだった。感動が起るのを私は待ちつづけた。感動はきてくれなければならないのである。私はおごそかに硬直し、祖国の崩壊に対面して崩壊しなければならないもののようであった。先生ははばかることを知らず、浪費を惜しむことなくひらいていた。私も泣くか叫ぶかしなければならないもののようであった。しかし、私は感動しなかった。いくら待っても感動はどこからもおそわなかった。まったくその気配はなかった。私は冷たく、無感動で、何も感じず、何もうごかず、むしろ先生の激情ぶりに当惑していた。早く先生が泣きやんでくれたらいいとだけ思ってたたずんでいた。

いつものように私たちはだらしない隊列をつくって線路ぎわの道を歩き、イナゴをつかまえたり、口に草をくわえたりしながら八尾駅へいった。道には草いきれと暑熱がたちこめ、空には城や巨艦に似た積乱雲がそびえていた。駅で汽車を待つあいだ私たちは声低く猥談をした。先生の悪口をいうものもあった。姿三四郎の話にふけるものもあった。サッカリンで味つけしたアイスキャンデーを買いにいって追いかえされてくるものもあった。すべていつもとおなじであったが、何か圧倒的なものがあたりにたちこめてもいた。私たちはぎごちなく、ぶざまで、声をだしたり、手足をうごかすことが、何となくはばかられた。先生は一人、生徒の群れからはなれ、ベンチにすわって凝固していた。

満員列車がやがて平野の夏のかなたからやってきた。車内の人びとはみんな日本の無条件降伏を知っているようであったが、怒号する人もなく、嗚咽にむせぶ人もなかった。疎開荷物や、魚の罐や、イモの風呂敷包みや、バケツ、七輪、ふとん、リュックサックなどのなかで人びとはおしひしがれ、体を折ったり、曲げたりして、ときどき吐息をついたりしながら窓から射しこむはげしい日光に煮られておとなしく苦しんでいるだけであった。

家へ帰っても、異状はどこにもなかった。駅からの道ではほとんど人に会うことがなく、たまに会う人はすべて老人か女であった。老人は肩に防空頭巾をひっかけて暑そうにあえぎ、女たちはモンペをはいてものうく盛夏の道を歩いていた。顔には何の表情もなかった。満員の汽車と電車にもみくちゃにされ、ずいぶんたくさんの人びとにまじって私は帰ってきたのだが、いつもとちがう異変にはまったく出会わなかった。人びとの眼、頰、くちびる、肩、もっとも人体で語ることの多い後頭部、どこにも異変は感じられなかった。ただ人びとは汗ばんで苦しんでいた。ただ〝夏〟だけがあった。

「……日本負けたんやで」

「そうらしいな」

「いろいろやってみたんやけどなァ」

「………」

　母はモンぺをつけたまま薄暗い茶の間の古畳にぺたんとすわり、朦朧とひとこと、ふたことつぶやいては吐息をついて、ふかしイモを食べた。これは先週の日曜日、和歌山のあたりの農家まで出かけてふとんと交換してきたイモである。私たちはもう売る物が何もない。自分の手足を食べて裸になりつつある。

「玉音放送、聞けたァ?」

「いや」

「となりの田中さんや、向いの山中さんや、いろんな人が、いうてきはってナ。何やしらん今日はラジオで重大放送があるよってに家にいてくださいちゅうことやった。それでじいっとラジオのまえにへたばりついてて聞いたのが、あれや。陛下は何かいうたはるらしいねんけど、ザァザァガァガァいうて、よう聞えへん」

「ふん」

「とぎれとぎれにどうやらこれは負けたらしい、とはわかったんやけど」

　母は声をひそめて私の顔を上目遣いに用心深くちょろりと見てから、不満げにいった。

「なんせ、陛下のお言葉いうても、修身の本か何か読んでるみたいにダラダラと棒読みで、いっこう気持がつたわってこなんだワ。日本負けたいうのに、まるでお経読《うち》んでるみたいな調子や。ア、これではもうはじめから負けとるとわかってたんやナと私は考えたんやけど、どうやろナ?」

「…………」

私はイモを食べおわるとたちあがって便所へいき、手拭いで手をふいてから部屋にもどって、畳のうえに寝そべった。母は皿を洗いに台所へいった。洗うほどの皿は二枚きりしかないので、すぐに手をふきふきでてくると、モンペをはいたままころりと私のよこに寝ころがった。古畳は夏の午後の匂いをたてはじめていたが、いくらか風があったので快かった。私はうとうと眠りはじめた。

ナンナン、ナンナン
南京《ナンキン》さん
南京さんの言葉は
南京言葉

かけっぱなしにしてあったラジオがとつぜんうたいはじめた。明るく、朗らかで、清潔な、少女たちの合唱であった。

……………
ピイピヤピイピイ
ピイチクパ
パアピヤパアパア

パアチクピ
ふと母が怪訝そうに顔をあげた。

「ええのんかいな、こんな歌うとて」

彼女は困惑したようにつぶやいた。

「戦争に負けたのに支那人のことかろこうて、こんな歌うとて、ええのんかいな。南京さんやなんて……」

「………」

「なんや知らん、妙なぐあいや」

彼女はポツリとそういうと肘まくらして二、三度体をころころさせてから、気持よさそうに昼寝してしまった。汗ばんだ足のうらを何度か微風が通るのをかぞえているうちに私も眠ってしまった。ラジオは明るく、朗らかに、清潔に中国を侮辱しつづけた。

二部　日が暮れて

手から口へ

　どこかで鐘がガラン、ガランと鳴った。音は雨のなかでこだまし、校舎のなかをゆっくりうごいていった。あれは小使の老人が豆腐屋の鈴のような鐘をふって歩いているのだ。電鈴がこわれたままなので授業の終始をそうやって知らせているのである。

「……起立。礼ッ」

　私が声をかけると、みんなたちあがって頭をさげた。先生は頭をかるくさげ、チョークの粉のついた指をこすりつつ、重い軍靴《ぐんか》をひきずって教室からでていった。みんなは声をあげ、机を鳴らし、床板を踏み鳴らした。腹へった。腹へった。あ、また豆飯かあ。銀シャリや。純綿や。イモと米の七三の混紡や。おい、坊主。坊主くれ、坊主。坊主持ってへんか。なんや、エンタか。おい、ボン太、エンタこっちへまわせ。アルミの弁当箱をひろげて箸をつっこむもの、飯盒《はんごう》に匙《さじ》をつっこんで冷えたお粥《かゆ》をすするもの、イモのまじった重曹くさい蒸しパンを頬ばるもの。みんなはがやがやいいながらいっせいに口をうごかしはじめた。私は目をそむけた。気づかれないようにたちあがって教室をでた。

廊下は埃《ほこり》の匂いがした。腰板をめくられ、床板をひきむしられた廊下は穴だらけであった。床板の裂けめが鋭いのでうっかり穴に足をつっこむと釘《くぎ》に逆撫《さかな》でされたような傷が膝まで走る。ここに泊っていた兵隊たちが手あたりしだいに板をひきちぎって燃やしてしまったのだ。彼らは一階から五階までの廊下の腰板や床板をひきむしり、机をこわし、椅子を薪《まき》にし、窓ガラスを気まぐれにたたき割った。便所という便所に紙屑《かみくず》、板きれ、雲古《うんこ》、御叱呼《おしっこ》をつめこんでいっぱいにしてしまった。足の踏み場もない。たくましい、盲目的な、分厚い腸《はらわた》からひねりだされた暴力は便所からあふれ、はみだして、廊下の暗がり、柱のかげ、階段、階段の踊り場、運動場のすみっこ、植えこみのよこ、いたるところに図々しい、太ぶとした痕跡をのこした。プールはまるで巨大な残飯の池であった。はじめて学校にもどってきた日、私たちは兵隊の絶望ぶりに茫然《ぼうぜん》としてしまった。校舎はまるで穴だらけの巨大なコンクリートの塵芥箱《じんかいばこ》となっていた。巨大な、荒あらしい、目も口もあけていられない悪臭をたてる肥溜《こえだ》めとなっていた。兵隊たちはまるで指紋のようにいたるところへ雲古をおとして去っていった。『南無《なむ》八幡《はちまん》大《だい》菩薩《ぼさつ》』。『神州不滅』。『皇運長久弥栄《いやさか》』。『断じて行へば鬼神も之《これ》を避く』。彼らは隊ごとに鮮烈な句を凜々《りんりん》と墨書した旗をおしたてて大阪港へでかけ、船に乗り、紀伊水道をでたとたんに魚雷をうけて溺死してしまったのだ。そしてそのあとには、ただ、巨大な雲古と残飯の城がのこったのだった。

用心しながら私は廊下を歩き、五階から一階まで階段をおり、雨天体操場へいった。

食堂は油脂焼夷弾《しょういだん》で焼けおちたが、体操場はのこっていた。けれど天井のガラス窓というガラス窓がやぶれたままなので、昨夜《ゆうべ》からの風のはこんだ氷雨の大きな池が広い床のあちらこちらにできていた。寒風が走ると水たまりにはちりめん皺《じわ》のような波が走った。私は平行棒や跳躍箱のよこをぬけて体操場の裏へでると、水飲場へいった。かけたコンクリートの台に手をかけ、栓のうえに口を持っていった。栓はいくつもあるが、ほかのではだめなのである。その曲った栓でないとだめなのである。この栓はひねるとまるで噴水のようにはげしく、たっぷり、水をふきだしてくる。カルキの匂いを舌のうえにのこして、水はつめたいヤスリをかけたように歯をキリキリと削ってから腸へおちてゆく。食道や胃をとおらないのだ。水はとつぜん口から腸へ氷の波のように走ってしまうのである。何度も何度も咽喉《のど》を鳴らして私は水を飲んだ。凍えた腸が温くほどけ、ふくれて、胃いっぱいになるまで飲んだ。バンドをはずし、しっかり腹をしめあげてから、息をつく。

穴だらけのコンクリートの箱のなかでは生徒が笑ったり、叫んだり、走ったりしていた。昼食を終ってもうすぐ何人かがかけだしてくるだろう。おう、もう昼飯食うてしもたかとかけぬけぎわに誰かが声をかけたら、せせら笑って、そんなもゝ、二時間めにやってしもたわ、と答えるつもりだ。九月からずっとそういいつづけているが、まだ誰にも見やぶられたらしい気配がない。彼らは甘い体臭と汗をさかんににじませて球や鉄棒とたわむれはじめるだろう。精巧にこねあげられる肉のよこを私は何食わぬ顔つきで通りぬけ、どこかへ消えるつもりだ。一時間たったら鐘が鳴り、私はどこからかあらわれて教室にもぐりこみ、先生がきたらみんなに起立、礼ッと声をかける。もう三ヵ月近くになるが、誰も私が昼飯を食べないことに気がついていない。誰にも洩《も》らしたことがないし、気《け》どられたこともない。誰も知らないうちにこっそり教室をぬけだして水を飲みにいき、なんとなく歩きまわって時間をつぶしてから教室へもどる。誰にもこのことを知られたくなかった。知られまいとして私はひそかに、めだたぬ、必死の工夫をこらしてきた。なにかしらそれははずかしくてならないことだった。貧しいことは私とまったく関係のないことである。私はよく知っているが、私が昼食がわりに毎日水を飲まねばならないことと私自身とは何の関係もなかった。学校のなかに何人いるかは知らないが、学校のそとには私とおなじような暮しかたをしているにちがいない人びとが何十万人、何百万人といた。〝トトチャブしているのだ〟と口にだしても誰も軽蔑するものはないはずであった。げんに仲間のうちでも、ときどき〝今日はトトチャブや〟といって笑いながら昼食の時間に教室をでてゆくものが何人もいた。みんなは苦笑したり、冗談をいったり、なかには弁当箱をつきだしていっしょに食べようと誘いかけるものもあった。誘われてそのままいっしょに椅子に腰をおろして食べるもののもあった。彼らはそういうことを嬉々《きき》として、誇らしげに、楽しんでやっていた。しかし、翌日になると彼らは弁当箱を持ってきて、〝お返し〟をした。もし私が誘われるままにおなじふるまいをしていたらどういうことになるだろうか。一つの弁当箱を二人でならんで食べるのはたまにはおもしろい気まぐれかも知れないが、くる日もくる日も、毎日毎日となったら、まったく性質がちがってしまうはずである。私は教室じゅうを歩きまわって毎日誰かのところへいき、あまりゆたかでもない弁当箱をからっぽにしてしまう。仲間の家庭もけっしてゆたかではなかった。息子に弁当箱を持たせてやるために母親が昼食をぬいているのではないかと想像したくなるようなものを細ぼそと、教室のすみっこで、肩すぼめて食べているものもあった。

飢えはなぜはずかしいのだろうか。ろくに食べるものも食べないですごしているためにおそいかかってくる慾望《よくぼう》の暴風に挫《くじ》かれる、その無力感がはずかしいのだろうか。なぜ人が口をうごかしている横に口を閉じたまますわっていることがはずかしいのだろうか。食べている人間に食べないでいる人間を意識させてしまうことが、どうして私には憚《はばか》られるのだろうか。彼らが私を見て傷つけられたようなまなざしになるのをなぜ私は見たくないのだろうか。なぜかしら教室では私はいっさいの苦痛をねじ伏せ、かくし、呑《の》みこんで平然とした顔をよそおっていたかった。ひたすらそのことばかり意識していた。闇市へいくと広大な面積にわたって多種多彩な食物があり、人びとは多種多彩に赤裸であり、憚ることを知らず、その人ごみと火の匂いのなかを私は何時間と知れず自由さに恍惚《こうこつ》となって歩きまわる。だのに学校へやってくると、校門をくぐったとたんに私は自分を閉じこめ、かくし、みんなの眼《め》から逃げようとして、いてもたってもいられない焦躁《しょうそう》と孤独を味わわされるのである。

しばらくのあいだ私には異変が理解できなかった。戦争が終ったとたんにどこからともなく人と栄養と活力が町に流れはじめた。魚、肉、野菜、米、醬油《しょうゆ》、油、カレー粉、砂糖、罐詰《かんづめ》、タバコ、あれやこれやが氾濫しはじめた。駅前の広場は砂漠の民の野営場となった。まるで童話であった。魔法使いのお婆《ばあ》さんがトンと気まぐれに土を杖《つえ》でついたらたちまち無数の妖精がとびだしてきてあぶらっぽい顔を輝かせながら乱舞しはじめたのである。魚は焼かれ、焦げ、煙をあげ、七輪の炭火を燃えあがらせる。肉が焙《あぶ》られ、泡をたて、はじけ、もがく。大鍋のなかでは雑炊、肉片、ジャガイモ、タマネギがいっしょになって煮え、脂肪たっぷりの大泡が、ぽくり、ぽくりと噴火口の熔岩《ようがん》のように重おもしく混沌《こんとん》の底から浮かんできてはピチッとはじけて、しずくを鍋のふちにひっかけた。肩章を剝いだあとの生なましい復員兵、半長靴《はんちようか》に白絹のスカーフを首になびかせた航空兵、ズック袋を肩にかついだまま駅の出口に茫然と佇《たたず》んでいる水兵、疎開先の田舎から帰ってきてあまりの広場のにぎわいに懐疑を粉砕されたまま恐怖と劣等感をおぼえつつもすばやくケチくさくこすっからそうな眼をあてもなく眼鏡のなかで光らせてキョロキョロしている知識人たち、焼酎に酔ってとめどなくなったヤクザどもがギタギタと顔光らせて大福餅頰ばりつつ凄《すご》んでみたり、相手のいなくなったのに気がついてなんとなく横腹をポリポリ搔《か》いてみたり……「食うたら払え。払えなきゃ食うな。がしんたれ。これが食えんのか。私の作ったものが食えんちゅうのか。ボヤボヤするな。おっさん。立見はごめんや。そんなにじーッと恨めしげに見られたらせっかく経済巡査の眼ェかすめて持ってきた米の量がへるやないか。さっさときめてんか。食うのンか。食わんのンか?!……」

大泡ぼくり、ぼくりの、カレー料理とも臓物の煮込みともつかぬ大鍋をヒシャクで掻きまわしつつ一人の娘が叫んでいた。彼女は鍋のまわりに群がる哀れな亡者たちを口をきわめて罵り、湯気と火の匂いのなかで眼をキラキラ輝かせていた。その放埒《ほうらつ》さと精悍《せいかん》さに私は魅せられた。男たちは彼女たちに罵られつつ丼鉢《どんぶりばち》いっぱいの米にヒシャクの混沌をかけてもらうと金を払っておとなしく大地にしゃがみこんで箸を使う。彼女がそこに屋台をひらいてから何日にもならないのに、もうあたりの土は米粒や炭や煮汁やバケツの洗水にまみれてぬかるみかけ、何年も何年も彼女が住みついてきたような親しさ、物と人とが癒着しあった親しさを見せていた。彼女はつぎつぎとうけとる札を石油罐のなかへ無造作に投げこみ、あふれだしそうになると、いきなりゴム長の足をあげて踏みつけた。そのゴミ屑の一枚でもあれば、私は……

無益な死を私はさらにいくつも目撃した。八月の末頃、焼跡整理に狩りだされた私たちが寺田町のあたりで不発の焼夷弾を掘りだした。おもしろがって遠くから石や煉瓦《れんが》を投げて遊んでいたが、そのうち一発が眠りこけていた信管に命中したらしかった。焼夷弾は油脂と黄燐《おうりん》の混合物であったのか、もうもうと油煙と火炎をふきだしたあとで湯玉のように閃光《せんこう》と火花を散らし、さいごに炸裂《さくれつ》した。たまたまそのとき自転車に乗って通りかかった男が一人いた。私が気がついたとき、男は自転車ごとたおれて右の腿《もも》を両手でおさえつつ呻《うめ》いていた。復員兵らしく、シャツも略帽も海軍のものであった。私たちがかけつけると、男はたおれたまま腿をおさえてあたりをぐるぐると這《は》いまわっていた。腿がひきつって蒼白《そうはく》になり、彼は土を瞶《みつ》めたまま、低く罵っていた。

「……せっかく呉《くれ》から無傷でもどってきたのに、戦争中もなにもなかったのに、こんなことで、こんなばかげたことで」

彼は必死の腕力で腿をおさえつつ、明晰《めいせき》にそういって苦しんだ。傷口は覗《のぞ》きこんだところ小さかったが、ズボンの布は肉のなかに深く食いこんでいた。いつまでも土のうえをカブト虫のように彼がころげまわっていたのは焼夷弾の破片で大腿骨《だいたいこつ》を粉砕されていたからだった。傷口は小さく、血もあまり流れていなかったが、大腿骨が二つに折れてしまっていたのだった。そのまま彼はかつがれて近くの病院にはこびこまれ、大腿部切断の手術をうけた。医師もいず、薬もなかったのだろうか、手術後一週間で彼は死んだ。南方諸島にもいかず、中国大陸にもいかず、機銃掃射、空襲、原爆、どれにも遭遇しなかったのに彼はたまたま中学生の無邪気ないたずらを通りがかりに見物していたばかりに死んでしまったのだった。

八月以後、日がたつにつれて、あちらこちらから兵隊が帰ってきた。駅で茫然としていたり、ズック袋を肩にかついで家族の行方をたずねて町の家から家へ歩きまわっている姿がよく見かけられた。闇市で酔ってズック袋かついだままの恰好《かっこう》ですでに出現していたヤクザやチンピラどもと乱闘している姿も見かけられた。彼らはしばしば乱酔の昏から大日本帝国の倫理と使命を口走った。おれたちが前線で苦しんでいたあいだにてめえらはのうのうと内地であぐらかき、それがいま闇市をやっておれたちをしぼりあげるとは、というのであった。しかし彼らに法外な飲みしろを要求して匕首《あいくち》を閃《ひらめ》かす奴《やつ》らはやっぱり彼らとおなじ復員兵で、ただ一足さきに内地へ帰ったか帰らないかという相違があるだけだった。だから闇市には、日がたつにつれて、どんどん復員兵があふれた。親方やヤクザとすぐにくっついて膂力《りょりょく》や凄みを提供した兵もあり、たちまちカレーライス屋やヤキトリ屋のあぶらぎってにこやかで傲慢な主人となった人もあった。そうした兵は縁故や金があったのでそうなったのだが、縁故も金もない兵は自分を売るよりほかになかった。そういう兵が大半であった。彼らのある者は、流亡焼失の母国へたどりついてはみたものの妻、子、許婚者《いいなずけ》、母、父、家、門札、何も発見できなくて、駅についたその場でシャツ、服、薬、靴など、自分の身についたものを手に持って売った。また、郊外や田舎に漂着したものも何かを売りに都会へでてゆくよりほかなかった。彼らはイモ、タマネギ、タバコ、干魚などをリュックや石油罐につめて電車にのりこんだ。しかし、電車は超満員なので、彼らは連結器にのったり、ドアの手すりにぶらさがったりした。信念が流失したためだろうか、栄養が不足のためだろうか。たぶん信念の流失が衰えさせたのであろうと私は想像するのだが、ふしぎなほど彼らは脆《もろ》かった。電車がカーヴにきてひとゆれ体をゆすると、たちまち彼らは、墜落した。八路軍の弾丸もすりぬけ、ヴェトミンの弾丸もすりぬけ、フクバラハップ団の弾丸もすりぬけた彼らなのに電車がガタッとひとゆれしたとたん手すりや連結器から一瞬にふりおとされて生を完了してしまうのだった。兵たちの鮮血にまみれた豆腐状の脳漿《のうしよう》が散乱しているあたりには、割栗石《わりぐりいし》や枕木のなかに手巻タバコ、タマネギ、カンピョウなどが散っていた。電車はふりかえることもなく地球の自転のように走っていった。しばらくたつと、どこからともなく葬儀屋があらわれて、長い竹箸で肉漿の一片一片を枕木や草むらのなかからさがして歩いた。彼らの指は的確で、狂いなく、強く、どんな細片も見のがさなかった。吝嗇家《りんしよくか》の彼らはそうした轢死人《れきしにん》や墜死体については、いつも寝棺を持ってこず、座棺しか持ってこなかった。白布をかぶせた座棺を線路ぎわにおいて彼らは肉片をついばんで歩いた。その竹箸のうごきは水田のなかをうごく水鳥の長いくちばしのように見えた。

兵だけが無益の死を死んだのではなかった。ありあまるほどの栄養が町に氾濫しはじめてからやっと餓死する人もでてきた。天王寺、難波、梅田などの大きな地下鉄の駅にはさまざまな襞《ひだ》があり、暗がりがある。死ぬ人はそういう暗がりや襞を求めて地表から階段をおりて地下道にもぐりこみ、たまり水と靴音と暗がりのなかで何日か暮してから息をひきとっていくらしかった。大阪の南の郊外の家の壁のなかにじっとしていられない私は毎日のようにあてもなく歩きまわるのだが、何粁《キロ》も飲まず食わずにただトット、トットと歩きまわったあげくに、くたくたに疲れ、自分を粉砕したことのよろこびと心細さにみたされて地下鉄の階段をおりていく。すると、地表にはただ眼のかぎり瓦礫《がれき》と雑草の原しか見えないのに、薄暗いフォームには、どこから流れ集ってきたのか、いつのまにか、無数のサラリーマンがひしめいて電車のくるのを待っていた。彼らがどこからやってきたのかは問題ではなかった。私は赤い荒野の地平線の果てまでを占める荒涼とした清潔感のにがい洗液ですっかり浄化されたつもりで地底へおりていくのに、そこには、秩序、ハンコ、冷静、帳簿、数字に生きているらしい人びとがいた。人びとのまなざしは孤独であった。誰もが誰をも信愛していず、とぼしく蒼白な螢光燈《けいこうとう》のしたにみんな皮膚をはなして佇んでいるにすぎなかった。にもかかわらず、群集としてのこの人たちは私をおびやかし、圧倒した。この人たちは自信を持ち、傲慢な、つめたいまなざしで私を一瞥《いちべつ》し、確実な目的に向って去っていくもののようであった。電車がくる。彼らがのる。私がのる。彼らは郊外の家をめざして帰り、私はただ暗黒を移動しているにすぎないのだと感じている。家には帰ってもよく、帰らなくてもよかった。できたら帰らないですませたかった。しかし、まわりにひしめく確信の群れたちの体重は電車がゆれうごくたびに冷酷な意志を私の激しやすい、衰えた、薄い肉につたえてきた。こどもたわごとをいうな。こども。食うのは楽なことじゃない。こども。はたらけ。わかるよ。みんな、つらいのだ。こども。きみのでる幕じゃないよ……

ついこの八月まで私は大阪のどこにもこういう人たちを見たことがなかった。けれど、三ヵ月か四ヶ月たった、いま、この人たちは、どこからかあらわれた。それまでどこにどうしていたのかわからないが、どこからかあらわれたのだ。もう何十年もこうしてつづけてきたのだといった顔つきで電車にのり、微笑をし、目くばせをし、いんぎんにあいさつしあう。どんなに防いでもどこからか入りこんでくるなにかの細菌のようではないか。闇市の大群集を見るときよりも私はこの人たちを見て深くおびえた。闇市は私を解放し、珍奇さでおどろかせ、かずかずの奇蹟《きせき》を見せてくれ、赤裸さと自由さで生の苛烈を示してくれた。けれど、この人たちは、いんぎんで、静かで、おとなしく、無力なくせに、どこか傲慢冷酷、容赦ないところがあった。ゴム長で石油罐いっぱいの札を踏みつけていた娘に私はおびえるよりも、このサラリーマンたちにどれほどおびえたことか。

天王寺駅でこの群集にまじって私は電車をおり、暗い階段をあがっていく。すると、改札口をでたあたりの暗い柱のすみっこに、きまって、誰か寝ているのだ。どうしてもそれが眼につくのだ。そいつの後姿が眼につくのだ。人の示す表情では、顔であれ、手であれ、後姿ほど寡黙に強力な説得力を持っているものはない。暗がりのコンクリートの水たまりの床のうえにゴロンと丸太ン棒のように寝ころがっている人の後姿ほど私の眼をひくものはない。どうしても私は見てしまうのだ、あいつは今日も寝ているのかな、まだ生きてるのかなと思って、ヒョイと、どうしても眼を走らせずにはいられない。その人物が木材のように水浸しになって藁《わら》にくるまっていても、どこか生きているようなら、私は、よく理由のわからない安心を感ずるのである。あの男でもまだ、生きてる、それなら、ひょっとして、オレも……というように思ってしまうのである。私より何十年も日本に生きて暮してきたはずの、智慧《ちえ》と工夫にみちたはずの男が材木のようにころがっているのを見ると、とりわけつよい理由もなく私はひそかな昂奮《こうふん》と安心をおぼえるのだった。

「……なんや、マグロや」

ある日、一人の駅員が浮浪者の髪をつかんで持ちあげ、手をはなしたことがあった。浮浪者はとっくに死んでいたらしかった。駅員が手をはなすと、浮浪者の額はおちて水たまりをピシャッと陰鬱な音をたててしずくをはねたあと、ゴトンとコンクリート床にぶつかった。そしてそれきりであった。私はふしぎな、衰えた、それでいてはげしい昂《こう》揚《よう》をおぼえた。その昂揚は強烈で、何時間も私をとらえてはなさなかった。私はその男に憐《あわ》れみも何もおぼえなかった。しかし、その男を見たおかげで私は生に対する憎悪をおぼえることができた。それにすがっていると、どうやら私は息がつけそうだった。はじめて私はその中年の浮浪者の死体を自分の競争者と見る眼を持ったのだった。彼が死に、まがりなりにもまだ私が生きている。私よりはるかに多年この日本の生に苦しんできた男が死に、水に浸ったような私がまだ生きているのだ。栄養失調の、貧血性の、もうろうとした中学生の私が、まだ生きているのだ。浮浪者の死体を見たおかげで、私は、いささか、自分を強化することができた。

地下鉄をあがって近鉄線にのる。泥濘《でいねい》のような人びとがわッとさきをあらそって電車にのりこむ。電車も、また、くたびれきってぼろぼろになっていた。床のリノリウムが剝げ、窓はやぶれたままで、自動扉は閉まったり閉まらなかったりした。構内によろよろと入ってくるところを見ると、電車というよりは錆《さ》びた古鉄の箱であった。油が切れかかっているらしく、しばしば車輪の軸受箱から青い煙をたてていた。煙と火の匂いは車内にみなぎって、いつ炎上するか知れなかった。けれど人びとは蒸焼《むしやき》死体になることなどいっこう気にする様子もなく、おされるままに乗りこみ、駅につくとおされるままにおり、改札口をでてからやっと自分の足でめいめいの方角へ散っていくのだった。

家に帰ると、停電で真っ暗ななかに母が豆ランプをともしてすわっている。食卓のまんなかにふかしイモを入れた籠をおき、ぼんやりとすわっている。

「……どこへいってたんや？」

「あっちこっち」

「あっちこっちではわかれへん」

「…………」

「イモ、食べ」

「…………」

三個のイモを食べてしまうと、あとは何もない。憂鬱と飢えが頭にたちこめて眼も見えなくなりそうだった。母が豆ランプのかげでひそひそと泣きはじめる。毎日そうなのだ。ろくに食べていないのにどうしたものか涙だけはたっぷり彼女は持っていて、惜しみなく消費した。私は古畳に体をよこたえ、あてのない怒りで胃や肺を焙る。暗い体のなかに激怒がたちこめる。火花が散る。血管が熱くなり、膨らみ、じっとしていられない。怒りは酸にそっくりだった。私の体と感情は怒りがにじむたびに衰え、腐敗し、錆びていきそうであった。新しい異変に私は圧倒されていた。闇市はとつぜん出現した華麗で兇暴《きょうぼう》で脂肪にみちた苔《こけ》の群れであった。けれど私は盗むか殺すかするよりほかにそこで売られているものを手に入れることはできない。毎日のように私は人を殺すことを考えた。空腹になりさえすると人を殺すことを考え、空腹でないときはなかった。人を殺すことを考えていると、ほかの何を考えるよりも私は力にあふれ、空腹を忘れることができた。イモを食べているときには、しかし、人を殺すことを考えない。食べおわると、食べるまえよりもさらに激しい飢餓感が襲ってきて、まるで〝感〟というよりは疼痛《とうつう》そのものであった。大男、金持、闇商人、軍人、政治家、天皇、ヤクザ、百姓、すべて私を苦しめる人間を殺しにかかる。薄明のなかで私は軍隊を持たぬ独裁者であり、孤独な巨人であった。私が両手をうちあわせるとハエのように東条英機氏が粉砕された。血と肉と骨がぐしゃぐしゃになり、ひとかたまりのジェリーとなる。どぶへ捨てる。捨てたあと何かチクチクするものがあると思って手を見ると、東条氏の眼鏡の破片が刺っているのだった。ロビン・フッドや鼠小僧次郎吉《ねずみこぞうじろきち》になりたいと全身で思いつめることがあった。イモ一個を食べるとその妄想や憧れはたちまち消えて東条氏は助かるのだが、食べおわるとたちまち薄明のなかにふくれあがり、氏は蚊のように殺された。刃物で殺し、銃で殺し、手で殺した。あらゆる殺しかたを私は考えたけれど、いちばん魅力があって夢中にさせられたのは爪でノミのように潰してやることと、肥後守《ひごのかみ》の赤錆びナイフでちびちびと削ってやることだった。筋肉にみち、脂肪と血にあふれ、石油罐いっぱいの札束を大あぐらかいた足のなかにかかえこんで一升瓶の酒をラッパ飲みしている闇市の親分を肥後守のナイフで削るのだ。ゆっくりと、いじわるく、徹底的にやるのだ。眼をえぐり、鼻を削り、唇をそぎ、歯をぬき、耳をおとし、といったぐあいに細密に想像を追っていくと私はかろうじて飢えの容赦ない強打をかわすことができた。赤く錆びて刃こぼれのした肥後守を眼球のなかへゆるゆると刺しこんでいくところを想像すると、粘膜の裂けるぐあい、眼球がぐるぐるうごいてつかまえにくいぐあい、肉の群れが刃にからまってくるぐあいなどが、ありありと手につたわってきた。富める者、権力ある者、飽食せる者、暖衣をまとう者すべてが私の膝のしたで悲鳴をあげ、許しを乞い、涙を流したあげく容赦なく殺されていった。

人を殺すことを考えていていちばん苦しいのは、そのあとだった。あまりの快感にみち、強力、鮮烈なので、それが体を通過したあとにのこる無力感と衰弱はどうしようもなく重い。衰弱しているからこそ死と殺戮《さつりく》が好きなのだと容赦ない冷酷さで教えられるのだ。そして力にみちみちた幻想のあとでやっぱり私は古畳に寝ころがっているにすぎない栄養失調の中学生なのだと知ることは、耐えがたく孤独なことであった。戦争中にはたえて私は孤独をおぼえたことがなかった。このような不公平で非道な競争、弱肉強食の争闘はどこにもなかった。誰の弁当箱もおなじように貧しく、とぼしく、昼飯がわりに水を飲んでも私は朗らかにいいふらすことができた。貧しさや窮迫に恥辱の匂いはなかった。けれど、いまは、ちがう。私には、何か、おびただしい恥辱が匂いはじめた。貧窮、衰弱、没落、空腹からはつい昨日までの晴朗さが流失し、公言を憚られるものとなった。陰惨で、湿った、重苦しくて、いやあなものになったのだ。それが異変の新しさであった。私は冬空のしたにおちた、衰えた藁なのだ。ようやく異変は体のなかで芽をだしはじめた。ときどき私は孤独感におそわれ、道をかけだしたくなることがある。はらわたをいきなりごそッとぬきとられるようなぐあいなのだ。足がふるえてくるようなぐあいなのだ。空、道、焼跡、闇市、満員電車、ふかしイモ、水道栓、からっぽの運動場、どこからくるのかわからなかった。どこからともなくなじんでくる。または、とつぜん穴におちたようにもなる。ふいに背後からつきとばされたようなこともあれば、じりじりとしのびよる指のうごきを感ずるようにその襲来を遠くから予知しつつ待ちうけることもある。けれど、優雅、狂暴、急激、緩慢、あるいはあけっぴろげに、あるいはひっそりと、襲撃方法はどのようにかわっても、ひとつのことはかわらなかった。そのことを知ったのが第一課だった。すなわち、いつでも私は敗れるのだ。そして、何度訓練を積んでも、慣れることができなかった。どれほど用心をしていても、それが襲うと、きっと私は狼狽《ろうばい》し、たちすくんだ。部屋のなかにいると、とつぜん涙がおちた。

ひたかくしにかくしつづけたつもりだったが、体から匂いがたつらしかった。ある日、水を飲んでから教室にもどると、机のなかに新聞包みが一個入っていた。なにげなく手にふれると、柔らかくて重いものに指がさわった。あけてみなくてもわかった。瞬間、私の体のなかで、とぼしい血が逆流した。髪まで熱くなった。私はたちあがって教室をでた。廊下へでてからどこへいこうかと迷っていると、誰かが追ってきた。尾瀬であった。教室の遠くから彼は私の後姿をじっと注視していたもののようであった。

「……お、おれ」はずかしさに顔を赤くして彼は口ごもり、いま私の机のなかからぬきとってきた新聞包みを持てあますようにして、つぶやいた。

「何もいわんと、とっといてくれよ。な、たのむ。気にせんといてくれ。おれとこはおやじもいて、何とかやっていけるんで、おふくろが今朝持っていけというたんや。大したもんとちゃうねん。たのむよってに、な、とっといてくれよ。お、お、おれ……」

彼は唇までおちる青《あお》ッ洟《ばな》をすすりすすり、嘆願するようにささやいた。私の手のなかに新聞包みをおしこもうとした。私が力弱くおしのけようとすると、彼は、お、お、おれとどもり、牛のような眼をどろんとにごらせた。生れてはじめての経験に彼は狼狽し、圧倒されて茫然となっていた。傷ついた、暗い、熱い眼を彼は私からそらすのに苦しんでいた。その眼に私は自分の眼を見たような気がした。

「た、た、たのむ。な」

彼はパンの包みを私の手のなかへぶざまにおしこみ、逃げるようにして教室へ消えた。鐘がどこかで鳴りだした。熱い汗が霧のように眼にたちこめていた。私はパン包みをかかえたまま、茫然と、階段をおりていった。

仕事を見つける

毎日、夕方になると、一人の男が駅のほうからやってくる。半長靴をはき、海軍の紺の半外套《はんがいとう》を着こみ、一升瓶を鷲摑《わしづか》みにして歩く男である。いつも彼は泥酔して真ッ赤な顔になっているが、ギラギラ脂の浮いた顔には牛のような眼が輝き、額に激情のいろがよどんでいる。たいてい歌をうたうか、叫ぶかして歩く。町の女や子供は西の方向に彼の声が聞えると立話や遊びをやめて、いっせいに逃げた。そして戸に体を半分かくすようにしておそるおそる見送った。男がうたう歌は酒にかすれて誰にもわからず、だみ声で叫ばれても何に怒っているのか、誰にもわからない。ときどき一升瓶を口にあてがいグイ飲みしては歌い、叫び、罵りつつ彼は道を歩いてゆくのである。噂《うわさ》ではどこかの闇市の〝組〟の組長だということであった。別の噂では〝組〟にやとわれて闇商人から場所代をせしめてまわる、ちょっと年をとったチンピラだということであった。誰も本人に聞いたことがないので正体はわからなかった。彼はときどき酒精の霧からまがいようない威厳を匂わせていることがあるが、しばしば、ただ愚鈍に酔ってのし歩いているだけだった。真ッ赤に充血した脂っぽい眼のなかで彼が何に怒っているのか、二階の窓から見おろしながら私は知りたかった。いつ見ても彼は鈍く厚い頭蓋骨のなかでくすぶり、栄養のいい脂肪のなかにたちこめる激情を解放しようとしながら唸《うな》ったり、あてどなく睨《にら》みすえたり、発作的に吠《ほ》えたりするのである。ときどきそれは愚直に苦しんでいるように見えることもあった。

ある日、いつも黄昏《たそがれ》のなかを駅から住宅地区を、西から東へどこへともなくぬけていくこの男が、どういうものか東からやってきて西へ去っていった。一人ではなく、三、四人の男といっしょであった。仲間と寄りあって酒宴をやってから腰になみなみと力をみなぎらせて繰りだそうというところであるらしかった。酒の飲みかたが足りないのか、その日の男の声は、ハッキリと聞きとれた。彼は仲間といっしょに道をのし歩きながら両側の家を眺めて、一軒一軒たんねんに批評したのである。

「……おう。この家は鍵が甘いぞ。正面からモロにおせばいい。イチコロだぞ」

「こちらはどうだ。あけっぴろげだ。まるでじょろまんじゃねえか。蟻《あり》の門渡《とわた》りまで見えるぞ。たよりないくらいだ」

「この家は二人でいいな。表からと、からめ手からと、一度にワッとやりゃいいんだ。明後日《あさって》あたり、いっちょうやっか」

彼は放埒に声をあげ、鋭く批評し、喋《しゃべ》りたいことを喋っていたが、けっして笑うことはなかった。黄昏時でまだ男たちが帰宅していない住宅地のおとなしい女たちは彼らがいまにも強盗となっておしこんでくるのではないかとおびえ、いっせいに家に閉じこもって戸に鍵をかけた。道には人影がなくなった。悪漢たちの陽気で、誇らしげで、どこかしたたかな経験を感じさせる鋭い智慧をまじえた声だけが町をゆうゆうと西へ去っていった。彼らの声はたしかに何かを知っているらしい声であった。大阪弁でないことも私を不安にさせる。やる気になりさえすればその場で手あたり次第の家へどかどか踏みこみそうな気配が声のなかにうごいている。女たちのひからびた、薄い皮膚や悲鳴が兇漢たちの筋肉にとって何だろう。私が読みあさった三文小説にはむしろいよいよそうなると男はよろこぶものだと書いてあったではないか。私は二階の窓ぎわから彼らを見おろして怒りの酸で胃を焼いていた。あの男の愚鈍な赤い眼が戸を開きっぱなしの私の家を頽《くず》れた女の体にたとえたことがたまらない悪寒で迫ってきた。容赦なくあの男は批評をくだした。そしてそれは正しく、私はなすすべもなく藁のようにふるえているだけだった。赤い怒りで皮膚を染めながら私は、しかし、彼らを羨望もしていた。その放埒さ、はばかることを知らない非望、はじしらずな筋肉は、ただそれだけが私の生きていくのに必要不可欠な道具であると思われた。

ひからびた防火用水槽、しなびた火叩《ひたた》き、消えかけた砂袋、ときどき道をよこぎる老人や女の影、そうしたものしか見られなかった町にあの日から日を追うにしたがって思いもよらぬ異物がもくもくと茸《きのこ》のように頭をもたげてきた。半長靴の酔漢はその一つにすぎなかった。昨日までひからびきっていた天王寺駅や動物園の公園や新世界へゆくと、物と栄養のおびただしい氾濫があった。私は昨日まで日本はさいごの一滴までをしぼりつくした枯木のような列島だと思いこんでいたのに、闇市のその氾濫は何事だろう。どうしてこれだけの精力と富と汁と脂がいままでかくされていたのだろうか。どこにかくされていたのだろうか。私は氾濫にただ眼を瞠《みは》り、おどろくばかりであった。昨日はあそこに魚屋ができた。今日はここに靴墨屋が店をだした、とかぞえるだけで空腹を忘れて恍惚となっていた。はじめてイワシを食べたときの感動は忘れられなかった。母はなけなしの金を集めて闇市にでかけ、イワシを買ってきた。イワシはいきいきして銀と青に輝き、七輪の火であぶると惜しげもなく脂をしたたらせて焔《ほのお》をたてた。高粱《コーリヤン》やイモの葉やトウモロコシなど、ヤスリをたてるように荒あらしい物にしかふれたことのなかった舌は泡たてってはじけるイワシのひときれをのせてふるえた。私はまったく乾ききっていたのだ。舌に魚の熱いきれっぱしをのせた瞬間、脂肪、蛋白《たんぱく》、カルシウム、熱、火の匂い、泡、すべての要素がキラキラと輝きつつさざ波たてて体のすみずみ、手や足の指のすみずみまで音たててしみてゆくのが眼に見えそうでもあり、耳に聞えそうでもあった。私はふるえ、茫然とした。不純で混濁した物の熱と美しさをつくづく私は知らされた。

川田がある日、鶴橋のガード下の立売りの闇市から買ってきたのだというハーシーのチョコレートのひときれをくれたことがあった。このひときれは私を粉砕した。牛乳、香料、脂肪、砂糖をふんだんに使ったチョコレートの厚いひときれはむせるかと思うほど鼻に迫り、口いっぱいに香りがたちこめ、私はばかみたいになってしまった。あらゆる栄養が浪費を惜しむことなくつぎこまれた気配がそのひときれにはあって、きわめて無造作にそれを生産した巨大な力と、果てしない富と、優しさが感じられた。

「これはハーシーやけれど、レイションという兵隊の弁当のなかにもチョコレートが入ってる。味は似たようなもんや。こないだおやじがどこからかもろてきたので食べてみたけれど、すごいもんやで。兵隊の弁当にコーンビーフやコーヒーやチョコレートがついてるのや。スーちゃんは味噌汁《みそしる》とタクアンしか食うてへんかったやないか。こら、もう、戦争に負けるのがあたりまえやと思うたな。どだい、話にならんわ。はじめのうちアメリカが負けてたのは、ただたちあがるのがおくれたというだけのこととちゃうか」

川田はチョコレートをかじりつつ毒舌癖を忘れ、すっかり茫然となってつぶやいた。瞠ったままの彼の小さな、丸い眼にはありありと驚きだけが浮かんでいた。それは私の眼でもあった。彼は気弱そうに頭をふりながら、謎《なぞ》のように
「B29に竹槍《たけやり》、B29に竹槍、お伊勢さんに神風……」

とつぶやいて、黙ってしまった。

私はさまざまなことを少しずつ、しばしば衝撃的に大量に知ろうとしはじめていた。ある日のラジオで私は神戸のドックの廃墟《はいきよ》で捕虜のアメリカ兵が吹いていた口笛は『セント・ルイス・ブルース』というのだと教えられた。南方諸島で悽惨《せいさん》な戦いをくぐってきたアメリカ兵は日本の女をかたっぱしから強姦《ごうかん》してまわるにちがいないから、そのと

きは〝見苦しくないよう死にましょう〟といって町医者が夜ふけに一軒ずつ配って歩いた青酸カリの紙包みは回収された。大阪の町や郊外を腰の高いジープに乗りはだかって走りまわるアメリカ兵は態度こそだらしないが、精力的で、無邪気な、はばかられるほど陽気なお人よしであった。はじめて軍用トラックで町を疾駆する彼らがあらわれたとき、ちょうど疎開先の村から背にお猿みたいに毛をはやしてもどってきた妹をつれて私は阿倍野橋《あべのばし》まで見物にでかけた。炭俵や薪束《まきたば》を屋根に積んでよろよろと喘《あえ》ぎつつ走る日本の、コタツをかかえたみたいな代用燃料のトラックのよこをアメリカの軍用トラックが走りぬけると、地ひびきだけで日本のトラックはその場に解体してしまいそうだった。ゴムの厚い六輪のタイヤは空気ではち切れそうにふくれあがっていた。かつて竜華操車場のはずれの水田で私が肉薄する風防ガラスごしにかいま見たのとおなじ薔薇色《ばらいろ》の頰をしてアメリカ兵たちは町をどこへともなくとんでいくのだが、うっとりとなって私はその後姿を見送っていた。あのとき私は自分をウサギのように笑いながら射殺しようとしている人間の頰が信じられないほどの薔薇色であるのを見て人間かしらんと疑ったものだったが、私の眼はやはり誤っていなかった。彼らは人形のように薔薇色の頰をしていた。けれど、舗道と陸橋をふるわせてつぎからつぎへと疾駆してゆく軍用トラックの精力に私は恍惚と佇み、機銃掃射のことをまったく忘れていた。また、私は、物が何もない戦争中には一人として飢えた男や女を見たことがなかったのに戦争が終ってしばらくするとあふれるほどの栄養物のすぐよこで何人もの壮年の男女が息たえだえになって倒れ、眠りこけるということがあるのだということを知らされた。〝鬼畜〟アメリカとイギリスはだらしないほど敵味方にかかわらず個人の命を尊重する人道主義者で日本の真の解放者であったのだと教えられた。特攻隊の青年たちはだまされて死んでいったのだとも教えられた。〝美しく死ぬことは美しく生きることである。諸氏よ、奴隷の平和より王者の戦争をこそ！〟と書いていた批評家が、〝人の子一人の死はいかなる壮語にもかかわらず貴重であるべきであった。断言は快く、飛躍は爽やかだが、疑うことを知らぬ精神は若かった。いまや私たちは人一人の命が地球一箇と同重量にあることを知る秋《とき》である〟と書いていた。そして拍手を送られていた。この人はどんな時代でも拍手を送られる人であるらしかった。そして文章の終りでは、いつも何か決意を閃かすのであった。どこで読んでも、〝いまや〟、〝いまこそ〟、〝……の秋〟、〝……凝然と佇みつくす〟、〝……極である〟などとなっていた。法を厳守したばかりに餓死した検事を、闇でがつがつ生きのびたり、さかんな脂で輝いたりする人びとがまわりに群れて、おごそかに嘆いたり、きびしく祈ったりすることもあった。キリスト、マホメッド、孔子、世界の八百の神と聖者と賢人をしのいで聳《そび》えていた天皇は人のいい、だまされやすく涙もろい、ただの人間だということになってしまった。すべて良心的で、鋭敏で、向学心に富み、責任感ある若者は中国大陸や南海で死に、生きのこったのはことごとく、ずる賢い、なまけものの、虚弱な屑ばかりであるといった男もあったが、生きのこった人びとからたちまち罵られてひっこんでしまった。明日にこそ革命がきて世のなかは一変するのだという人もあった。けれど、はるかにたくさんの人びとは〝鬼畜〟の将軍を迎えるために東京の焼跡に集り、歓呼の声をあげて拍手しているのだった。大阪府立天王寺中学校のある教室では一人の国語の先生が、生徒農園のイモを割当より一貫目よけいにくすねたと疑われ、夢中で口笛を吹いたり床を踏み鳴らしたりする生徒をなだめることができなくて茫然としていた。栄養失調で貧血を起し、教壇でたおれてしまう先生もあった。

ある日、新聞で、神戸の港にペストが上陸したというニュースがでているのを豆ランプの灯《ひ》で読んで、私はひしがれた。満員電車のなかで癩者《らいしゃ》らしい頰のくずれかけた人と隣りあわせていいようのない恐怖をおぼえたことがあったが、遠く離れているにもかかわらずそのニュースは私をゆるがした。もう一日も早く英語をおぼえて密出国するよりほかないのだと私は決心してしまった。けれど、そう思って辞書をひいてみると、砂粒ほどたくさんの知らない単語ばかりが眼に迫ってきて、一字一字たどっていると、ピラミッドの裾を這いまわっているアリになったような気がした。生きるために闇市では大の男がドスをかざしてぬかるみを踏みつけているというのに私はランプの灯で髪を焦がしながら、aardvark・ツチブタ〔アリを常食とする、南アフリカ産〕、aardwolf・ツチオオカミ〔ハイエナとジャコウネコの中間種、南アフリカ産〕……などと、時計職人のように単語をひとつずつひろっているのだった。

（何とかなる、何とかなる……）

不安でわくわくしながら私は毎日、あてもなく、焼跡をさまよったり、闇市を歩きまわったりしていた。

金戸は国漢の先生である父親と二人で焼跡にのこった今宮中学校の宿直室に暮していた。母親は四国に疎開したままであった。父親は狭い宿直室に無数の帙本《ちつぼん》を積みあげ、ときどき遊びにきている私を優しい眼で見て、ひとことふたこと口のなかで何かつぶやいてはどこかへでていった。いてもいなくてもまったく気にならない、涼しい影のような人物であった。中学校の国漢の先生をしながらも『玉《ぎょく》』の研究論文をこつこつ書きつづけ、その道の研究者のあいだではちょっとした名声を持つ人物だということであった。息子のキントトはまるでばかにして、漢籍を読んで、汚点《しみ》が、汚点であるか紙魚《しみ》の食い跡であるか、それとも古文字の一部であるかと一週間も夢中になっているのだといった。けれど私にはこんな人物もいるのかという驚きのほうが強かった。祖父とおなじ系に属する人のようであった。息子はその父のためにイモパンをふかしてやったり、四国から送ってきたシオカラを澄まし汁にするというようなむちゃくちゃな食事を用意してやるのだが、父は何でもうまいうまいといって食べ、食べおわるとランプに灯を入れて漢籍をいっしんに読みふけるのである。いたずらに二日ほど、金がなくなったといって食事を作らなかったことがあるが、やっぱり何もいわなかったそうである。

私は金戸の宿直室が好きだった。天井までとどく帙本に埋もれ、七輪や鍋などにひっかからないよう体を苦心して曲げ、やぶれ畳に寝ころんで『十八史略』や『三国志』をひろい読みしていると、すべてを忘れることができた。ベニヤ板をやぶれ目に張りつけた窓から冬の淡い陽《ひ》が流れこみ、怒号、呻吟《しんぎん》、哀傷、轢死体、飢えの瀕死体《ひんしたい》、暴漢、空腹、くすぶる満員電車、虫のような母の泣声、何も聞えなかった。ここは何かの谷のような場らしかった。ただ私はバンドをきつくしめてよこたわり、漢籍を読むでもなく、読まぬでもなく、茫然としているだけでよかった。王、英雄、奸臣《かんしん》、美女、詩人、裏切者、軍謀家などが入り乱れていっさいの空間を隙なく埋めつくしてやまぬ大陸の物語は激しく緻密でありながら全景は茫然としており、しばしば私は物語を追うことをやめて、ただあちらこちらに発見する字の美しさに見とれて時間を殺した。そのよこで金戸はフランス語の辞書をひきつつどこかで買ってきたボォドレェルの詩集を読んでいた。彼は高等学校の文科内に入ってフランス語を専攻するつもりであった。なぜフランス語を修めたいのか自分でもよくわからない気配であったが、夢中になっていた。〝何かに酔っていなければならぬ〟という意味の詩人の宣言に彼は体を托《たく》し、その言葉にすがりついているようであった。たしかにそれは彼にとっても私にとっても不可欠のことであるはずだった。醒《さ》めることは恐しかった。醒めると私は眼のために衰死してしまうはずであった。そのことを予感すると、いてもたってもいられなくなるのである。金戸は入学試験の勉強に没頭していた。いずれ私もその高等学校の試験をうけてみるつもりでいた。数式をほどいたり、組みたてたり、単語をピンセットでつまみあげるような夜の時間は抽象性の透明な薄膜で包まれているので私は好きであった。血のにじむことも腐ることもないので私は自我を数字や単語に集中することができた。この清潔さを私は愛していた。しかし、私が愛したのはただその不浸透性や不銹性《ふしゆうせい》だけであって、高等学校に入学してからさき将来をどう設計するかということはまったく考えられないことであった。日本から密出国できさえすればいい。どこの港でのたれ死したってかまわないというのが私の内にある唯一の希望といえばいえるようなものであったが、しかし、それについても目算はまったくたたなかった。ほかに何もできないから高等学校に入るまでである。入ったところでまったく無駄である。私は学問のための学問を愛しているだけである。そしてそのことに何の価値も感じられない。ただ好きだというだけのことである。外国へ逃げられないから数式や単語に亡命するのだ。

夜になると金戸は兵隊がのこしていった軍隊毛布を持って焼けのこりの教室へでかけ、比較的窓のやぶれていない室を選んで入ると、机を集めてベッドにした。どうしたものかこの中学校にはまだ生徒がもどっていず、授業がおこなわれていなかった。私たちが何をしようと誰もとがめるものはなかった。金戸は冷たい月の光を見ると血が熱くなる癖があった。彼は私を机のうえに寝かせると自分も机のうえに這いあがり、月光と影のなかで夢中になってボォドレェルのことを語った。詩人が娼婦《しようふ》、酒、麻薬に浸って酔いに酔いつづけてさいごに脳梅毒か何かで失語症になって朽ち果てるまでの生涯を彼はめんめんと語り、永井荷風の『珊瑚集《さんごしゆう》』をギョッとするような高声で暗誦《あんしよう》、朗読するのだった。都会育ちなのに彼はおよそテレるということを知らず、まるで田舎者のようにフランスの頽廃《たいはい》に熱中するのである。そしてさいごには沈痛な声で、荷風のように淫売《いんばい》窟《くつ》に溺れ朽ちてしまいたいと熱っぽくささやくのだった。その熱っぽさに私が圧倒され、何かいわなければわるいだろうと思って、毛布のなかでもぞもぞと
「……淫売のヒモになるために大高の文丙に入るというのは、どういうわけや？」

彼はしばらく黙ってから、とつぜんおなじ低い、熱っぽい声で
「ばかやな、おまえは」

といった。

「……おなじことをするにもいろいろな方法があるというものですよ、チェーホフもいうてるやないか。知らんのか。あほ」

舌うちまじりに叱った。

だまりこんでいると金戸はやがて音吐朗々と、詩を暗誦しはじめる。聞いているうちに私もはずかしさを忘れて声をあげ、いっしょに朗誦する。それだけはいつも一致した。


乾きし庭の面に日は照りて、夕立にうたれたるダリアの初花は、緑なす長き茎をば白き家の壁に倚《よ》せかけたり。海はとどろきわたりて、若き牧神《フォーン》の如《ごと》く吹く風は、其手《そのて》に押ゆる衣を剝ぎて、路上に若き女を辱めんとす。あたたかく、うつらうつらと暮れて行くBasque《バスク》の里の夕まぐれ。われは彼方《かなた》に、忽如《こつじょ》として入日に染まりかがやける、怪異なる西班牙《エスパンユ》をこそ望み見たれ。

このド・ノワイユ夫人の詩のうちでとりわけ私は〝……バスクの里の夕まぐれ〟の一節が好きだった。金戸が清潔な、毒のない、きれいな咽喉声でそう朗読するときが好きだった。あるときたまたま朗誦してみたところ私がその一節で漢籍をおいたのを見てから彼は、以後、幸運な偶然を合成することに苦心し、いつでも私がいっしょになって声をあげたくなるようなリズムを作ることに成功したのだ。

ある夜、私たちはイモを食べたあとで、いつものように机を寄せたうえに毛布をかぶって教室で寝ていた。その夜は金戸はボォドレェルのこともド・ノワイユ夫人のことも口にせず、三、四日読みつづけてきた『春色梅暦』のことばかり話した。朝から晩までくる日もくる日も女のことにだけ夢中になって酔生夢死したいものだと彼はとめどがなくなっていた。けれど私はその本を読んでいないので生返事しかできなかった。そこで『紅楼夢《こうろうむ》』の賈宝玉《かほうぎょく》のことを話しだすと、彼はすっかり感心してしまった。とめどないことにかけてはこの大陸の小説のほうがはるかに手がつけられなかった。私も話しているうちにだんだん昂奮しはじめ、酒宴、恋愛、儀礼、遊戯の果てしなく艶冶《えんや》な、ただそれだけの精力の蕩尽《とうじん》に溺れてしまいたい気持になった。戦争中に高粱御飯を食べながらペトロニウスの強壮にして頽廃した洒落者《しゃれもの》ぶりに夢中になった衝動がよみがえった。金戸は酔生夢死を証明したいために岩波文庫で十数冊にものぼる字数を費した男がいたと知って感動し、パリから北京《ペキン》へ移住する決心をその場で固めたようであった。その感動を見て私も感動してしまった。私たちは軍隊毛布をひしと体に巻きつけ、真冬の深夜の寒さに身ぶるいしながらローマ、パリ、北京の放蕩ぶりを話しあい、かわるがわるに讃《さん》嘆《たん》の声をあげた。

そのとき、とつぜん近くの焼跡で女の悲鳴がひびいた。窓ガラスがふるえるかと思うほどの近さであった。私たちは『熊掌燕巣《ゆうしょうえんそう》』の御馳走《ごちそう》の話をやめ、顔を闇のなかでもたげた。一人の女が犯されつつあるらしかった。泣き叫び悶《もだ》えながらも強大な男にひしがれてゆくらしい。咽喉のなかでごろごろいう音がその声には聞きとれた。

「……この寒いのに」

金戸が闇のなかでつぶやいた。

「たいへんな奴がいよる」

私が答えた。

「たいしたもんだな」

金戸がつぶやいた。

「風邪ひけへんやろか」

私が答えた。

しばらくして女の悲鳴がやみ、ひくい嗚咽《おえつ》がつづいたが、やがてそれも聞えなくなった。私たちは口のなかでつぶやきかわしたが、あさましくあさはかであった。二人ともこわいから助けにいくのはよそうということが口にだせず、虚勢を張ってひとこと、ふたことの泡をつぶやいているだけのことであった。それが痛烈にわかるので、たがいに怒りと安心をおぼえ、ぐずぐずと軍隊毛布のなかで居心地わるく手足をうごかしていた。

「……熊の掌《てのひら》は右手のがうまいというんや。冬ごもりに蜂の巣をたたきつぶして歩くので蜜がしみこんでいるのというのやね。燕《つばめ》の巣は海燕が海藻をひろってきては唾で固めたもので、とるのにロープ一本で体を縛り、断崖絶壁をそろそろとおりてゆくのや。両方とも王様の料理で、地上最高やというんだ」

ひそひそと私がいうと、金戸は、うんうんと頷《うなず》いた。口をききながら私はブリキ罐《かん》を舐《な》めたあとのようなむなしさをおぼえ、胸がむかつきそうだった。毛布のなかでひしと体をちぢめた。金戸はパリの麻薬の話をやめ、しきりに毛布のなかで寝返りをうちつづけた。可憐《かれん》な二人の頽廃派の中学生は水に濡《ぬ》れてしまった。だまってたがいの傷跡をいらいらと舐めあう二匹の小犬にすぎないことをさとらされ、くちびるをかんでいた。軍隊毛布は生温く、私は寒さと危険をおかす気持をまったく持っていなかった。熱中していた酔生夢死の哲学は粉末となって散り、あとかたもなかった。もしあの女が死ぬとどういうことになるのだろうかと思うと、とらえようのない、暗鬱な焦躁がにじんだ。

ある日、町を歩いていると、一軒のパン屋に『見習工募集』と書いた紙が貼ってあった。小さなパン屋で、粉の練台とオーヴンをおくと、それだけで店がいっぱいになってしまっていた。ガラス戸をあけて声をかけると、顔いろのわるい、まだ若い女がでてきた。見習工とはどういうことをするのだろうか、もしよかったらはたらきたいと私がいうと、女はもの憂げに私の体を眺めて、中学生のようだけれど学校はどうするのかとたずねた。

「いまは冬休みだからいいんです。冬休みでなくてもはたらきます。学校にいかなくてもいいんです」

女はちょっと眼を瞠るようにした。やわらかいいろが頬に浮かんだ。疲れて蒼《あお》ざめた顔がかすかにひらいた。

「お家《うち》苦しいのン?」

「そうです」

「さしでがましいことを聞いてえらいわるいけど、店ではたらいてもらう人やったらちゃんと身元しらべとかんと、近頃は物騒やよってに。何ですか。お父さんはいたはれへんのン?」

「そうです」

私が家庭の事情を短く話すと、女の眼に優しさがにじんだ。そして、私が何も聞いていないのに、戦前からずっとここでパン屋をしてきたけれど夫が満州で戦死したので、いまは弟と二人でやっているところだというようなことを説明しだした。いまは電気が配給制で業務用のは深夜にしかまわしてもらえないから、たいてい午後おそくか夕方に仕込み、パンを焼くのは夜ふけになる。そのときは粉を腐らさないよう、何が何でも焼いてしまわねばならないからひどい忙しさになるけれど、それをすごしてしまいさえすれば、あとは楽だ。ことに朝と昼はまるでひまなのだから学校にもいける。見習工といっても、はじめはメリケン粉を練ることをおぼえ、おいおい粉と水の調合や焼きかたなどをおぼえたらいい。問題はイーストの入れかただけれど、これはパン屋の業務秘密だから手をふれてはいけない。

「死んだお父ちゃんも親方から教えてもらうまでにただやない修業しはったんや。一子相伝いうくらいイーストは大事なもんなんです。そやから私《うち》も店ではよくせきのことがなかったら弟にはイーストさわらせへんのや。これだけは私がしますのや。よその人にイーストおぼえられたらパン屋はガダルカナルやね。負けやわ」

女はきびしい眼になって睨むそぶりをしてみせてから、もとのやわらかい微笑にもどった。木箱のなかからコッペパンをとりだすと私の手におしこみ

「いま食べる？　家で食べる？」

「…………」

「経済巡査に見られたら大目玉や」

「…………」

「パン屋がパン食べてるとこを見られたら闇してるといわれる。あんたもそう思《おも》てたんやろ。とくに店《うち》は女手一つでやってるさかいに何かと白い眼で見られる」

彼女はひとりで喋りながら店のガラス戸に白いカーテンをかけ、そとから見られない

ようにした。そして椅子に腰をおろすと、練台に肘をついて、自分も食べはじめた。

「これは昨夜《ゆうべ》、私が焼いたんや」

「そうですか」

「おいしい？」

「おいしいですよ」

女は眼を細めると
「焼餅焼いてパン焼いたらおいしいのができるワ」

謎のようなことをつぶやいて、ひとりで笑った。

給料のことを話しあったあと、彼女は私にパンの包みを持たせ、人が見ていないかどうか、あたりをキョロキョロさがしてから私を裏口から送りだしてくれた。すぐにきびしい眼つきになるけれどひどく優しい女のようであった。

学校にはいきたくもあればいきたくもなく、どうでもいいことだと私は思っていたので、これからさきずっとパン焼職人になってもよかった。そう決心もした。こうするよりほかに生きようはなかった。川田、尾瀬、金戸などがふいに遠ざけられたようであった。たえまなく心を酸のように焼くあの不気味な斃死《へいし》の不安はいくらか弱まったが、冷たいさびしさがわいてきた。そうだった。小さいけれど私は一つの決意をしたのだった。

知る

私は毎日その小さなパン屋に通った。

大阪のこの区では夜十時すぎにならないと『業務用』の電気が配給されないので、昼は寝ていてよかった。家で本を読んだり、闇市をさまよい歩いたり、金戸のところへ遊びにいったりした。黄昏になるとパン屋へいき、若い戦争未亡人のおばさん、内地除隊になった彼女の弟、私、の三人が、粉を練ったり、パンを焼いたりした。朝になって電気が切られると私たちは仕事場の裏の小部屋にふとんを敷いて着のみ着のままで眠った。十時か十一時頃に眼がさめるとおばさんは店にたってメリケン粉を持ちこむ客にパンをわたし、私は新聞紙包みを小脇にかかえて裏口からこそこそとでる。

パンは配給制である。何グラムの粉には何個のパンをわたすこと、と条例でさだめられているのである。一個のパンの重さもきまっているのである。イーストを入れてふかしたメリケン粉の山をパンにするときは仕事台のまんなかに台秤《だいばかり》をおき、いちいち重さを計る。おばさんや弟が鼻唄まじりにメリケン粉のひと握りをちぎって投げても秤りの針は一ミリの狂いなく規定の数字でとまった。何度やってもおなじだった。けれど私がやると何度も何度もちぎったり、つけたしたりしなければならなかった。おばさんたちがポンポンと鉄皿に並べていくのはよくひきしまり、純白で、美しかった。私のは肌《き》理《め》が粗く、いびつで、薄穢《うすよご》れ、だらしなかった。

客がメリケン粉を持ってくると弟が秤りで計り、おばさんがノートに数字を書きこみ、私が竹籠からパンをわたす。メリケン粉のときにはパンをわたし、トウモロコシ粉のときはカステラやセンベイをわたした。それはアメリカがくれたもので、あちらではウマ、ウシ、ブタ、ニワトリの餌なのだという者があったが、誰も不平をいわなかった。おなじ物を西ドイツに持ちこむとドイツ人は飢えで眼がくらくらしているのに〝私たちは人間だ〟といってついに受けとろうとしなかったそうである。やむを得ずアメリカはトウモロコシ粉をやめてメリケン粉を輸入しなおした。新聞のすみに小さく外電記事として扱われていたように思う。けれど私は何の疑いもなくブタの餌を食べた。むしろ感動してそのカステラやセンベイを食べた。カステラはトウモロコシ粉を水にとかし、イーストをいれてふかしてからサッカリン、ズルチンなどで味つけし、ブリキ箱に流しこんで電気オーヴンで焼くのである。焼けたての熱いのは甘く柔らかくて、私にはすばらしい味のように思えた。

金戸に持っていってやると
「ブタのカステラか」

と嘲った。

あとで眼をキョロリとさせ
「明日も持って来てくれるのンか？」

小声でたずねた。

コッペパンもトウモロコシ・カステラもきびしく数字を守ることを命じられていて、違反すると、〝闇〟だというので、〝ケイザイ〟（経済巡査・統制官）に営業を停止させられるとのことであった。はじめの日におばさんが戸に鍵をかけてカーテンをひいてからパンを食べさせてくれたのもそのためだった。悪口をいいながらも小心な彼女はひどくおびえていた。店さきに巡査がたつと、世間話を愛想よくかわしてから、あとできっと眼のいろ変えて塩を敷居のところへ撒《ま》くのであった。ときどき魚や肉を持ったキョロリ眼、小声の人物たちがやってきて、パンと交換しないかとひそひそ話しかけることがあったが
「私《うち》らバカな正直者《もん》や」

「私ら、こわいわ」

「私ら生れつきこうやねン」

「畳の目みたいにまっすぐやねン」

そういって彼女は頭から嘲り、蒼ざめた頰によわよわしい諦めの微笑を浮かべて、人物たちを追いかえした。

ときどき夜ふけにやってくる人物たちがあった。彼らはホトホトと優しく裏口の戸を

たたいて油を塗ったようになめらかに体を店のなかへすべりこませる。すると彼女の眼は鋭く輝き、口は重くなり、戸にカーテンがひかれる。弟は鼻唄まじりにメリケン粉を練り、私はオーヴンの蓋をあけてなかを覗く。

「……ほんなら」

「……へ」

「……つぎは……」

「……また……明後日《あさって》……あたり……」

「……気ィつけて……」

「……え、もう……そらァ」

「……私《うち》らバカやねンよってに……」

彼女は人物のひろげた風呂敷に何個ものパンを入れてやり、ちょっと遠いまなざしになって、手から手へ金をうけとる。エプロンのポケットへ消える手は、むしろ、閃くといったほうがよかった。人物が裏口から去ると、彼女は柔らかいまなざしになり、蒼ざめた頬に優しい、温い微笑を浮かべて仕事台にもどる。深夜の電燈のしたで弟は鼻唄まじりにメリケン粉を練り、私はオーヴンの蓋をしめる。パンが焼きあがるにはまだ時間がある。すみっこの四斗樽《しとだる》に腰をおろし、『ディカーニカ近郊夜話』のつづきを読みにかかる。

彼女が小声でいうところでは、イーストはメリケン粉やトウモロコシ粉のなかで〝踊る〃のだということであった。イーストが踊りだすと水のなかがひどくにぎやかになり、メリケン粉の粒つぶも踊りだし、なぜか数がふえるのである。いくら条例どおりに数字を守って正確にメリケン粉と水を配合しても焼きあげてパンにすると数が規定の数より多くなる。ふしぎというほかない。あれくらい達者な腕でいちいち秤りにかけてパンにし、いわれたとおりに客に配給しているのに、きっとパンは竹籠のなかに残るのである。おそらくお上《かみ》の〃えらいさん〃の計算にまちがいがあるのだ。彼女はそういって毎朝私を安心させては何箇ものパンをくれ、裏口から送りだすのである。

「……焼けたてのパンを食べたら体に毒やし。なんやしらん胃にわるいというねン。病気になったらあかんで、健さん。おかあさんにあげなさい」

そうささやいて彼女は店に消える。

私は有頂点だった。意気揚々となった。この仕事場はすばらしい。パンはあるし、食べ放題のうえにお余りがあり、夜はオーヴンのそばで温く、電燈があかあかとつくので本だって読める。しばしばパンを焼いているさいちゅうに停電が起った。オーヴンのパンは生焼けで味が変ってしまうし、イーストでふくらましきったメリケン粉の山はうかうかすると酸っぱくなってどうしようもなくなる。彼女と弟と私は必死になって仕事場のなかをかけまわったり、関西電力の近くの事務所へ走ったりした。真っ暗な夜ふけの冬の町を息せき切って走り、事務所のドアをどんどんたたいて宿直員を起すと、そそくさとパンを握らせてから何時に電気が通ずることになるか、電話で聞いてもらう。また夜ふけの冬の町を走って店にもどり、メリケン粉を練りなおしにかかる。私は必要な人間であった。欠くことのできない人間であった。貧血質でしばしば立ったり坐《すわ》ったりのたびに眼がくらんで吐気を起す私の藁みたいな手や足がここでは人から信頼され、求められているものであるらしかった。闇市をさまようときや泥酔したヤクザの用心棒を見るたびにおぼえる、あの手のほどこしようのない、下降、下降、ひたすら堕落するばかりの焦躁、絶望、暗愁のぬかるみにここではおびえなくともよかった。温いオーヴンのかたわらでひたすらメリケン粉をこねるのにふけっていると私は力を血管におぼえ、晴朗であった。私はここでは廃物でもなければ消耗品でもないのだった。竜華操車場でそうであったようにそうでないのだった。

やがて手が物になじみ、とけるようになった。手は有能に、活潑《かっぱつ》に、きびきび、目的と道を知って物にのび、物を支配した。メリケン粉をいきいきと手は練り、オーヴンのハンドルをたくみに敏捷《びんしょう》にひねり、長い鉄のポーカーを扱って熱で反りかえった香ばしい鉄皿をつぎつぎとひきだした。彼女や弟に負けないくらい正確にメリケン粉がちぎりとれるようになったので私は得意であった。彼女や彼の手の肉から脂肪をこして骨のあたりにまで沁《し》みこんだらしい苦闘の歳月の重さが、はじめのうち、無器用な私には不気味であったのだが、やがて秤りの針が正確に振動していつもおなじ数字で止まるようになると、にぶく私をおびやかしていた圧力が消えはじめた。オーヴンに入れるまえにパンを安全剃刀《かみそり》で斜めに切ってから刷毛《はけ》で水を塗る。水には卵をといておく。そうすると焼きあがったコッペパンは底が平らで、背はきれいにはじけたうえ、つやつやと美しく輝くのである。安全剃刀はすばやく一瞬にひかないと、あとでパンがいびつになる。私の手はやがてそれもできるようになった。私の焼くパンは彼女の焼くパンとほとんど変りがないように見えてきた。

彼女はくやしげに

「健さんは秀才や。私《うち》ら負けるワ」

と嘲った。

私をきたえあげた自分に彼女は眼を細めて満足をおぼえているようであった。仕事のあいまあいまに仕事場のすみの四斗樽に腰をおろして私が本を読むのにふけっていても彼女は何も不平をいわなくなった。蚤《のみ》のような活字がギッシリつまっている頁《ページ》を通りがかりに覗きこんで、彼女は楽しげに、私ら頭痛《あたまいと》なるワとつぶやいた。ある朝、仕事が終って鉄皿を私が洗っているところへ彼女はやってくると、黙って四斗樽のうえにころがしてあった本を持っていった。その日の黄昏、店にやってきた私に本を返し、彼女は苦笑を浮かべて、三行と読んでいられなかったといった。

「でかにかきんこうよわカ」

「………」

「でかにかきんこうよわ。何でこんな本が面白《おもろ》いのンやろかと思たナ。私ら、パン屋や。わかれへん。健さんはえらい人になるねんやろナ。出世しても忘れんといてや」

そういって二十七、八歳ほどの彼女は私の顔をはずかしげにちらと見て、くすくすと笑い、どこかへ消えた。その夜から、ときどき、仕事をしながら彼女は私のことをわけのわからない本を読んでいるといって、弟にくすくす笑いかけつつ説明してみせるようになった。ただ閉口したように笑って、そういうだけなのではあるけれど。

パンを焼くことは辞書から英語の単語をぬきだしてノートに写しなおす時計職人のような仕事とおなじくらい単純で楽しかった。つぎからつぎへとまとまりなく読みふける本の一冊一冊に私は四斗樽のうえで影響をうけ、『タルタラン・ド・タラスコン』を読むと多血質な法螺《ほら》吹《ふ》きになって一生まじめにおどけ暮したいものだと熱望した。『西部戦線異状なし』を読むと何が何でもカチンスキーのようなすれっからしの古ギツネになってみたいものだと憧れた。『シルヴェストル・ボナールの罪』を読むと、ただもう、皮革袋や手書の古本に埋もれてひっそりと紙魚のように暮したいものだと思いつめた。斧《おの》を外套の内にかくしてようよう決意しつつ部屋をでていくラスコルニコフになってみたかったし、阿Q《あキュー》のように土埃のなかで無意味に死んでみたかった。ジャムの詩を読めば陽あたりのよい丘で羊の群れをじっと見守っているだけの暮しがしたかった。ラムボォを読むと砂漠の果てでミイラになってしまいたくなった。『マルテの手記』を知り、ムンクの版画をちらとどこかで盗み見ると、ひたすら都市のうらぶれた病院の塀ぎわに一瞬、佇みつくしてしまいたかった。『李陵《りりよう》』を『わが西遊記』のうえにおく批評家のおごそかな文章を読むとたちまち知的俗物だと思いこんでしまった。バルザックはたいくつだった。ゾラはわずらわしかった。バーナード・ショウはすばらしい芸術であった。モームはおそるべき検閲官であった。『歎異抄《たんにしょう》』は偉大な自然であった。有島武郎《ありしまたけお》は鮮烈、深刻であった。志賀直哉《しがなおや》より井伏鱒二《いぶせますじ》のほうが好もしかった。太宰治《だざいおさむ》は『ロマネスク』一篇《いっぺん》が傑作であった。『失われし時を索《もと》めて』より『ガリヴァー旅行記』のほうが好きだった。チェーホフは愛して尊敬し、ドフトエフスキーは好きではないとしても尊敬した。ゴーリキーは初期の短篇のほうがいいと思うのになぜみんな『母』を激賞するのかがわからなかった。

とりとめもなく真実に、つぎからつぎへ、金戸が困惑した顔つきで持ちこんでは去りゆく本たちの一言半句に私は酔い、迷い、何に体をゆだねてよいのかわからなくなった。パン屋から家へもどって寝ていると、つぎからつぎへ衝撃をうけたさまざまの形容詞、警句、標語、動詞の一片、感嘆符の一打、熱病、沈滞、叫び、つぶやき、哄笑《こうしょう》、絶望、とめどなく言葉、言葉、言葉が薄明の脳のなかにひしめきあって、浮かび、消えた。爽やかに輝き、手のつけようなく澱《よど》み、一つのひそかな宣言が一時間もたたないうちにたちまち腐って、陰へ去ってしまうのだった。いまラムボォになろうと思いつめていたのに、毛布のなかで体をエビのように曲げつつ寒さに耐えていると、まもなく私はじりじりしてきて、上田秋成《うえだあきなり》に切実な思いをこめてみたりするのだった。一日のうちに何度となく、ただ寝そべったままなのに私は熱く蝕《むしば》まれ、とつぜん清冽《せいれつ》に首をもたげてみたりして、何が何やら、まったくわからなくなってしまった。あげく、ただ、茫漠《ぼうばく》と熱く爛《ただ》れた脳の皮が感じられるだけであった。

イーストで爛熟《らんじゆく》しきったメリケン粉のかたまりを両手にすくいあげて仕事台のうえにおとす。仕事台のまんなかに秤りをおいて、私は練ったり、ちぎったりをはじめる。手は眼よりも欺くことが少いのだった。メリケン粉をこねていると、本を読んでいるのとはまったくちがう忘我にふけることができた。消耗された力はすぐに数十個のパンに変り、鉄皿から竹籠へあけられた。パンが柔らかい音をたてて熱を発散しつつ竹籠にとびこむところを見ると、しばらく安らかな気持になることができた。燃えやすいが消えやすい、あの、とらえどころのない字の世界にはない確実な魅惑があった。その力は静かに手からしのびこんで全身にひろがる。皮膚から内臓深くしみこむ。熱い、夢中な、汗にまみれた夜をすごしたあと蒼白な朝を迎えると、腐敗の影のない感動が起った。

「……神聖な愚しさというもんやで、それは。こないだまでナチスは〝労働を通じての歓《よろこ》び〟というてたやないか。日本のえらい人もたくさん働くことは楽しいというたはった。とにかく働いてたら疑わんですむねんよってに、楽なことは楽やわナ」

金戸は焼跡の中学校の宿直室で私の焼いたパンをうまそうに食べながら、そういった。嘲笑するでもなく、尊敬するでもなく、薄茶色の美しい瞳をまじまじと瞠るいつもの顔つきで、どことなく校長先生のような口調で彼は私の話を要約し、批評した。メリケン粉と水のまぜぐあい、奇妙なイースト、電力会社へ夜ふけに走ること、さまざまなことをくどくどと私は説明したのだが、けっして彼は聞いてはいなかった。それでいて彼の批評はどことなく正しかった。だらしなく畳に寝そべって『紅楼夢』を読みふけっているだけの彼が私を批評するのは傲慢であった。けれど、何ひとつとして知らず、理解もしていないのに正しい批評ができるというのはどういうことなのだろうか。私は不安になって黄昏を待ち、パン屋へでかけた。手や足をうごかして働きはじめると不安は消えた。金戸は軽薄なだけのことなのだと思いはじめる。しかし、仕事が終って朝の道を家へ漂っていると、しばらくいかないうちに、彼が強靭《きようじん》、鮮鋭であったように感じられはじめるのであった。

最初の給料をもらった日、私は酒を飲みに新世界のジャンジャン横丁へ一人ででかけた。彼女はノートを繰って正確に働いた日数をしらべてから金をくれたあと

「……そのお金、どう使うのン？」

と聞いた。

母にわたすつもりだと答えると、彼女は

「……そのあと、どう使うのン？」

かさねて聞いた。

かねてから考えぬいてあった問いをしてくれたので、よどみなく私は、酒を飲むのに使うつもりだと答えた。彼女はおどろいたように顎をひき、小声で、中学生のくせして、とつぶやいた。ビール、日本酒、酸っぱい生ぶどう酒などをそれまでに私は何度か飲んだことがないわけではなかった。けれど、自分の得た金で酒を飲むのはそれが生れては

じめてであった。断乎《だんこ》として私は闇酒をあおってやるつもりだ。買いたい本は無数にある。しかしパンを持っていけば金戸がいそいそと集めに走ってくれるであろう。断乎として私は酒を飲むのだ。

意気揚々と私は闇市へでかけた。どこをさがしても心にはひとしずくの汚点《しみ》もなかった。家へ帰って母に大半の金をわたしたあとなので、重責を果したつもりになり、いよいよ爽快であった。ジャンジャン横丁のどこで飲むかもとっくにきめてあった。その掘立小屋の板壁には『ウイスケ』と書いた紙が貼りつけてあり、いつ見てもたくましい男たちがひしめいて、血にまみれた生の臓腑《ぞうふ》にトウガラシをふりかけて食べている。そうするものらしいのだ。小皿にコップをおき、一升瓶のキラキラ輝く液をおかみさんが注《つ》いでくれる。液がコップからあふれても、なお一息、二息、注いでくれるのだ。よくよく私は通りすぎる風をよそおいつつ眺めておいたのだが、男たちはコップを飲みほしたあと、やおら小皿をとりあげ、チュウチュウと音をたててすする。さいごの一滴まで意地汚く堂々とすすっている。

酒精の匂いをむんむんたてる大人たちのあいだへこっそり私は体をすべりこませた。中学生のくせして、といわれないよう、パン屋の仕事着の焦げ痕や油の汚点やメリケン粉にまみれたジャンパーを着ておいた。あれほど筋肉や、狡智《こうち》や放埒さや、さかんな精気で私をおびえさせる大人たちが何でもなかった。髪をふり乱したおかみさんはわたしの顔をちらとも見ることなく小皿をおき、コップをおく。

　おかみさんは一升瓶からコハク色の液をドキッ、ドキッと注ぎ、いっぱいになっても、なお一息、二息、ドキッと注いでくれた。

「……ウイスキー」

「……あれ、おくれ」

　となりの男の血まみれの臓腑を顎でしゃくってみせ、私はわざとものうげにつぶやいた。わくわくしているのを顔にだすまいと苦しんだ。おかみさんは黙って血まみれの臓腑をだしてくれた。皿に入れず、新聞紙にべたりとのせてだしてくれた。そしてとなりの男のトウガラシの皿をとって私のまえにおいてくれるということまでした。合格した。満点だ。やっと合格した。誰ひとりいぶかしむものがない。私は〝一人前〟になったらしい。わくわくしながら私はくちびるをとがらしてコップに近づけた。金は絶対にすばらしかった。絶対の金は絶対にすばらしかった。

　板張りの床は男たちの軍靴、半長靴、ゴム長、下駄などが持ちこんだ泥でぬかるみのようになっていたが、おどろいたのは南京豆《ナンキンまめ》の殻が足の踏み場もないくらい散らばっていることだった。男たちはそれを踏みつけてたちはだかり、黙々とコップをすすっていた。

「……えらい散らかりようやナ」

　誰かに聞えるようにとつぶやいてみた。

　となりの男がのろくさく答えてくれた。

「それだけ流行《はや》るちゅうワイ」

「…………？」

「床も見えんくらい南京豆をぎょうさんお客が食べてくれはると、いいたいのやね。それでこうばらまいてあるわけのもんや。うれしいことしてくれるデ」

男は関西弁独特の愛するものを痛罵する口調、剃刀のような批評をわざと鈍器に仕立て、ちらとえげつなさのなかに優しさを匂わせる習慣でそういった。指についた臓腑の血をぺろぺろ舐めて、ものうくうなだれ

「食うもん食うた。飲むもん飲んだ」

ひとりごとをつぶやいた。

「家《うち》帰ってかあちゃんの ososo nameruka……」

激烈に陋劣《ろうれつ》なことを男はうんざりした口調でつぶやくと、金を投げだし、暗愁の幽鬼さながらに濡れしょびれて店をでていった。

生の臓腑はけっしてうまいものではなかった。ぬらりとして生臭かった。トウガラシをまぶすのはその血臭を忘れるためのものであるらしかった。噛《か》みしめると口いっぱいに爆発が起り、咽喉がヒリヒリ火傷《やけど》した。コップの酒も名状に苦しむ異臭をたて、一滴、一滴が脳の表にハンマーをたたきつけるような、ひどい、打撲傷をあたえた。むかむかたちのぼる汚水の吐気をこらえつつ壁を仰ぐと、すでに眼ににじみだした虹膜ごしに、『ウイスケ』と書いた字が読めた。私はそれを『ウイスキー』と読んでいたのだ。また

欺《だま》されたのだ。いや、正直な店なのだ。正札通りのものを売っているのだ。けれど私はよろよろする足を踏みしめ、踏みしめ、男たちの背をかきわけてその店をしばらくしてでていったが、閃くガラス屑がつまって遠く近く不気味な鳴動のとどろく脳は、やっぱり、感動を失っていなかった。断乎として私は一人前に酒を飲んだのだ。コップから皿まで一滴のこらず飲みほし、臓腑をひときれのこらず食べ、誰にも侮られなかった。絶対の金は絶対にすばらしかった。闇市の人ごみを夢中で掻きわけ、くぐりぬけして動物園のところまでたどりつくと、たまらなくなって吐いた。茂みにたちこめる甘酸っぱくて熱い尿の匂いをかいでふたたび吐いた。それからとつぜん体を起すと、くちびるの唾を手の甲でぬぐい、毅然《きぜん》と体をたてて歩きだした。いきなり暗がりから殴りかかるものがあるので眼を凝らしてみると、どこかの家の壁であるらしかった。

徹夜でパンを焼いたあと、ある日、朝になってふとんにとびこんだ。雨戸をたてた暗い小部屋のなかで眠りこけているうちに、とつぜん私は何者かにふとんを剝がれるのを感じた。ついでさらに感覚が濃くなり、小さな手が睡《ねむ》りの濃い霧のなかからやってきて私の腰をまさぐるのが感じられた。眼がさめた。家のなかには二人しかいない。弟はイーストを買いに昨日の朝から名古屋へいった。

寝たふりをよそおいながら私は暗がりで息をひそめ、つぎに起ることを待ちうけた。疲労にそそのかされて巣からでてしまった朝の小動物は気まぐれと良心の呵責《かしゃく》のあいだを迷い歩いているらしかった。小動物は私の腰のうえをいらだたしげに歩いてまわり、ためらいためらい木に近づいた。足のうらのつめたさが肌にしるされた。いきいきしたつめたさであった。つめたい足跡は肌にふれたあとすぐに温くなり、散って、肉にしみた。私の平野と丘は煮られ、燃えはじめた。耳もとにひそめよう、ひそめようとあせる息の喘ぎがとつぜん太鼓のように聞え、近よせられた。焼けたての爽やかなパンの香りがあった。おずおずと私は腕をのばし、熱い肉にふれた。何者かがはげしくそれをとり、肉のまわりに巻きつけさせた。私は抱いていた。

「………！」

全裸にされたのを感じた。パンの香りがいよいよ迫り、喘ぎはあらわになり、とつぜん体を重くおしつけられた私は熱く柔らかい、しなやかな沼が下腹にさがってくるのを知った。この小動物は濡れしょびれながら炉のように熱かった。

暗がりのなかで肉を抱きながら

（……あれだな）

と私は思っていた。

（……番が来た）

とも思っていた。

小動物は大きく口をあけて食いついた。しゃぶり、たわむれ、しごいた。野卑に身ぶるいし、優雅に佇み、また臆病に去ったかと思うと果敢なはじしらずさで肉薄した。衝撃にたじろいだ瞬間、背骨をゆるがして純潔が噴出した。何事も知ることなく私は敗れた。恍惚とはずかしさで全身に汗が噴いてきた。はずかしさが大きく、暗く、おちかかってきた。私は眼をまじまじと瞠り、腕をおとした。毛深い小動物は濡れしとって口を大きくひらいて、おびえる子供を追おうとした。くわえこみ、ふるいたたせようとして、手ものびてきて、さぐりまわった。

むしろあっけなさに私は驚愕《きょうがく》をおぼえていた。ただじたばた一瞬か二瞬あがいただけのことであった。古今東西の作家たちがあれだけ夢中になって書きつづけてきたのがこんなことだったのかと考えると、しらじらしさに呆《あき》れてしまった。夜ごと暗闇と白昼に朦朧《もうろう》と熱く想《おも》いつづけ、待ち、迫っていたものがこれだけの身ぶるいにすぎないのだとすると、茫然となるしかなかった。どこにまちがいがあったのだろう。

何者かは黙って体を離した。

去りがてに舌うちせんばかりの口調で何者かは低く夢中で嘲った。

「ちきしょう！……」

というのであった。

「なんでこんなことしてしもた」

声は低いが、あまりにも濃くこめられた悔み、嘲罵、苛責の気配に私は体をこわばらせた。暗闇のなかでのろのろとうごくものの気配があり、しばらくしてふとんのなかで二度ほど何かの声が洩れるのを耳にした。泣いているのではないか、と私は思った。

十一時頃に眼がさめたので、台所へいき、ひとりで顔を洗った。となりの寝床はとっくにあげられ、雨戸も半ばあけてあった。店のなかはひっそりと静まっていた。パンの包みをかかえて裏の戸口からでようとすると、きれいに髪をときつけたおばさんがどこからか帰ってくるところだった。彼女はいつものように蒼ざめた顔をし、勝気だが小心という大きな眼に微笑を浮かべていた。

「……健さん、これ持っていって」

夜なかにホトホト戸をたたいて裏から入ってくる人物と話しあうときのようなそっけない口調でつぶやくと彼女は白い包みを私の手におしつけ、さっさと消えた。家へ帰る道の途中まで私は茫然としながら歩いた。そのあとはほどけて、いくらかずうずうしい自惚《うぬぼ》れの笑いと想像を浮かべて歩いた。下宿のおかみさんと学生がどうして、こうしてといったたぐいの、みじめな小説家がお粗末な雑誌に、さきの二つに割れたペンに言葉をひっかけひっかけしてよく書く小説のことなどを考え、あながち月並みの妄想でもないらしいなと思いつめたりした。家へ帰って二階へあがり、もらった包みをあけてみると、おどろきのあまり口がきけなくなった。ニヤニヤ笑いが消え、つよくうたれるものを感じた。純白のハンカチをほどいてみると柾目《まさめ》の男下駄《おとこげた》が一足、そのうえにチョンと模造皮の新しい財布を一つおいて、でてきたのである。

財布のなかは、もちろん、からっぽであったが……。

町工場

「……ボロ口《くち》があるねんけど、どや」

ある日、金戸がやって来て、そういった。尼崎《あまがさき》のほうにある製鋼工場で圧延の見習工を募集しているというのである。三食たっぷり食事がついて給料は聞いてみるとパン屋の二倍半ほどであった。年齢も学歴も経験も問わないとのことである。

「圧延の見習工って、どんなことするのや？……」

私がたずねてみたが、金戸は何も答えなかった。ただいらだたしげに眉をそよがせて

「いってみたらわかるワイ」

とつぶやいた。

パン屋は昼のあいだは電気の配給がないので、ひまである。金戸に誘われるまま、ある日の午後、私は梅田の阪神電車の切符売場のところで彼とおちあい、尼崎へいってみた。製鋼工場は葦《あし》の茂る埋立地のなかにあった。広大な面積は枯れた葦、鉄骨の林、石炭ガラに埋められて荒涼とした無機物の原野であり、かなたに濁って兇暴そうな冬の海が見えた。蒼黒い沖に真ッ赤に錆びた貨物船が何かの正体を失った漂流物のように浮い

ていた。

「むごいところやな」

「ほんまや」

私たちは石炭ガラを踏みしめ踏みしめ鳴動する工場へ歩いていった。

金戸は私よりもはるかにりりしく気負っていたが、工場の受付にでてきた四十がらみの現場監督は一瞥《いちべつ》で私たちの正体を見てしまった。彼はたくましい首と皺だらけの目尻を持ち、荒涼として精悍なまなざしで私たちをちらと眺め、侮蔑しきったそぶりで
「なんや、学生はんか」

といった。

彼の眼はレントゲンのようであった。とぼしい血液、にごって乾いた皮膚、薄い骨、何の役にもたたぬ文学的妄想で惑乱した熱い頭、おびえてそよぐまなざし、すべて私が恥じてかくしたいと思っているものを彼の一瞥は容赦なく赤裸にしてしまった。私はひそかにふるえ、暗澹《あんたん》となった。パン屋の徹夜の苦闘で私が満喫する〝力〟と〝有用性〟の快感はこのあさましい荒涼と壮大な無機物原では粉末となってしまった。なぜか私はひからびて濁った皮膚のいたる箇所に、乾いた精液の粉の甘く、たよりない匂いを感じた。

「……ま、見てみなはれ……」

現場監督は金戸のくどくどした話を切りおとすと、私たちを工場へつれていった。コ

ンクリートの床からも壁からも強烈な酸と火の匂いが発散してたえまなく震動しつづける薄暗い廊下をぬけると、とつぜん圧延工場の入口に私はたっていた。鉄骨の複雑精巧に格闘する天井を走行クレーンがうごき、レールを移動して鋼板の堆積をはこんでいた。そのしたで半裸の男たちがうごき、圧延ローラーが唸り、鋼板が広い床のうえで跳ねたりすべったりしていた。床下から巨大な焔が噴出してローラーの胴を輝かし、焙り、つぎからつぎへくわえこまれ巻きこまれる鋼板は、巨人の格闘のようにのたうちまわっては薄くのばされて、輪胴から吐きだされ、床を走った。

ローラーの胴も鋼板も高熱に焼けただれて赤紫いろの、銹びのような斑点を浮かべていた。癩に犯された皮膚はこうもあろうかと想像されるような色であった。けれど輪胴も鋼板も頽落《たいらく》しきった肌をしながら容赦ない冷酷、精悍、一ミリの狂いもない正確さで任務を遂行しつつあることはあきらかであった。

「……あれをやってもらいまんのやが」

現場監督がものうげにつぶやいて指さす方向を見ると、ローラーからとびだして床を走る鋼板を一メートルほどもあるヤットコではさんで折りまげたり、隅へひきずっていったりしている男たちの姿が見えた。男たちは半裸になり、みごとな筋肉をうねらせ、有効、的確にうごいていた。彼らの筋肉は装飾用のものではなかった。ひたすら有用性だけを追ってたたきあげられ、練りあげられたもので、しばしば下司《げす》っぽかった。けれど、一度両腕が巨大なヤットコを握ってうごきはじめると、いびつで過剰な、野卑なまでに肩や胸に氾濫する肉が消えて、ただみごとな軌跡を描く輝きがあるだけだった。男たちは殺到する灼熱《しゃくねつ》の鋼板をヤットコで食いとめ、いなし、こなして、反動をつけては投げた。鋼板の疾走力をたくみに利用しているのだ。つぎつぎと鋼板は積みかさなって崩れなかった。男たちがなにげなく八ツ割りをはいた足で鋼板を踏みつけると青い煙がたちのぼった。また彼らは二枚か三枚の鋼板の処理を終るたびにすみっこへいってバケツから柄杓《ひしゃく》で水を体に浴びせた。水は赤い肩に散ってはじけ、筋塊の谷や盆地をたどって臍《へそ》へおちるまでに湯煙となって蒸発してしまうように見えた。

「…………」

「…………」

私たちは眼をそむけ、うなだれた。

蓬髪《ほうはつ》の眼鏡をかけた、蒼白い青年がどこからともなくコークスと蒸気の濃霧のなかからあらわれ、私たちのよこをとおりすぎた。学生服を着ているのでどこかの高等学校の学生らしいと見当はついたが、ほとんど工員服とかわらないくらい機械油でよごれていた。

「……中学生が?!」

彼は金戸の無邪気な答を聞いてのろのろとひくい驚きの声をあげた。彼はアルバイトで働いている(旧制)高等学校の生徒で、旅順高校からの引揚学生だということであった。父、母、妹、弟、みんな行方不明になったので引揚船で帰国してから大阪へ漂流し、学籍が移動できると聞いたので無試験で大阪高等学校の文科にすべりこみ、叔父の家に下宿して、いまこの圧延工場で働いているのだということであった。肺病ではないかと怪しみたくなるほど彼は蒼白な顔をして、やせこけて胸も肩も薄く、それが蓬髪ふり乱してヤットコにもたれかかっているところは、黄昏の草むらに佇む関ケ原の雑兵《ぞうひょう》そのままであった。

「ここはおまえさんたちにはむりだよ。仕事も人気も荒すぎる。おれはどこかへいこうと思ってるんだ。築港の護岸がいいとも聞いたんだがな」

高校生は土方のような、しみじみした口調でつぶやき、暗鬱な吐息をついた。ホウーッとはばかることなく吐きだすその息にふれただけで私は絶望しそうになった。

「持ってみろよ、このヤットコ」

彼がなにげなくそういってわたしした一メートルほどもあるヤットコを手にとってみると、瞬間、ずしりともたれかかって、ほとんど手首が砕けそうであった。熟練工たちがかるがると操っている箸のような、鞭《むち》のような物が、まるで私には兇器《きょうき》のように重かった。その重量は私のパン屋の二倍半の給料の重量であった。白熱した鋼板を八ツ割りをはいただけの足で踏みしめる男の体重であった。私は絶望をそのままうけ入れた。兇暴な力が走るままに体をゆだね、眼を瞠った。

金戸がつぶやいた。

「……えらいとこへ来てしもた」

高校生がつぶやいた。

「人気が荒いんだ、ここは、ね」

彼は、私の手からヤットコをうけとり、だらしなく床にひきずりながら、どこへともなく消えた。

工場からでて石炭ガラの原を歩いていくと、玩具のような熊手で燃えガラをひろっていた韓国人の女や少年が額に髪を乱して顔をあげナイフのようなまなざしで私たちを眺めた。彼女たちは体を浮かし、いつでもつかんで走れるように麻袋を握りしめ、剽悍《ひょうかん》さ、警戒、おびえ、やつれかた、まるで栄養失調のキツネのようであった。金戸と私はそのよこを眼をそむけて歩いた。赤ちゃけた埋立の葦原のかなたにひろがる冬の大阪湾の蒼黒い水が酸液のように眼に沁みた。ここは何もかも錆び、腐り、ひからびて、いがらっぽい土地であった。雑草も植物というよりは針金に近い物であった。荒地のなかを流れるクリークの水は真紅で、紫いろの毒どくしい泡を浮かべていた。飛散したものをさがしもとめる気力もなく私は茫然と赤インキで染めたような岸を歩いた。

不安でわくわくしたまなざしで金戸が

「……紅楼夢のなかで賈《か》家《け》の坊ちゃんが、なア」

といいかけて口をつぐんでしまった。

翌年の春までパン屋で私は働いて、イーストの混合の割合のほかはすべてをおぼえた。パンはコッペパンだけしか焼かないのだから来る日も来る日もメリケン粉の山を向うにして一つの主題にふけっていたらいいのである。トウモロコシのカステラとセンベイは〝技術〟のうちに入らなかった。おばさんはときどき嘆息をついて、こんなアホみたいな物《もん》ばかり作ってたら、私の腕《うち》が腐ってしまうワといった。彼女はどんなにいそがしいときでもイーストを仕込むのだけは自分でして、誰にも手をふれさせようとしなかった。けれどパンの皮に光沢《つや》をだすのには卵の白身をとかした水を刷毛で一塗りすればいいので、鉢いっぱいの水に卵何個ぐらいがいいかというようなことはこまかく教えてくれた。焼きたてのパンの芳香。徹夜の苦闘。窓に沁む蒼白な朝。さまざまなことが好ましかった。体にはいつのまにか火や食用油やパンの香りが沁みこみ、道を歩いて私はときどき指を鼻さきへ持っていく習慣がついた。

パン屋のおかげで私はつらい冬と肉薄する兇暴なものをかろうじてかわすことができた。その小さな仕事場は私にとっては青銅の城であった。温くて、居心地のよい、明るい城であった。尼崎の荒野のはずれで目撃したものはしばしば私をおびやかした。いくら忘れようと努めてもあれほどまでにならねば生きられないのかと恐怖と疑いはしぶとい歯痛のように私を犯し、腐らせた。必死になってメリケン粉をこねていても私は思いだして熱い焦躁を感じた。噴出する蒸気の濃霧のなかで鋼板を踏んづける熟練工は足もとから青い煙をたてて燃えていた。爆弾で四散した肉片や、焼夷弾の破片で砕かれた男の太腿や、小学校の雨天体操場に積みあげられ、ころがされた黒焦げの焼死体を見るのとはまったく異なる衝撃を私はうけたのだった。孤独から晴朗さと力が流出し、穢《よご》れ、腐って、湿めったぬかるみのようなものがあとにのこされたのだった。とらえようのない焦躁に私はじりじりあぶられた。

翌年の春、何の理由もなく私はパン屋をやめて代燃車の送風器を作る町工場に移った。ある日道を歩いていたら、塀に『旋盤見習工募集』の紙きれが貼りつけてあったのだ。なんということもなく私は工場に入っていって事務室で工場長に会い、話をきめてしまった。パン屋をやめなければならない理由はどこにもなかった。食べるのに困らず、温くて明るくて本が読め、ようやく私はそこで必要で有能な人間となり、気が向けば仕事のない昼間は学校へいくこともできるのである。送風器の工場は寒くて暗く、仕事がいそがしいので本が読めず、全身機械油にまみれて雑巾のようになり、旋盤はメリケン粉よりはるかにおぼえるのがむつかしかった。給料はパン屋よりいくらかよかったが、失ったもののほうが得たものよりはるかに多かった。ふたたび私は一日に二食になり、昼飯時になるとこっそりぬけだして水や茶を飲んだ。バンドをしめながら工場裏の泥が腐って緑いろになった空地を歩きつつ私ははげしく悔んだ。石ころがふと坂をころがりはじめたようなぐあいにパン屋を去って工場に移り、愚劣だと思いつつ私はとめることができなかった。工場に移って一週間たつと陋劣な軽薄をやってしまったことがはっきりとわかった。その日のうちにでもパン屋へもどるべきであった。おばさんと弟は何もいわずにうけ入れてくれるはずであった。私は喧嘩《けんか》してとびだしたのではなかった。やっぱり学校へもどって勉強したくなったんですと、口からでまかせのはかない嘘《うそ》をいっただけなのである。旋盤の刃《バイト》をグラインダーにかけて火花を胸にうけつつ何度私はパン屋にもどろうと考えたか知れなかった。それでいて何か倨傲《きよごう》になり、心が弱れば弱るだけいよいよこわばって、ただいちずに、一度こうときめたら徹底的にやるまでだと思いつめた。そしてパン屋と工場はすぐ近くなのでおばさんに見つかってはいけないと考え、二倍ほどの道のりをかけて朝、夕、遠まわりして工場にかよった。

私がはかない嘘をついて店をやめたいというと、おばさんは嘘を信じこんで

「……やっぱり健さんは学校へいって勉強したほうがええワ。私《うち》もそう思うな。よう働いてくれはるのでありがたいこっちゃと思ててんけど、そういうことなら仕様《しやあ》ないね。はじめからこの人は永続きせんのやないかと覚悟はしてたんやけどね」

彼女はそういったが、皮肉でも怒りでもなかった。思っていることを淡々とした口調でそのまま口にだしたのである。けれど私は彼女の明察におどろかされた。四ヵ月近く毎夜私たちは停電におびえながら肩を並べ、汗にまみれてメリケン粉を練って来たのだが、そのあいだずっと彼女は私がいつやめたいといいだすかと待ちつづけて、しかしそのことはそぶりに粉末ほども見せなかったのである。それでいて彼女はどうしたことであろう、石鹸泡《せつけんあわ》のような私の嘘を見やぶれないでいるらしかった。

彼女は店の奥にいってごそごそしていたが、しばらくして手まねきで私を呼んだ。いってみると新聞紙で包んだ大きな荷物があった。彼女はそれを私に抱えさせながら、くすくす笑った。

「……道で経済につかまらんように気ィつけてや。つかまっても店《うち》の店いうたらあかんよ。頭にウロ来たみたいな顔してボウーッとして。賢い顔したらあかんデ。賢い顔したらきっと失敗するもんや」

いろはガルタを読むような口調で彼女は信条をつぶやき、おびただしい数らしいパンの包みを、軽く指さきでつついた。

「昨夜《ゆうべ》健さんといっしょに焼いたパンや」

しばらく黙っていた彼女は髪の乱れを指さきでなおし、裏の戸の掛金をはずしにかかった。私が包みを抱えてでようとすると、ふと彼女は顔を肩に寄せて来た。そうやって見ると彼女はおどろくほど小さく、私の肩までしかないのだった。彼女はひそひそと、またしてもいろはガルタを読むように、

「出世しても忘れんといて」

とつぶやいた。

何を作っている工場とも知らずに私はとびこんでしまったのだったが、そこでは主として代燃車の送風器を製造していた。戦争中に走っていたトラックはすべてコタツをかつぐようにして筒型のお釜を抱えこみ、薪、木炭、石炭、豆炭、煉炭粉《れんたんこ》、燃える物なら何でも燃やしてはガスを作って走るのだった。そのとき火をよく起すために、風を送る必要があり、どの車もお釜の焚き口《たぐち》に手回し式の送風器をつけていた。工場ではその送風器を作っているのだった。倉庫にはフード、羽根、ハンドルなどの部品がおびただし

く積みあげられ、私は工場のすみにゴザを敷いてそれらを磨いたり、組みたてたりすることをいいつけられた。工員は五、六人しかいなかったが、何日かたつと、妙な噂を聞かされた。戦争が終って代燃車などというしろものは日に日に町から姿を消し石油が輸入されてふつうのガソリンで走る自動車が氾濫することであろうと、明日にも眼に見えるような時代なのにこの工場は何を思ってかせっせと送風器を作っている。毎月毎月原材料を大量に買いこんでは送風器を作るのに夢中である。いったいどこに使うつもりだ。扇風器とまちがってるのじゃあるまいか、というのである。私がゴザにあぐらをかき、寒い風にふるえつつ油まみれで送風器を組みたてているのを見て、工員たちはちらちらとそんなことを便所の行き帰りに教えてくれるのであった。

「……学生はん、あんたも長生きするデ」

ある工員はそうせせら笑って便所へいき

「えらいさんの考えることはわからんワ」

便所からもどって来るとまたそうあざ笑って旋盤のところへいくのである。

工員たちの説はもっともなように私には思えた。たしかに町から代燃トラックは日に日に消えつつある。かわりに腰高で機敏なジープやタンクさながらの米軍の重量トラックが登場し、ふんだんにガソリンの香気を浪費して走りまわっているのである。自動車とはガソリンで走るものなのだと私ははじめて教えられた。その排気ガスには豪奢《ごうしゃ》と精力と文明がこめられている。香ばしいのだ。恍惚となるのだ。チューインガムやチョコレートのように果てしなく豊饒《ほうじょう》で香ばしいのだ。アメリカ兵の丘さながらの尻のように栄養満点なのだ。それなのに私は町工場のすみにうずくまって送風器を組みたてることにふけっているのである。何度めとも知れぬ徒労の石炭ガラを嚙みつぶしたような感覚も私は味わった。精力と注意を凝らして送風器を一台組みたててコンクリート床におき、じっと眺めると、ピカピカに輝いて完璧、正確、精悍そうであればあるだけ私はいよいよ絶望した。精巧をきわめた無意味な作業に私はふけっているらしかった。

ある午後、小さな鞄《かばん》を持って集金にでかけるらしい工場主と門のところですれちがったので、なにげなく私は疑いを述べてみた。工員たちがそういってるが、といって聞いてみたのだ。すると、工員からたたきあげて辛酸のあげくに工場所有者となったらしい出世屋は、三角の眼を鋭く光らせて言葉短く私を嘲るのだった。

「いわれたことだけしとれ。親はいちいち子供に説明せんワイ。考えるのはわしがする。中学生に説教されることはないワイ」

私は工員に旋盤の操作法を教えてもらった。はじめのうち彼らはなかなか教えてくれず、私を旋盤台のよこにたたせておいて、削り終った部品を数えては倉庫にはこぶ仕事しかあたえてくれなかったが、そのうち、すこしずつ、刃《バイト》の削りかた、日盛のあわせかた、大ネジの締めかた、緩めかたなどを教えてくれた。この工場にはまだ完全自動式も半自動式も入っていないので、すべて手と眼とカンで機械を操る。刃も特殊ガラスの高級品ではないから鈍磨するといちいちグラインダーにかけ、指の腹でためすのだった。

この仕事はメリケン粉を練るのではなかった。硬い正確さの楽しみとでもいうべき感覚を私は開発された。錆びに蔽《おお》われて腐ったみたいな鋳物《いもの》が回転し、刃に削られて、見る見る銀のように輝きはじめる。おなじ年式でありながら旋盤は一台、一台、癖を持ち、硬直しきって鉄に嚙みつき、つきささるのもあれば、しなやかにまるで舐めるように仕事するのもあった。ハンドルを回転させて刃を回転盤にそっと近づけて、獲物にチンッ！　と一触れされた瞬間に性格は発揮され、発見されるのである。濃緑色の機械油の泡のなかに見る見る螺旋状《らせんじよう》の削り渣《かす》があふれ、わきたち、床へ四散し、皮膚病に蔽われた古鉄のようであった鉄片がみごとな白銀色の精緻な部品として回生するのだった。ふしぎなことにそれらの部品を集結して一台の送風器に組みたてるときは無意味さでへとへとに疲れた思いがするのに、部品その物を削っているときには忘我の歓びが指や腕にひっそりとみなぎった。機械はどこか猫に似ていた。精妙さと気まぐれがわかちがたくとけあい、私に媚《こ》びながらけっして仕えようとしなかった。

工場のなかは薄暗く、乱雑で、古いベルトが何本となく天井からぶらさがったり、天井へかけあがったりしていた。旋盤、フライス盤、打孔機、グラインダー、すべての物たちは油と垢《あか》にまみれて人の手で角《かど》を丸められてしまったように親しげに老いてうずくまっていた。窓ぎわの仕事台に向い、万力に部品をはさんでヤスリを使っていると、水族館の槽のようなひえびえと灰いろの古い日光が油のしみで汚れた窓から流れこんで来た。ときどき私は太古からこの工場はあったのではないかと思うことがあった。巨大な羊歯類《しだるい》が沼に暗い影をおとしていた時代からこの工場はこの貧民街のはずれにあって回し送風器を作って来たのではあるまいかと疑われた。窓から射《さ》しこむ衰弱した日光には冬とも春とも知れぬ季節が感じられ、永遠の淡い澱みがあった。物たちは戦争も闇市も知らずにうずくまってただ送風器を排泄《はいせつ》している。B29も、モロトフのパン籠も、爆風も、買出しも、彼らは何も知らなかった。昭和一〇年頃にもそうだったのではないか。大正一〇年、明治一〇年頃にもそうだったのではないか。神武《じんむ》天皇の頃にもそうして送風器を排泄していたのではないだろうか。

その頃にもあそこで油埃にまみれて黙々とハンドルを微動させている親子の旋盤工は黙々とハンドルを微動させていたのではないだろうか。その頃も親子は疲れて蒼白な顔をし、正午になれば茶碗《ちゃわん》に箸をゆっくり浸してから、アルミの弁当箱の大根四分に米六分という飯を、ひとかたまりずつ、箸で煉瓦のようにぺたぺたと固めては、ちぎりとっていたのではないか。父親は蒼白い皺のなかに閉じこもって一日じゅうほとんど口をきくことがなく、息子もそのよこで自分の機械の刃の微動をじっと眺めたきり一日じゅう黙りこくっている。この親子はほとんど唖《おし》ではないかと思えた。髪も、血も薄く、ときどき影のように歩いて便所へいったが、その蒼白な皮膚の内側で尿を作るような活動があるとはとても想像がつかないので、とつぜん歩きだすと、目をふと瞠りたくなるのである。父親は旋盤工としてはいい腕を持っているらしかった。息子も旋盤にかけては堂々とした職人であるらしく、刃のかげんを指の腹でさぐっているところへいきあわせると、歯も爪もたたない完璧さを感じさせられる。けれど彼はすこし温いところがあるらしく、人の顔を見ていてとつぜんニヤリと不気味に笑うことがあった。洞穴がとつぜん思いだし笑いをしたような印象をうける。

朝九時から旋盤をまわしはじめ、正午に三十分ほど休んでから、午後五時までつづけて仕事をする。工員が五、六人しかいないような小工場なのになぜかサイレンだけはすさまじく甲《か》ン高《だか》く町全体に鳴りひびいた。一日に二度ほど倦怠《けんたい》の波が壁のなかから霧のようにしのびよって来る。第一波は朝の十時すぎ、第二波は午後の三時すぎである。苦痛は第二波にある。ベルトのはためき、打孔機の弾音、旋盤の呻吟のなかに佇んでいると、とつぜん骨のとけおちたような衝撃をうけるのである。体内の圧力が消えてたっていられないような衰頽《すいたい》をおぼえる。あたりの空気が重くなり、濃くなり、息が苦しく、言葉、数字、文字、すべての物から意味が剝落するようなのだ。皮膚の内部にあらゆる騒音がたちこめ、私はへたへたと膝を折ってしまいたくなりながら、床、壁、人、旋盤、油罐《あぶらかん》、天井、窓ガラス、町、空、いっさいがっさいを爆破したい衝動におそわれるのだ。物たちも、人たちも、ただ憎い。酸のような憎悪を浴びる。宴会のあとのテーブルをシーツごとひっくりかえして皿や瓶や茶碗を一個のこらず粉砕したくなるようにこの世界を私ごといっさいがっさい粉微塵《こなみじん》に砕いてしまいたくなるのだ。永遠のアブラムシのように土の皮にしぶとくしがみついて生きている旋盤工の親子も爪と爪のあいだにはさんで一瞬に潰してやりたくなるのだ。なぜだ。なぜだ。なぜ生きていなくてはいけないのだ。

なぜいつまでも黙りこくってぐずぐずしていなければならないのだ！……

暗鬱な激情でへとへとになった私が便所へいくと、永遠な息子があとから入って来て、とつぜんひとこと
「せんずりかいてとばしあいしようか？」

そんなことをつぶやいて、心の底からのろのろと微笑するのであった。

工場のなかはいつも朝からたそがれたように薄暗かったが、しばしば私は勃起した。女が微塵埃のように空中にみなぎって私の鼻や口をぎっしりとおさえた。まわりのあらゆる物体に性のしるしがあった。雨漏りのした壁では毛むくじゃらの口がひらいて貪慾にこちらを瞶めていた。ネジ穴では微細な襞が濡れしとって輝き、何かを待っていた。私の皮膚は薄くなり、微熱を帯びて湿めり、硬直はほとんど疼痛であった。薄明のなかでいつも女が裸の白い太腿をゆっくりくねらせたり、臀《しり》のわれめから貪婪《どんらん》な蟹《かに》のような物、腐った舌のような物をのぞかせたりしていた。黒い物が見えた。赤い物が見えた。白い物が見えた。思うさま見えた。あれがあり、なお、これがあった。私は旋盤の刃の微進を注視しながらパン屋のおばさんがたびたびの未明にのこしていった印を全身あげて回復することにふけった。髪にあったパンの香り、薄いが鋭く好もしい腋臭《わきが》。汗のぬめり、耳をうった苦痛のささやき。いらだたしげに私の下腹を走った指。そのはげしいまさぐりかた。炉のように熱かった毛布。自嘲の舌うち。蜜の鳴る音をたたえた熱い肉。濡れしとったイラクサの茂み。暗い襞の奥の灼熱。猛進。挫折。再起。鼓舞。背骨を一

瞬さかのぼる川のさざめき。すさまじいばかりの陋劣さをこめたあの匂い。あまりに未熟だった私のおびえた欅《けやき》。

「……とろとろするな。中学生」

とつぜん復員帰りの工員がかけよって私を罵り、旋盤の胴のスイッチをおして機械をとめた。刃が鋳物を削りつくして回転盤の肌に食いこもうとしていた。

「わりゃァネボケてんのか、ドアホ！」

苛烈に下劣な罵声を浴びせられて私はたじたじとなり、ひたすら恥じた。

けれど、刃をグラインダーで磨き、新しい部品を回転盤に締めつけて固着してからスイッチを入れ、油の焦げる匂いのなかで進行がはじまると、ふたたび女が空中にぎっしりと遍在しだすのだった。午後三時すぎの憎悪の圧力は女を一歩もうけ入れようとしないが、やがて私が暗黙の格闘にへとへとに疲れて衰頽し、優しくなると、女はどこからともなくあらわれて遍在しはじめる。私はパン屋のおばさんに不意をうたれた、早朝の暗い部屋のなかで、彼女に抱かれながら、私は後頭部のどこかではっきりとめざめ、いよいよ待っていたものが来たのだと考えていた。その後何度かおなじことがおなじ時刻に起った。いつも彼女は羞《はじ》らいをかくすためか、はじめてのときとそのままのしぐさで私を襲った。あとではげしく舌うちして自分を嘲り、責めつつ去ってゆくのもおなじであった。けれど、なぜか私には、いつも、感動がよそよそしかった。キラキラ輝いている波頭は薄明のなかによく見えたが、低く、おぼろげで、遠く、けっしてとどろきわたることがなかった。彼女から去っていま油埃のなかに佇んでいると、いっさいが疼痛ある鮮烈さをもってよみがえって私を圧倒する。想像のなかでこそ全身がゆらぎ、波がとどろきそうなのである。旋盤のまえに佇んで私ははげしく硬直し、巨船が進水する瞬間や、戦車がひたすら直進するところや、蒸気ハンマーが岩を粉砕するところや、蛇が巣にすべりこむ光景を皮膚のそこかしこに感じた。スズメバチがテッポウユリの白く、柔らかく深い温室のような井戸を奥へ奥へともぐりこんでいく光景もしばしば見られた。

小さな旅行

ある午後、兄分格の旋盤工に命じられて私がバイトをグラインダーにかけていると、非凡な社長が小さな中学生をつれて入って来た。ベルトがはためいたり旋盤が叫んだりしている時刻なので声は聞きとれなかったが、社長は工場のなかをあちらこちら指さし、ひとしきり説明したあとで工場から出ていった。中学生はあとにのこされ、うろうろと工場のなかを歩きまわったり、物珍しげにスパナをとりあげてまじまじと見とれたりした。

しばらくしてバイトが磨きあがったのでグラインダーをとめると、中学生があたりに散らばったガラクタをのりこえのりこえしてやって来た。油埃を浮かべた天窓からの蒼白な日光のなかで見ると、へんな少年だった。眼も鼻もととのって正しいのだが、それが集って顔になると、とつぜん小さくなり、ひねこびて、枯れてしまう顔だった。ひどく老けた中学生で、笑うと目尻にいくつも皺ができた。

「初日でんねん。あんじょう教えたってや。何も知らんねん。握手しようや」

図々しく笑って私の手を握りにかかった。砕けて、ひらいた、深さや匂いを感じさせる職工言葉を彼はやすやすと話し、どこにもいや味がなかった。手を握りかえすと、骨がヒゴ細工のように脆くて軽く、かさかさに乾いていた。

翌日から彼は薄い下駄をはいて工場へやって来た。〝組立部〟と社長が呼んでいる物置小屋のなかにすわりこんで彼は仕事をした。機械油で汚れた小さな小屋のコンクリート床にゴザを敷いて彼はあぐらをかき、ネジまわしを一本にぎって、二枚貝をあわせるように送風器のフードをあわせてふちの穴に一箇ずつビスをつめこみ、閉じつける……という仕事であった。フードが十二箇たまると縄でくくり、よろよろたちあがって、〝倉庫〟へ持っていく。それは工場の裏のじめじめ緑いろに腐った空地のふちにある家畜小屋のようなものだったが、社長は〝倉庫〟と呼んでいた。ときどき〝製品部〟と呼ぶこともあるようだった。私や長井がいよどむことがあると、きっと社長は一つアクセントをおいて、はっきりと、〝組立部〟、〝製品部〟、〝本工場〟などと呼んだ。ひまさえあると長井は本を読んでいた。小屋の戸を半分閉めるような開けるような状態にひておき、ゴザのうえに猫のように小さく丸く体をちぢめて彼は本を読むのだった。年齢も中学校の学年もおなじだったのですぐに仲がよくなったが、私は知りあって間もない頃、彼の読みふけっている本を覗いてみて、細字をぎっしりうちこんだ、そのために頁がほとんど真ッ黒に見える『デカメロン』の英文完訳本であることを知って、たじたじとなった。無造作にゴザのはしへ、巨大な、カビの生えたような英和辞典が荘重に投げだしてあることも私をおびやかした。何日かたって小屋へいってみると、今度は『デカメロン』ではなくて、やはり真ッ黒に見える『エプタメロン』を彼は読んでいた。『デカメロン』はもう読み終ったのかと聞くと、のびのび笑って、あれはまだだがこれが見つかったのでどんなものかとかじっているところだと答えた。高島屋の古書即売会の洋書部で、なんということなく掘りだして来たのだという。そろそろそういうものが焼跡にもひらかれはじめていた。

『デカメロン』も『エプタメロン』も英語は古くて、嫉妬と恐怖をおぼえた私はすぐに彼から借りて家へ持って帰ったが、とても歯がたたないことを知って絶望をおぼえた。破戒僧や女官や騎士の香りと遁辞《とんじ》にみちた艶話を知ろうとして二行ごとに辞書をパタリ、パタリと繰り、いちいちノートに写しとり、十行すんでから読みかえしてみて何もわからず、ただこのさきに熱いことがあるのだとだけ思いこんで真ッ黒の頁を蚤のように跳ねまわる……登場人物の汁気たっぷりの気まぐれな哄笑のことを考えてみると、時計職人のような私のしていることは蒙昧をきわめていると感じられてならなかった。女を口説きおとした瞬間の男の叫び声を分解し、たずねたずねて辞書の襞の奥に《古語ノ語頭変化》とあったりするのを発見すると、得体の知れない絶望を私は感じた。

油だらけの小屋へ何日かたって『エプタメロン』を返しにいくと、長井はちまちまとしてひからびた顔に微笑をいっぱい浮かべて私を迎えた。まア、坐れや、というのである。はっきりと口にだしておれにはわからないと、あの単純で重い言葉がいえなくて、私がもぞもぞと弁解を並べ、じっとり湿めりながらいらいらしていると、彼はゴザのしたからひょいと新しい本をとりだして、読んでみないかというのだった。それは『トーノ・バンゲイ』であったり、『月と六ペンス』であったりして、ずっと辞書を繰る回数が少くてすんだ。けれど、『天使よ、故郷を見よ』や、『心は淋《さび》しき狩人』となったりすると、新しい攪乱《じょうらん》で脳を掻きまわされた。長井は背表紙と値段表だけで本を買いこんで来るので、何があらわれるかしれなかった。それはいきいきとした興味であり、うんざりした劣等感でもあった。しばしば想像だけにたよった朦朧とした沼地の熱、ただそれだけでもあった。カースン・マッカラーズ女史には繊巧さと、ドストエフスキーと、南部の匂いがあるとペイパーバックの裏表紙に『ニューヨーク・タイムズ』あたりの書評が引用してあっても、私にはよくわからないのだった。まったくわからないのだった。

手品のようにつぎつぎとりだす古本を長井がどれだけ読解していたのか私にはわからなかった。おそらく彼は焼跡の古本屋と見ると入っていき、横文字となるとぬきだし、それが小説で、値段さえ安ければ買いこんで来るにちがいなかったが、何に対する嫉妬や挑戦でそうしているのかは察しようがなかった。ただ彼は、いつも、ゴザの上に丸くなって、わかってか、わからないでか、とにかく『デカメロン』にかじりつくことが多かった。イモ七分にメリケン粉三分という母親に作ってもらった蒸しパンをカルキ臭い水道の水といっしょにごくごくと呑みくだしたあとに、ひっそりと静まって、ころりとよこになり、大昔のイタリアの破戒僧たちの右往左往を彼は一行、一行、眼を瞠って読みすすんでいくのだった。そして、理解しても、理解しなくても、ボローニャ風腸詰とか、去勢鶏の酒蒸しとか、夜を強化する辛すぎず甘すぎないチーズなどという単語をしこたま吸いこんで、ぼうッとなってしまうのだった。

「……とにかくやね、ワ印《じるし》は面白さに誘われてはいかんわ。想像と推理で読んでいくので単語はあとで字引をひいてみたらピタ、ピタ、バチッと当ってる。名探偵やで。びっくりするくらいよう当るのや。しかし、何もおぼえへんわ。本を読んでるときはこうやろう、ああやろうとあてずっぽで読む。それで筋がわかる。あとで字引見る。その通りや。ピタリや。けれど、三日たつ。ケロッと忘れてしもてる。あかんなあ。とんとのこってませんワ」

便所へいきしなに小屋を通りかかると、半開きにした戸のかげから、彼が本を抱えこみ、片いっぽうの眼だけ出してこちらをうかがっているのが見える。もし社長だったらとび起きるつもりなのだ。私はそのうちに、長井はああしてただ眼を活字にさらしているだけのことなのかもしれないと思うようになった。古い英語の『デカメロン』はあまりにもむつかしかったからである。けれど、なぜそうであってはいけないかと考えても、いけないという答は出てくる気配がなかった。

彼は社長と何かの関係があったが、いつ聞いてもよくおぼえられなかった。社長の妹の亭主のいとこのはとこがどうしたとか、こうした、とかいった種類の関係であった。

「地平線のむこうで雷さんが鳴ってる」

よく彼は困ったように笑って、そういったものだった。しばしば彼の家へいって私は遊ぶようになったが、手回し送風器の匂いはどこにも感じられなかった。父や、母や、兄妹の匂いも感じられなかった。どういうわけか彼は自分の家で下宿人のようになって暮していた。小さな平屋のみすぼらしい母屋に住まないで、たずねていくといつも彼は暗い玄関へ出て来た。そして兵隊のように足を外へ踏みだす歩きかたをして、納屋へ私をつれこんだ。三畳ほど畳が敷いてあって、壁は薄い板壁、敷きっぱなしの寝床の枕もとにランプがおいてあり、工場へ持っていったり持って帰ったりする巨大な英和辞典がここでも頁をひらきっぱなしにしておかれてあった。ふとんを蹴って私の坐る場所を作ったあとで、彼は手をこすりあわせ、うれしそうに、はあみていじや、はあみていじやといった。

「……おれの中学校の友達にもすかみくだの好きなやつがいよってな。机の下や押入れの中へ入らんことには落着いた気がしないという。そいつは徹底していて、弟や妹に机をみんなやり、自分は押入れのすみで小《ちい》そうなって喜んでるのや。長男やけど」

「押入れの中にそいつはスタンドでも入れとるンのか？」

「そうや。スタンド入れてる」

「本棚あるのンか？」

「本棚はないけどシビン入れてるワ」

「ええ奴やな、そいつは！」

長井はほれぼれしたように眼を細め、顔を皺だらけにして、手をこすりあわせた。それまでに私の持ちかけたどんな議論や挿話よりも彼は感動したようであった。

三高か大阪高校の文科丙類に入りたいと彼は考えていた。フランス語を勉強したいと考えているのだったが、なぜそうなのかということについては茫漠《ぼうばく》としていて、せいぜい『エプタメロン』を原文で読みたいというような意見しか出てこない気配であった。冬空のしたにおちた納屋のなかで彼は真鍮《しんちゆう》製の敗戦パイプにタバコの吸殻をさしこんでけちけちと吸い、さいごのさいごまで吸いきって、ジュッと音をたてるのを聞いてから、ようやく灰皿におとした。多汁質な私は指や足のうらのふれる物が、紙であれ、鉛筆であれ、本であれ、ことごとく黄いろい脂の跡をのこしてしまうので、たえまない憂鬱を感じていたが、長井のまわりにはけっしてそんな気配は散らなかった。彼がたったり、坐ったりしても、けっして物は影響をうけず、濁ることも匂うこともなかった。それほど清潔に乾いた彼がなぜ艶文学にばかりひそひそと熱中するのか、私にはふしぎなことに思えてならなかった。昂揚に液の分泌を感じずにはいられない私としてみると、清麗で乾燥した長井がなぜ艶婦伝にアミーバのようにからみつくのかが、ほとんど理解できないことであった。しかし、彼が高等学校の受験勉強にはげむところを目撃すると、私は学校や教室を侮蔑しきっているはずなのに、行方知らぬ嫉妬と焦躁におそわれてならなかった。その頃、私には散歩というような歩きかたはなかった。どんなに無目的に歩きだしても、しばらくして気がつくと、小石を蹴ちらしてあてどなくせかせかいらいらと歩いていた。それ以外の歩きかたはできなかった。

ある日、私が旋盤についているところへ、長井がやって来た。彼は無邪気に薄笑いしながら、ボロくちがあるねンが、どや、といった。旋盤をとめてから、ボロくちとは何や、と聞くと、彼は、ちょっと、といった。仕事場はなれたら偉いさんに怒られる、というと、彼は、ええがな、ええがな、ちょっと、といった。ちょっとて何や、と聞くと、ひそひそ声で彼は、ええこっちゃ、ボロくちやといった。儲《もう》かるのか、と聞いたら、ほんまやと答えた。だまさんといてや、というと、水臭いナ、おまえ、といった。なんぞヤバイことやろうというと、今日日《きょうび》明るいところにボロくちがあると思てんのか、昼あんどんといった。あとについていくと彼は工場の裏へでて、あたりを見まわしてから、眼のいろを深め、玄人衆《くろうとしゅう》のような口ぶりで、ゴトやで、おいといった。仕事、大仕事、何か煙たいこと、暗がりでうごめくこと、大声でいえないことの匂いがした。

「……何をごちゃごちゃいうてンねン？」

と私が聞くと、彼は薄く笑い

「金《ぜぜ》ほしいやろ、兄さん」

といった。

黙っていると彼は顔を近づけ

「トラックの上乗り。どや」

といった。

福井から大阪まで長距離トラックで米をはこび、闇市へ流す。街道の検問所には経済巡査が待っていて、トラックを点検する。米や麦やイモが発見されると、その場でおろされる。そこでみんなは考えこんだあげく、材木やセメント袋やドラム罐《かん》をのせてかくす工夫にふけった。検問所には何台となくトラックが並んでいるので警官は一台、一台点検していることができず、たいていいいかげんにやるが、たまにつきとめられたらひどいめにあう。そこで、トラックの荷蔽《におお》いのうえに乗り、木材屋の若い衆のような、なにげない顔をしていてくれ、お鳥目《ちょうもく》は××エン……

「それだけのことか」

「そや」

「えらい分《ぶ》のええ話やないか？」

「ちょっと寒いちゅうワ」

「どのくらいかかるねン？」

「一日一夜や。たいしたことないワ」

「………」

「OKか」

「まアな」

長井はその夜おちあう場所と時間をいって、兵隊のように足を外へ踏みだしながら、堂々と小さくひからびた体をはこんでいった。

どこの闇屋と長井が話をつけて来たのか知らないが、私は乗ることにした。〝お鳥目〟もほしかったが、移動できることが何よりだった。私にも彼にも〝役割〟は何もない。ただトラックのうえに乗って数百キロ移動し、そして帰って来るだけだ。福井へゆくときには七輪《しちりん》やトタン板などを満載し、帰って来るときは米俵をいちばん下においても、上にしこたま古材木をのせてかくしてしまう。私たちはジャンパーを着て、鉢巻をしめ、古材木の山の上に寝ころんでいるだけでいいというのである。

「経済に見つかったらどうするねン？」

「何もせんでええのや。行きの物資だけでコッテリ儲かるよってに帰りはどうなってもええというとる。つかまってもともと、つかまれへんかったら、ボロ儲けというとる。ぶじに大阪へシャリ運びこめたらお鳥目倍出してもええというとるデ」

「すると、おれらは、お飾りみたいなもんか？」

「お飾りもええとこやね」

長井がゆうゆうと小さな顔を皺くちゃにして笑ったので、私は優しくひらかれるのを感じた。往復約三十時間ということであった。たったそれだけでも漂流だった。

翌朝、長井の家へいくと、闇屋から借りて来たのだというジャンパーとズボンをわたされた。機械油と襟垢でどろどろによごれていたが、厚く、硬いので、風は防げそうであった。私はシャツを何枚も着こんだ。長井は古い徳利首の毛のセーターを着たうえにだぶだぶのジャンパーを着こみ、大きな風呂敷包みをぶらさげてたちあがった。闇屋の作ってくれた弁当だということだった。道中にそれを食べ、福井に着いたら福井の闇屋の家で食べて眠ればよいとのことであった。福井は米所だから純綿のほかほかの銀シャリが腹の裂けるほど食べられるだろうという。手筈《てはず》はちゃんと、ととのえてある。長井は風呂敷包みのなかへ

「だいじなもんやさかい」

つぶやきつつ、『デカメロン』と巨大な英和辞典をおしこんだ。陽に灼《や》かれてすでに頁の背が黄ばみ、工場へ持ちこんでから機械油の汚点《しみ》が点々とつき、私の鼻毛もずいぶん呑みこんだその本は、いま、たくあんの匂いを吸いこもうというのであった。

阿倍野橋の駅前の闇市のはずれで待っていると、荷物を満載したトラックがやって来た。コタツをかかえこんだ代燃車ではなく、古いが精悍そうな、ガソリンで走るトラックであった。頭のうしろにドラム罐を一本のせていた。闇屋はもと呉の高級軍人で、八月一五日のどさくさにまぎれてトラック二台に軍需品や食糧を満載して遁走《とんそう》し、家へ運びこんだという。その後すぐトラックは色を塗りかえて再登場し、毎日、東や西へいきいきと走りまわっている。ただあちらこちらの闇屋にたのまれて運送業をするだけでもたいへんな稼ぎになるが、そのうえ自分で物を運んで闇市へおろしたりするので、この〝偉いさん〟の家ではシェパードに肉を食べさせているとのことであった。

長井はトラックによじのぼると、凸凹の荷蔽いの天幕のなかに小さな場所を見つけ、腰をおろした。彼はそのよこへ這いこんだ私に洩れ水のようにひそひそと少将の膨脹《ぼうちょう》ぶりを話し、感嘆した口ぶりでいった。

「帝国海軍の茶毒《とどく》や」

そして、運転台に首をつっこみ

「カメさん、出発やァ」

と叫んだ。

トラックは御堂筋を走って梅田へ出ると、十三大橋《じゅうそうおおはし》をわたり、京都へ向った。京都の町をぬけると大津へ向い、福井をめざした。冬空の低く下降した日であったが、走りだすと風の力がわかった。町のなかを走っているときにはそれほど感じない。大阪は焼かれて地平線のかなたまで崩壊し、すり潰されていたが、それでも風は何かを奪われているのである。しかし、田をこえ、畑をかすめ、街道から街道へ走ってゆくと、にわかに風は破砕された壁のように私の全身へぶつかって来た。とても気体とは思えなかった。荷蔽いの天幕のかげに体をひたすらにちぢめてふるえていると、ナイフのような風、煉瓦のような風、発破《はっぱ》をかけられたばかりの岩片のような風が数知れずとびこんで来た。音をたて、かけまわり、ぶつかりあい、とどろいて、まさに北の海の磯《いそ》であった。こんな小さな国の産物とは思えない逞《たくま》しさ、惜しむことを知らぬ果てしなさで風は散乱し、崩れつづけた。京都へ入るまでにすでに私は肉が凍って透明な重い板のようになってしまったのを感じた。福井までのキロ数と町の名の数々を思い浮かべて私は絶望をおぼえた。よこでふるえている長井の顔を見ると、くちびるが紫いろに変り、眼が暗く、ただ耐えるばかりで、日頃あれほど熱心な『デカメロン』はひとことも口に出せないでいた。

鉄道のトンネルの入口のところで草むらに人だかりがあるのでトラックがとまった。おりようとして体をうごかすと、凍りついた肉と骨が、何年も捨てたままにしてあった機械にとつぜん電気を流しこんだような音をたて、街道におりてもしばらくまともに歩けなかった。長井と二人で人だかりのところへいってみると、ゴザが一枚草むらに伏せられているのだった。ゴザのはしから軍靴をはいた男の足がつきでていた。めくれたズボンから覗いている皮膚はすでに蒼黒くよどんで、乾いた粘土のようなものになっていた。鉄道員が一人、あとは蓑《みの》をつけた農民たちが草むらに佇んで、ぼんやりしていた。

「復員のお人が落ちたんですわ。トンネルにぶつかりましてな。ようあることってす。この仏、頭ありまへんねん」

鉄道員が腹をたてて、冷酷につぶやいた。冷たい川底のような風のなかへ出て来なければならなくなったことを怒っているらしかった。陰鬱な、あてどない憎しみが粟肌《あわはだ》だった顔のなかでくすぶっていた。

汽車が満員なので連結器から屋根へ這いあがった兵隊がトンネルのふちで頭を砕かれて死んだものらしかった。トンネルの入口の、褪《あ》せた、頑強な赤煉瓦には、血のしぶいた跡があった。ありふれたことだった。今日も東海道線に沿って走っているとき、幾本かの列車とすれちがった。長い古鉄の箱には人がいっぱいつめられ、手すりにぶらさがったり、屋根に坐ったりしている姿を幾つとなく見た。有蓋《ゆうがい》貨車や無蓋貨車につめこまれて旅をしている人もあった。

「カメやん、行《い》こか」

長井がトラックの運転手に声をかけた。

「ああ、寒いなあ」

運転手はもみ手しつつ草むらから街道へあがり、トラックに這いこんだ。運転台に入りしなに彼は長井と私にタバコを一本ずつくれた。火をつけると、何か異物の焦げる、いやな匂いがした。長井は敗戦パイプで三服ほど吸うと眉をしかめて火をもみ消し、私の顔を見て

「飯食おか」

といった。

運転手にゆっくり走ってくれと声をかけておいてから彼は風呂敷をひらいた。運転手が茶をつめた水筒を投げてくれた。新聞紙のなかにはニギリメシとツクダ煮がへしゃげて入っていた。私たちは風のなかでふるえつつそれを貪り、戦時中に目撃した無数の死体の変形ぶりについて話しあった。焦げたの、砕けたの、凹《へこ》んだの、膨れたの、硬直したの、とけかかったの、話しだすと、きりがなかった。陰惨であればあるだけ、いよいよ匂いが薄れ、昨日の新聞記事か、マンガのことを話しあっているような気がした。死は、戦時中のも、戦後のも、たったいま目撃したばかりのも、ことごとく意味がなく、すべて偶発事故であったように思われた。戦争そのものがそう感じられた。あれは何か、ただの台風のようなものだったのではないのか。

「……おれらは藤永田《ふじながた》造船所で勤労動員してた。船材の板を蒸気で蒸しつつ曲げるやろ。たっぷり曲ったところで枠からはずし、船台のとこへ持っていく。熱いホヤホヤのうちに船の枠へハメこんでしまう。これは熱いうちにやらんことには、さめたら手に負えんようになる。さあそこでふかしたての板を何人かで肩にかつぎ、ワーッといちもくさんに走るわけやね。いうのは簡単やが、たいていやなかった。煮えくりかえる大釜を湯玉浴びつつかついで走ったと思ってくれ。そこへ空襲や。油脂やろ。黄燐やろ。降って来たわ。直撃食うた死体見たことあるか。ちょっとしたもんやった。頭割れてあれへんようになった。そこらじゅう豆腐が散ってるなあと思たら、脳味噌やった。それをこう横目に見て工場の構内をぬけて渡船場へいったら風の向きが変って、さきに渡った奴が火に巻きこまれ、死んだわ。水ぎわにいっぱい積みかさなってた。前から火、後は水といううぐあいになったわけやね。だいたい皮膚がとろとろにとけて一人か二人かわからんぐらいくっついてたのもあった」

長井は風のなかでふるえながらのろい口調で話し、ニギリメシを頬ばった。私はしきりにうなずきながらニギリメシを頬ばり、ツクダ煮を食べ、水筒の茶を飲んだ。ぬかるんだ冬空が暮れて夜になった。かすめ通る町や村はたいてい電気がなく、ランプのついた窓では巨大な人影がたちあがったり、かがんだりしていた。風がいよいよ冷たくなり、私たちは必死になって天幕のしたへもぐりこんだ。天幕のしたにはトタン板と七輪の山があったが、ところどころにすきまがあるので、そこへ這いこんだ。夜の風は氷壁の砕けるように落下し、破片が剃刀のように頬を切った。真っ暗な天幕のなかで体を折り、はねあげられたり、たたきつけられたりしながらも息をひそめ、私は九九を数えたり、万葉百歌を暗誦したりした。あの強力で執拗《しつよう》な女体はその暗い凹みにしのびこまず、むしろ地平線が体にしみこんだ。トラックがはねあがるたびに顔が天幕にたたきつけられた。さまざまな物を包んだ経験の匂い、魚や、木や、油の匂いがひらいたり、閉じたり、ほどけかかったり、こわばったりしていた。

運転手がある町で『うどん』と書いた灯《ひ》を見つけ、トラックをとめた。道ばたにとめられた屋台であった。闇のなかで長井と声をかわし、凍りついた手や足をほどいてトラックからおりた。硬直したぬかるみでよろよろしながらその小さなカーバイドの灯をめざして歩きだしたとき、とつぜん私は内部のどこかに炸裂が起るのを感じた。感動は骨からほとばしり出た。自我が首すじや肩から発散し、透明な波となって暗闇にひろがり、私は夜空いっぱいにみなぎった。森や山や街道がはるか足のしたにあった。私は岩であり、征服者であった。なにものにも浸透されない橋脚のような胸をした征服者であった。百メートルほどの夜道を歩くうちに静かな収縮が起った。一本の木を切りおえて家へ帰って来た木樵《きこり》の足どりで私は屋台の灯のなかへ入った。湯気ごしにカーバイドの灯で見ると長井の小さな顔も昇華の跡をとどめて輝いていた。

私たちはうどんの鉢を持って屋台から出ると、道ばたにしゃがみこんで、熱い汁をすすった。長井はため息をついたり、洟《はなみず》をすすったりしながら、うどんを食べたが、ふと箸をとめて、たずねた。

「おい、おまえ、女知ってるのか？」

私はあいまいに答えた。

「うん、まあ」

長井は感動して、ひそひそと
「いつや？」

と聞いた。

私は確信なくつぶやいた。

「知ってるというても、あれは……」

長井は顔をよせてくると、またひそひそと
「おれ、まだやねン」

といった。そして、それきり、何もいわず、せっせと箸をうごかして、感動したり、吐息をついたりしながら、うどんを貪った。ふいに私は虚栄の衝動を感じた。長井をだましてみたくなった。彼はだませそうであった。そう思いたつと、どうしてもだましてみたくなった。私はいそいでうどんをすりおわると、パン屋のおばさんの話をした。まず徹夜仕事のことを説明し、ふらふらになった蒼白な未明には異様に男は硬直し、めざめるものであるということを話した。そして私はある朝とうとう狭い小部屋でいっしょにころび寝をしていた若い戦争未亡人を犯してしまったのだといった。すばらしい衝撃で窒息しそうになったことや、彼女が夢中になったこと、その体の細部を色、音、匂いをつけて綿密に話した。話しているうちに真昼の光のなかの行動になってしまったことに気がつき、失敗したと思ったが、あせることなく、夜がすっかり明けてしまったのでそんなにあれも見え、なおこれも見えたのだということにした。長井はうどんの鉢を道において、いっしんに耳をかたむけた。私は調子をおさえて、ぼそぼそ声で話した。さいごに彼女が、ハンカチに柾目の下駄を包んで財布をそのうえに一つのせて持たせてくれたことを説明して、話を切りあげると、長井は不意を食って声をあげてしまった。

「何のまじないや、それは!?」

私はゆっくりといった。

「とにかく、そういうことなんや」

「ほんまの話か、それ？」

また私はゆっくりと

「こんな妙な話、考えてできる？」

とたずねた。

長井はすっかり考えこんでしまった。彼はいやな匂いのする吸いさしのタバコを半分に折って私にくれ、敗戦パイプにさしこんで、ゆるゆるとふかした。暗い、寒い田舎町の道ばたで彼は茫然と眼を瞠り、下駄と財布とハンカチ……口のなかでつぶやいたきり、黙りこんでしまった。そのありさまにはうたれるものがあった。私は圧倒されて暗い地平線を眺めた。敗れたのは私であった。

「行くぞォ」

屋台のなかで運転手が叫び、トラックのほうへ走っていった。私は身ぶるいしてたちあがり、息をつめた。音もなく風が炸裂し、無数の破片が額におちてきた。

海へいく

福井から帰ってしばらくすると、ある日、また長井がどこからか話を聞きこんできて、ボロ口《くち》があるといった。何かというと彼は〝ボロ口〟といって、それよりほかの言葉が思いつけないらしかった。機械油にまみれた手をこすりこすり工場のなかへ入ってくると、ぬかるみのように工具の散らかったなかに佇んで、小さな顔を皺くちゃにして彼は私の耳もとへ口を近づける。そして秘密めいたひそひそ声で

「……ボロ口があるねんけど」

というのである。

「また冷凍魚みたいになるねんやろ？」

「ちがう、ちがう。あれは誤算やった。あれはおれの読みまちがいやった。すまん。今度のはあんなえらいめに会わせへんよってに、つきおうたってェな」

「何をするねン？」

「ちょっとええこっちゃ。寝てたらつとまる仕事《ごと》や。夜だけつとめて一日分のお鳥目がもらえるねンで。それも、たらッと、こう、よこになって寝てるだけでええねン。どや、

ひとくち乗れへんか。電燈もあるし、ふとんもある。夜食もでるそうや」

「乗ってもええけど、話は何や？」

長井はしばらくもじもじしていたが、闇屋の倉庫の夜警だといった。このあいだ福井から大量に米を密移動させた〝偉いさん〟が阿倍野の〝マアケット〟の近くに倉庫を持っている。そこにしこたま闇物資がたくわえてあるが、近頃は集団強盗が多くて、おちおちしてられない。昼間は闇屋の輩下どもがたえず出入りするので用心がいいが、夜になると手薄になる。そこを見て集団強盗がおしかけてくる。やつらは覆面も何もしないでいきなりトラックで乗りつける。または大八車を持ってくる。そしてまさかりで南京《ナンキン》錠《じょう》をたたきこわし、日本刀や匕首をふりかざして倉庫へ乱入する。七輪であろうとドラム罐であろうと目についた物ではこべる物はのこらずはこびだし、わぁッと持っていってしまう。

「なんせ、こう、特攻隊帰りとか何とかいうてやね、気合の入ったやつがまじっとるさかい油断がならんワ。一度は死んだ体やいうてとびこんできよるちゅうで」

長井はそういって眼を細めた。

「あんまりたらッともしてられへんな」

私がつぶやくと、彼は眼を細くして

「なんせ、やりよるわい。のんのんずいずいや」

謎めいたことをつぶやいた。

そして、ちらと私を見て
「本が読めるでェ」

といった。

その言葉で私は決心した。パン屋をやめてから私は腹もへるし、本も読めないしで、悔んでいたところなのだ。パン屋では業務用の電気を配給してもらって、深夜、パンの焼きあがるのやメリケン粉の熟しきるのを待つあいだいくらでも本が読めたが、この送風器の町工場に移ってからは、夜、ほとんどまともに本の読めたことがないのである。家に帰るとたえまなく停電で、停電になるとランプをともすのだが、私のランプはとても小さくて、指さきほどの灯しかつかないから、コンサイス辞書の細字を読みとろうとすると、つい髪を焼いてしまうようなことになるのだ。

私は万力をゆるめた。

「ほんまに本読めるか？」

長井はうれしそうに笑った。

「本も読める。火もある」

おそるおそる私がたずねた。

「殴りこみがあったらどうするねン？」

長井はびくともせずに
「逃げたらええやないか」

せせら笑った。

　翌日、工場が終ると、私は長井につれられて阿倍野裏の闇屋の倉庫へつれていかれた。もう日が暮れて町の裏通りにはどぶ水のような夜がよどんでいたが、大野営地に似た駅前広場はかがり火や、叫び声や、肉の煮える匂い、魚の焼ける匂い、ひしめく群衆で、いきいきした力にみなぎっていた。倉庫は国鉄の関西線の裏にあって、暗がりのなかでは、死んでうずくまった巨獣の背のように見えた。線路の柵のあたりには強い濡れた藁の匂いが漂っていた。道には人影もなく、ざわめきもなかった。

　コンクリートの頑健な倉庫の入口に二、三人の男が佇んでいた。長井は私を道にのこしてそこへよっていった。話はすでについていたらしく、彼は私を手まねきで呼び、倉庫のなかを案内した。航空兵のジャンパーに半長靴という恰好のたくましい青年が私たち二人をつれて倉庫の奥へ入っていき、どこかでパチッとスイッチの音がした。とつぜん裸電燈がともり、まぶしい光があふれた。コンクリートの壁によりそって粗末な木の台が作られ、畳が敷いてあって、よれよれの毛布、ふとん、くくり枕などが散らかり、なまぐさい男の匂いがあたりにみなぎっていた。

「ここで寝るんだな」

　青年はつぶやいて、なんとなくあたりにあったくくり枕をひとつひとつひっくりかえしておいてから、闇に消えた。

　長井は木の台に這いあがり、こちらを見て

「ＯＫか？」

と聞いた。

私は満足して
「ＯＫや」

といった。

その夜はべつに何もすることはなかった。半長靴の暴れン坊たちは道で焚火をして倉庫に出たり入ったりしていたが、夜がとっぷりおちると、倉庫のなかに入って来た。鉄扉をおろし、内側で太腿ほどもある丸太ン棒でかんぬきをかけておいてから、倉庫のなかで酒盛りをはじめた。倉庫のなかには米俵や、トタン板や、ドラム罐、魚粉の紙袋など、さまざまな物が高い天井までギッシリとつまって通路もろくになかったが、飛行ジャンパーの青年は暗がりのどこかに手をつっこんで一升瓶をとりだし、そのあとでまたどこかに手をつっこんでスルメをとりだした。

そして
「一本焦がすか」

とつぶやいて消えた。

やがてどこからかスルメを焼くたまらなく香ばしい匂いが流れてきた。裸電燈に顔をくっつけるようにしてそれまで『デカメロン』を読んだり辞書をひいたりしていた長井が、きょろりと顔をあげて私を見た。私は『小野圭』の古い参考書をいっしょうけんめい読んでいたところだった。

「やっとるゾ、あいつら」

「そうらしいな」

「飲んで食うてる」

「スルメを焼いてるワ」

「のんきな話やないか」

私たちが小声で話しあっていると、匂いのする方角では人声が高くなり、どっと笑ったり、ぶつぶついったりする気配が聞えはじめた。しばらくするとジャンパーが蒼白な顔をして闇からあらわれ、どこかへ手をつっこんだ。

「一本焦がすか」

とつぶやくのが聞えた。

さきのどぶろくを平らげてもう一本にかかろうというところらしかった。しかし、酒を平らげることを〝焦がす〟というのは、どこの方言なのだろう。この青年の生れはどこなのだろう。軍隊ではそんなことをいって飲んでいたのだろうか。

『小野圭』をおいて私が考えこんでいると
「にいさん」

長井が声をかけた。

「えらいごうせいやないか」

ジャンパーは蒼ざめて手を暗がりのさらに奥につっこみ、血走った眼で、ちらとこちらを見た。けわしく、はげしい、キラキラ輝く眼であった。顔をそむけずにはいられないような、刃物じみた鋭さであった。長井はにこにこ笑い、ずうずうしくしんねりと、いつもの他人事《ひとごと》みたいな口調でいった。

「一杯飲ましたってや、にいさん」

ジャンパーは苦心して一升瓶をぬきだし、埃を手で払うと、ずかずかたちあがり、ほしけりゃほしいようにしろと口のなかでつぶやいて、大股に消えた。長井は美しく笑い、のこのこふとんからぬけだすと、小さな薄い腰を傲慢にふってあとについていった。しばらくして彼は両手に茶碗を持ってそろそろとすり足でもどって来た。彼は眼じりを皺だらけにしてくすぐったそうに笑い、もろた、もろたといった。私は体を起した。手にわたされた茶碗を覗いてみると、お粥を薄くしたような液がとろりとよどんで、つよく酸っぱい匂いをたてていた。長井はポケットからスルメをとりだし、二つに裂いてくれた。彼は茶碗のどぶろくをひとくちすすり、スルメをうまそうに頰《こ》ばった。

「このドブはしぼりたてやそうやで。昨日西成《にしなり》のええとこへいって買うて来たんやそうや。朝鮮人部落へいってナ、便所わきで湧かしたやつをフキンでぎゅうッとしぼって、それをバケツにうけて、それを一升瓶につめて、ゆさゆさとゆすぶりたてて持って来たのがこれやね。ちょっと雑巾の匂いがするやろ？」

「する、する。なんや、こう、むうッとくるワ」

「飲み慣れるとそこがええちゅうねん」

カストリでは一度したたかな目に会ったことがあるけれど、どぶろくは私ははじめてだったので、いやな匂いだと思ったが、スルメを齧《かじ》りつつ飲んでいると、いつのまにかなくなってしまった。意外なことに長井は見ず知らずの人間にあれだけずうずうしい口をきいておきながら酒にはひどく弱くて、茶碗を半分も飲まないうちに顔から、眼、髪まで真ッ赤になってしまい、苦しそうに肩で息をしながら、ふとんによこたわった。

「おい、大丈夫か？」

私が眼を覗きこむと彼は真ッ赤な眼を瞠って

「おれ、あかんねん」

よわよわしげにつぶやいた。

茶碗をジャンパーのところへ返しにいくと、青年は股をひらいて四斗樽に腰をおろし、半長靴で七輪を抱くようにしてスルメを焼いていた。もう一人まったくおなじ恰好をした青年が茶碗のどぶろくをぐびり、ぐびりとあおり、眼と額を真ッ赤にしていた。裸電燈のしたで見るとこの二人がうつろだが激しいまなざしでぎょろり、ぎょろりと暗がりをにらみつけているところはまったく幽鬼の酒宴であった。

「坊、勉強してんのか？」

「ええ」

「いいな。勉強できてナ」

ジャンパーは七輪の煉炭の青い火を眺め、ものうげにつぶやいた。額が脂ぎり、蒼ざめた頰に筋ができ、くちびるがふくれあがっていた。彼の体のまわりには何か荒あらしいものがうごき、じっとコンクリート床を瞶《みつ》める眼は乾ききっていた。

「高等学校は文科かね、理科かね」

「文甲のつもりですけれどね」

「ドイツ語をやるのか？」

「そうですね。英語とドイツ語です」

「ドイツ語はデルの、ダスのと大騒ぎっていうんだ。知ってっか。おれだってちょっとかじったことがあるんだ。ドイツ娘は風呂へ入ってもフロイラインてのもあったナ。そんなことしかおぼえちゃいないがね」

「………」

私にはいいたいことがあった。しかしジャンパーは体じゅうから酸っぱい匂いをたて、眼はその匂いのなかにとじこもって、まったく私を眺めていなかった。もう一人の青年も煉炭の熱にあぶられて真ッ赤な顔になり、静脈の浮きだした白くて硬い手で額の脂をぬぐいつつ、ぼんやりしていた。ふとジャンパーは顔をあげて私がそこに佇んでいるのを見ると、おどろいたように

「もういいよ。寝なよ。おれたちも寝っから」

といった。

倉庫の奥にもどると、長井がふとんにくるまったまま細い腕を剝《む》きだし、すさまじい木刀を握りしめて、しげしげと眺めたり、軽く素振りをくれたりしていた。どうしたのだと聞くと、ふとんがごろごろしてしかたないのでしらべてみたらこれがでてきたのだといった。野太い、樫材《かしざい》の、りゅうりゅうとした木刀で、あきらかに兇器の匂いがあった。ジャンパーたちが使うつもりでかくしておいたものらしかった。

長井は真ッ赤な目で笑った。

「あいつら、本気やぞ。本気でやるつもりらしいぞ。すごい逸物や。わあ」

めまいがしたらしく彼は木刀を投げだし、固く目を閉じてふとんにもぐりこんだ。咽喉が気味わるくうごいてしきりに生唾《なまつば》を呑みこんでいるのは吐気をこらえているらしい気配であった。私はシャツをぬいで彼のよこのふとんにもぐりこんだ。ズボンははいたままにしておいた。ふとんの襟はひどく生臭い匂いがしたが、しばらくこらえているうちに体温でとけ、なつかしいものに感じられた。私はそのなかに顎までくぐもりながら、まぶしい裸電燈の光で『小野圭』を読みつづけた。暗がりのかなたで、ときどき激しい笑声や議論の声があがった。ジャンパーに私はいいたかった。何となくいってみたかった。私は高等学校なんかどうでもいいと思ってるのだ。たとえ入学できたところで学費は旋盤見習工かなにかして稼ぎだすよりほかない身分なのだ。高等学校に入れたところで私はやっぱり旋盤見習工をつづけるしかない。そのことは恥しくも、憂鬱でもない。けれど、いま、受験勉強でもして心身を消耗するのでないかぎり、ときどき私はたまらなくさびしくなるのだ。ちょっとでも心に力があると、たちまち孤独が酸のようにしみてくるのだ。それが私には防げない。とても防げそうにないのだ。金戸と長井が知力を蓄えていくのをよこでぼんやり見送っているのにも耐えがたい嫉妬の疼痛をおぼえる。けれど、何もしないでいるときにおそいかかってくる苦痛、はげしいうつろさの苦痛は、どうしていいのかわからない。水を飲んでバンドをしめて飯を食った顔をしていることは私にはできる。みぞれまじりの雪に何時間もたたかれてトラックの荷台で跳ねられることにも私は耐えられる。むしろ肉を酷使することは快感ですら、ある。私は労働が好きだ。手や足をうごかして物の形を変える仕事が好きだ。けれど、私ひとりのためにおそいかかってくる孤独のあのひめやかな酸にはどう耐えたらいいのか。いてもたってもいられない暗く熱いあのいらだたしさは、ひとたびきざしが芽生えると、たちまち菌糸や巨木のようにはびこって私の首をしめにかかるのだ。その力の避けようがまったく私にはわからないのだ。

翌朝、目がさめると、ジャンパーたちは倉庫から消え、長井が真鍮の敗戦パイプに短いタバコの吸殻をさしこんで、ジュウジュウ音をたてながら煙をふかしていた。煙は褐色に焦げる匂いがし、紙や草が焼けているようであった。とぼしい冬の陽を窓ごしに肩へうけて彼は『デカメロン』を膝にひらき、頬を指のさきで軽くつついては煙の輪を作ることにふけっていた。大きな輪をひとつ作ってそのなかへつづけざまに泡のような小さな輪をくぐらせることに彼はけんめいになっていた。

「目ェさめたか？」

「うん」

「おれは酔うてしもた」

「あいつらどこへいきよったんや？」

「マアケットや」

「用はもうすんだのか？」

「ええ。もう、立派なもんですワ」

「肩が痛いな」

「カメチャブ食いにいけへんか？」

私は額のうえについたままになっている裸電燈を消し、ひらいたままおちた『小野圭』の頁のすみに爪で傷をつけ、帆布製のジャンパーを着た。機械油やゴマ油の匂いがした。ゴマ油はパン屋で働いていたときについたものだ。あそこではバターがないのでゴマ油を使っていた。

「金あるか？」

「お鳥目もろたらええやないか」

「そうやな」

「カメチャブ食お。カメチャブ食お」

私はふとんをたたんで、足をコンクリート床におろした。汗がしみて石のように硬くなったぶかぶかの軍靴に足を入れ、濡れしとった紐《ひも》をきつくしぼった。その紐にも冬の朝があって、まるで針金のようであった。私はたちあがると、長井と肩を並べ、犬の丼飯《どんぶりめし》だという評判の高い牛丼を食べに闇市へでかけた。

その後、何度かこの倉庫へ泊りにいった。いつ行っても木刀はおいてあったが、事件らしい事件は起らなかった。私たちは警備のためというよりはただ寝て本を読むためにいくようなもので、それだけのことで金がもらえるのはめったにないことだった。なぜ闇屋の〝偉いさん〟がそれほど寛大なのかわからなかった。長井はいつかちらりと〝偉いさん〟とは遠い親類関係にあって、昔彼の父親が助けてやったことがあるのでそれを恩に着てこうして小遣い稼ぎをさせてくれるのだということを洩らしたことがあったが、何で助けてやったのかは話さなかった。私としてはべつに知る必要もないことなので黙っていた。学徒兵が復員後くずれて闇屋の輩下となったらしいジャンパーとはよくいっしょに夜をすごした。たいてい彼は〝焦がす〟とか〝殺す〟とかいってどぶろくを飲み、髪から酸っぱい匂いをたてていた。もともと寡黙な男なのかも知れないが、聞いてみても過去のことはくわしく語ろうとしなかった。大酒を飲んで蒼ざめた目をすえつけ、追憶のなかにたてこもって茶碗酒をぐびり、ぐびりとすすり、ふいに優しく微笑して私たちに酒をついでくれたり、惜しげもなくタバコをくれたりした。いつもは苦行僧のようにこわばったまなざしでいるが、気前がいいとなると、気味がわるいぐらい気前がよかった。彼の優しさは、なげやりで、うつろであった。長井がずうずうしく、しんねりと

「にいさん、エンタやったって」

と持ちかけると、いつでもポケットから『ラッキー・ストライク』をとりだしたが、目はどこか茫然としていた。

ときどき彼はどこからか女をつれて来て、倉庫の奥でランデ・ヴーをした。私と長井は彼がランデ・ヴーをしているあいだ表へでて焚火をしたり、何となくあたりを散歩したりした。時間を見はからって倉庫にもどると、女と彼は七輪の火にあたってぼんやりしていた。はじらって目を伏せる女もあったが、なかにはすがすがしいくらいの女もいた。彼にタバコをもらい、茶碗につがれたどぶろくをすすり、はじしらずなことを口にしてはばからない〝ズベ公〟がいた。少年のような体をした娘で、ズボンをはき、軍隊毛布で作ったハーフ・コートを着こみ、いつ見ても目があふれるような生への興味で輝いていた。彼女は目にふれる物ことごとくを蔑視して漂っているらしく、何か、爽快な虚無というものもあるのだということを私に教えてくれた。

「今日はかわいい子にミルク飲ませたんでけだるうてかなわんワ」

タバコの煙に眉をしかめながら彼女がそういいはなって吐息をつき、ジャンパーの顔をいとしげにふりかえると、元学徒兵はうろたえて口のなかで何かつぶやいた。たがいに苦笑しているらしい気配があったが、男は閉じようとし、娘は開いていた。

夜ふけに倉庫の鉄扉をどんどんたたくものがあるので私が木刀片手にくぐり戸のすきまから覗くと、娘が寒さにおびえて佇んでいた。戸のかげからどうしたのだとたずねると、二時間ほど寝させてほしいといった。彼女は猫のような足どりで倉庫のなかへ入ってくると、長井や私のふとんのなかへズボンのままもぐりこみ
「ああ。さむいわ。さむいわ」

といってふるえた。

「さむいうえにくさいですなァ」

「………」

「まるで豚小屋や。ああ、かなわんなア」

ひとしきり笑ったり、ののしったりしたあと、たちまち彼女はエビのように体をちぢめて眠ってしまった。

長井と私がしかたなく起きだし、七輪に火を起して、壁と床からしみだす寒さにふるえながら本を読んでいると、二時間ほどして彼女は起きだしてきた。それだけしか眠らないのにもう彼女はたちなおったらしく、蒼白な頰に微笑を浮かべ、すみませんでしたとつぶやいて、くぐり戸から消えた。私は深夜のコンクリート床に二時間さらされて憎しみで音が聞えるほど焦げていたが、長井は寒さも忘れてうっとりと目を細め、感嘆した。

「勁《つよ》いなァ。わしゃかなわん！」

おそらく漢字ではこう書くのではないかと思える気配をこめて彼は首をふりふり、倉庫の奥へもどっていった。七輪の火を消してふとんにもぐりこむと、ついさきほどまで

娘の寝ていたふとんはいつもの陰惨な男の体液の匂いのあちらこちらに小さな花をこぼしていた。あんな腕白小僧のようでも、と思うと、私は暗がりで目を瞠った。

倉庫にはとりとめもなくつぎつぎと物資がはこびこまれ、はこび去られた。米、醤油、干魚、豆炭、針金、毛布、アメリカ製乾燥イモ、台湾製乾燥バナナ、トタン板、石臼《いしうす》、およそ手の触れる物がすべてトラックではこびこまれ、リヤカーではこびこまれ、数時間から数日倉庫のなかにとどまって去っていった。〝偉いさん〟は右の物を左に移し、東の物を西へ移し、ただそうやってぐるぐると回転させているだけでおびただしい財産を作ったということであった。阿倍野、鶴橋、大阪駅裏、あちらこちらの闇市に土地を買いしめ、バラックを建て、〝マアケット〟を増設し、うごかして儲け、売って儲け、毎日夕方になるとあちらこちらから札《さつ》が石油罐につめて事務所へはこびこまれるのだぞうである。それは一度、全部、ドラム罐のなかにほうりこまれ、夜になると輩下どもが畳のうえにぶちまけて一枚一枚かぞえる。あちらこちらから頭をつきだして札をいっしょにかぞえるその光景は、正月のカルタとりのようだと、長井はいう。

「なんせ、もう、ああなったら銭《ぜに》なんてなもんやないね。じつにさかんなもんや。札の山をこうやって子供の陣取りみたいにヤァさまが腕をひろげて、ひとかたまりずつ、ガバッ、ガバッと手もとへひきよせるやろ。そして一枚ずつかぞえるわね。ごうせいなもんやで。いっぺん見せてやりたいな」

長井はしばらくもの思いにふけったあと

「るねッさんすて、あんなもんやなかったやろか」

とつぶやいた。

〃ザコからクジラまでさらえ〃というのが、〃偉いさん〃の方針なのだということであった。ドラム罐に札を集めるほど稼いでいながら彼は異様にけちんぼで、〃マアケット〃に店をだしている闇商人が地代を払うのを一日でも遅らせると火がついたようにいらいらするそうである。そして、電鉄会社をひとつ買い占めようかというような長大な計画をたてるいっぽうで、タバコの手巻器の考案におなじく夢中になっている。競馬馬を飼うための牧場を買いに輩下の一人を北海道へ出張させておきながら自分は家では干ダラの茶漬にタクアンしか食べず、妻や息子が生卵を食べようとすると、そのたびに目を怒らして、ごくつぶしだ、破産する、一般人民のことを思え、とどなりつけるとのことである。襖《ふすま》をあけたてするときはそっとやれ、敷居がチビていけないといったこともあるそうだ。そこで家族のものが反抗し、襖をあけっぱなしにしておいたら、はじめは怒ったが、理由を聞いて納得し、それからというものは家はあちらこちらあけはなしたままにしてあるのだそうである。

長井は説明したあと、苦笑して

「才覚やといいよるねンけどな……」

とつぶやいた。

この非凡な男が何を思いついたのか海藻を〃ヴィタミン食〃としてウドンがわりに売

りだそうという気になったらしく、またしても長井は薄笑いしながら〝ボロや〟といって話を持ちかけてきた。浜寺の海岸へいってうちあげられた海藻をひろってこいというのである。何でも親玉はそれを乾燥して粉にして、メリケン粉とまぜて、ウドンにして闇市で売りだすつもりでいるらしい。手はじめにまず実験してみたいから、ピクニックと思って浜寺へいってくれと長井につたえてきたのだそうである。日当は払う、という。

「海藻いうてもいろいろあるねんやろ。食えるのやら食えんのやら、さまざまや。どれを拾《ひろ》てどれを捨てるのか、おれにはわからんがね。困るやないか」

「いってみたらわかるといいよるワ。いまは飯が食えんで海藻食うてる人がたくさんいるらしい。これはほんまらしい。生活が苦しいよってにね。そこでやね、浜寺へいって、海岸へいって、海藻捨てる人を見つけてやね、どれが食べられますかと聞けばよい、といいよるねン。ひとくち乗ったってくれへんか。おれもいっしょにいくワ」

彼はそういって、またまた目じりを皺だらけにして微笑した。倉庫の奥で本を読んでいるときに寝物語に持ちだされた話であった。私はしばらくぼんやりしてから、よっしゃといった。長井はにがにがしげにもたのしそうに微笑して寝返りをうち、『デカメロン』に鼻をつっこんだ。

つぎの日曜日に私は長井といっしょにバケツをさげて浜寺へいった。夏は海水浴場になるところだが、もう何年となく私は知らなかった。駅でおりて海岸への道をいくと、人も犬もいなかった。お屋敷町の松は赤く枯れ、門標はどの家も埃をかぶっていた。ぬかるみのような冬空が低く道へおり、かなたでは大いなるものがたえまなくつぶやいていた。海岸へでてみると、水平線が蒼黒くゆれ、渚《なぎさ》では泡だらけのよごれた波が藁屑や木ぎれを浮かべて砕けたり、吐いたり、よどんでは跳ねたりしていた。

私たちはいいかわした。

「誰もおれへんやないか」

「おれらだけや」

「ええのんかいな」

「家《うち》帰ろか？」

塩で重く湿めった砂を踏んで渚へおりていくとき、とつぜん私は穴におちたような衝撃をおぼえた。長井がすぐうしろにつづいてくる足音を聞きながら私は耐えがたいさびしさがこみあげてくるのを感じた。よく知った人のすぐよこにいながら、それが起るのはめずらしいことであったが、私はたちまち墜落した。コンクリートの壁や、機械や、闇市の人の幹にあまりに私はとけこんでいた。私はたえまなく孤独を感じながらも殻に守られていたのだった。大都市の郊外の海水浴場でしかないたったこれほどの小さな渚でも私は無量のものに砕かれてしまった。風が容赦なく額を切り、私は濡れしょびれた一本の藁となって砂におちていた。私の細い腕、私の薄い腰、私のかじかんだ性器、めくらみやすい足、すべてがとつぜん縮んで、ひからび、針を刺された細胞のように液を流してしまった。

おどおどして私は長井の顔を見た。

「どうしよう?」

彼はものうげに暗いまなざしで
「海藻たくさんあるやないか」

いらだたしげにつぶやいた。

「拾うのか?」

「好きなようにせえ」

とげとげしく彼はいって、離れた。

木ぎれ、藁、下駄、俵の屑などにまじって海に吐きだされた緑いろの藻の破片がいたるところにあった。私は体をかがめ、冷たい腐臭に顔をよせて、ひとかけらを拾った。すでにそれはくさって砂にとけかけ、ひらべったいナメクジのようになっていた。指をズボンでぬぐい、欠けて凍りついた古い杭《くい》のように私は泡のなかに佇んだ。

「……お。もらってきた」

がたぴしと窓を蹴るようにしてあけて佐藤が廊下から入ってきた。ちゃんと部屋の入口にはドアがついているのに窓から入ってきた。垢と泥にまみれた巨大な踵《かかと》で畳に穴を掘りつつ彼は部屋のなかに入ると、寝そべっている私の顔のまえに新聞紙の包みをおき、どたッとたおれた。

「キューバ糖だ。うまいぞ。食えよ」

「これで何日分？」

「一週間分だってよ。一週間米食わずに砂糖だけ舐めてろというんだ。このあいだはトウモロコシばかりだった」

「闇市へ持っていって米に替えたらいいんじゃないの。砂糖ばかり食うわけにはいかないだろう」

「めんどうだわ」

佐藤は新聞紙をひろげると赤砂糖の小さな山のなかに顔をつっこみ、ぺろぺろと舐めはじめた。それが一週間分の食糧なのだ。政府は米がないのでキューバ糖をそのかわりに配給したのである。闇市でも砂糖はおそろしく値が高く、ズルチン、サッカリン、ひどいのになるとニトログリセリンをただ甘いということだけで売っているやつもいるとの噂だが、これで変化が起るにちがいない。

「闇市へ持っていって米に替えるやつもいるが、いまそこで聞いたんだが、南寮《なんりよう》の連中はこれでドブロクを作るんだと張りきっておった。パンを作るイーストをほうりこんで水を入れて、瓶を毛布でくるんで押入れに入れておくとあっけなくできるらしい」

「砂糖で酒を造るのか？」

「そうよ。甘いものはなんでもアルコールになるんだわ。一週間したら飲みにこいというてたわい。ドブと飲みくらべるのもおもしろいかもしれんの」

寝そべったまま私はにじりよって新聞紙に顔をつっこんだ。赤いキューバ糖は少し湿めっていたが甘くておいしかった。佐藤の顔がすぐ眼のまえにあった。肺か肛門《こうもん》を病んでいるような蒼白な頬にまばらなひげが生え、強大な顎がゆっくりとうごいていた。その顎は強く、重そうで、何か武器のように見えた。針金でもプツンと噛みきってしまいそうな感じがした。恐竜やマンモスのようにこの男は死んでも顎だけはのこすにちがいない。

「……春だな、もう」

「うん」

「満州を思いだすの」
彼はのっそり起きあがると窓ぎわへいき、いきなり放尿をはじめた。灰いろがかった紫いろのしたたかな鉄兜《てつかぶと》を彼はゆっくりと指でしごいて液をしぼりだしつつ
「楊柳《ようりゅう》の芽が吹くのはいいもんだぞ。カチンカチンに凍った土が日光でほどけてな、ワッといちどきに春がくるんだ。あちらではな、内地のようにそろそろとしのびよるってぐあいではないんだナ」
ぶらぶらと二、三度やって鉄兜をしまいこむと、ふたたび新聞紙のところへ寝そべって、ものうげに赤砂糖を舐めはじめた。たちまち部屋いっぱいに堆肥《たいひ》を持ちこんだように尿のきつい匂いがたちこめた。柔らかく温い春の午後の日光のなかにとつぜん黄いろい液が泡をたててみなぎり私は吐きそうになった。眼をつむって耐えた。くさいと叫んだら佐藤はのろのろ眼をあげていぶかしげに、お坊っちゃんだのなどというかもしれないから、なにがなんでも私はそ知らぬ気配でどろりと構え、底知れないふてぶてしさをよそおい通さねばならぬ。虚栄をおしたて通さねばならぬ。
私は眼をつぶったまま
「満州娘って、どうだ?」
とたずねた。肺いっぱいに尿がつまったような気がした。病気になるにちがいない。血が黄いろくなって手や足のすみずみまでを、そのいろでじりじりと染めていくのが眼に見えるようであった。

佐藤はくちびるのまわりにくっついた砂糖を苔だらけの舌で舐めまわしつつ、うむとつぶやいて、にっこり笑った。眼も頰も舌もペニスもことごとく死人のようないろに変ってしまった彼のどこかからとつぜん柔らかさがにじみだし、優しい、遠い微笑が眼に灯をともした。

「あれはナ」

彼は奥深いまなざしでつぶやいた。

「玉《ぎょく》というもんだワ」

「玉杯の玉かい？」

「そうよ。君たちにはわからんな。よく内地では玉《たま》のような肌というだろ。あれはギョクのようなというべきものなんだ。ギョクというのは冷たくて、すべすべしていて、とけるような柔らかさがあるが、しっとりと重い石なんだ。支那の女の肌にはよくそういうのがあるんだ。うぶ毛も何もなくてツルツルなんだが、じつにいいんだな。腋の毛もあそこの毛もないんだ。カワラケってやつだ。それでいてよがりだすと熱くなって腋臭がうっすら匂いだすのだ。これがまたいい。たまらねえ。腋臭のない女はダメだ。アイヤァッと叫んでナ、きれぎれに、こう。いいもんだノ」

「…………」

「カワラケを内地のやつらはバカにしているが、文化がすすむと人間は猿的要素をどんどんなくしていくんだから、ツルツルの姑娘《クーニャン》こそ文化の結晶なんだ。旅順には白系ロシアの女がたくさんいたからお手合せ願ったが、まるであれは猿を抱いているみたいだ。どこもかしこも毛だらけで、脛《すね》にまで毛を生やして、口ひげがあって、異様にして怪奇なるもんだゾ、まことに。毛穴が大きくて、肌がチョークみたいにパサパサしててな。腋臭もいちどきに全身からワァーッと発散するんだ。あれはやっぱり、こう、鋭いがひめやかというふうであってほしいな。それが文化というもんだ。姑娘こそ文化だ、あれは、あんた、ギョクの髄というようなもんだ」

彼は深い吐息をついて眼を細めた。ものうげに手をのばして敗戦パイプをひろい、どんぶり鉢のタバコの吸殻を用心しながらさしこんだ。どんぶり鉢には吸殻がたくさん入っていた。あちらこちらの寮をまわり歩いて彼は吸殻をもらってくるのである。爪ぐらいになった吸殻を敗戦パイプにつめて火をつけ、じゅうッ、じゅうッと音たててニコチンのさいごのひとったらしまでを吸いとった。それはタバコというよりも紙や草の焦げる匂いがする。

旅順高校からの引揚学生だということぐらいしか私は佐藤のことを知らない。この高等学校の文科甲類に入学してから知りあいになったのである。教室には学徒兵だったものや大陸、南方などからの引揚学生がたくさんいる。その一人である。敗戦になって大連の港からリュックサック一つを背負って船に乗りこみ、舞鶴に上陸したのだ。ついさいきん寮に入ったのにもう十年もそこに住みついてきたような顔をしている。ほかの仲間とおなじように三角くじを売ったり、靴磨きをしたりして生計をたてているのだが、近頃はちょっと気が変って大阪港で石あげをしている。腰のあたりまで海水につかって護岸用の石をあげたりおろしたりするのである。顎は強くて重いが、いつ見ても蒼白な顔をしていて、くちびるが紫いろである。肺がわるいにちがいない。酒を飲んだり女の話をしたりするときだけようやく生色をとりもどすが、たいていにぶく暗い眼をしてのろのろしている。何を見ているのかわからない。本を読んだり議論にふけったりしているのは見たことがない。そういうことはしない男である。ただ茫漠とそこに寝そべっていつまでも赤砂糖を舐めるだけなのだ。姑娘のことを説明するのに〝文化〟という言葉を使ったりするので抽象にも心得がないわけではないらしいが、どのあたりに境界があるのかわからない。

春はそこに来ていた。それは壁や穴だらけの柔道畳や水虫の匂いをたてる佐藤の巨大な足のうらなどにも来ていた。青くねばねばした学生たちのあぶらっぽい体液をすみずみまで吸いこんだこの部屋は温い日光のなかでふくらみ、ひらき、膿《うみ》をにじませて輝いている。本が膿み、ミカン箱が膿み、私もどこか膿んでいる。佐藤の尿のしぶきがさきほど足に散るのを感じたが私はよけようともしなかった。濡れしとった畳に粘土のかたまりをころがしたようにころがっている。菌の糸にからまれてこの陰惨な小部屋の畳に体が縫いつけられたようだ。寮へ遊びにくるといつもこうなってしまう。どの部屋にも鼻さきの青くなりそうな学生たちの体臭がたちこめ、くすぶっていて、窓をまたいで体を入れたとたんに何もかも錆びて砕けてしまうのだが、そこに寝そべってしばらくたつと、むかむかする嫌悪にまじって奇妙な安堵感《あんどかん》が漂いはじめるのである。こえだめ。豚小屋。ごみ箱。これよりしたにはもう何もないという安心感である。

「……満州がなつかしいのう。楊柳がクリークのふちで煙のようにかすんで、牛車がギィギィと鳴るのものどかでいいもんだ。クリークじゃ蟹が死人を食って肥《ふと》って、いい食べ頃になる。とろりとあぶらがのって、そりゃあうめえんだから」

「蟹が死人を食うのかい？」

「食うってなもんじゃない。水をすかして見ろ、うじゃうじゃたかってるわ。そこへまた雷魚が来て食いちぎるから、ひょこひょこ生きているみたいに死人が川のなかで踊るんだよな。死人は蟹にいちばんの餌なんだ」

佐藤は赤砂糖を舐めるのをやめてゆっくりと寝がえりをうった。にんにくの匂いがするので眼をあげると、くちびるがすぐそこにあった。抱きついてキスされるのではないかと思ったが、彼は蟹のことを考えてうっとりと遠い眼をしていた。乾割《ひわ》れた紫いろのくちびるのかげにタバコのやにでよごれた歯があった。それは何か大きな鍾乳洞《しょうにゅうどう》を覗きこむようであった。今日までにこの穴へはこびこまれた食物は総量どれくらいになるのだろうかと私はものうく考えた。それは何十トンという数字なのだろうか。それとも何百トンという数字なのだろうか。刺すような生温いにんにくの匂いを顔に浴びながら私は消えていった米俵や小麦袋や魚、肉、野菜などの群列を考えた。地平線のかなたまでその行列がえんえんとのびている光景を思った。それだけ厖大《ぼうだい》な物量を呑みこみながらいまここにあるのは崩れかかった、暗い穴である。

穴のなかで舌がのろのろうごいた。

「今日は静かだな」

私は畳の目をむしりつつ
「はたらきにいったんだ」

といった。

とつぜんおさえていた恐怖がひらいた。私は佐藤の口のなかを覗くのをやめて寝がえりをうった。粗い壁が眼のまえにあり、竹刀《しない》、木刀、踵などであけられた裂けめからカビと精液の匂いが流れ、むんと鼻をついた。まるでなめくじが這いまわったようだった。指紋。汗。あぶら。腋臭。尿。精液。垢。糞《くそ》。ふけ。膿汁《のうじゆう》。涙。唾。どうしてこう人間はいろいろなものをにじませるのか。壁に精液の匂いがするとはどうしたことか。佐藤はくらげなのか。手にさわった物、足にふれた物すべてをべたべたと体液でくもらせなければ生きられないのか。

（……なんとかなる。なんとかなる）

壁の裂けめを眺めながら私は耳を澄ませた。キラキラ輝く春の午後の陽のなかで寮はどの棟もひっそりとしている。その静けさが私には恐しかった。圧力がひしひし迫ってくるようであった。寮生たちが一人のこらずはたらきにでかけたので静かなのだ。彼らは町角で三角くじを売るか、靴を磨くかしている。米軍の通訳をしているものもあり、闇屋、かつぎ屋、倉庫の夜番をするものもある。故郷へ米をとりに帰省したものも多い。しかし私には仕事がなかった。さんざん町をかけまわったがどこもかしこもいっぱいだった。長井といっしょにはたらいていた町工場はつぶれたし、闇屋は復員兵を駆り集めて用心棒を整備したのでその後はトラックの上乗りや夜番の口をかけてこない。私はこの四月に高等学校の文科甲類に入学できた。金戸と長井もパスした。二人とも文科丙類に入った。金戸は『紅楼夢』をやめてボォドレェルを読みだし、ときたま会うと革命だという。長井はあいかわらず西洋の艶笑文学の原書を漁《あさ》り歩くのにふけっている。この学校で新しく知りあった仲間ではたらかなくてもいい身分の連中はかなりいるが、或《あ》るものはジェイムズ・ジョイスを読み、或るものは歌舞伎の古いプログラムを集めるのに熱中し、或るものは毎日せっせと教室にかよって、デル、デス、デム、デンといったり、ゲシュタルトとノートに書きこんだり、世之介《よのすけ》の色道修業の講義を聞いたりしている。授業中のひっそりとした廊下を歩いていると私ははらわたを大きな、荒い手でにぎりしめられたようなさびしさをおぼえる。来るべきでない場所へ来ているような気がしてならないのだ。私は学校には籍をおいて育英資金をもらうためにだけ登校し、旋盤見習工をして暮すつもりだった。学校が私を落第させようと放逐しようとかまわない。そうなればなったまでのことである。もともとだ。バイトを削って暮すまでだ。

しかし、工場がつぶれて失業してみると、私には明日から使える技術が何もないことを思い知らされた。パン焼工としても見習にすぎないし、旋盤工としても見習にすぎない。圧延工にもなれないし、闇屋の用心棒にもなれない。誰も私を必要としないのだ。私が学校へくるのは仕事の口をさがすためで、デル、デス、デム、デンと合唱するためではないらしい。ひそかに嘲り拒んでいたものが正体の知れない力を帯びてよみがえり、のしかかってくるのを私は感じた。白線帽、マント、蓬髪、朴歯《ほおば》の下駄の高校生が群れをなし、兵隊服、ジャンパー、軍靴、毛布製の外套などもまじえて向うからぞろぞろとやってくるのに出会うと私は孤独を感じた。彼らは目的物をめざして道を歩いているようであった。教授の悪口をいいながらも鐘が鳴るとさっさと教室へ消えた。グラウンドにうずくまったままでいるのは私だけだった。いまのいままで死に至る病いとか、存在が先か意識が先かとか、日本資本主義はあと一年で潰れるとか、羊の群れの画一主義だとか、口をきわめて嘲罵していたのが、校舎のなかでカラン、カランと藁のような老小使が鐘をふっていくと、いっせいに草むらから体を起して消えてしまうのだ。革命家、実存家、ニヒリスト、誰のノートもきれいに書きこまれ、まるで銀行の帳簿のようである。精緻に消費された力の気配に私はたちまち圧倒されてしまうのだ。拒みきれない何かがその浪費にはあるようなのだ。

(……なんとかなる。なんとかなる)

佐藤の大きな踵が柔道畳のあちらこちらにぬかるみのような穴をあけている。どういう歩きかたをするとこうなるのか。寮室の畳はどの部屋も穴だらけなのである。よこたわってじっと息をひそめていると、砂の斜面をじりじりすべりおちてゆくような不安をおぼえる。たえまなく確実に体のしたで何かが流れ、崩れつつある。焙られるような熱い焦躁をおぼえる。

「……おい、佐藤」

「なんだ？」

「どこかに仕事はないやろか？」

「あんた、困ってるのか？」

「どころじゃないよ」

「そうか」

佐藤はいつもの癖でのろのろとつぶやく。にぶい、暗い、奥深いまなざしでじっと考えこむ。まるで哲学者のような顔になるのだ。それでいてふと期待をかけたくなるような顔なのである。

「仕事はナ」

彼は茫漠とつぶやく。

「ないよ」

「…………」

「ないのだ、いまは」

「…………」

「仕事はどこにもないのだ。人気のわるい季節でノ。職安はどこもいっぱいだ。港の石あげもあと二週間ぐらいでなくなる。大の男がネズミ鳴きする季節だ。満州へ帰りたいよ、おれは」

「そのキューバ糖、米に替えないのか？」

「まだわからんね」

「それ食うてしもたら、あとどないする。仕事もなくなるし、砂糖もなくなるし。故郷《くに》はないんだし、どうするねン。ちょっと考えてくれ」

「いやなこと聞くな、あんた」

「いや、ちょっというてみたまでや」

「なんとかなるよ、あんた」

「おれ、考えたら、小便でそうになるよ」

「小学生みたいなことをいうな」

私は寝がえりをうつ。畳が匂う。壁がおちる。日光が輝く。風にプラタナスの葉がそよぐ。佐藤が腐敗している。窓がくさい。髪がくさい。足がくさい。息が膿んでいる。

「酒飲むか」

「金あるのか？」

「チュウなら飲める。表門のちかくに酒屋があるだろう。あそこへいって立呑みしようや。ネギを電熱器で焼いて醬油つけるとうまいぞ。このあいだはやってくれた。タダだった。あの酒屋はここの学生で食ってきたんだそうだぜ。ツケにしてもらおう。学割使ったっていいじゃないか」

佐藤は体を起すと兵隊バンドをぎりぎりしめつけた。顎も足も大きいが意外に胸と腰は薄いのだ。彼が裸になって海へつかって石をあげたりおろしたりするところはきっと餓鬼が髪ふり乱して狂っているように見えるだろうと思う。それでいて彼は慾情に両肩へ爪をたてられているのである。金さえあれば女を買わずにはいられないのである。このあいだ飛田遊廓《とびたゆうかく》へいったときは学生証をだして値切ったそうである。そこの家では学生割引することについてはあまり抵抗しなかったが、彼が人夫のような恰好をしているので労働者が学生証を借りてきたのだと思いこんだ。詐欺ではないことを証明するために彼は寮歌をうたったり、ドイツ語を並べてみたり、必死になったあげく、やっとのことでゆるしてもらった。

「昼酒飲むと疲れるんでナ」

「おれは憂鬱になるよ」

二人で寮室をでると階段をおり、草むらを歩いて学校のそとへでた。陽を浴びて道をよこぎり、薄暗い酒屋へ入っていった。佐藤は十エン札を何枚かカウンターにならべ、焼酎を二つのコップになみなみとつがせた。受皿にあふれたところで酒屋のかみさんが瓶の口をあげようとすると、佐藤はいきなりにたにたしてよごれた手をだして瓶をにぎり、受皿いっぱいになるまでどくどくとつがせた。

私たちは小皿に少し塩をもらってから醤油樽に腰をおろして飲みはじめた。佐藤は指のさきにつけた塩を舐め、焼酎をひとくちすすり、くちびるをまんべんなく湿らせた。乾割れていた紫いろのくちびるにいくらかの血が射し、てらてら光った。透明な液がひとしずくずつからっぽの体のなかへおちていった。それはどこかにおちて砕け、火花を散らし、血管をつたって体をのぼりはじめる。頬に灯がつき、眼が濡れ、耳のうしろがざわざわそよぐ音をたてはじめた。

暗い酒屋の土間にいると蒼暗《そうあん》な洞穴の奥から外を眺めているような気がした。アスファルト道路に明るい陽があふれ、自転車が走り、人が歩き、子供の呼びかわす声がした。校舎で鐘が鳴ってしばらくすると烏《からす》の群れのような学生たちが門からあふれて道をわたりはじめた。若わかしく白い額が陽に輝き、彼らはうなだれてせかせかと歩いていった。

佐藤は、ぼんやりとつぶやいた。

「内地のやつらはよう勉強するのう」

私はすさんでくるのをおさえていった。

「でるですでむでんや」

「あちらじゃ、こうではなかったな。パイカルくらって姑娘買ってばかりだった。内地へ帰ってからは小便しながらも考えごとするようになった。頭鳴《ずな》りしていかんな、ブタの鼻撫でてやるか」

「なんのこと、それ」

「わからんね、おれにも」

「ちょっというてみたまでか？」

「ちょっというてみたまでです。爪の垢って意外に味のあるものだナ。遠い少年の日の味だ。パンに涙の塩して食べるっていうけど、酒に爪の垢して飲むというのはどんなものだろう。実感があるじゃないか。李白《りはく》もいうておる。ネギまだか」

「まだのようだ」

受皿をすすってさいごのひとしずくまで舐めてしまうと荒涼としたものにおそわれ、いてもたってもいられなくなった。酒屋のそとへでると道いっぱいに無慈悲な午後の陽があふれ、体のまわりでキラキラ透明に輝く、さらに荒涼とした波がゆれた。

佐藤は哲学者のようなまなざしで
「天王寺の動物園へいこうや」

といった。

彼は道をよこぎって校門のところへいくと見ず知らずの学生をつかまえ、動物園へ遊びにいくので金をくれといった。学生は私たちとおなじ新入生だったか、白線帽も靴も輝き、白い頰に血が射すところは雪洞《ぼんぼり》に灯のつくのを見るようであった。ニコチンもアルコールもしみていない肌はきれいで柔らかく、眼がりりしく澄みきっていた。彼は佐藤に脅迫されてすなおにポケットから財布をぬきだし、うっとり笑って一撃を返した。

「コムビアン？」

佐藤はふいをくらってたじろいだ。

「こむびやんて何だ。何のことだ」

美貌の学生はひっそりと
「おいくらほしいのですか?」

とたずねた。

佐藤はたちなおって
「恥かかせるなよ。常識で判断しろ」

といった。

学生が金をわたして颯爽《さっそう》と去っていくと佐藤はいまいましげに舌うちし、ちきしょうと口のなかでつぶやいた。

「パンに涙の塩して食ったことがねえな、あのやろう。非国民だぞ、戦争成金の敗戦成金の息子じゃないかな。こむびやんカ。たッ、キザな。紳士づらしてやがる」

「しかし、きれいな顔してた」

「かわかむりじゃないか、まだ」

私たちは焼酎の匂いを吐きながら道を漂い、青電車に乗って阿倍野橋へでた。闇市をぬけて陸橋をわたり、天王寺公園へ入っていった。浮浪者や娼婦やおかまが影のように人ごみと土埃のなかでゆれ、坂のしたにある動物園ではどこへいっても土の芯から尿の匂いがたちのぼっていた。陽は明るいのになぜか獣たちは黄昏のなかを迷い歩いているように見えた。毛の剝げた猿、腫物《しゅもつ》だらけの狐《きつね》。古い造花のような小鳥の群れ。馬の眼は澱んで肋骨が皮をやぶりそうになり、鯨の骨は難破船の破片であった。

「ライオンはいないのか？」

「いないよ」

「象はいないのか？」

「戦争中に殺して食うてしもた」

やせこけて凌辱《りようじよく》された小動物を見て歩いているうちにも夜はまだまだしみだす気配がなかった。塵芥のような憂愁があちらこちらに澱んだり、かさばってぶざまにうずくまったり、ひからびたりしていた。ここも今日来ていい場所ではなかった。人びとは干《ひ》潟《がた》のなかをあてどなく歩きまわり、甘ずっぱい腐臭が私の荒涼を酸のように浸した。

（……なんとかなる、なんとか……）

キラキラ輝く液のゆれるなかを私は檻《おり》から檻へ薄い下駄をひいて歩いた。髪を肩まで垂らした佐藤は餓鬼のようでもあり、老いた狒々《ひひ》のようでもあった。

私は土が食べたかった。

らいられら

キューバ糖にはどこかわるいところがあったらしく、まもなく佐藤はひどい下痢をして寝こんでしまった。彼のほかにも寮では何人もの学生がおなじように寝こんだ。新聞を読むと町でもかなり発病したものがあって、砂糖を生で食べないようにという警告の記事がでていた。

寮へ遊びにいくと佐藤は鉢巻をしめ、蒼黒い顔をして寝ていた。征露丸《せいろがん》を飲んで腸を固めようとしているのだが腸はいっこうに固くならず、よじれるようにしぼってくる。いてもたってもいられない。起きることも寝ることもできない。いま便所から帰ってきたばかりなのに畳へよこになるかならないかにたちまち鳴動が起ってかけだしたくなる。腹のなかには米一粒も入っていないので便所へいっても腸が気泡を発して七転八倒するのに耐えるしかなく、廊下を歩くときも腸を刺激しないようにひたすらそろそろと歩く。朝から晩まで腸の気配に耳をかたむけて寝ているので、あたりに何かこう灰いろの薄くて粘っこいおりものがたちこめているようだと彼はいった。

「外国のバイキンというのは何でもいかんのだ。梅毒とおなじだ。ロシアのバイキンはロシア人にはそれほどでなくても日本人にはひどくこたえるというじゃないか。バイキンは見ず知らずの外国人の肉のなかに入ると勇みたって開拓しにかかるんだ。寝てるよりほかないな。講義のノートはおまえつけとけ。おれはしばらく静養だわ。寝てたらなおる。たいていそうだぞ。おれは旅順高校で淋病《りんびょう》を寝てなおしたことがあるんだ。こうやって寝てるとオナラの匂いがフトンにこもって顎のあたりへでてくる。オナラの匂いって、おまえ、いいもんだぞ。少年の日の感傷がある。ふとウットリするもんだ」

肉をげっそり削りおとされていよいよ餓鬼に似てきた佐藤がいたましげな眼を細めて春の日光を眺め、太宰治の文体を真似《まね》てつぶやいた。なに、この男、読んでなんかいるものか。聞きかじりをちゃっと黄いろくこねあげて思い入れにふけっているのだ。こんな虚栄《みえ》があるうちはまだまだ大丈夫にちがいない。

「きたないな。豚だ。まるで豚だ」

とつぜんひくく罵る声がするので見ると、佐藤とシャム兄弟のようになって向うむきになって寝ている学生が向うむきのままで怒っているのだった。鳥取か松江のあたりの出身の学生で、私とおなじ新入生だが、理科である。近頃佐藤と同室になったのだ。聡明で潔癖、口数少く、教室にはかかさず出席し、靴下やパンツは二日にあげず洗濯しているとのことである。それでいて精液はつんつん匂うという。佐藤が舐めたあとのキューバ糖をうっかり舐めたばかりに下痢でたおれてしまった。良家の子弟もやっぱり飢えているらしい。

「あけてもくれてもオナラに淋病だ。寝てたらなおるってこの人いいますけどね、石器時代ですよ。寝てて病気がなおるのなら、ぼく、勉強しませんよ。そうじゃないですか。征露丸をこの人飲んでますけどね。あれはクレオソートでね、石炭酸なんです。腸がしぼるというのは内壁の神経のさきがとがってとびだしてるからなんで、クレオソートはそれを腐らして、にぶくしてしまうのが機能なんだ。そんなものいくら飲んだってどうってことないですよ。腸がくすぶって鈍感になるくらいがいいところですよ。これは寝てたらなおるというもんじゃないです」

理科学生はいんぎんながら激しく冷たい口調できめつけるようにそういったが、とくにいい処方を知っている様子はなく、あとは黙ってしまった。彼は佐藤の汚穢《おわい》、低能ぶりがささくれだってそよぐ神経にひっかかってしかたがないらしく、かたくなに壁を瞶《みつ》めて、私のほうをふりかえろうともしなかった。どうやら彼は真剣に蒼ざめて、ふるえんばかりになっているらしかった。

佐藤はいたましげにつぶやいた。

「彼は気の毒なんだ、ほんとに勉強したがっているんだからね。それがキューバ糖でやられて、教室へでられない。これは一種の不幸だな。貴重な感情だ」

「バカにしないでください」

理科学生はびっくりするような声をだして寝返りをうった。病み疲れて蒼白な顔のなかで切れ長の眼がキラキラ輝き、冷酷に上品に彼は怒っていた。そしてものうくあぐらをかいた私や古沼のように寝くたれた佐藤の姿をちらと見ると、眉をぴりぴりそよがせたが、そのはずみに腸が鳴動したのか、よわよわしく舌うちして寝こんでしまった。佐藤はそれを見て嘲ることもなく、たじろぐこともなく、ただうっそりした顔つきでそこに、古畳のうえによこたわっていた。

寮生のなかには配給の砂糖ですかさず酒をつくったものがいた。一升瓶に砂糖と水を入れ、闇市のドブロク屋あたりでもらってきたらしいコウジをほうりこんで毛布で包み、押入れのすみに蹴りこんでおくとできたというのである。何やら黄いろい泡がたち、どろりと濁ったへんな液で、茶碗で飲むとべたべた甘酸っぱく、むッと雑巾の匂いがした。寮生たちはそれを〝酒のようなもの〟とさげすんだ呼びかたをしながらも部屋から部屋へまわし飲みし、酔うと理科学生であろうが佐藤であろうが、寝ているものにはおかまいなしにどたどたもつれて格闘した。やにわにポーカーのカードを壁にたたきつけ、麻《マー》雀牌《ジャンパイ》を廊下へまきちらし、ときには竹刀をにぎっていちもくさんに廊下の腰板を殴りつけつつかけだすものもあった。

〝酒のようなもの〟には妙な性質があって、飲みこんでしばらくはくぐもった腸の奥でもぞもぞチクチクしているが、よほどたってから、ふいにワッと炸裂するのである。いや、われわれが飲むと、バクダンでも、ウイスケでも、マッカリでも、みなおなじであった。眼から涙のシクシク流れる奇怪な毒液もあったが、飲んで壁にもたれていると、とつぜん酔ったことがわかるのである。あ、来た。そう思って眼を瞠ったときはもう遅いのである。ロウソクやランプの灯が数知れぬガラスの破片をみなぎらせた透明な波のようにキラキラ輝き、たっぷたっぷと揺れている。壁も窓も消えて見わたすかぎりはその朦朧とした光耀《こうよう》のたゆたい、渚に佇んで白昼か夕焼の沖を眺めているようでもある。あとは何も見えず、すべてがさだかではなく、なぜ自分がそこにいるのかもわからない。誰が飲ませてくれた酒なのかもわからない。数知れぬ声がはじけたり、すぼんだりする。資本主義は明日滅びるとヴァルガがいうてるワイと叫ぶ声が聞えたり、おお、季節よ、おお、城よと口ずさむのが聞えたりする。弥栄《いやさか》アッ、東方遥拝ッと怒号しているのは陸士帰りの連中にちがいない。げまいんしゃふとげぜるしゃふとはだナ、とか。バッテンボウ、バッテンボウ、バッテンボウウウウオオオッとか。それから、あの、いつでもどこでも聞えてくる、裸になれ、もっと裸になれと責める声。バカだ、バカだ、おまえはよくよくバカなんだ、だから好きなんだといいたてる声。眼のくらんだまままあちらを向いて一句。こちらをふりかえって一句。半ちぎれで防戦。そのまた半ちぎれで攻撃。わめいたり、ふいに眼を怒らせたり、とつぜん長嘆息をついたり、わけもわからずしゃにむに相手に口をはさませないよう喋りまくってみたり。

地球のうえに朝がきて、清浄な日光がまぶたに射すと、ああその消毒液のような無慈悲をきわめた正確さ。昨夜《ゆうべ》吐き散らかした言葉の数々を思いうかべて後悔、恥しさ、焦躁。ふてくされて寝そべってはいるものの思わず体をエビのようにちぢめたり伸ばしたりして、眼も口もぎゅっと閉じてしまいたくなる。とてもこれではたまらないと思って、おしのけたつもりでニタリ、何やらわるく笑ってみると、それが消えるか消えないかにさらに汚水がどっと頭にかぶさってくるようなのだ。もがけばもがくだけいよいよ深みにはまりこみ、寝ても起きてもいられなくなる。手も足もしびれてしまって、干潟の渚のクラゲのようになり、駅で切符を買うときに駅員からひとこと十エン不足ですといわれただけで息もつけなくなる。ふと切符売場のガラスのなかを覗くと、私は狂気じみた眼をギラギラ光らせてそこにたちはだかっている。それを見てなにやらまたしてもうとましくいやらしい気持になり、電車に乗ったときは運転室のすみっこへいってひたすら鼻を窓ガラスにおしつけていたい。そうやってたっていると、自分の眼も顔も見えず、ただ畑や屋根の縞《しま》が晩春のけだるい陽のなかを流れていくだけで、ホッとするのである。

そのうち、やっとのことで私は或る英語会話学校の教師になり、息をつくことができた。敗戦後は英会話ブームで大阪市内に無数の塾や速成学校ができたが、たいていはいかがわしいものであるらしかった。しかし私が勤めることになった大ビルの地下の会話学校はイギリス人、アメリカ人、二世、元貿易商社のニューヨーク支店長で滞米生活二十年という経験を持ったような人びとが教えていて、流暢《りゅうちょう》、正確、誠実な学校であった。生徒の授業料をタダ食いしないという点でも誠実であった。この学校には上級、中級、初級と三つのクラスがあるが、生徒は入口で十二枚一綴《ひとつづ》りになったチケットを買い、入場するときに受付の葉巻の空箱へ一枚ずつ入れる。どのクラスに入るのも自由であって、自分の実力と考えあわせて中級に入りたければ中級、上級に入りたければ上級、まったく気ままにしてよろしい。またチケットは一年休んでも二年休んでも期限切れになるということはなく、裏にはちゃんと『永久有効』とあった。経営者はよほど気宇壮大なのである。

ほの暗い、じめじめしたビルの地下に一室を借り、教室といっては一室きりしかなく、教室と職員室はベニヤ板の壁ひとつで仕切られているだけであったが、この塾の先生たちは日本人より日本語の達者なイギリス人の女のピアニストであったり、うしろから英語で呼びかけられるとアメリカ人に声をかけられたと思いこんで思わずとびあがりたくなるような元スミトモ・マンであったりして、看板に嘘はなかった。その薄暗い教室で話される英語はイギリス産のもアメリカ産のも、産地直送の刻印をクッキリとうちこんだものであって、何より生無垢《きむく》の証拠には、何度私が聞いてもさっぱりわからない。ひとり私だけが教師陣（入口の小さな看板には〝コノ堂々ノ布陣、自信溢《あふ》レル構成〟とある）のうちの汚点であるらしかった。私はその学校へ教師としていったのではなく、宣伝ビラを電柱や壁に糊《のり》でベタベタ貼ってまわるアルバイト学生として高等学校の教務課からまわされたのである。経営者の上原氏は糊のバケツを持って一日町をかけまわってきたあとの私と粗茶を飲みつつ話しているうちに、〝助手〟という資格で初級を受持ってみないかと持ちかけた。彼はどうやら私のかぶっていた白線帽に眼をひかれたらしかった。パン焼見習工でなくてよかったと思ったのはたった一回このときだけであった。

「生徒をバカにしてはいけません。生徒は敏感ですよ。じつに敏感です。その点を注意してください。あなたは初級ですから英語の基礎のごくやさしいところを嚙みくだいて説明してやってくだされぱいいのです。それで英語がおもしろいナという気持が起ったら生徒は一人でどんどん中級、上級とのびていくもんです」

上原氏はマッチ箱のような教員室（机一つに椅子二つ。机上に若干の文房具。薬罐《やかん》、茶碗、茶筒のたぐい。螢光燈がウソざむいという印象）の、机の向うで、薄黄いろい粗茶をすりつつ、私にきびしい教訓をあたえた。氏の民主主義的気質はチケット制を生みだしたが、また私にも、よかったら上級、中級、どのクラスにでも出席して勉強してください。タダにしてあげます、ともいわしめた。私は氏の寛大さに感謝したが、生徒がたったいま習ったことをそのままつぎの時間に先生として生徒へ売りつけるということはいかにもあざとい気がした。

学校がはじまるのは毎日夕方六時からで、中学生、高校生、大学生、サラリーマン、貿易商社員、教師、パンパンさん、タイピストなどが、ぞろぞろとやってくる。私は自分の授業時間の一時間前にいき、職員室でぬるくなった粗茶を飲んで上原氏と世間話などしつつ、耳だけはベニヤ板一枚向うの教室で話される英語をピンセットのようにつまみあげる。元スミトモ・マンの中老の紳士が教えている。くたびれた背広を着ているがこの人は鼻のしたに旧弊なチョビひげをたくわえ、ひどく物腰がひくく、にこやかで、授業のあとの一杯の粗茶をじつにうまそうに飲み、上原氏に何かいわれるたびに、ええごもっとも、ああいいことですとうなずく。そうしてそのアメリカ語は壮烈なまでにアメリカ語である。

「……日本でも熊本の人と青森の人が地の言葉で話しあったらまるで通じませんでしょう。外国語よりまだ始末がわるざんすよ。アメリカ語、アメリカ語といっても東部と西部ではまるでちがうんでございますし、教科書に字で書いてあるまま正確に読んでもあちらの人にピンとこないところがあるでしょう。たとえば、私ハ手紙ヲ書クね。これを字のまま読むと、アイ・ライト・ア・レター。少しくだけて、アイ・ライタ・レターとなる。でもね。あちらじゃこれでも通じません。待ってくれません。どうなるか。アイライラレラ。コレですよ。アイ・ライト・ア・レターが、アイライラレラです。ひとことになっちゃう。ロウソクのことはキャンドルと申しましょ。しかし、あちらでは誰もそんな悠長なことをいってくれやしません。どうなるか。キャンル。こうです。ほんの少し……これはオンリー・ア・リトルと、物の本には書いてござんしょうが、これもひとこと。オンリァリル。オンリァリル。こうなるんですよ。やってみますか」

氏は瞠目《どうもく》すべき発音をおこない、何度も何度も生徒に、アイライラレラ、アイライラレラ！……と大合唱させて、一時間を終るのであった。

私はベニヤのこちらでそれをよく聞いておいて、自分の時間になると、おろおろするこころをおさえて、ゆるゆる教室へでていき、『哀愁』ではヴィヴィアン・リーがウォータールー橋で別れぎわにどうささやいたか、とか『風とともに去りぬ』でクラーク・ゲーブルはキメ手にどういったかとか、映画館へ二、三日前にでかけてその場面だけに耳を澄まして聞きこんだ英語を二、三、話す。それから黒板に、“I write a letter.”と書く。そして、みんな進駐軍のアメリカ兵が教科書や辞書にあるとおりの英語を喋ってくれないといって怒っているけれど、それは無理な話なので、〝オニオン〟が〝アニァン〟、〝スパゲッティ〟が〝スパゲリ〟、〝オリーヴ〟が〝アリヴ〟になっても、どうしようもない。彼らがそういうのだから、それは正しいのである。そんなことをいうのならいったい日本人のうちの何人が字苑どおりの発音をしているだろうか。そこをお考えなさい。早い話、鹿児島の人と弘前《ひろさき》の人が地の言葉まるだしでここで喋りあったら誰が理解できるでしょう。横光利一《よこみつりいち》といういえらいえらい日本人の小説家がいまして、この人は新感覚派を主張、モンテルランとか何とか、いろいろフランス作家の発想法をそのままとりこんで小説を書いたのでしたが、早稲田大学に入ったがフランス語はカラだめであった。モンテルランのあとでジイドだ、ヴァレリーだと没入し、日本文学近代化に七難八苦したのだが、この人が心のふるさとパリへ旅行して、或るたそがれ、キャフェの椅子にすわり、給仕にやおら、〝びいる〟とひとことといったらその給仕がビールを持ってきたというので、日本人仲間では大評判になった。そんなもんなんです。気にしてはいけません。たとえば手紙を書く。これは字にすると、〝アイ・ライト・ア・レター〟ですよ。けれどね、アメリカ人はけっしてそうはいいませんね。どうなるか、〝アイライラレラ〟ですよ。ひとことでいっちまうんです。きたない英語だとか何とかいってもはじまりませんよ。彼らがそういうのだからそれが正しいのです。黙っていてはいけない。

〝びいる〟になります。大きな声をだしてください。

「あいらいられら！」

私が眼をつぶって叫ぶと、いっせいに
「あいらいられら！」

「あいらいられら！」

「……もう一度」

「あいらいられら！」

「あいらいられら！」

むきだしのコンクリート壁の、じめじめ湿めった小さな部屋のなかで、二十人、三十人、子供も大供もまじって、いっせいにツバメの子のように口をあけて大合唱する声がひびきわたると、私はいてもたってもいられなくてきょときょとした。職ニ貴賤《きせん》ハナイとか、天ハ人ノ上ニ人ヲ作ラズ、人ノ下ニ人ヲ作ラズとか、ちらちらコトバは明滅したが、壁がふるえるほどの大合唱を聞くと冷汗がにじんだ。この人びとは一日のつらい仕事を終って家へいちもくさんにとんで帰るまえの一時間、一時間を、なけなしの金をはたいてここへくるのである。明日からすぐその場で実生活に役にたつというわけのものではない異国のコトバを、私自身何ひとつとして実感するところのないうろんきわまる符牒《ふちょう》のようなものを、老若男女は、ひたすら、どッ、どッ、ワッ、ワッと行儀よく大合唱するのであった。私自身けっして起したことのない好奇心、向学心から、この人びとは叫びにやってくるのであるらしかった。私が叫べば叫ぶだけそれはいよいよ流暢に、正確に、誠実に詐欺となるのであった。そして、奇怪なことには、こういうことをつづけているうちに、私のアメリカ英語が毎日、少しずつ、それらしくなって、なにやらバタくさくてらてらと磨きがかかっていくような気配なのであった。

はじめのうちたくさんの人のまえにでて何か口をきくということは、はずかしいよりもむしろ不気味に感じられることであった。パン焼きや旋盤やトラックの上乗りなどでは味わったことのない感触につきまとわれた。私は裸のまま四十人か五十人の人のまえにたち、人びとは全身の注意を凝らして四方八方から私を眺めているのである。誰が、いつ、どんな質問をするかしれない。もしその質問が、先生はどうやって英会話（英語ではない。英会話である）をマスターしたんですか、というようなことであったら、どうすればいいのだろう。

家へ帰って寝ていると夜なかにその悪夢を見て汗びっしょりになることがある。これまで私には二つか三つの、きまって見る悪夢があって、一つは牛に追いかけられて電柱へうしろからグサリとやられるその瞬間に眼がさめるというもの、もう一つはどこか真っ暗な宇宙からまっさかさまに墜落し、地球にうまくぶつかるかどうかと果てしなくハラハラする夢である。この二つは子供のときからなじみになっているので、牛が登場したり、暗黒星雲が登場したりすると、ああ、いつものだなと私は気がつき、物語が進行するのを静かに、いくらかの楽しみをもって眺めていることができる。しかし、新しくおぼえた夢にはこの二つのような味がどこにもなかった。それは徹底的に現実であって、ぐっしょりかいた冷汗は眼がさめたらひいてゆくどころか、かえっていよいよにじみだす気配なのだ。いつか、ほんとに、誰かが授業中に手をあげ、意地悪いまなざしをこめてそんな質問をきっと発するにちがいないのだ。子供がカブトムシの足をちぎるようなぐあいに私をいじめるにちがいないのだ。いつまでヴィヴィアン・リーやクラーク・ゲーブルで持ちこたえられるだろうか。

けれど、少し慣れてくると、螢光燈の蒼白な、不気味な霧のように見えていたもののなかに、次第に生徒一人一人の顔が見えてくるようになり、私はずうずうしくなった。外国映画で、〝キス・ミー・ダーリン〟などとささやいているのを聞きつけるとすばやく夜の教室へ持っていって、生徒たちに練習させた。ただのっぺらぼうに発音してはいけないので、感情をこめ、ささやくように、誘うように、耳もとをよぎる風のふとしたつぶやきのようでなければいけないと私はいい、一人一人に、〝キス・ミー・ダーリン……、〝キス・ミー・ダーリン……〟といわせた。そうすると全員が終るまでに時間がかかり、私は楽になるのである。

私の授業には妙な人気がでてきた。先生一人一人の人気は毎日時間のはじめに受付の葉巻の箱に入れられるチケットの数でわかる。正確に、無慈悲にわかるのである。上原主事はそれをきちょうめんに毎週グラフにして壁に貼りつけた。生徒の人気を得るために語学の水準をわざとおとすようなことは絶対しないで頂きたいが、この数字のことも頭のすみに入れておいてくださいと主事は先生たちにひそひそと注意するのである。

　主事は私には導火線の役割を受け持たせ、生徒に英会話をたのしいものと感じさせればいいのです、あとは中級の先生がテコ入れし、それを上級の先生が仕上げてくださるからといった。そして二週間、三週間たってみると意外にチケットが集るのを発見して主事は満足し、二ヵ月めに給料を値上げしてくれた。

いくらか生活にゆとりができてきたので私は別の塾へフランス語を習いにでかけた。高等学校の文科甲では英語のほかにドイツ語を教えるが、私はドイツ語があまり好きになれなかった。矢野教授のせいではあるまいか。教授はいつ見ても黒の背広を着こみ、廊下の右側をゆっくりと歩き、黒いふちの眼鏡の奥の眼は感じず、うごかず、冬もなければ夏もない。授業するときの声はぼそぼそと低く、その万巻の書をつめこんだ蒼暗の巨大な頭蓋骨の洞穴からすきま風が洩れるように洩れてきてわれわれを畏怖させるのであった。教授が鐘の音につられて教授室からあらわれ、うつむきかげんに廊下の右側をそろりそろりと歩いてくる姿を見ると、たちまち私は胸が重くなり、一も二もなく窓からとびだしてしまいたくなる。

　この教授が副読本にヴェデキントの『春のめざめ』を採用したのはどういう心のうごきであるか。この劇のなかでは少女が少年に〝おお、キスしないで！〟という。そこにさしかかると矢野教授はいつも、ぼそぼそ声で、〝オオ・ナイン・キユッセン・ナイン・キュッセン〟と読みあげた。ふと眼をあげるとわれわれは教授がもじもじして灰いろの顔を赤らめているのを発見し、サンショウウオが笑ったのを日撃したような気がした。そして私はというと、なにかくすぶり、ねじまげられて、荒《すさ》んだ淫らさを感じさせられ、みんなといっしょに笑いころげながらも眼をそむけた。

職が見つかると学校へいく気持がいよいよ薄れたので、私は友人に誘われてフランス語を勉強に私塾へかよった。ここにいた教授は矢野教授とはまったく正反対で、陽気、明朗、辛辣であり、ぜったい教室では日本語を使おうとしなかった。フランス語の時間はフランス語、ドイツ語の時間はドイツ語だけでおしとおし、生徒がうっかり日本語でたずねてもプイとそっぽを向いて聞えないふりをする。そして生徒が必死に汗をしぼってよちよちとフランス語でたずねはじめると、気味わるいくらい親切に、注意深く、フランス語で、手助けをしてやるのであった。彼は英語、ドイツ語、フランス語のほかに、ロシア語、スペイン語、イタリア語ができるという噂で、電車のなかで顔をあわせると、楔形文字《せっけいもじ》のならんだ本を読みふけっていることがあった。ヘブライ語を勉強しているところなのだそうである。ほかに同時にヒンディ語もやっているという噂がある。

異様な精力と学識の持ち主であるらしかったが叛骨《はんこつ》がわざわいして学界に入れられず、満州へ流れ、建国大学あたりで教鞭《きょうべん》をとっているうちに敗戦となり、リュックサック一つを背負って日本へもどってきた。放課後の帝塚山《てづかやま》学院の一室を借りて塾をひらき、月謝を納める日が近づくとテーブルのうえにベレ帽をひっくり返しておき、生徒が金を入れるのをひどくはずかしそうに眼をパチパチさせながら、見ていた。

私が習いたてのフランス語でよろよろと
「ムッシュウ。私は英語会話を教える、生徒がチケットくれる。それが私のサレェルです。その金をここへ持ってくる。これ、フランス語で、何という？」

教授はクスリともせず、肩をすくめ
「運命《デスタン》。運命です。ル・デスタン。男性」

といった。

それからちょっと考えて
「永久回帰ともいいます」

といった。

生きることは恥をかくことであった。

或る夜私がコンクリートのなかで、らいられら英会話を教えていると、少女一人がたちあがり、ペラペラと英語で質問したのが私にはひとこともわからなかったのだ。少女はその日はじめて学校へきて、要領がわからないのでとりあえず初級のレッスンに顔をだしてみたところであった。私の発音に疑いを感じて英語で質問したのだったが、けっして自分の語学力を誇っている気配はなく、むしろ自分の力についてまったく無知でいるらしい様子だった。つつましく、清純で、眼の大きい少女だった。私は彼女の英語が爪のさきほども耳に入らなかったので全身に汗がふきだすのを感じた。眼のなかが熱くなり、ついで暗くなり、かすかに足がふるえだすのを感じた。いよいよ来た。恐れていたことがいま来た。来たのだ。

私はしどろもどろになるのを必死になっておさえ、ゆっくりと微笑した。きっと眼がいやらしく鋭く光り、微笑は頰をひきつったように歪《ゆが》めたことであろう。少女が心臓麻《ま》痺《ひ》を起して死んでしまえばいいと思った。

「あなたの英語はすばらしいですね」

私はびっしょり汗ばみながらいった。

少女は口のなかで、ぼんやりと

「……いえ、そんな」

とつぶやいた。

ふるえるのをこらえながら私は優しく

「英語と英語で問答しながら勉強するのがいちばん理想的だと思うんです。教えるものが教えられるというのが教育の理想ですからね。けれどもここは初級なので、あなただけズバぬけていると、ほかの人たちが困りますね。いま何とおっしゃったのか、みなさんに日本語で説明してあげていただけませんか。みなさんよく聞いてください」

少女は納得し、はにかんで、つぶやいた。

「先生は、いま、水のことをウオーラーといいましたけれど、アメリカの兵隊さんはワラともいいますし、ウオーラーともいいます。私、進駐軍宿舎でメイドをしてますものですから、よく聞くんです。ワラでもウオーラーでも通じますけれど、どちらがきれいな英語なのかお聞きしたいと思いまして、それで、お聞きしたんです」

私はいやらしくおおらかに微笑した。

「それは私にもよくわかりません。アメリカ、アメリカといっても広いのですから、東部の人と西部の人ではまるで発音がちがうでしょうし、それは鹿児島の言葉と弘前の言葉がまるでちがって、外国語みたいに聞えるのとおなじで、どちらが正しいとは誰にもいえないのじゃないでしょうか。オイドンというのとウラというのとどちらがきれいか。よくわからない。英語では男も女も〝アイ〟一つですむし、そればかりは東部も西部もおなじでしょうけれど、ウオーラーがいいのかワラがいいのか、それはミジュというのとミルというのと似たようなちがいなのか、もっとちがうちがいなのか、いったいどんな感じのちがいなのか、大の男がウォーターをワラというときはミジュといってるような感じのものとはどうもちがうらしいんですが、私もアメリカ人の大の男がワラ、ワラというもんですからついワラといったり、ウオーラーといってみたり、まちまちで、困ってるんです。ほんとに困りますね、これは、こういうことは。けれどいい御質問でした」

少女はなんとなくうなずいてすわった。

生徒みんなを見わたしてわかりましたかとたずねると、みんなはコックリとうなずいた。そこで私はいまの発音をみんなで練習しましょうといって、大きな声をあげ

「あ・かっぷ・おぶ・わら！」

と叫んだ。

するとみんなは声をそろえて
「あ・かっぷ・おぶ・わら！」

「あ・かっぷ・おぶ・わら！」

部屋いっぱいに大合唱がひびきわたった瞬間、はずかしさのあまり私はよろよろとなった。オノレ・シュブラック氏ならすっ裸になって壁へとびこむであろう。私はしたたりおちる汗をぬぐいながら、ア、チ、チとくちびるを噛んだ。

大当り

或る夜、〝授業〟を終って教員室にもどり、湿めったコンクリート壁にもたれて粗茶をすっていると、一人の紳士が入ってきた。〝教員室〟といっても地下室のすみっこの凹みに板一つをおいただけのことで、低い天井にはビルの巨大なパイプが走り、どこかでスチームが洩れるのか、ときどきシュウシュウという音がした。大胆なドブネズミが一家族ごと走るのがよく見られた。堅牢《けんろう》、精緻なビルも彼らには穴だらけのオープン・シティーであるらしい。天井から電燈が一つぶらさがり、いつも壁からたちのぼる湿気とコンクリートの匂いで、あたりはじっとりとよどんでいる。

陰湿なこの穴にあらわれた紳士は中老で、上品なふちなし眼鏡をかけ、逸品物のツィードを着ていた。その綾織《あやおり》は軽く温く巨体をくるみ、羊毛のしぶい香りがほのかに漂うようであった。ゆたかに脂のゆきわたった頰にあざやかな血が輝いている。さきほどまで中学生やタイピストやパンパンさんなどにまじって教室のすみに彼がすわっていたのを私は眼のすみでおぼえていた。その夜はじめてあらわれた生徒らしかった。この学校には入試も進級試験もないから、出入りがまったく自由なのである。

「……先生。わては丁稚《でっち》からのたたきあげで、何もわからんのやが、先生のレッスンは面白《おもろ》かった」

彼は紳士らしくもない嗄《しやが》れ声《ごえ》でぞんざいに話しかけた。〝先生〟と声をかけられて私はおびえた。近頃そう呼ばれるたびに私はギョッとなってしまう。足がすくむのである。声をかけられてしばらくは自分のことか他人のことかわからず、自分のことだとわかったとたんに憂鬱のまじった焦躁をおぼえる。いきなりたまり水に靴をつっこんだような感触が這いのぼってくるのだ。

「わての息子は大学へいってますのやが、何も教えてくれよりまへん。英語教えてくれいうたら逃げよるんです。頭はわるうないんですが、まるでたよりになりまへんわ。そこでいろいろ英語の先生についてみたんですが、あきまへんわい」

「先生もいろいろですから、人によって流儀がちがうでしょう」

「さあね。先生がわるいのか、こっちがわるいのか、ようわかりまへんが、トント頭に入らんのですな。教えたろうという態度で来よる。これがいかん。カツンときます。わては人に教えられとないわいと考えてしまうんですわ。わてもわるい。それはようわかってやが、やっぱりカツンときよる」

私が黙っていると紳士は名刺をとりだして短く自己紹介した。大阪の目抜きの町のあちらこちらに薬局をだしているチェーン・ストアの社長で、自宅は芦屋《あしや》にあり、口ぶりから察すると、いくつもの大製薬会社の株もたっぷりと持っているらしかった。息子は大阪大学で化学を専攻している。三ヵ月後に紳士はアメリカへ業界視察にでかけたいと思っているが、通訳はあちらで雇うとしても、身のまわりの小さなことは自分で用を足したい。そのための英語会話を教えてほしい。ついては会社へ個人教授に出張してもらえないか。週に三回、夕方六時から、社長室でということにしたい。習いたいのはホンの少しで、せいぜいタバコを買うとか、食堂はどこかとたずねるくらいのことである。

紳士は私が何もいわないうちに一人で手帳をとりだしてスケジュールをきめてしまった。きれいに撫でつけた髪を透かして淡桃色の頭の皮が見えるが、頭蓋骨は固く、厚く、かたくなそうであった。机のはしにおかれた手は節くれだち、太ぶとしく、強壮で重おもしかった。まなざしはにぶいがつよく光り、人と物を傲然と眺めて冷たかった。手や肩から自信の匂いがむんむんたちのぼっている。精悍な力と血液でずっしり重い。私に欠落したものをことごとく持ちあわせているらしい気配である。

「それだけのことなら三ヵ月もいらないのとちがいますか。すぐにおぼえられますよ。習うより慣れろといいますし」

「わては三ヵ月と睨んだんですわ。わてにはそんだけかかるんです。なんせわては丁稚あがりやさかい。横文字はサインができるくらいで、あとはもうチイチイぱっぱですわ。厄介でっせ、こういうひねた生徒は。なんせ丁稚あがりや」

満々たる自信をこめて紳士はコンプレックスをひけらかした。そういう言葉があるかどうか聞いたことはないが、もうその意識は彼の手や血管や眼のなかで〝優越コンプレックス〟に転じているのではあるまいか。

私は恥の上塗りをすることにきめた。

「いくら頂けますか？」

「どれくらいのもんでんねん？」

「よくわからないんですけど、ぼくもいそがしいですし、週三回の出張となると時間をいろいろやりくりするのがむつかしいと思うんで、いままでこういう例がないし」

「薬の値ならわては知ってますけど、勉強の値は知りまへんのでな。率直にいうとくなはれ。御無理をお願いするこっちゃからね。おたがい満足できるところでな」

「それじゃ、一回千五百エンで」

「千五百エンね。一時間で」

「…………」

「週三回の四五《よんご》、それに四掛けて一月《ひとつき》一万八千と。月一万八千エンですな？」

「交通費と食事代はぼくが持ちます」

「月一万八千ね。なるほど」

「…………」

「足代とめし代こみでね」

「ええ。そう」

紳士は鋭いまなざしでじろりと私を眺めたが、やがてものうげにあたりの裸壁を見ま

わし、たいくつしきったそぶりで
「よろしいでしょう」

といった。私は冷たい汗がにじんで眼にさしてくるのを感じながら、焦躁をおさえて椅子にすわっていた。いかさまをそんな値で売りつけたことにおびえながらも、これで生活に少くとも三ヵ月間は息がつけそうになったのだと感ずると、ホッとした。のみならず一種の小さな感動もあった。これまで私は大人の男におびえてばかりいたのだ。その財力、その闇力、狡智、辣腕、鉄面皮、成熟しきったその肩や腰や視線の兇暴なまでのはたらき、闇市や満員電車のなかで出会うとそれらはことごとく私をおびやかし、衰えさせた。壁や塔のようにそれらは私にのしかかってきて息をつまらせ、たえまなくころを焙ったのだ。暗い地下鉄の水たまりのなかに顔も腰もとけて眠りこけ、放心している親子乞食《こじき》や失業者を眼にするたびに、私は自分が明日そうなるのだと考えて、はらわたをひきぬかれたような孤独をおぼえてきたのだ。いつまでたってもそれは慣れることのできない感覚であった。恐怖はいつも新鮮で、ふせぎようのない力で再生し、手や足を生やしてたちあがってくるのだ。それが、いま、どうやら、私は人をだませるようになったらしい。そんな地点へ、どうしたはずみにか私はたどりついたらしい。はかなさよりも私は感動をおぼえた。

「ほんなら月曜《げっちょ》に社へ来とくなはれ」

「ええ。六時にいきます」

牡牛《おうし》のような紳士が地下室からでていくのを私は椅子からたちあがって見送り、藁に似た手や足へ水のように力がひろがっていくのを感じた。

翌週から私は道修町《どしょうまち》にある紳士の社長室へせっせとかよってハッタリに精をだした。紳士はビルの三階に部屋を二つ借りていて、あちらこちらの薬局から集ってくるおびただしい伝票を社員たちがけんめいに帳簿へつけたり、判をおしたり、ソロバンをはじいたりしていた。電話や叫びや笑いにみたされたその部屋はいつも明確で手でさわれるいきいきした実務にみちている。そこをよこぎるときはいかにも私が虚《むな》しき影のように思えるので、眼を伏せ、肩をすぼめて、そそくさと、そう、ネズミのように床を走って、社長室へかけこむ。2×2＝4、4×4＝16という活力にみちて冷酷な原則だけでざわめいているその部屋はタンポポの種のように空中に漂う言葉だけを追っかけている私には何か恐しくてならなかった。伝票やソロバンをはじいている男や女が確信にみちているので私は不安でしようがない。ときたま彼らが顔をあげて帳簿の衝立《ついたて》のすみからチラと眼を走らせて私の全身を一瞥すると、はげしい侮蔑や嘲笑を感じずにはいられなかった。彼らは私の正体をちゃんと見ぬいて怒っているのかも知れなかった。給料の一部を盗まれたように感じているのかも知れなかった。ありありと私が感ずるのだからそれはまちがいない。

社長室のソファにもたれて私は紳士と英語会話をはじめるが、なるべく日本語を使わないことにしようといくらいってもだめだった。私が、ハウ・アー・ユー？……と聞くと、彼は、いつも口のなかで、ハウ・アー・ユー、ハウ・アー・ユー、ハウ・アー・ユーいうたら今日は、どうでっかちゅうこってすなあとつぶやき、むつかしいもんですナと、ぼんやり首をかしげたきりである。はじめて訪問した日、私たちは心斎橋の駸々堂《しんしんどう》へ教科書と辞書を買いにいった。英語会話の本は数知れず並んでいたので、あれこれさがしたあげく、彼の気に入った本を使うこととした。発音記号の入ったのはむつかしいと彼はいった。マンガや説明の入ったのは子供くさいわと彼はいった。そこでカタカナを英語のよこにふったのを買うこととなり、辞書もカタカナで発音を書いたのを買うことにした。

その週三回やって、つぎの週の月曜日に社長室へいくと、彼はあきあきしたそぶりで、この教科書はだめだといいだした。なぜだめなのかと聞くと、とにかく面白《おもろ》ないという。

「もっとええ本ありまへんかいな」

「どの本でもおなじですよ」

「そうらしいでんな」

「おなじ英語なんですからね」

「駸々堂へいきまひょや。また変ったものがあるかもしれまへん。ええ刺激になりまっせ」

最新型のリンカーンに私を乗せて彼は黄昏の焼跡の街を走り、心斎橋へいった。そして書店へ入っていくと、一冊一冊とりあげて私に意見を聞き、先週買ったのとあまりちがわないカタカナ入りの本を買って、これはよさそうやでとよろこぶのである。そしてつぎの週の半ばぐらいになるとまた飽いて新しい本をさがしにいく。社長室のデスクのうえにはたちまち英会話の本と辞書の小さな山ができた。

「……いつもこんなふうにしているのですか?」

「そう。そうでんな。ずいぶん会話の本を買いましたな。わては飽きっぽいのであかんとよういわれます。勉強は商売とちごてしんきくそうていかんワ。頭くさくさしてくるわい。なんせ丁稚あがりなもんでナ」

優越コンプレックスの幸福な冷罵をつぶやきながらスチール・キャビネットを彼がひらくと、ギッシリと英会話の教科書がつまっていた。辞書もまた何冊となくあった。どの教科書も調べてみると、最初の二、三頁に赤鉛筆のマークが入っているきりで、あとの頁は繰られた気配もなかった。その一冊をとりあげて私がしらべていると、彼はべつの一冊をとりあげてパラパラと頁を繰り、ぼんやりと、けれどしぶとい口調で

「これ、よろしいな。これはええ本や。忘れてたな。わて向きにできてるワ。なあ、先生、つぎからこの本でやってみまへんか」といいだした。

六時から一時間勉強して七時になると、彼は社長室に鍵をかけ、リンカーンに私を乗せて食事にでかける。西洋料理、中国料理、日本料理、何がいいかとたずね、好みの店へつれていってくれた。それも超A級の店であった。大阪で食べ飽きると、京都や神戸

まで遠出をした。彼は脂肪過多で体にわるいからといってどの店へいっても自分ではほとんど何も食べなかった。少しばかり野菜を持ってこさせ、酒をちびちびすすりつつ、私にはあれを食べなさい、これを食べなさいといってすすめるだけである。すすめられるまま私がかたっぱしから皿を平らげるのを見て彼はよろこんだ。若くて飢えた私の胃を借りて彼は去りかけている愉悦を味わっているようであった。いくらかおどろきつつも彼は私が食べたり喋ったりしているのを、フン、フンといって杯をふくみながら耳をかたむけ、ほかに何も求めようとしなかった。

宗右衛門町《そうえもんちょう》のなじみの料亭にあがると、彼は目のきびきびたった青畳へ苦しげに喘ぎつつ巨体を折ってすわった。おかみや仲居がそろって挨拶にくると、彼は蒸しタオルで大きな顔をぬぐいつつ私を眼でさして

「この人はえらいねんぞ。英語の先生や。こっちは丁稚からのたたきあげやが、この人は若いのにようできるわい。いろいろと教えられてばっかりや。頭《ず》があがらんわ。今日のええもん見つくろうて、何ぞ、食《あが》ってもろてんか」

仲居がチラと私を見て正確に反射し、ぞんざいに口をきくと、彼は真剣に怒った。血のさした眼を一瞬けわしく光らせて

「ほんまにこの先生はえらいねんぞ。叔母上にはわからんわい。向うへいけ。ひふみダルマ」

というのである。西洋料理や中国料理ならだめだが、割烹《かっぽう》料亭へいくと、どこでも彼

は女をつかまえて、ひとしく〝ひふみダルマ〟と呼んだ。

私はいままでになく安堵した。この傲岸で豊満な男の体のそばにいると、いろいろなことが忘れられた。教科書をしょっちゅうとりかえずにはいられないその習癖も苦にはならなかった。何週間たってもハウ・アー・ユーで足ぶみしたきりなのも気にならなかった。詐欺をしているのだというやましさを感じず、食卓のおこぼれをひろっているのだという陋劣さも感じずに私はのびのびとすることができた。パン焼見習工や旋盤見習工をしていたときの生産の感覚はない。闇屋の倉庫の夜番やトラックの上乗りをしていたときの痛覚もない。豚小屋のような高等学校の寮室で佐藤とキューバ糖を舐めあった頽落もない。白昼の焼酎や眼にシクシク沁みるバクダンの酔い、透明なガラス片にみちてキラキラ輝く苛烈な酒ではない。よく練られて磨かれたまろやかな一滴一滴を咽喉におとしつつ、私はおおらかにハウ・アー・ユー？　サンキュー！　という。脂肪に輝くこの大木は刺すような孤独をしばらくまぎらわしてくれる。しかも奇妙なことに、どこからともなく、ふたたびあの、おれは必要な人間なのだという感覚が漂ってくる。

「サンキューのサはですね。歯のうらに舌をあてて息を通すんです。ワン・ツー・スリーのスもそうです。だからトリーと聞えますね」

「そうでっか。ワン・ツー・トリーでっか。なるほど、わからんもんでんな」

「だからサンキューがタンキューと聞えることもある。イギリス人なんかね。とくにイギリス人なんかが喋ってると」

「サンキューがタンキューでっか？」

「いや、そう聞えるということなんで、タンキューとはじめっからいったらいけないんでしょうね」

「舌を嚙んでものをいえちゅうのはむつかしい注文でんな。こうでっか」

ワン、ツー、と声をだしてから、スリーといおうとしていきなり彼は紫いろの舌をだらりとだし、つまってしまった。まるで医者のまえにでたみたいである。厚い、濡れた、紫いろの舌の大きさにたじたじとなりながら、私は東坡肉《トンポーロー》を箸で崩しつつ、th、th、thと息の音をたてる。彼はt、t、tといって、ため息をつく。

けれど、かならずしも、いいことばかりではなかった。或る夜、神戸の海岸通りにある店へロースト・ビーフを食べにでかけ、リンカーンで阪神国道を大阪へもどってきた。ロースト・ビーフはすばらしい出来で、薄片に西洋ワサビを巻きこんで食べた味がほの暗い車内燈のなかの私の舌に柔らかく媚びて漂っていた。数杯飲んだ〝スカチンワラー〟でほんのり私は火照《ほて》っていた。メニューを見たあとでお飲みものはと聞かれたので、私が給仕に〝スカッチ・アンド・ウォーター〟といったら、その給仕は、ひそひとひくい声で、〝スカチンワラーですね〟と聞きかえしたのだ。私は不愉快になったけれど、その店には外人客しか来ないので、給仕の英語にはいかにもハムバーガーくさい流暢さがあるように私は思い、さっそく教室で使ってみようと考えた。教えるものが教えられるのが教育の理想である。らいられら英語を売っている私がなぜ〝スカチンワラー〟にたじろぐことがあろう。

彼はどっぷりと厚い背をシートにもたれさせ、重い手でたくみにリンカーンのハンドルをさばいた。英語ではのろまだけれど商売と自動車については彼はよどみがなく、精悍、かつ大胆であるらしかった。大きくて新鮮な玩具を手に入れて彼はハンドルを右へ左へ切ることに無邪気な楽しみを感じていた。夜の阪神国道を走ると右側にいつも海の暗い広大な展開が感じられ、はるかな沖に、二つ、三つの船の灯のうごくのが見えた。ガラスと金属の壁ごしに濡れた藻の香りでどっしりと重くなった風の掌の拍《う》ちあわされる気配が感じられた。

「……先生のお父さん、何したはりまんねん？」

黙ってハンドルをあやつっていた彼が、何を思ったのか、ふとたずねた。私は父が医者の誤診で腸チフスでとっくに死んだこと、母と妹二人がいること、生活の苦しいことなどを短く説明した。ほほう、ほう、それは、などとうなずきつつ彼は話を聞いていたが、しばらくすると
「それはしんどいこってしょう」と同情してくれた。

「わてが父親《てておや》代りになったげまひょか？」

冗談でもない口調でそうつぶやいているのが耳に入り、とつぜん私は息苦しいものを感じた。その声には何かなまなましいものがあって、私はたじろいだ。真摯さのかすかな匂いにためらいをおぼえたのだ。それは私がいつも求めていながらいざ出会ったとな

ると正面から直視することを避けたくなる感情である。その変質の速さ、腐りやすさを恐れて、私はすばやく体を托すことができないのである。真摯さには救われたよりも裏切られた記憶の方が多いのである。

とつぜん彼はハンドルから右手を放し、左手でハンドルをさばきつつ、暗いシートの上を這ってきた。重おもしいその手はそろそろと暗がりを這ってしのびよると、私の腿にのぼり、しばらくそこでためらって息をととのえてから、腿におかれた私の薄弱な手にのぼった。

「……苦労しやはって」

にぶいつぶやきが聞え、とつぜん私は、少し湿めった、頑強な骨を持つ大きな蛆虫《うじむし》がゆっくりと手を愛撫《あいぶ》するのを感じた。真摯さの芯は慾情《よくじょう》だったのだ。

「柔らかいお手《てて》や」

彼は何度か私の手をゆっくりと上に下に愛撫してから潮のひくようにハンドルへもどっていった。私はやっぱり硬直していた。肩を柔らげたはずみに吐息がでた。すばやくそれを耳にして彼は暗がりからちらちらと私の顔を見たが、何もいわなかった。用心しなければいけない。この男はよほど敏感なのだと私は思った。

一度日曜日に家へ遊びがてら出張教授してくれないかといわれたので何日かしてから芦屋の家へいった。山寄りの屋敷町にあるその邸宅は気品があって堂々としていた。奥座敷からはすわったままで庭の松ごしに浜が見え、遠い水平線に漂う船の姿も見えた。

青い微風に吹かれながらその座敷にすわっていると息子があらわれた。大阪大学で化学を専攻しているとのことだったが、私より三、四歳年長のはずのその青年は白皙《はくせき》で、眼が澄み、ひげの跡が青く、みごとに成熟していた。

「いつも父がお世話になります」

青年は青畳に両手をついて静かに挨拶し、礼をした。きれいに刈った首すじがシャツの襟から覗いた。白い肌に青あおと髪の根が翳《かげ》を漂わせ、ほんのりと刷《は》いたようないろが浮いていた。私はその美しさに眼を奪われ、掌で彼のうなじを逆撫でしてみたくなった。刈りこまれたばかりの短くて硬い髪がさからってチクチクとそよぎ、私の掌を刺す、その微妙な感触が掌にうごいてならなかった。

巨大な白木の机の向うで父が叱った。

「こら、雄一郎。この先生はお前よりずっと年下やが、ちゃんと人に英語が教えられるのやで。お前は逃げてばかりいるやないか。そこにすわってちょっと見とれ。わしは丁稚あがりやが、先生はどうしてたしかなもんやで。ええ勉強になるやろ」

青年は叱られても口答えせず、眼で温和に微笑し、白い頬に羞恥のいろを浮かべた。そして両手をそっと膝において正座した。

私は眼が熱くなった。ふたたびこれは危機だった。青年は私より年長で、はるかに学識を蓄えている。日本の大学で勉強しているのだからきっと英語は読めても話すことはできないにちがいない。私とおなじだ。けれど私の話す英語を聞けばたちまちニセモノ、ハッタリ、デタラメを発見するにちがいあるまい。きっとそうだ。静かに礼をしてたちあがってから廊下を小走りに走り、自分の部屋へかけこんでドッとふきだすのではあるまいか。眼に見えそうではないか。父につげぐちされたらおしまいだ。つげぐちされなくてもおしまいだ。裸にされたような感じだ。頭が熱くなり、眼がうるんだ。

「先生。やりまひょか」

「ええ。やりましょう」

「何からやります？」

「ハウ・アー・ユー？」

「おお。あい・あむ・ふあいんだ」

「ハウ・アー・ユー？」

「おお。あい・あむ・ふあいんだ」

「だはいらないですよ」

「そうやった。あい・あむ・ふあいんや」

「ハウ・アー・ユー？」

「おお。あい・あむ・ふあいん」

父は上品なふちなし眼鏡をかけて、教科書にふったカタカナをゆっくり、ゆっくりとたどり読みした。何回となく回をかさねたのだがいつまでもここで足踏みである。

とつぜん私は奇妙な衝動におそわれ、おさえるひまなしにくちびるが大学生に向って

も おごそかに喋りだしていた。喋りながら、ひきかえそう、ひきかえそうと思ったが、もうおそかった。私はあの地下室の滞米二十年のらいられら先生の口調をそっくり真似して何か喋っていた。

「外国語の勉強の時間には日本語を使わないほうがいいと思ってね、なるだけ英語だけですようにしてるんですよ。ですからね、あなたも英語でやってください」

しまったと思うよりさきにくちびるが

「ハウ・アー・ユー？」

といってしまった。

美貌の大学生はふいをうたれてもじもじしていたが、冷静に、すぐに

「サンキュー。アイム・ファイン。アンド・ユー？」

と答えかえした。

こみあげてくるはずかしさをおさえるために私はいらいらし、いてもたってもいられなかった。大学生の冷静さ、謙虚さがいよいよ私を刺した。ひめやかな香をたきしめた大座敷には青畳が爽やかに匂い、遠い海からの風が流れこみ、どこかで急流のようにピアノの音が落下しては上昇していた。

「ハウ・アー・ユー？」

「アイム・ファイン！」

「おお。あい・あむ・ふあいん」

「ハウ・アー・ユー？」

「アイム・ファイン！」

「おお。あい・あむ・ふぁいん」

何度もおなじことを合唱しながら、夢中になった耳にふと大学生の流暢で正確、従順な声が入ると、思わず首をふりたくなり、つくづく私は、つらいと思った。

二十世紀ペンフレンドの会

チェーン薬局の社長がアメリカへいってしまうと私はお祓《はら》い箱《ばこ》になり、もとの窮迫にもどった。彼は英語を何ひとつとしておぼえず、結局のところ私は一枚の枯葉ほどの役にもたたなかったのだが、彼は気前よく給料をくれたうえ、お餞別《せんべつ》までそれにのせ、おびただしい数の英会話教科書と辞書をのこしてアメリカへいった。大阪駅へ見送りにいこうかと思ったのだが、あの白皙で秀麗な息子と挨拶しなければならないのかと思うと頭にお釜のかぶさったような気持になり、ふとんをかぶって私は寝てしまった。はずかしいことがたくさんありすぎた。それは雲母《うんも》のようにかさなりあって私をくもらせ、にごらせていた。何か皮膚がそのために蒼黒くよどんだようなのである。しばしばその澹《おり》のなかから鮮烈によみがえる群れがあって、たまらなく焙りたてられることがある。朝、目がさめたときなどに思いだすと、いてもたってもいられなくなった。私はくちびるをかみ、ふとんにしがみついて、ア、チ、チというような声を洩らした。道を歩いているときや満員電車のなかでもふいに襲われることがあったが、そういうときは眉をぎゅっとしかめて眼をうごかせば、どうにかやりすごせる。しかし、ふとんのなかでうとうとしているところをとつぜん打撃されると、眼も手も足もうごかせず、ひたすら耐えるよりほかなかった。恥はもがいているうちに苦しまぎれに液を分泌し、皮膚のどこかをしびれさせ、腐らせてから去っていくのだが、そのあいだが息のつまるほど熱くて痛い。注射針をつきたててゆさぶられるようである。いらいらしながら私はふとんから顔をだし、日なたのにごり水のフナのように呼吸をした。眼を閉じてゆっくりそれをくりかえしていると、いくらか潮のひくのが速いようであった。

しょっちゅう教科書を買いかえたり、暗い自動車のなかで私の手をにぎりかかったり、へんなところは多かったが、去られてみると、あれは貴重な人物であったと、つくづく惜しい気になった。彼は私が申しでた法外な授業料をあっさりとのんで払ってくれたので、社員に対しては長良川《ながらがわ》の鵜匠《うしょう》よりまだえげつないのだとあとで番頭に耳うちされたことがあったけれど、私自身はのんびりしていられた。ハウ・アー・ユー、ハウ・アー・ユーと一時間か二時間さえずったあとで神戸、京都の料亭へでかけて御馳走をたらふく食べていたらそれですむのである。彼は私が食べるのを見てよろこぶのだから、食べれば食べるほど機嫌がよかった。ところが、彼がアメリカへいってしまうと、何もせずにただ息をしているだけなのに、たちまち私は無一文になった。タバコは闇の手巻きのを一本ずつバラで買うようになり、たえまなく電車賃のことが気になり、空腹のあまり、たそがれどきにレストランのまえを通りかかって匂いに鼻さきをかすめられると、思わず胃がよじれそうになった。学校へいくと細胞学生たちがヴァルガの経済学を説いて、資本主義はその内部矛盾のために明日崩壊するであろうと教えてくれたが、何日待っても異変は起りそうに見えなかった。これ以上私はわるくなりっこないので、どんな社会がきてもよいと思っているのだが、いつ目をさましても時計は時計であった。大いなるもののきざしはどこにもなかった。むしろ眼を凝らすと細胞学生たちの猛演説にもかかわらず、人びとは少しずつ満足し、声が柔らかくなり、あてどなく闇市を放浪するよりは、電車に乗ってせっせと会社や役所へかよいはじめたように見えるのである。煮えくりかえる闇市ですら、いつのまにか、道ができ、店には看板があがり、あちらこちらに軸とか座標とかができて、野営地であるよりは町となっていく気配であった。そしてあの、どの家に押入ってやろうかと放言しながら一升瓶片手に住宅地をのし歩く酔漢の姿もいつとなく消えてしまったではないか。

毎月の初めに奨学金をもらいにでかける以外に私はほとんど学校へいかず、たまに登校すると寮にもぐりこんで佐藤とだべり、焼酎を飲んではとらえどころのない憂鬱におちこんだ。豚小屋のような寮室の穴だらけの土壁にもたれて焼酎やバクダンをすっていると、いつも視界いっぱいにガラスの破片をみたした大波のようなものがあらわれ、キラキラ輝いてうねり、ゆれて、私は涙をぬぐいつつ喘いだ。私は傾いて、くずれ、ひとつの感情が一時間と持続することがなく、言葉も事物も手をふれると、そのしりからべたべたと脂や指紋でにごってしまうので、いらだった。夕方になってビルの地下室へおりていくときにはいくらかの安定がもどった。らいられら英語は私にとってむしろ安息であった。私はあいかわらず壁ごしにらいられら先生の講義を聞いてそれをそのままつぎの時間へ図々しく微笑まじりに移植し、自分の教えていることをまったく自分では信じていなかったが、自棄《やけ》は或る点をこえると奇妙なおおらかさに変るのである。苦しまぎれのデタラメや嘘を私はゆうゆうとやれるようになり、あぶなっかしい均衡を保ちつつのびのびと教室を歩きまわって、売春婦から中学校の先生までの老若男女といっしょに、……ウォッツマラー！……ウォッツマラー！……と大合唱した。ひとつのせりふをゆっくり十回くらい合唱しているとそのうちに時間がすぎ、読みかじりの小説や映画の話をあいだあいだのつなぎに入れると、何とかやりすごすことができた。詐欺だと誰かにいわれたらその場で私は先生をやめるつもりでいたのだが、誰もいうものはなく、在米十年、二十年の本物の先生よりもたくさんの生徒とチケットが私の時間には集った。そして、或る日、町ですれちがったアメリカ兵に道を聞かれたので、ためしに教室で喋っているままに喋ってみたらみごとに通じたのでふしぎだった。かえってそれから不安をおぼえたほどである。

けれど、ビルの地下室から外へでると、ふたたび私は不安にとらえられた。おおらかさは教室のなかにしかないのである。その嘘の殻は厚いコンクリート壁のなかにあるときだけ私を守ってくれたが、町をゆく私はセロファンに包まれたよりも脆かった。人や風や自動車や水が苦もなく私の内部を疾過していった。たえまなく私は自分を、無意味さを、無用さを意識して歩いていなければならなかった。ガラスのシャツを着て歩いているようだった。人にふれられるとたちまちそよいで粉ごなに砕けてしまいそうだった。パン屋や工場ではたらいていたときにはこうではなかった。私はメリケン粉を練り、バイトを削り、私のたち去ったあとにはパンや鉄軸がのこった。それらの物を眺め、手でふれると、かろうじて足もとからじりじり這いのぼってくる汚水のような孤独をさえぎり、食いとめることができた。しばしば汗とともに私は強さや堅さや膨脹を味わうことさえできた。愛の匂いを感ずることとさえあった。物にふれていると私は人を愛せそうな気がすることがあった。物は木の幹や葉のように優しく私の内部でゆれ、さざめくのである。しかし、いまの私は、荒んで、ひからび、冷酷をあこがれながらネズミのようにおびえている。

『二十世紀ペンフレンドの会』と名のる人物がとつぜん私のまえにあらわれた。丸い眼鏡をかけた三十がらみの男で、あちらこちらのポケットにくしゃくしゃの封筒をつっこみ、少しぼんやりしたところがあり、眼を伏せて口をきいた。元米軍の通訳をしていたが、いまはおなじ英会話学校で中級の先生をし、布施《ふせ》の自宅では文房具屋をいとなみ、そのかたわら『二十世紀ペンフレンドの会』を主宰しているということであった。会話学校の主事に私が生活の苦しいことをうちあけて翻訳でも何でもいいから仕事があれば紹介してほしいとたのんでおいたところ、さっそく彼があらわれたのである。日本全国の少年少女で外国にペン・フレンドを持ちたがっているものがたくさんいる。外国にもたくさんいる。それをこの会は仲介する。日本語の手紙を外国語に翻訳し、外国語の手紙を日本語に翻訳し、手数料は切手でうけとる。会員の少年少女からはささやかなる会費をもらうが、手紙を訳してもらいたいときには原文の手紙のなかに切手を同封して送ってもらい、一通につき七十エンの翻訳料をあなたにさしあげたい。訳文は毎日うんとある。一人でさばききれなくて困っていたところだった。取引先は全世界、二十八ヵ国に達する。

「有意義な仕事ですな」

主事が粗茶をすすりながらつぶやくと

「ええ。かわいい仕事です。いろいろ教えられることが多いですよ。新聞にでない外国の事情というものもよくわかって、いい勉強になります。かわいいもんです」

若い会長は丸い眼鏡をおしあげおしあげズボンのポケットからくしゃくしゃになった封筒を何通かとりだした。読んでみるとアメリカのペン友達に宛てた日本の子供の手紙で、手始めに私は訳してみることにした。

二日ほどしてから私は原稿を持って布施の会長の家へでかけた。それまで私は彼のことを何も知らなかったのだが、番地をたずねたずねしてその大阪の南郊の工場町のはずれにめざす家を発見したとき、音たてて胸のうらをすべりおちていくものの気配を感じずにはいられなかった。町工場や、ドラム罐のころがった空地や、汚物を嘔《あ》げたどぶなどのある貧民街のはずれにその家があった。小さくて、古く、肉眼にもハッキリとわかるほど傾き、壁にたてかけた丸太ン棒は家の全重量を支えて何年にもなるであろう。壁にめりめり穴をあけて食いこんでいた。その痛切さを見ると、家が丸太ン棒を支えているのか、丸太ン棒が家を支えているのか、わからなかった。台風になればこの支柱のためにあべこべに家が潰されてしまいそうである。表の街道をトラックが走るたびに家はまるごと身ぶるいした。がたぴしのガラス戸を蹴るようにしてあける。文房具屋といいながらどの棚もからっぽで、しらじらと埃を積み、一冊、二冊の便箋が陽焼けして黄いろくなったままころがっているきりである。コタツの焦げ跡だらけの老《ふ》けネコが一匹、ふてくされた眼をしぶしぶあけて、また閉じた。

声をあげると、しばらくたってから二階からドドドドッとおちるものがあった。そして会長がそろそろとガラス障子のかげからこちらを覗いたが、私だと知って、たちまちうれしそうな顔になった。彼はガラス障子をあけて、さあ、さあ二階へあがってくださいと私にすすめ

「いうてくれはったら駅へ迎えにいきましたのに、いきなりおいでやから、また借金取りかと思いましたわ。よかった、よかった。ああ、助かりました」

まったく率直にはしゃぎながら会長は階段をあがっていった。家のなかは暗くて、おむっと粥の匂いがたちこめ、老婆のうごめく気配、赤ン坊のむずかる気配があちらこちらにあった。

その日の会長との話しあいで私は一日おきにこの家へかよって手紙を翻訳することになった。薄暗い二階の窓ぎわへ一閑張《いっかんば》りの机を持ちだして私は辞書を積みあげ、右から

左へ少年少女の手紙を訳した。こんな乱世でも子供たちは見知らぬ国に友人をつくりたいらしく、毎日たくさんの手紙が郵便で送られてきた。なかにはハリウッドのスターに宛てたファン・レターもあった。会長はそのうえどこからか、基地から基地へ移動するアメリカ兵に宛てた日本の娼婦の手紙を持ってきて、訳してくれといった。娼婦たちの手紙にはまともな文章を切々と書きつづったものがあったが、なかには流行歌をそのまま写しとったのもあった。これら子供や娼婦たちの誤字、脱字、アテ字でいっぱいの判じもののような手紙を、私はだらしなくあぐらをかいていいかげんに訳し、ほどいたり、むすんだり、むすんだり、ほどいたりして、一通につき七十エンを会長からもらった。はじめのうちは会長はその日その日の出来高によって現金で払ってくれたが、やがて現金はやめて切手でくれるようになった。私はそれを近くの郵便局へ持っていってこっそり金にかえてもらい、電車賃やタバコ代をつくった。しかし会長は、そのうち、切手をくれるのもとどこおりがちになり、妙な大福帳のようなものにその日その日の手紙を書きつけるだけとなった。借金取りや赤ン坊が彼をひきむしるのである。一エンの金も彼のポケットにはなかった。それはよくわかる。わかりすぎるほどよくわかる。郵便配達は朝に一回、午後に一回、一日二回あるが、その時間がやってくると彼は手紙を翻訳していてもそわそわとおちつかず、たったりすわったりして

「まだかいなァ、まだかいなァ」

口のなかでブツブツいった。そして表のガラス障子を配達夫があける音を聞きつける

と、パッと体を起し、家がぐらぐらするような足音をたてて階段をおちていくのである。手紙なんかどうでもよい。そのなかに入った切手がめあてなのである。五エン、十エンの切手を会長は一枚、一枚指につばをつけてさがし、封筒をふったり、切ったりして、いよいよ何ものこっていないとわかってから私によこした。この切手だけが会長の家の全収入であった。彼はしばらくして英会話学校の先生をやめさせられたからそちらの収入もなくなった。私は彼の授業を聞いたことがないが、主事の話では、授業にしょっちゅうおくれてくるので生徒の数が減ってしまったから、気の毒だがやむを得ませんということであった。

会長はよほど性悪の借金取りに苦しめられているらしい。それも二人である。一人はやくざらしい中年男、もう一人は婆さんである。会長は彼がくると、足音をしのばせて階段をおりていったが、彼がくどくど弁解しているうちに、たいてい借金取りのほうがしびれをきらして、わめき、すごみ、ののしりはじめる。何を叫んでいるのかよく聞きとれないが、私が二階の窓ぎわにあぐらをかいて鉛筆をうごかしていると、すさまじい声が階下から走ってきて体をうち、窓ガラスにぶつかり、壁にはねて消える。そのたびに赤ン坊が泣きわめき、婆さんが呻くのである。よごれた工場町の二階の窓ガラスにはにぶい陽が射して、どこか水族館の魚のいなくなった水槽の底のような蒼暗が部屋にただよっている。陽焼けして毛ばだった古畳に寝ころんでいると、債鬼たちの痛烈をきわめた激昂《げっこう》の声が階段をかけあがってきて私の体をうった。

ずいぶんたって鬼の声が消えると、会長はひそひそと階段をあがってくる。寝そべったまま私は彼の顔を見る。意外に彼はけろりとしている。払えいうたって払えんもんは払えんわい。彼は絶望とも蔑みともつかない口調で人を小馬鹿にしたようにつぶやいて机のまえにすわる。そして私が訳しておいたドイツの少女からきた手紙を畳からひろいあげ、声をだして読んだ。

『拝啓

私はドイツのシュトゥットガルトに住む少女です。名前はハイデマリーといいます。十三歳です。お父さんはまだロシアへ戦争にいって、帰ってきません。お母さんはホテルで働いています。パンは一人、一日に百グラムぽっきりしかありません。日本の少女に手紙を書きたいといったら、お母さんが、戦争中は日本とドイツは仲がよかったのだから、日本の少女に手紙を書きなさいといいましたので、あなたに手紙を書くのです。お母さんはドイツ語に外国語が入ってきたといって怒っています。カプートというのです。カプートはドイツ語ではありません。けれど私はよく聞きます。パンがなくなるとカプート、ベーコンがなくなるとカプートです。みんなそういうのです。私は……』

これは正確な訳ではない。かなり私の創作である。子供の筆跡は読みづらい、それに私はドイツ語をよく知らない。文中の名詞だけをほどよくひろって、ほどよくつないでみたのだ。毎日私は東西南北の子供の手紙を読んで純真のすれっからしになったのである。私もくたびれてしまった。

「……悲痛だなあ！」

　とつぜん会長がおどろくような声をあげる。気味がわるい。彼は感動しているのだ。本心から感動しているのだ。とりみださんばかりにうたれて彼は吐息をつき、しきりに手紙を眺めて首をふる。

「カプートってどういうことなんだろう？」

「もうあかんということでしょう」

「もとはどこの言葉なんです？」

「さあ。イタリアかどこか」

「名前はハイデマリーといいます、か。悲しいですなあ。どこの国も戦争に負けたらおんなじなんやなあ。パンがなくなるとカプートというか。哀切やなァ。日本もドイツも変らんですね。つらいこった。カプート。カプート。お母さんはドイツ語に外国語が入ってきたといって怒っています、か。国敗れて外国語あり、か……」

　私は彼の眼鏡を見る。それは緑いろの銹《さび》を吹き、つるがこわれ、レンズは指紋や埃でにごっている。こんなレンズをとおして何が見えるのだろう。けれどもこの男は私をおどろかす。よくよく眼鏡のなかを覗きこむと、小さな眼が、悲痛ないろにみたされて、涙ぐまんばかりになっているのである。彼は異国の少女のことを考えて、映画の広告のような人類愛におしひしがれそうになっているのである。いまのいままで棚から茶碗がおちそうな声で債鬼にどなりつけられていたことを忘れて、ほんとに彼は哀傷をおぼえているのである。そのしなやかな移動には眼を瞠らされる。ほとんどこれは資質といってもよいものかもしれぬ。偽善ではあるまい。偽善というのはたえまなく他人に向って気を張っていなければできない、何かたいへん精力のいる、勤勉家の技ではなかったか。この男はだらしなさのために破綻しているのだから、とてもそんなシンの疲れる表情ができるように思えない。

「おれたちもカプートだ」

「そうカプート、カプート」

「切手をもらわなきゃ」

「そうですね。ほんとに」

「おれはカプートだ。今日の帰りの電車賃がない。だいぶ貸してありますから今日ください。ほんとにカプートなんだ」

「ああ、困りましたなァ」

とつぜん会長は私の顔を眺め、おびえたまなざしになる。けれど、どことなくぼんやりしているところがあるのだ。何かしら芯の弱い、朦朧としたところがこの男にはあるのだ。追いつめても手ごたえがないのだ。いや、追いつめることができない。

「もう十日も翻訳料をもらっていない。そこの帳面についてます。今日ももらわないと、おれは家へ帰れない。ほんとに困るんです。あんたの苦しい事情はよくわかりますが、おれも困ってるんです。世帯持ちだけが苦しいんじゃない。片道の電車賃だけ今日は持ってきたんです。たのむから切手くれ」

私が体を起してまっすぐ顔を瞶《みつ》めると会長は狼狽して顔を赤くし、そう、そうだ、そうだと口のなかであわただしくつぶやいた。そしてまたぞろ眼を畳におとし、手紙の訳文を覗きにかかろうとする。だめだ。だめだ。それはモントリオールからきた手紙だ。カナダからの手紙だ。これでは泣けない。雪の夜のソリに鈴音のことなどがそこはかとなく書かれてあるだけだ。しかし会長のことである、何に感動するか知れたものじゃない。私は手紙をパッと手もとにひったくった。

「切手、くれ」

脅迫してやるつもりで低い短い声をだしたが、耳にはひどく甲ン高くひびき、うろたえた。会長は薄く笑ったのじゃないか。蚊が刺したほどにも感じていないのじゃないか。

「切手、くれ。電車賃だ」

「そう、そう。そうです。ずいぶんたまってるわ。また怒られるわ。はよ払わんと、もうきてもらわれへんようになる。五エンと十エンとまぜてお払いしてもよろしいか」

「なんでもよろしい」

「もう今日は郵便局しまってしもた」

「そこの角のタバコ屋でかえるよ」

「ほんとにごめいわくかけますね。すみませんと思てるんですヮ。これで借金さえ家《うち》になかったら一通百エンで訳してもろてもよろしいし、注文はどんどんくるんだし、きれいでかわいい仕事ではあるし、いうことないんですが、そのうちお礼もかねて、どこぞ南でパァーッと一席やろかいなどとも思てるんです」

「切手でかい？」

「バカにしたもんでもないですよ。切手だって有価証券です。金券ですワ。立派なもんですワ。株券や紙幣とおんなじこってすからな。数さえあればパァーッと一席やれんもんでもない。そう思てるんです。あてにして待っててください。きっと御恩返しさせてもらいますよってに、そう遠いこっちゃない」

「さきに切手くれよ。たのむから」

私は会長をひきずるようにしてたちあがらせて階段をおりていく。会長はいやいや押入れをあけると、暗いところに手をつっこみ、古いアルバムを一冊ひっぱりだす。ぼろぼろになったそのアルバムがこの家の、いわば、金庫なのである。会長はアルバムのそこかしこにちらほらと切手をしまいこんでいて、誰にもさわらせないようにしている。彼が押入れの暗がりでのろのろとアルバムを繰って切手をかぞえている後姿を見ると私は何かをむしりとっているような気持に襲われる。私は困っているのだ。ほんとに困っているのだ。片道の電車賃しかないというのは嘘ではないのである。けれど、その暗い、じめじめした家のなかでは私の足もとにふとんが敷いてあって、会長の若い妻が蒼白な顔に髪をふりみだして病臥《びょうが》し、生れたばかりの赤ン坊が眠っているのだ。その枕もとで昆布のようなものをまとった老婆が、よちよち歩きの会長の子供としぶとくけわしい声をたてて玩具のとりあいをしているのだ。かれらのうしろには掌ほどの庭があって、便所の壁のドサリと崩れおちたのが見え、萎《しな》びた八つ手の葉に陽が漉《こ》されて蒼白くよどんでいるのだ。

会長の妻が顔をあげて、よわよわしく

「すみません、すみません」

とつぶやく。

老婆がとつぜん子供につかみかかり

「清。ごんたくれ。親不孝者《もん》！」

何やら眼を怒らし、首に筋をたて、藁のような手をのばして子供から潰れたキューピーちゃんをひったくったが、それは凄い声である。思わず眼をそむけたくなるような、ほとんど白刃をふりおろすような声である。

「お婆《ば》ンからキューピーとって、自分だけであそんで、それでええと思てんのか。清、こら、親不孝者。キューピーはお婆ンのもんやとあんだけいうたってもわからんのか。このキューピーは私《わて》のもんや。手ェつけることならんぞ！」

裂帛《れっぱく》の気配をこめて老婆は叫んだ。子供は泣いてあたりをころげまわり、病妻は赤ン坊の体をかばいながら会長に、ちょっと、あんた、ちょっと、と声をかけた。会長はびくともせず、なんとかして一枚でもよけいにのこそうと手まどりながら切手をかぞえるのにふけっていて、ふりかえろうともしなかった。少女の手紙に感動して涙ぐまんばかりになった男が、わが家にたちこめる懊悩《おうのう》には眉ひとつうごかそうとしない。しかも彼はけっして薄弱者でもなければ分裂者でもない。狂人ではないのである。

彼は私を駅まで見送りについてきて、何度となく、借金さえなければ『二十世紀ペンフレンドの会』ほど有利な事業はないのだと繰りかえした。二十八ヵ国も取引先があって、無限に需要があり、しかも税務署に睨まれることもなければ契約違反ということも起りっこない事業だと、いうのである。

カーバイドのつんつん鼻を刺す匂いのうごく闇市をとおりぬけながら、彼は人ごみのなかで右に左に体をかわしつつ、錆びることを知らないよろこばしさをこめて
「なにしろ現金商売です。こんな強いことはない。もうちっとしてごらんなさい。大きくなりますよ。成長しますよ。私は楽しみにしてるんです」

うきうきと眼を輝かせて叫んだ。

沈　む

毎日私は電車に乗って布施の会長の家にかよった。電車のなかの人も途中ですれちがう闇市や町の広場の人びとも、みんな有用な目的に向っていそいでいるように私には見えた。ぼんやりしたまなざしで道を行方も知れずうろついている人の顔はだんだん町に見かけられなくなった。官吏は役所へ、サラリーマンは会社へ、魚屋は魚市場へかよい、いたるところに正確、能率、コース、秩序の匂いが漂いはじめ、ジャンジャン横町のバクダン屋へいっても、一日の疲れに終止符をうつためのイッパイを楽しむ男の横顔ばかりがめだって、ちょっとまえのような気配ではなくなってきた。男たちはあいかわらず荒廃して疲れた顔をしていたが、新聞紙のきれっぱしにのせられたブタの内臓を手もとにひきよせる手つきを見ていると、どこか安堵し、ゆったりして、肩にいくらかのおおらかさが匂うようになった。彼らはかつてのようにいまこの瞬間を持てあつかいかねてバクダンでしびれたいのではなく、一日を確実に消費した良民として、明日への句読点をおくためのイッパイとしてバクダンのコップをとりあげるのだった。その手つきを見ていると、ときどき、〝おっとりと〟といいたくなるような気配が見えた。

会長の家の二階はハッキリと傾いていて、畳にべたりとあぐらをかいていると、腿や腰にその傾斜の感覚が這いのぼってくる。アリジゴクの砂のすり鉢の中途にひっかかって腰をおろしているような気がしてくるのである。私は窓のそばに一閑張りの机をおいて仕事をした。左に少年少女たちの手紙を積み、一通一通訳しては、右へ積んでいった。ヨーロッパ諸国やアメリカの映画スターたちに宛てたファン・レターは英語・フランス語・ドイツ語の、あらかじめ作っておいた文章を書きうつすだけであり、工場街のどんよりした陽の光を掌にうけて私は時計職人のようにせっせと手をうごかした。きまり文句で書かれたそれらの手紙はパリやハリウッドに送られ、ときどきサインの入ったスターのブロマイドが返事として送り返されてきた。スターの秘書が階段から蹴とばしていちばん遠くへとんだのをひろいあげてスターにサインさせるのではあるまいかと思われたけれど、いずれにしてもマドレェヌ・ロバンソンやイングリット・バーグマンなどの写真に彼女らの直筆の、どうにも読みとれないサインが入って送られてくるのである。会長は郵便箱にそういう固くて重い封筒がおちているのを見ると、こおどりしてよろこんだ。それは会の有能さを語る一種の保証書のようなものである。バーグマンのサイン入り写真をうけとった田舎の少女たちは昂奮して友人たちにいいふらすにちがいなかった。

私はこの愚劣な仕事を愛した。埃まみれの窓に向って辞書をひきつつ少年少女たちの手紙を翻訳していると、日本語を外国語に移し、外国語を日本語に移し、まるで単語をピンセットでつまんで未完の機械のあちらこちらの穴にさしこむようなものだった。ときには的確に、ときにはだらしなく、それらの純情な手紙を訳していると、私は窓の外にひらめくさまざまなものを忘れることができた。また、階下で起る声や物音を忘れることもできた。私はたちなおって自信を持ちはじめた大人とおなじようになにか目的をめざしているような顔をしていなくてはならなかった。なんでもいいからどこかの穴にはまって雌《め》ネジか雄《お》ネジになっていなくてはならなかった。そうしないことには不安で不安で、いてもたってもいられなかった。しかし会長に向ってその状態をさらけだすと、会長は私をバカにして切手を一枚もよこしてくれないにちがいなかったから、なるだけ感情をあらわにしないのがいいと思えた。早くも私は無痛、無感動をよそおわねばならなかった。できるだけうっそりした顔つきをよそおって、いやいやこの仕事をしてやってるのだという様子を見せておかねばならなかった。そうでもしないことには脆弱《ぜいじやく》なくせにどこかしつこくあつかましい会長はいい気になって私をこき使うにちがいなかった。

くたびれて古畳によこたわっていると、涙がじくじくと日じりにしみてきた。けばだった古畳にはさまざまな匂いがしみついているようだった。こまかな埃もたちのぼるようだった。トラックの音、どこかの町工場でプレスがゆるやかに上下している音、じゃけんに母親が子供をがみがみ叱っている声、遠い闇市の空にこだましている〝バッテンボー、バッテンボー！……〟という西部劇の歌声。小さな、ゆがんだ、雨で朽ちた窓にひびいてくるそれら巷《ちまた》の物音を聞くともなしに聞いていると、私はけだるくもなり、いらだたしくもなり、とてもこうしてはいられないと思いながらも体を起す気力を失ってしまった。刺すような孤独がはらわたにしみてくる。眼や鼻にかぶさってくる微細で湿めったものが私を錆びさせ、崩してしまう。ここから空まで距離も数えられないほどギッシリと透明な、ものうい埃がたちこめて、私はその底に埋もれてしまったようだ。

　会長がみしみしと階段をあがってくる。

「できましたか？」

「いや、まだ」

「よろし、よろし。気にせんと休んどいとくなはれ。しっかり休養してもらわんことには、保《も》たんワイ。シンの疲れる仕事ですからな。ようわかってます。あんたは大事な人やさかい、体に気をつけんとあきまへんで。いま、すうどん食べてきた」

「すうどんね」

「うまいんですよ。十五エンです。ちゃちな店やが、なかなかやるんです。赤丸屋いいましてね、表の道をずっといって右へ入った左の角を右に折れて、また右へとるんですワ。そこにあります。ダシがええんです。昆布でダシをとって、そのうえ煮干しでまたダシとってるよってに、味が厚うてこまかい。すうどん！　ちゅうて声かけてこちらが家へ帰りつく頃に、ハアアイいうて持ってきてくれますワ。なんちゅうても関西はうどんやね。東京のラーメンやうどんて、あれ何です。やたらにドド辛《がら》いばかりで、あれはアホの食うもんでっせ」

会長はひそひそとののしり、吐息をつく、すうどんの生温い湯気とネギの匂いがしそうである。一杯私のために注文してやろうかと声をかけないものか、ひそかに期待しないでもないが、ほっておくと、いつまでも黙っている。それで私も黙ったまま寝ころんでいる。

「あんたは出世するやろナ」

「わからんことをいうね」

「いや、出世するで。いまはこんなとこでモソモソしてても、いずれ高等学校でて大学でたら、出世しやはるんや」

「大学でたら出世できるの？」

「いや。大学でたからちゅうて出世できるわけやないけどね、いまの大学なんて幼稚園みたいなもんやさかいね。しかし、あんた、出世したからいうて、忘れんといてや。バカにせんといてほしいねン」

「…………」

「道で会《お》うて、こっちが声かけても、知らんふりしたり、あ、いそがし、なんていうて逃げたりせんといてほしいねン。そういうてもあかんやろなあ」

「…………」

「声かけても逃げられるやろなあ。眼に見えるようやわ。いまはいろいろいうてもろてもネ。そのときになったらそのときになったで、人間アテにはならんよってにね。見えてますわナ、これは。たのむほうがむりちゅうもんでしょう」

会長は机によりかかってよれよれのコンサイス辞書を繰りつつひとりごとをいう。冗談とも本気ともつかずぶつぶつ口のなかで私をうらんだり、あきらめたりしている。人のこころを見ぬいてきめつけるような、ひどく冷酷な気配もあるのだが、どこかぼけてとりとめないところもある。

「バカにせんといてほしいねン」

「バカにしてへんよ。たくさん切手もろてありがたいと思てるよ」

「切手はなんぼでもあげるけど、バカにされとうないねン。いまの話やない。さきの話やけどね。あんたにバカにされる思たらさびしいワ」

「おれは切手がほしいよ」

「銭金《ぜにかね》の問題やないねんけどナ」

よほど重大な談判のあとで吐くような息を会長はフッと吐いて、肩をおとして見せる。それは一人前の男が裏切られたり、決意したりするときの吐息であるはずだった。会長は誰にも相手にされないので、ただそんなしぐさをしてみたいだけなのかもしれなかった。これぐらいぼけても男には虚栄がいるらしかった。

私は心細くてたまらないので仲間を一人ひきずりこむことにし、学校へでかけて高井敏太を誘惑した。敏太は色の白い美青年で、太宰治と石川淳《いしかわじゅん》をつきまぜたような文体の小説を書いている。その文体が口調にうつったものか、いつも自分一人の結論ばかりを早口にしゃべるので、何をいおうとしているのかよく聞きとれない。はにかみ屋で神経がそよいでならないのである。たえまなく何かに追いたてられていらいらし、たちどまるということができないのである。どこかとめどないところがあって、麻雀をやりだすと夢中のあまりジャンジャン横丁の麻雀屋に泊りこみ、ノーシンを飲んだり、ヒロポンをうったりして五日も六日も荒亡をつづけた。噂によると消し炭を粉にして飲んでいるとのことである。消し炭を食べると雲古《うんこ》がでなくなって持続力が生じる、とのことである。

しばらくぶりで教室へいってみると敏太は机に朴歯《ほおば》の下駄をひっかけ、バラ売りのシケモクをふかしてヴァレリーを読んでいた。私はそれとなく話を持ちかけ、手もよごさず体も使わないで金の入る方法があるといった。

「気宇壮大なんだ」

私は会の名をいった。

「世界数十ヵ国と取引してるんだ」

私も会長の影響をうけたらしい。

敏太はせかせかと

「あ、ええわ。いく。ガンツ・シェーン」

といった。

翌日、私はだまって彼を会長の家へつれていった。街道のふちへ斜めになってしがみついているボロ家のガラス戸を足で蹴りあげ、虫歯の洞穴のような土間を通って階段をあがった。敏太は階段をあがりしなにお粥や赤ン坊の御叱呼《おしっこ》の匂いなどがむんむんとむれているのを嗅ぎ、ついでに薄暗い部屋のなかでもうろく婆さんが今日も子供と半狂乱で玩具のとりあいをしているのを眺めたはずであったが、何もいわなかった。二階では会長が斜めになった部屋に寝そべって、足をばたん、ばたんさせつつ切手を勘定していた。私の顔を見ていそいで切手をざぶとんのしたにかくした。

「……こちら、高井君ですよ。高等学校の友人ですけれど語学の天才でね。英語、フランス語、ドイツ語、何でもできるんです。有意義な仕事だからぜひ手伝いたいといってますよ。お鳥目《ちようもく》はおなじように切手で払ってもらってかまわないそうです」

会長は眼をパチパチさせ
「それは、それは」

といって頭をさげた。

敏太はうろたえて
「あ。いや」

といった。

会長は起きなおってタバコに火をつけると、ゆるゆる事業内容を解説にかかった。話しているうちにいつもの発作が起って会長は世界数十ヵ国と取引があることや、爆発的に会員数がふえていることや、それが日本全土に及ぶこと、何の広告らしい広告もしないのに口から口へつたわってこの会の存在が知られてゆくのはいかに日本の少年少女たちのこころが敗戦の荒涼で渇いているかを語るものであり、それは戦火で崩れたヨーロッパについても同様で、あちらの少年少女からくる手紙を読めば胸をうたれる。この仕事をしていると語学が上達するうえに、マスコミにでない世界各国の血のかよった内情が手にとるようにわかり、一石二鳥、三鳥、きっとあなたの将来にとってトクになることだろう。

「ささやかながら私ども、世界平和にかげながら寄与するところあると思てるんです。そうでなくて、どうしてこんな薄口銭《うすごうせん》ではたらけます。私は毎晩枕が高い。わるい夢を見たことありません。ほんとですよ」

会長は声を低くし、ぼそりとそういって長広舌をとめた。やわやわと説き起し、りりんと訴え、ひっそりと納めた。本気でそう思いこんでしゃべるのだから迫撃力がある。よこに寝そべって聞いているうちに幾度か私もあやしくこころをうごかせられた。この会長についてはフェリクス・クルルの物語が書けそうだ。私に作家のペンのないのがざんねんである。敏太は緑青《ろくしょう》のふいた丸眼鏡を鼻にひっかけた男が熱誠こめてみごとな言葉の数かず、羞恥心の錆で曇らされたことのない18金の名言をつぎつぎと吐くのですっかり動揺し、苦笑や冷嘲でつぎつぎ頰をゆがめていたのに、とうとうおしきられてしまった。

「わかりました、わかりました」

彼はいそがしく手をふり、顔を赤くし、ついで蒼白になった。会長はうれしそうに眼鏡を鼻におしあげ、フッ、フッと息をついた。

「すうどん三つ、いうてんか」

私は体を起して、せかせかといった。

「赤丸屋のすうどん三つ。会長さん。今日はええ日や。おごったってェな」

自分のことを他人《ひと》ごとのようにいう大阪弁の狡智にすばやく乗って私は会長に圧をかけた。こういうことは間髪《かんはつ》入《い》れずにやらなければいけない。会長は考えこむひまなしに、ついつい、調子に乗って、フッ、フッと笑い

「よろし。よろし。よろしいです。それくらい！」

といってしまった。

会長が階段をおりていくと、敏太は私の顔を見て、不安そうに苦笑した。それを見て私は憂鬱になった。逃げるのではないか。むらむらと心細さがこみあげてきた。敏太は古畳にあぐらをかいてじっと考えこんでいたが、やがて顔をあげ

「お鳥目を切手で払うって、何のことや？」

とたずねた。

私は寝そべったまま言葉を注意深く選び、敏太をおびやかしてとびたたせないよう、会長の奇妙な支払方法を説明した。会長の眼には紙幣も株券も切手もすべて通貨であっ

て、現金とおなじことになっている。会長は借金に攻めたてられ朦朧となっているが、会員が封筒に入れて送ってくる現金はことごとくその日のうちに蒸発してしまうので、どうしても支払は切手ということになる。これを切手と思うからさなしくなるので、辻《つじ》のタバコ屋に持っていけば特約してあるからその場で現金になる。郵便局の窓口とも違法の密約が結んであるから、そちらへいってもいいのだが、タバコ屋のほうが便利で手っとりばやいのである。

「翻訳料を切手で支払うのか？」

「そうや」

「その切手は翻訳原稿を入れた封筒を外国なり日本なり日本内地なりに送るために同封してきたものなんだろ？」

「そうや。送料と手数料や」

「その送料食うてしもたらどないなるねン。手紙送られへんようになるやないか」

「その分だけは手をつけないようにしてるらしい」

「ずっと君は切手で飯を食ってきたのか？」

「ハッキリいえばそういうこと」

敏太はショックをうけて考えこんだ。会長から切手をむしりとるのがどれだけつらい仕事かということを私はいいたかったけれど、だまっていた。それをいえば敏太はいちもくさんに逃げだしてしまうにちがいなかった。敏太の頬に苦笑が浮かんでいるのを見て私は安堵をおぼえた。この会を珍しがっているような気配がどこかにある。彼は私ほど生活に追いつめられていない。私は彼が好奇心でこの陋劣《ろうれつ》な窮迫のなかに足を踏みこんでくれることをねがった。

いきなり私はいった。

「おい、高井。助けてくれ」

「………？」

「不安で不安でやりきれないんだよ、おれ。だから君をひっぱりこんだんだ」

「告白か。重いな」

「君がよこにいると助かるんだ」

「耐えなさい。耐えるんです」

「何だっていいからさ。助けてくれよ」

敏太は苦痛を嗅ぎつけておびえ、うん、うんとうなずいた。はずかしさのあまり顔が真ッ赤になった。

「ほかにも詐欺をしてるんだよ、おれ」

「いってしまいなさい」

「英語会話を教えてるんだ」

「どうしてそれが詐欺なんだね」

「英語じゃなくて英語会話なんだよ」

私はらいられらのことを説明し、どうやって壁ごしに盗み聞きした英会話を一時間後に移植するか、いかにアメリカ語はむつかしいものかということをくわしく話した。

彼は頭をかいて笑った。

「まるで詐欺じゃないか」

「そうなんだ」

「誰も知らないのか？」

「知らない。知られたらその場でクビだ。ときどきイヤな夢を見るよ」

「ル・コーシュ・マールか」

「妙なことが一つある。おれは自分の教える英語を何も信じていないんだけど、こないだ町でGIとらいられらでためしにやってみたらみごとに通ずるんでびっくりした。おれはまんざらでたらめを教えてるのではないらしい。そう思ったら今度は教室でぎごちなくなってきたよ。このところ醜悪だ。板についてない」

「妙だな、それは」

「自信をなくしたんだね、やけくその。それでだよ。乞食がにわかに高貴のお生れと気がついたら商売がやりにくくなるんじゃないか。それだよ」

「おっしゃいましたね、ガンツ」

「ガンツそうですよ」

「君がこんなにホラ吹きとは知らなかったよ」

「やむを得ずだよ」

翌日から敏太は会長の家にかよって翻訳をはじめた。われわれは机に手紙を山盛りにしてせっせとでたらめ仕事に精をだした。疲れてくると古畳に寝そべって涙をぬぐった。敏太も私とおなじ文科甲類に入ってはみたもののドイツ語がきらいで、自分でフランス語を勉強していた。私はときどき勉強にいく私塾を彼に紹介してやった。敏太はヴァレリーを読みながらときどき思いだしたようにエリュアールやアラゴンの詩に熱中し、発作が起ると京都までいって詩の原文を筆写してきて私に読めといった。そうして彼が書き写してくる詩のなかでは私はプレヴェールのものが好きだった。辞書をひきひきたどり読みしていると、ときどきハッとするような言葉に出会うことがある。腐った石の街に降る霖雨《りんう》はとめどなく散乱する私を凝固《おさ》してくれる。

敏太は大学へいくとフランス文学を攻めようと思っていて、ときどきその計画を話してくれる。高等学校は一年で終りになり、われわれはほうりだされるのである。新制の大学が作られて、そこに入るためにはもう一度受験勉強をして入学試験をうけなければならない。敏太は高等学校へ入ったとたんに忘れてしまった数学や物理をもう一度おさらいしなければならないので自尊心を傷つけられたり、おびえたりしている。彼も私もいわれなくかぶった倨傲《きょごう》と冷嘲の鎧《よろい》が重い。私はいつからとなく眼にふれ耳にするものことごとくを一度はフンと鼻でせせら笑わないことには話ができないという条件反射におちこんでいるのでひどく息苦しかった。敏太が大学の話をはじめると私は何が何でも嘲った。意識するよりさきにくちびるがゆがみ、鼻が鳴ってしまうのである。敏太は敏太でおなじ反射にかりたてられて、私が頭から冷嘲することをいちはやく察して自分も冷嘲する。そのため彼も私もさしむかいで話をはじめると何を話してよいかわからなくなる。

「……くだらん！」

どちらかがさきに口にだすと

「いや、まったく！」

どちらかが答え、そこでとまってしまう。われわれはゆっくりと起承転結をたどり、河口から源までを周密に観察しながら自分の感情をさかのぼるということがまったくできなかった。そのような冷静さは過熱したわれわれには偽善趣味と感じられた。そう感ずるゆとりすら欠いていた。

けれど敏太が自嘲しながらも確実に大学へ進学するつもりでいるらしいので私はおびえた。私はパン焼工や旋盤見習工になっていいと感じて、ただ籍をおいて奨学資金をもらうために高等学校に入ったにすぎないのだと内心うそぶいていたが、じつはパン工場も町工場もでたらめに人がいるという時代がすぎて、それぞれ専門家だけを求めるようになっていた。私はパン屋の見習工としては有能であったけれど、いまはパンを焼くことに徹底的に従事する人間を求めている時代であって、高等学校へいってみたりパンを焼いてみたりというような甘い軽業《かるわざ》はできなくなっているのである。旋盤見習工についてもそうだった。もし本気で旋盤見習工になりたいと思うなら朝から晩までかかって腕を磨くことにふけらなければならない。学校と工場の両方に足をかけるというようなことはできないのである。私は学校を侮蔑しながらそれにひかれ、労働を愛しながらそれに浸りきろうとしていないのである。いま、すべてのことに、明確な境界線が姿をあらわしつつある。日本は私の気がつかないうちに秩序を回復しつつある。闇市も民族の野営地ではなくなりつつあり、その厖大な流亡ぶりに魅せられた私は後方にとりのこされたのである。いつのまにか私は敗退していた。大学の試験はパスできるかもしれないけれど、教室や点取虫どもは見ただけで胸がわるくなる。

私は焼酎を買ってきて敏太と二人で飲んだ。会長に電熱器を借りてネギのブツ切りを焼いた。黒く焦げた皮をむくと、白く、やわらかな、汁のたっぷりしたたる肉があらわれる。それを醤油につけて頬ばり、ねばねばときつい香が口いっぱいにひろがったところを焼酎で流した。ときにはブタのモツをジャンジャン横丁で労働者たちがやっているように生のままトウガラシにまぶして食べた。切手で酒を飲むとなるとそんなことしかできなかった。モツの血は新聞紙にしみ、古畳にしみこんだ。敏太は焼酎を飲むと髪まで赤くなり、眼をキラキラ光らせて、革命だ、革命だといった。奇妙なことに革命と聞いても私には何の感動も湧かなかった。敏太の美しいくちびるからその言葉がこぼれると、たちまち上品に蒸発してしまい、眼を瞠っていても、何もとどまるものがなかった。透明な熱い水滴のような焼酎とともに私は口から胃へしたたりおち、砕けて波となってひろがり、ゆらゆらとゆれるばかりであった。ただ私は古畳にあぐらをかいてじびじびとアルコールを吸収するだけであり、数知れぬ言葉や像が浮沈する軟かくて膨脹する肉の袋にすぎなかった。ひっくりかえせ。ブッたおせ。敏太は訳しおわった純情な手紙の束をまえにして私をにらみつけたが、なぜか私はいつまでたっても発火しなかった。赤錆びの工場街の屋根のかなたにある濁った夕陽がゆがんだ窓枠にひっかかってじりじりとずりおちてゆく。私はネギくさい下劣なゲップをこらえながら壁にもたれ、眼をひらいたまま眠りにおちた。

布袋の笑い

或る日町を歩いていると、電柱に貼紙がしてあって『製薬見習工募集誰ニデモデキマス　内職モ歓迎』とあるのを見た。アドレスも書いてあった。附近の人びとにたずねていってみると、貧民窟のはずれの運河のふちに倉庫が一つあって、カマボコ板がうちつけてあった。カマボコ板には金釘流《かなくぎりゅう》で、『長寿妙湯本舗　長保堂　第一工場』とあった。雨風に朽ちていまにも崩れそうな古倉庫であった。戸があいたままになっているので覗いてみると、むッと薬草の匂いがし、中年すぎの男が一人、がたぴしの机に向ってお茶をすすっていた。倉庫のなかは暗くてひっそりと静まりかえり、ほかに人のいる気配はなかった。

貼紙を見てきたのだがどういう仕事なのだろうかとたずねると、男はゆっくりと茶をすすってから、タバコをとりだし、それを半分に折って敗戦パイプにさしこんだ。折るときはしげしげとタバコを眺めながらゆっくりと爪で折った。そうやってもかなりの粉がパラパラとおちてしまった。

「……そうでんなァ」

男はのろのろとつぶやいてからにぶいまなざしをあげ、ぼそりとひとこと
「アホでもできますワ」

といった。

「あんた、御希望でっか。たいくつな仕事でっせ。若い人のするこっちゃおまへんワ。鉈《なた》で薬草きざむだけですよってにね。お爺《じ》んでよろしいねん。あんたみたいな若い人、もったいないワ」

男は頬をゆがめてせせら笑い、椅子からたちあがった。案内されるままにあとについていってみると、倉庫のなかはがらんとしていて、壁ぎわに薬草を入れた紙袋や俵や麻袋が積んであった。小さな天窓から晩秋の冷たい日光が射し、二人の老人がコンクリート床にゴザを敷いてすわっていた。老人たちは私が入っていっても眼をあげようとせず、ただ黙ってコツコツと鉈で何かをきざんでいた。あぐらのなかに木の根株台をはさみ、老人たちは石像のようであった。ただ手がうごくのでようやく生きているのだとわかる。鉈の音は静かな、荒涼とした倉庫のなかで時計の振子のようにひびいた。

足もとにタライと手桶《ておけ》がころがっている。それをさして男はのろのろとつぶやいた。

「……これで薬草を計ってかきまぜます。海人草《マクリ》は手桶に何杯、ザクロの根の皮は何杯と、調合はきまってる。薬草は海人草とザクロの根と皮とサンショとミズソウですワ。ただこうきざんでまぜるだけです。これが第一工場。第二工場は別のところにあって、そこではいちいち目方を計って袋につめまんねん。ほん雑《ざつ》い仕事ですわ。アホやないと

つとまらんこってす」

男は敗戦パイプをじゅうじゅう音をたてていがらっぽい煙を鼻や口から吐きだし、またしてもせせら笑った。彼はこの蒼古《そうこ》たる長保堂の主人ではなく、身分を聞くと、〝ま、工場長ということになりますやろか〟と名のった。そのときはせせら笑わず、いくらか誇らしげであった。主人のことを彼は〝えらいさん〟とか〝大将〟とかいったが、その人物はいま用事があって外出しているという。彼は私を倉庫の入口の机のところへつれていき、薬くさい茶を飲ませてくれた。湯は七輪に豆炭を入れて薬罐《やかん》でわかすのだった。彼が粗茶をすすりながら聞かせてくれたところでは、えらいさんはひどいけちんぼであるがこの妙湯で巨富を築いたのだそうである。敗戦後の混乱と窮乏で何でも作りさえすれば売れたときにひどく稼ぎ、いまもまだその余勢を駆って儲けているという。妙湯は虫下しの煎《せん》じ薬《ぐすり》で、もっぱら田舎でよく売れる。それは田舎のほうが何といっても回虫がたくさんいるからである。取引は西日本一帯に及ぶ。

あんなタライでかきまぜるだけのことでききめがあるのだろうかと私がたずねると、男はさきほど折ったタバコの残り半分を敗戦パイプにさしこんで、徳用マッチの火を吸いつけてから、おもむろに、ひとこと

「ま、思い思いや」

といった。

「新薬がええちゅう人もいるし、あかんちゅう人もいる。漢方はあかんちゅう人もあれ

んし、あかん思たらあかんねんし、こういうことはよろず思い思いでんな。私はそう睨んでる」

男は自信たっぷりにそんなことをいい、ためしに飲んでみるといいといって手近にあったのを三、四箱つかんで気前よくわたしてくれた。大きな商標が印刷してあって、あぐらをかいた布袋《ほてい》が毛むくじゃらの太鼓腹を見せてニンマリと、豊饒にして猥雑《わいざつ》な微笑をうかべていた。これでいいのだよ、すべては現在のままでいいのだよと彼はいいたがっているように見えた。

翌日から私は倉庫にかようことにした。日給は手紙を翻訳して得るのとおなじくらいであったし、切手でもらうのではなさそうだったから、また、どこか私には、とことん蒙昧の底へおちてみたいという気持もあったからである。切手一枚一枚を剝ぎとるようにして、あの薄暗い、傾いた二階で会長と争いあうことにつくづく私は疲れていた。この漢方薬屋のばかばかしさかげんには何かしら痛烈なものが感じられ、おおらかな自棄をさえおぼえさせられる。それに、すべて新しいものには魔力があるものだ。私は会長宛にハガキを書き、いろいろ厄介になりましたが思うところあってやめることにします。切手の貸しがかなりあるがあなたにあげます、出世して後日町角で会っても礼はいわないでください、いそいで書きました……とだけ書いて、ポストにほうりこんだ。カサリと音がするのを聞くと、爽快なものが額をかすめるのを感じた。何かを切りおとしてしまうことにも魔力はあるらしかった。

朝九時に第一工場へいくと、工場長は私を倉庫のすみへつれていき、老人たちのよこにならんですわらせた。ゴザを一枚コンクリートのむきだしの床に敷き、どこからともなく鉈と根株の台を持ってきた。そして海人草の俵をころがしてくると、鎌で口の縄を切った。俵のなかには灰白色の乾いた海藻がぎっしりつまっていた。

「これをトントンときざみまんねん。マクリは高貴薬でっせ。えらい銭払《ぜぜはろ》て台湾から輸入してまんねん。サンショウやザクロはよろしいが、これは気ィつけとくなはれ。床にひとかけらでもおちたら大将にえらい怒られますよってにな。覚悟しとくなはれや」

工場長は昨日とはまるでちがった口のききかたをした。昨日はゆったりとすべてのものを嘲笑したのに今日はクスリともせず、下劣に苛酷なもののいいかたをした。彼は私にそれだけの物をあてがうと老人たちに何もいわずにどこかへ消えてしまった。老人たちは老人たちで、新顔の私が来てもべつに声ひとつかけようとせず、のろのろと根株に海人草をおいて鉈できざみにかかった。彼らにはまるで声帯がないみたいだった。その日一日はたらいたがついに私は声をかけてもらえなかった。彼らどうしもその八時間のあいだにぶつぶつと二言三言口をきいたきりであった。そういうのが彼らの〝ウェイ・オブ・ライフ〟であるらしかった。冷酷なのでも、精神異常なのでもなかった。

これまでに経験した手の仕事はたいてい私は好いていたようである。貨車の突放《つきはなし》作業も、パンを焼くことも、旋盤で金属を削ることも、みんな私は愛していた。しかし、今度の仕事には、何かしら気味のわるいところがある。水底のような倉庫の床にすわりこんで、ただ時計がセコンドをきざむように鉈で海藻をきざんでいると、やがて背をもたげてくるものがあるのだ。単調という怪物がやおらたちあがってくるのである。とんとんコッコッ、とんとんコッコッとやっていると、或る瞬間、リズムのなかにすべてがとけこんでしまうということが起る。どんな仕事にもきっとそういう瞬間がどこかで待伏せしている。自我が放散し、体がとけ、すべてが手の運動に集められる。ただ手だけがうごく。このおろかしい海藻きざみの仕事にも午前中に二度、午後に一度、そういう純粋結晶の時間があって、私は気持がよかった。しかし、私に触知できない何かの原因がうごいて時間の輪がはずれると、つぎに耐えがたいものがこみあげてきた。倦怠の襲撃は激しかった。音もなく顔をたたきつけ、はらわたを酸で焼き、行方知れぬ憎悪で頰を燃やした。思わず鉈をたたきつけてたちあがって大声をあげたくなるのだ。これほど幼稚な仕事がそれくらい強大な力をふるおうとは、ちょっと想像のつかないことであった。よこの老人は背を曲げ、骨張って節くれだった手で鉈をにぎり、あせりもせず、いらだちもせず、一日中おなじ正確な調子でとんとんコッコッ、とんとんコッコッときざみつづけた。陽の斑点が体の右から根株をのりこえて左へ移り、夕方になって水のような薄明のなかに消えてしまうまで老人たちはひとことも口をきかずに平静に仕事をつづけた。その平静さ、着実さ、堅固さが私をおびやかした。彼らは衰耗しきっているはずなのに私は一種の強大な力、強大な意志の力を感じさせられた。

午後の三時頃にいつもの衝撃が来たときは、それまでこらえこらえ海藻をきざみつづけてきたのが、もうたまらなくなって私は鉈を根株にたたきつけた。背骨が鳴り、腕がきしみ、指がこわばっていた。けれど二人の老人はあいかわらずとんとんコツコツ、とんとんコツコツと鉈をうごかしつづけ、眉ひとつうごかそうとしなかった。私の右にいる老人の頭はすっかり禿《は》げて、毛が一本もなく、頭蓋骨の筋がクッキリと薄く張った皮にうきあがっていた。私は正体不明の激怒でふるえそうになる体をおさえ、胸苦しさをこらえながらその禿げ頭をじっと眺めた。鉈でそのいびつな球を一発、全身の力をこめて殴ってみたかった。球はいかにも脆く、ひよわで、薄い皮にはところどころ老斑がインキのしみのようについていた。にぶくて重い鉈を何の翳《かげ》りもない力をこめてそこへたたきこむところ。錆びてぼろぼろになった厚い刃が皮を裂いて骨に音をたててめりこむところ。それを想像すると私は身ぶるいのでそうな快感をおぼえた。

黄昏になって老人たちはやっとたちあがり、豆電球のとぼしい光のなかでズボンをはきかえると、弁当箱をかかえてひそひそと消えていった。私は倉庫をでて運河のふちを歩いていった。よどんだ運河から静かに水の泥の匂いがたちのぼり、それは少し湿めって、霧のようであった。私は暗い道を歩きながら倉庫のなかの一日を思いかえし、いったいこの愚しさに耐えることには何の意味があるのだろうかと考えた。私は叫びもせず、かけだしもしなかった。夕方に近づくと鉈がまるで起重機のように重くなったが疲労のせいだけではなかった。けれど、いま、倦怠を克服したはずなのに、私の内には自己をしのいだ勝利の感覚が何もなかった。倦怠を制圧するためにひそかに費した力のおびただしさばかりが虚無のなかによどんでいた。多量のものを私はまたしても砕き、錆びさせ、腐らせてしまった気がする。いつまで私はこの仕事をつづけるつもりでいるのだろうか。

えらいさんは二日ほどしてから倉庫にあらわれた。中老のがっしりした体躯《たいく》の男で、鳥打帽をかぶり、半長靴をはき、ふちなし眼鏡をかけていた。闇屋のように見え、土建屋のようにも見えた。彼は巨大な茶碗に熱燗《あつかん》をした酒を入れ、ふうふう吹きながら倉庫のなかを歩きまわった。彼は私のところへやってくると、たちはだかって私を見おろし、海人草をきざむ手つきをじっと眺めていて

「……ふん」

といったようであった。

それだけである。

その日の午後になって工場長が調合なるものをやった。われわれのきざんだマクリやセキルコンピを風呂屋の手桶で何杯かずつ計ってはタライにほりこんで、もぐもぐとかきまわしてブレンディングは終った。ものの十分とかからなかった。そのタライをリヤカーにのせると、工場長は自転車でひき、私はあとをおし、第二工場へいった。それは貧民窟にある長屋で、壁をぶちぬいて二軒の家を一軒にしたものだった。暗い、じめじめした部屋のなかに細長い板台《はんだい》をおき、板台のあちらこちらには緑青の吹いた天秤《てんびん》がおいてある。板台の両側に附近から駆り集められたらしいおかみさんや娘たちがすわり、

たえまなくかまびすしくしゃべりちらしながらせっせとセロファンの袋に妙湯をつめこんでいた。いちいち天秤にかけて計るというようなことはせず、彼女たちはちょこちょこと妙湯をつまんでは袋におしこんだ。その袋を一箇つめこんで一箱となり、その箱を十二箇つめこんで大箱一箱となるのだった。

倉庫から〝ふん〟といって消えたえらいさんはここで待っていた。彼は酒の匂いをぷんぷんさせながら大きな踵で古畳をどすどすと掘って歩き、女たちの手もとを覗きこんでは露骨な、きびしい声をだした。

「……ええか。海人草は高貴薬やぞ、台湾からくるねんぞ。ひとかけらでも無駄にしたらあかん。承知せんぞ。海人草は一袋にひとつかふたつ入れるだけでええのや。あとはセキルコンピやサンショウやミズソウをたっぷりつめる。海人草はえらいきくねんよってにな。そんなにたくさんつめる必要はないのや」

彼はせかせかと部屋のなかを歩きまわり、すみっこに海人草のかけらが綿埃のようになっておちているとすかさずひろいあげて妙湯の山のなかへもどすのだった。

「ええマクリや、ええマクリや。もったいない。こんなところへ捨ててからに。こんなことしてもろたら、どもならんわい。身上《しんしょ》つぶす気か。薄口銭の商売やのに。松下幸之助は七輪でバッテリのハンダづけしてたんやぞ。鳥井信治郎は工場のなかを釘拾《ひろ》て歩いたんやぞ」

ガミガミとそのようなことをしゃべりつつ彼はおかみさんや娘を叱って歩いた。それもけっして正面から非難するのではなく、そっぽを向いて聞えよがしの声をだしておいてからポイと海人草のかけらを投げてよこすのだった。いかにも陰険で執拗なやりかたであった。ひとしきり彼はそうやって部屋のなかを嗅いでまわり、台所へいって水道の栓をきっちりしめなおし、炭俵を覗き、七輪の残り火を火箸でたんねんにつぶした。そのあいだもたえまなく口のなかで薄口銭だとか、身上つぶれるとか、いいつづけた。

えらいさんがでていってしばらくすると、それまで息をひそめてだまりこんでいたおかみさんたちがいっせいに声をあげはじめた。

「出世する人はちがうわナ」

「腕一本、まら一本できたえたお人や、いうこと、なすこと、そこらの人とおなじやないわいナ」

「甲斐性持《かいしよも》ちはどこかちがうワ」

「マクリもいれんと虫下しの薬作ろうちゅうねんよってに、こらァ太いわ。ええ心臓したはるデ。われわれ虫も住まんぐらい腹ペコや。虫に住んでもらいたいわ。この薬飲めるような体になってみたいわ。なァ、御寮《ごりよん》はん。そやおまへんか」

「回転焼食べたいわァ」

「阿倍野の闇市の大福、おいしかった」

「大将、昼間から酒飲んでたよ。小原庄助《おはらしようすけ》さんやな。やっぱりえらい人はどこかちがうようやね。トコずんどこ、ずんどこ」

「トコずんどこ、ずんどこ」

「ごちゃごちゃいわんとはたらき」

「あ、またマクリよけいに入れてしもたがな。気ィ散らさんといてぇな。たのむわ。よっしゃ、いっぺんこの袋、マクリだけ入れてみたろ。これはききますよ」

「どこかで喜ぶ人いるわね」

「功徳《くどく》ちゅうもんや」

「功徳。功徳。ええんやコラ」

おかみさんたちはめいめいべらべらしゃべり、ガラガラ笑い、ひそひそ嘆き、ブツブツつぶやいた。彼女らはえらいさんのことをしゃにむに罵り、ひとしきりそれがすむと誰かが嘆息をついて、なんやかやいうてもあの人は強いわと讃《たた》えた。何人かがそれに同意した。しばらくだまっていてから、やがて誰かが食べものの話をはじめ、ライスカレーや蜜豆《みつまめ》や鯛焼《たいやき》が話題になった。それが終ると、誰いうともなく猥談をはじめ、ふたたび一座は活気づいて、べらべらしゃべったり、ガラガラ笑ったりした。彼女らのそれは想像力や暗喩《あんゆ》の工夫がなく、えげつない直叙であって、聞いているとまるで濡れ雑巾で顔を逆撫でされるようであった。

彼女たちの話によると、わがえらいさんは狡智人に長《た》け、おそろしくけちんぼで、ひどく嫉妬深い好色漢だということであった。女中にいつとなく手をつけて妾《めかけ》としたが、彼は夜、外から帰ってくると、懐中電燈を持って寝床にもぐりこむのだそうである。そしてつぶさに点検して留守中誰にも城門がひらかれなかったことがはっきりわかってから潜水夫のように浮上して、一度、ふとんから顔をだし、息をととのえる。そうやってすっかり安心してから、やおら彼は猿臂《えんぴ》をのばして抱擁に移る。彼女はただの台所女中で、美しくもなければ魅力があるわけでもなく、むしろ一人の貧しく気立のやさしい無学な女というべきで、どんな化粧して歩いたところで心斎橋筋を三町歩いてもおそらく一人の男もふりかえらないにちがいない。けれどそれは他人の考えで、えらいさんはたえまなく留守中に男が彼女のところへしのびこむのではあるまいかという妄想でいらいらしている。懐中電燈を片手にして毎夜潜ってゆくのはそのせいであった。

さらに彼女たちの話によると、えらいさんのけちんぼはほとんど二の句がつげないところにまで達している。むしろそれはけちんぼというよりは、何か別種のものである。彼は家のなかを猫のように足音をしのばせて歩き、襖をあけるときにはいちいち持ちあげてからそろりとよこへひく。足音をしのばせて歩くのは畳が傷まないようにという配慮からであり、襖を音なくひくのは敷居がちびないようにという配慮からだそうである。彼は〝グッスリ〟ためこんでいるのに妻、子、妾の誰にも卵を食べさせてやらない。おれはたらいているのだから力《りき》のつくものを食べるのが当然だが、おまえたちはおれに養われているだけなのだから、精をつける必要もなければ権利もないというのだそうである。しばしば彼は妻や子に戦時中そのままの芋入りパンだけ食べさせ、そのまえで自分一人はスキヤキをぐつぐつ煮て食べるというようなことをする。この冷血ぶりが三ヵ月前に奇怪なあらわれかたをした。妾が妊娠したといいだしたのである。するとえらいさんは黙って話を聞き、しばらく考えてから、流してこいといった。ばかりではない。すぐつけたして、その費用の半分だけおれがだそう、といった。二人で楽しんだのだから苦しむのも二人で平等に苦しむべきだ。費用のあとの半分はおまえがだせ。郵便貯金があるだろう、といったそうである。妾が泣きだすと、えらいさんは、これが民主主義というもので男女平等ということなのだと力説した。貯金がないのなら立替えておいてやるが、そのかわり毎月の手当から月賦式に天引させてもらおう、ただしおれには痛いことだが、利子はつけないこととしよう、といったそうである。妾は背骨をたたき折られ、いわれるままに従った。

おかみさんたちは毎日繰りかえしてきたにちがいないこの話を聞くと、せっせと手をうごかしながら、これもやっぱり毎日繰りかえしているらしい意見を口ぐちにしゃべった。

「人非人や」

「けだものや」

「けだものでもそんなことせえへんワ」

「ほんまや。けだもん以下や」

「ようまあいえたこっちゃね」

「道楽にもほどほどちゅうことがあるやないか。あの男はちょっとええ気になりすぎてるワ。誰ぞいってヤイトすえてきたり。のさばらしとかれへん。ああいうのを女性の敵ナンバー・ワンちゅうねん」

「好かんタコ」

「お妾さんは気の毒やな。私《わて》がその立場になったらどないするやろ。心配やナ。こんな話はうっかり亭主にでけへんデ。みんな、よろしいか、黙ってや。こわいことになるデ」

「それはもう承知や。しかしやネ、いうたらわるいけど、誰かあんたに手をかけるような物好きがいるのんかいな。そのほうが心配なようや」

「ほんまに男には苦労させられるなァ」

「いっぱしなこといやはる」

「マクリちっとも入れんとセキルコンピばかりワサワサつめて、こんなハッタリで金儲けて、そのうえまだ女をしぼろうちゅうわけやネ。どこにお天道《てんと》さん、照ってるねん。そういいたいわ。くやしいワ。闇や」

おかみさんたちは髪をふり乱して妙湯をいそがしく袋につめながら、しきりに嘆いたり、罵ったりした。その嘆息の或るものには痛切な苦渋のにじんでいるものがあった。過去の何かを思いだして息をひそめている女もあった。けれど私には、むしろ彼女たちは一人の女の非運を楽しんでいるように感じられた。彼女たちは自分よりさらに下でもがいているものを見てヒリヒリする快感をおぼえているように感じられた。野卑な言葉で強烈な同情が語られれば語られるほど、いよいよ芯は流失してしまうようであった。おぼれる犬はけっして他のおぼれる犬を救わないのだ。むしろ喝采するのだ。助けると見せかけて泳ぎよって相手の断末魔をたのしみたがるのだ。

工場長は女たちのあいだに割りこんで話に相槌《あいづち》をうちながら妙湯を袋につめてやったり、箱を整理してつみあげてやったりした。彼は女といっしょになってえらいさんを痛罵したり、女の意見に同調したりしたが、どこか彼の声には空気のぬけるところがあって、圧力はいっこうにたちこめなかった。

「本宅へいったら、いつでも奥さんのグチを聞かされるんや。おれがそんなことを聞いても木の洞《うろ》ほどの役にもたたんとわかっていながら、奥さん、グチこぼしはるわ。いまどき芋パン食うてるええ家の奥さんなんて珍しいわナ。あのひとも不運なひとや。長保堂の奥さんやちゅうのに卵も食べられへんのやからね。精のつよい男につかまったら百年目や」

一人の女が鋭く笑った。

「あんた、そんなこというてて、根はあべこべのことを考えてるねんやろ。どないぞして精つよなりたいと思てんねんやろ。違《ちゃ》うか。えらいさんみたいになれたらなりたいもんやと思てんのと違うか。ようわかってまっせ。やせた小男ほど意外に腎張《じんば》ってるよってにナ」

工場長はたじろぎもせずに笑った。

「ええことというてくれる。じつはおれもそう思てたとこや。ちょっと口にだしかねてたとこや。女泣かすのん、おもろいよってにナ。おばはんみたいなの泣かしても水浸りのゴミ箱みたいなもんやけど、ウグイス泣かしたらええ気持やろと思うワ。いっぺんやってみたいなア」

女は鋭く舌うちした。

「好かんタコ！」

二、三人が声をあげた。

「色魔、色魔！」

「ええ気になりなヤ」

「つけあがったらヤイトやデ」

乾燥した海藻や、刺すようなサンショの匂いや、湿めった壁の匂いなどがまじるなかに、とつぜん私は女たちの匂いがうごくのを感じた。体から洩れる血の匂いもまじっていた。笑声が起って女たちがはしゃぐたびにその陰惨な、鼻さきのふすぼけるような匂いは、ひらいて、たって、もくりもくりとうごくようであった。

ザクロの根の皮

いつ見ても二人の老人は石像のようであったが、何日かたつうちに私は眼が慣れてきた。それとともに新しい場所へきたことの歓びはたちまち褪せてしまった。薄暗い倉庫、にぶい鉈の秒をきざむ音、根株の台、山積みになった海藻や薬草の袋、すべての物から謎が流出し、二日か三日かよっただけなのに、もう十年もここではたらいてきたような気がした。老人たちとならんでゴザにすわり、コツコツと鉈で海藻をきざんでいると、静かな倉庫のなかにはただその音だけがひびき、ふと、耳がとけてしまう。有史前からこの音だけがあり、いまもこの音しかなく、未来にもこの音がひびくばかりなのではあるまいか。

半長靴をはいたえらいさんが茶碗酒を片手に倉庫へ見まわりにやってきても老人たちはピリッともしなかった。ただ黙々と根株の台にかがみこんで身じろぎもしない。眼をうごかそうともしない。えらいさんがひとこと、ふたこと、声をかけると、口のなかでぶつぶついうが、何をいってるのか聞きとれない。えらいさんが半長靴を鳴らしてでていくと、そのあとを見送って顔をあげるということもない。よくあるように人がいなくなりさえすればたちまちその人を批評したり悪口をいったりするということもない。それは寂滅とでもいうしかなかった。彼らは手と鉈だけのこして気化してしまったのだ。けれど老人たちは、よく見ると、まったく蒸発してしまったのでもなさそうだった。彼らは海藻をきざみ終ると、四斗樽のなかへ入れるが、そのとき倉庫の床におちている藁、釘、石コロ、土くれ、何でもかでもをいっしょくたにした。いくら朦朧とした漢方薬でもそれは薬なのであるから、錆び釘を土瓶《どびん》で煮ても、どうしようもあるまい。私はそう思う。けれど老人たちはどんなに錆び釘が眼に入ってもとりのぞこうとはしなかった。のっそりたちあがって海藻をかき集め、釘といっしょに四斗樽へほりこんで、またもとのゴザにすわった。それだけではない。平気で彼らはタン、ツバ、ハナなどを高貴薬、海人草のなかへとばした。そしてそれもいっしょくたにして四斗樽へ入れ、〝第二工場〟へ送った。倉庫のなかは寒くて冷たいので彼らはたえまなく咳《せ》きこんだ。ひからびきった体の奥から何かがよちよちとのどへのぼってくると彼らはゴロゴロと音をたて、ちょっともがき、口をあける。すると、青や白の縞のまじったびっくりするほど大きなタンのかたまりがヒュッととんで海人草の小山にかくれる。一日に何度と知れず彼らはそうした。それまでに私が読んだタンについての描写では梶井基次郎《かじいもとじろう》の文章が出色であった。彼によると冬の朝吐いたタンはすっかり乾いてしまって、指をのばしてとろうとすると、まるで死んだ金魚をつまむようなぐあいにめくれてくるというのである。老人たちのはそうではなかった。彼らは死にかけているのにタンだけはねばねばドロドロして、巨大な膿汁《のうじゅう》のかたまりのようなのである。まるで残余の生のすべてがそこへしぼりだされたといったぐあいのなまなましいものを彼らは吐いた。その陋劣な粘体を分泌することでかろうじて彼らは生きており、蒸発しきったのではないとわかった。それよりほかに確認の手段は何もなかった。

このタンの行方のことを考えると私は奇妙な快感をおぼえずにはいられなかった。毎日毎日私たちのきざんだ草根木皮は〝第二工場〟へ送られて、箱につめられ、売れていく。どこで誰が飲んでいるのかわからない。けれど、買う人間がいればこそ売れるにちがいなかった。西日本の田舎の人たちが買っているそうである。農民たちは粗食のうえに人糞《じんぷん》を野菜にかけるので回虫がわく。それをおろすためにこの妙湯を買うのである。タンにまみれたザクロの根の皮、ひとかけらの海人草、そんなものを土瓶に入れてわかして飲むのだ。タンだけではない。釘、石コロ、土くれもいっしょに煮たてるのである。トレードマークの布袋が毛むくじゃらの太鼓腹をほうりだしてニンマリと永遠に猥雑なる混沌の微笑を浮かべている。ニセモノと感づいた農民が腹だちまぎれに紙箱をたたきつけて踏みにじっても布袋はその地下足袋《じかたび》のしたでニンマリと微笑しつづけるのである。

私は農民に同情しなかった。このような愚薬の横行していることについての怒りもわかなかった。絶望もいまさら起らなかった。私の感ずるものは正体のよく知れない、茫漠とした、あさはかな痛快さであった。私はだまされて怒る農民の顔よりは、むしろ、毎日毎日発送されていく紙箱の大量さを想って痛快であった。誰がそれを買おうと問題ではなかった。科学や理性を叫ぶ民主主義の新時代に毛むくじゃらの布袋がタンや石コロを呑みこんでどんどん買われていくことを考えると、いちずに私は嗤《わら》いたくなった。ときには銃をおいて大声をあげてみたい衝動をおぼえた。イカサマ英語を売って何も知らない老若男女を地下室でだまくらかしている私とこのえらいさんとのあいだに何の相違があるだろうか。たまたまとびこんできたのだが、よく考えてみると、この倉庫こそ私にふさわしい場所なのではあるまいか。

〝セキルコンピ〟という言葉が私にはよくわからなかった。それは英語のようでもあり、ドイツ語のようでもあり、ひょっとするとラテン語ではあるまいかと思えることもあった。やつらは私に〝海人草〟をきざめといった。それは〝カイジンソウ〟と呼ばれたり、〝マクリ〟と呼ばれたりした。どちらで呼ばれてもこのものの正体はピンとわかる。ほかに〝ミズソウ〟だ、〝サンショ〟だといって袋をおろしてくることもあるが、これも正体は見当がつく。しかし、やつらが、〝セキルコンピ〟だといって袋をおろしてくるものは、いつまでたっても、何のことやら、さっぱりわからなかった。それはただのひからびた草根木皮のように見える。しかし私は、そのヨーロッパくさい言葉のひびきから推して、何か高貴薬なのではあるまいかと考えることがしばしばだった。けれど、この暗い妙湯、西洋医学への大胆なる挑戦、科学に対するおよそはにかむことを知らない混沌物のなかにラテン語がまぎれこむなどとは、どうしても考えられないことなので、いよいよ判断に苦しんだ。

そこで、或る日、支配人にたずねてみた。

「セキルコンピって何です？」

支配人はこともなげに
「ザクロの根の皮やがナ」

といった。

とつぜん漢字が頭に閃めいた。〝ザクロ〟は〝柘榴〟だ。音読すればたしかにそうだ。〝セキル〟となる。いや、知らない。けれど、そうなるであろう。〝コンピ〟は〝根皮〟だ。これは疑いのないところだ。〝セキルコンピ〟はラテン語ではない。〝柘榴根皮〟だ。いつわっていない。堂々と名のりをあげているのだ。コソコソしていないのだ。

「ザクロの根の皮が虫おろしにきくんですか？」

私がたずねると、支配人はヤニだらけの敗戦パイプに寄せモクをつめこんでジュウッ、ジュウッ、いがらっぽい匂いをたてて吸いこみつつ眼を細め、ものうげに
「ききま」

といった。

たったそれだけであった。

しばらく私が黙っていると、彼はヤニでにごったような黄いろい眼をあげ、やっぱりものうげに、いささかおぼつかなく
「ききま、いいまッなァ」

といった。そして、ぼそぼそと、妙湯の処方箋はえらいさんの発明で、業界では有名なものなのである。漢方薬の新薬だという評判がワッとでたくらいなのだ。わいにはむつかしいことわからんけど、何やしらん、ええもんやちゅうことやデ……といった。

その日はそのままで終ったが、何日かたつと私は一つのアイデアにとりつかれた。このアイデアには復仇《ふっきゅう》の感覚があった。何者にたいして何故《なぜ》とたずねられると、おそらく私は答えようがなくて困ったにちがいない。ただ何となく、そうしてみたくて……と答えるよりほかなかった。だから、復仇といっても、タカの知れたものであった。くだらない思いつきにすぎなかった。けれど、アイデアというものはジンマシンに似ていて、一度掻きはじめると、つぎからつぎへと広がるよりほかない性質を持っているのである。アイデアを思いついてそれを広がらせずにおける人物はよほど寂滅の人である。またはもともとそのアイデアは一人歩きできるほどの力を持たなかったのである。ピリッとして一人歩きできる力を持ったアイデアならきっと行方も知ることなく一人で歩きだすにちがいないのである。たとえ煎じ薬についてであろうと、相対性理論についてであろうと、訴求の力はおなじことである。そのはずである。

私は妙湯に“SEKIRU KONPI”という横文字の名をつけて売りだしてみてはどうかと思いついた。どう見ても時代はモダニズムの方向に向い、薬はすべて横文字の新薬が歓迎されるのだから、この奇怪なる混沌物にもデタラメな看板をかけたらいいのだと思った。〝妙湯〟などという蒼暗なる寛容はやめて〝セキルコンピ〟と鋭い正確さの匂いの

〝サンショ〟ではどうしようもないが、〝セキルコンピ〟なら何が何やら見当のつけようあるまやかしにしたほうがいいのではないか。〝マクリ〟だの〝カイジンソウ〟だのもなくてよいのではあるまいかと思った。トレードマークの布袋はそのままにしておいて薬名だけは〝セキルコンピ〟とカタカナにし、よこへ横文字をふり、成分表をすべて横文字で書いて売りだしてみてはどうであろうか。まさか買う人は古倉庫のすみっこでそれが鉈と半死半生の老人によってきざみだされ、タンだのハナミズだのをまぜてごまかしたものだとは気がつくまい。布袋のマークがあるからにはどうころんでもドイツ製とは想像されまいが、少くとも〝妙湯〟よりは訴求力があるのではないだろうか。

或る夜、私は辞書をひきつつ成分表を英語で書いてやった。よく薬の箱のうらに小さな字でヴィタミンAが何グラム、ヴィタミンBが何グラムというぐあいに書いてある、あれを作ったのである。煎じ方も英語で書いてやった。翌日私はそれを持って支配人のところへでかけ、いろいろと説明した。はじめのうち支配人はバカにしてろくすっぽ聞こうともしないので私は不安と焦躁をおぼえた。バカバカしさにやりきれなくなってきた。けれどそれをおさえてくどくどと説明し、成分表を見せてやると、支配人の眼はちらりとうごき

「えらいご苦労なこって」

といった。

昨夜《ゆうべ》一晩かかって書いたのだというと支配人はおどろいたような顔をした。彼はいが

らっぽい寄せモクの煙のなかで眼をしかめつつ成分表を手にとって眺めた。

「英語でんな」

彼はぼんやりとつぶやいた。

「英語やがな」

「英語ですわ」

腹をたてて私はつぶやいた。にぶいやつらだ。頭蓋骨に苔が生えてる。カビが藪《やぶ》のように繁茂しているのじゃないか。ハンマーで殴られなければ痛いといわないのではあるまいか。

しばらくして支配人は顔をあげた。

「家《うち》のことをえらい考えてもろて、お志はありがとおま。おっしゃるとおりこれからは新時代で新薬の時代ですワ。いつまでも長寿妙湯やない。これで永続きするとは思えまへん。えらいさんも何ぞ考えんならんとこや。しかし、新薬には新薬の畑、漢方には漢方の畑ちゅうもんがありましてナ。けっこうこれでもいけますねん。目ェさます薬ありまんな。覚セイ剤ちゅうのんか。あれでも新薬はなんぼでもありますが、やっぱり『ノーシン』ちゅうのも売れてます。どんどん売れてます。何やらしらんカッたるい名前で、頭の温《ぬく》いもんですけど、それがまた人気のもとですねン。チャキチャキした新薬やと何ぞこう副作用があって毒になるのとちがうやろかと思うけど、『ノーシン』ならのんびりしててええ。それとおんなじで、長寿妙湯も、このままのほうがええのかもしれません。何せこれはえらいさんの発明ですよってな。本来、一子相伝のもんですワ。大将、ウンといいますやろか」

えらいさんにつたえるだけはつたえてみようといって支配人は成分表をジャンパーのポケットに入れた。私は倉庫のすみにもどり、ゴザにあぐらをかいた。

二、三日してから私は支配人に呼ばれ、えらいさんの家へつれていかれた。やつは妙な趣味があり、貧民窟をはずれた住宅地にあるちょっとしゃれた二階建の家であった。そこへ人を呼びつけた。奥の部屋で妾といっしょにふとんのなかへもぐりこんでいて、そこへ人を呼びつけた。見せびらかしたいらしいのである。正午近くまでのんびり妾と寝ていられる身分だというところを誇りたいらしい。襖が一〇センチほどあけてあり、番頭と私はつぎの間に膝を正してすわり、その襖のすきまからボソボソと洩れてくる声を謹聴するのであった。えらいさんは襖の向うで何をしているのかわからない。妾がいる気配はありありとするのだが、暗いし、すきまは細いし、何も見えなかった。壁、畳、柱、襖、すべての物に漢薬のひめやかで湿めっぽい匂いがしみついていた。その薬くさい闇のなかからえらいさんの声がボソボソと洩れてきた。

「……番頭に聞いたけど、えらい心配してくれはってるそうで、ありがたいこっちゃ。お志かたじけないワ。お礼いいます。ガクのある人のすることはちがうわい。昨日も番頭とそんな話してましたんや。ガクがあるだけやない。あんたには向上発明の心ちゅうもんがある。若いのに感心なこっちゃ。大事にしなはれや。宝です」

彼はしきりに私をほめそやした。ふとんのなかでもぐもぐうごく気配がする。何をしているのだろう。寝返りをうったのか。ドテラの帯でもしめなおしたのか。

「しかしやゾ、しかし」

声の調子が変った。

「餅は餅屋という言葉もあるワイ。何も知らん素人の青二才がよこから口をだすことない。わしゃ将棋をしてるのとちゃうねン。よこからああさせ、こうさせと指図されとないねん。これでもわしゃ頭が白うなる年までこの道で苦労してきたんや。長寿妙湯も苦心のあげくに発明できたんや。そんじょそこらのもんをパッパッ、パッパッパッと掻き集めて作ったんやない。あんたはわしらをバカにしてるらしいな。漢方は迷信やと思ってんねんやろ。わかってるわい。武長《たけちよう》や田辺の薬なら呑めるけど、わしらの妙湯は飲めんと思とる。ど阿呆《あほ》め」

とつぜん暗闇のなかで彼は怒りだした。どこから迷いこんだのかわからない学生に商品の名を変えろといわれたことがよほど腹にすえかねるらしかった。こういう傲慢無礼なことをするのも教育のせいだと彼はいった。学校教育をすればするだけ人間はいよいよすれっからしになるようだ。教育のあるやつにかぎってえげつないことをする。それはいよいよ大がかりで手がこみ、眼も口もあけていられないほどすごいものだ。教育はいけない。教育は人間をわるくする。高等学校や大学などはよしてしまって、みんな小学校でたら丁稚《でっち》奉公にやればよい。のびる人間は丁稚奉公してものびる。のびない人間は大学へいって家を破産させるくらい勉強してものびない。そんなものなのである。わしがいい証拠だ。わしを見ろ、ろくに教育なんかうけたことがないがこうして工場を二つも持ち、ちゃんと家をかまえ、人を使う身分になったではないか。

「なんで妙湯があかんねん。なんで横文字にせんならんねん。何が『セキルコンピ』や。バカにするな。わしは怒ったぞ。ヘッ。賢《さか》しらが、ガクある思て、ええ気になりやがって、片腹痛いワイ。よこからごちゃごちゃいわずに兄《あん》さん、わるいことといわへん、だまあッてマクリきざみなはれ。それが真《まこと》に通じまんねん。ほんまにわしのことを心配してくれてんねんやったら、いますぐ工場へ帰ってマクリきざみなはれ。あれでも上手になるには五年かかる。マクリ五年ちゅうねん。これをおぼえるには無理ヘンにゲンコツと書く。無理ヘンにゲンコツと書いて人の一生と読むのや。おまえらこんな言葉知らんやろ。学校いってトロトロせんずりかいているひまにそんなことでも勉強しなはれ。さしでがましいにもほどがある。何や、横文字で『セキルコンピ』なんて、書きさらしてからに、そんなことちゃあんと考えたあるワイ。いまさらよこからハナたれに指図されることないワイ。帰りなはれ。帰ってマクリきざみなはれ」

襖のすきまに耳をよせていた支配人は、ゴロゴロとのどが鳴って茶をすする音がしたので体を起し、眼で私に合図した。ひきさがろうということらしい。ののしられたので私は傷つかなかった。侮蔑がわいてきた。それは一種の昂揚であった。

われわれがたちあがろうとすると、その気配を待ちかまえて、とつぜん暗闇から声が洩れてきた。いまのいままでののしっていたのに、とつぜんそれはしみじみとした調子を帯び、しんみりと枯れ、背後からそッと肩に手をおくようなぐあいになった。

「兄《あん》さんも苦労やなァ」

そうつぶやいたきり暗闇はひっそりしてしまった。一度ふとんのなかでもぐもぐと寝返りをうつ気配がしたが、えらいさんはそれきり声をかけようとしなかった。たっぷり満足したらしかった。楽しむだけ楽しんだのだ。またゴロゴロとのどが鳴って茶をすする音がした。

倉庫へ帰りしなに運河のふちを歩いていると、支配人が、ジャンパーの襟をたてた。青白いうなじが鳥肌だって、ふるえていた。冬の空はくもってよごれた古綿を敷きつめたようであり、にぶい陽が澱んだ運河や、泥の湿めった匂いや、赤ちゃけた町工場の屋根などに射していた。支配人は私の顔をちらと横目でうかがって
「気にせんといて」

といった。

私は笑った。

「アホらしい」

支配人はひそひそと
「気にせんといてや、ナ」

といった。

「大将はああいう気性の人やねッ。よくもあしくもああいう人やねッ。あの人のためになると思て兄さんが骨も折り、頭も使《つこ》てやってるのに、おのれひとり高《たこ》うしようとして、貸す耳持たんといやはる。きぶい人やデ。しかしな、あれでも叩《たた》けばひびくところはあるねん。さいごに兄さんも苦労やなァと、ひとことといいはったやろ。そこにちょっと気ィつけてほしいねッ。あとはみんな水に流しとくなはれ」

やせこけた青白い中年男はすっかり芝居気取りで、しみじみとつぶやいた。自分のせりふに満悦していた。しんみりと枯れてしかも含みのゆたかなせりふを吐くことに彼はうっとりとなっていた。新派の舞台でも踏んでいるつもりなのじゃないか。

「気にしたらあかん」

「………………」

「気にしたらあかんデ」

「………………」

「心で泣いても顔では笑《わろ》てんとあきまへんデ。いずれ兄さんはこんなとこからでていきはる人や。わてはそう見てる。わてらのことなんかトンと忘れてしまいはるやろ。それでええねッ。忘れんことには人間育たんんわ」

「わかってるがな。もうええよ」

「忘れとくなはれ。ナ」

「ああ。忘れたわ」

「あんたええ人や」

「気色《きしょく》わるいこといいなヤ」

「わかってるがナ。わかってるがナ」

番頭は腐臭にまみれた運河のふちをのろのろと猫背で歩き、ときどき胴ぶるいしてやせた肩をそびやかした。私は復仇が挫折したので心が低かった。何かしらみじめさが雨水のように膚《はだ》にしみこみ、ぬかるみの泥水がじりじりと足のうらから這いあがってくるような気持であった。

とつぜん番頭は私の顔をちらと見て
「せんずりもほどほどにしや」

何を思ったのか、ひどく優しい声をだした。虚をつかれたようで、うろたえた。わかるものなのだろうか。

人相にでもでているのであろうか。私は出世するといわれた。二人の老人のうち、一人の老人が、或る日の午後、たったひとこと、そういったのだ。彼は私が倉庫にかよっていっしょにならんで仕事をはじめたのに何日たっても声ひとつかけようとしなかったが、そのとき、何を思ってか、ちらと眼をあげて
「あんたはようなる人や」

といった。

それきりであった。

とつぜんそれだけつぶやいて、あとはいつものようにのろのろと鉈で海人草をきざみつづけ、四時間後に六時となると、暗闇のなかでたちあがり、家へ帰っていった。そのあいだひとことも口をきかなかった。水道の栓から永い時間かかって水滴がひとつポタリとおちるようにひとことつぶやいたまでなのである。私はひからびたコッペパンにひときれ魚のソーセージをはさんで食べていたところだった。空腹にはとても耐えられそうになかったので、いつものように、お茶をたっぷり飲んでごまかしていたところだった。

「なんでや?」

切りかえすように私はたずねたが、老人は口のなかでぶつぶついって黙ってしまった。たいへんそれは聞きとりにくかったが、何かしら、学校へいってるからとか、いずれ大学をでればとか、いってるように耳にはひびいた。老人はどうやら信じこんでいるらしい気配であった。大学をでれば人は出世するのだと思いこんでいるらしい気配であった。ふきだしたくなった。老人に説明してやろうと思った。高等学校も大学も幼稚園みたいなものになってしまって、出世とはあまり関係がないのだと教えてやりたかった。遠い西洋の昔のラテン語というみんながわけもわからず恐れる言葉では《学校》とは《ひまつぶし》という意味になっているのだ。そしていまの学校は《ひまつぶし》以外の何ものでもない。それを忘れてみんなほかのことに利用しようとする。だからいけないのだ。

そういってやろうと思った。しかし、老人は、大学をでたら出世するものなのだと、まったく信じこんでいるらしい気配であった。むしろその気配の深刻さに私は圧《お》されて、ものがいえなくなってしまった。学士様なら嫁やろかと思いこんでいる人がいまだにいるということを発見しただけで私にとっては驚愕であった。日本の陰惨さをふと見せつけられたような気がした。

番頭が、或る日、粗茶をすすりながら説明してくれたことがあった。老人は一家こぞって肺病で、娘、息子、妻、すべてを肺病で失ってしまい、いまは一人きりで暮している。自分も肺病である。だからあんなに大きな青いタンを吐くのだ。番頭はそういった。しかしそれ以上のことは何も知らなかった。老人の名が、片田さんということは知っていた。けれど、たったそれだけいってしまうと、番頭はもう話題は何もなくて、近頃流行しだした競輪のことをしゃべりはじめた。私はその日の午後も三時頃になると倦怠で息がつまりそうになり、重い鉈で片田老人の薄い禿頭をたたきやぶりたくなった。いまにも腕がひとりでに鉈をつかんで走りそうであった。

唐辛子のような女

翌年の春、大学に入った。高等学校には一年いただけで、学制が変えられてそれは廃校になり、新しく四年制の大学があちらこちらにつくられた。もう一度受験勉強をしなければいけないことになり、去年高校の入試にすべった連中とおなじ出発点にひきもどされ、結局一年間寄り道をしていただけのことだったと、みんなぶつぶつ不平をいった。けれど私にとってはどうでもいいことだった。大学に入ったところでにわかに自分が熱心に登校するようになるとはとうてい考えられなかった。あいかわらず英語会話学校で詐欺の会話を教え、家で塾をひらいて近所の中学生たちを集め、また漢方薬か何か、愚かしく悲惨なことにふけらねばなるまい。その日その日を食いつなぐことにせいいっぱいで、たいていのことはどうでもよかった。ただ大学へ入ったら毎月奨学資金が寝ていてももらえるはずであったから、それを逃がすことはなかった。大学へ入って何を勉強したいというあてもなかった。これからさき自分が何をしたがっているのか、何になりたいのか、私は深く考えたこともなく、その精力もなかった。或る日、たまたま或る大学のよこを通りかかると、願書受付の貼り紙がしてあったので、ふらふらと私は入っていってその場で願書を書いた。希望の科は法科にしようか文学科にしようかと迷ったが、法科にした。

高等学校のとき私は入学式にもでず、終了式にもでなかった。大学も試験の発表を見にいってパスできたと知ると、すぐに事務室へいって奨学金申請の手続をとり、入学式にはでなかった。教科書を買いととのえるのもめんどうであったし、どの教授の教室に出席したものか、さっぱりわからなかった。選ぶのもめんどうであった。新学期がはじまって何日もたってから学校へいってみると、みんな新しい角帽をかぶり、制服をきちんと着こみ、靴をはき、サラリーマンのように鞄をさげていたのでおどろいた。ジャンパーに下駄ばきというのは私ぐらいなものであった。とつぜん私は面食らい、高等学校が懐しくなった。あの馬小屋のような寮室や、穴だらけの柔道畳や、佐藤の巨大な足のうらの匂いや、焼酎の味などが懐しくなった。それらのものには安っぽい偽悪趣味、何かしら囚人の日なたぼっこのようなところ、間のぬけた感傷みたいなものがあって、いらいらさせられたが、それでもこのちまちましたサラリーマンの群れにくらべると、無邪気さということで、はるかに救えるところがあった。佐藤なら漢方薬の話を聞いて吐息の一つもついてくれたかもしれない。けれどもここでは何を話してもムダだという気がした。

大学生たちは会社にかようように学校にかよい、伝票をつけるように教授の話をノートにとり、帳簿そっくりの字を書き、ベルが鳴るとおとなしく椅子からたちあがり、食堂で牛乳とパンを食べ、どの教授のゼミナールにでると就職率がいいとかわるいとか、早くも四年先の入社試験のことをあれこれと思いめぐらしていた。私が少年少女の手紙を翻訳したり、古倉庫で草根木皮をきざんだりしているあいだに日本社会にはどうやら大きな変化があったらしかった。怜悧《れいり》で、確実で、逸脱を知らない、時計のように平安で冷酷なものが主役として登場したのだ。まだ焼跡はいたるところにあった。しかしいたるところに家やビルが建ちはじめていた。商人たちは戸外で叫ばなくなった。闇市は市場となった。物や食品はいくらでもあふれ、人びとはそれを並べることよりは飾ることに心を砕いていた。新聞や雑誌に登場する知識人たちの声はたちあがるまえにすわることを考える姿勢を匂わせた。批評家たちは分析の妙を誇ることにふけり、作家は冒険を試みなくなり、極左、中左、右左、自由主義左翼、自由主義中道、自由主義右翼、どうってことない派、それぞれ畑ができ、専門化され、人びとはめいめいの役を持ち、創造よりは洗練が、混沌よりは調和ある詠嘆《えいたん》が、直叙や断言よりは暗喩や衒学《げんがく》趣味が迎えられ、仲間同士は心のなかでバカと思ってもけっして口にはださず、擁護しあい、あらそって推薦文を書きあい、満腹しながらけっして満足しないことがかさなって一種のうつろな仰々しさが全方角にあらわれはじめていた。或る月の文芸時評に〝傑作〟とか〝天才〟などという言葉が見いだされ、翌月の時評にはおなじ筆者が〝ここ数年、文壇は久しく不毛〟と書いているのが見いだされるといったぐあいだった。

すれちがいに入ってみた大学であったが、この学校はいささか奇妙であった。大阪の南郊に立派な鉄筋コンクリートの校舎を持つ大学であったのが戦時中は海軍に接収され、戦後はつづいて米軍に接収され宿舎として使われ、しょうことなく大阪市内の三つ四つの小学校に大学は分散させられているのだった。そのため学科によってはあちらの小学校、こちらの小学校とわたり歩かなければならなかった。一つの授業が終るとみんなぞろぞろ教室をでて、ひとかたまりになって、町をわたっていくのだった。私は何事ものうくていらだたしかったので、奨学金をもらうときと試験のときだけ登校した。心斎橋筋を左に折れて学校のほうへ歩いていくと、制服、制帽、靴、鞄、大学生たちが鳥の群れのように群らがって向うからやってくるのに出会う。それが私にはあいかわらず恐しかった。金をもらうために大学に籍をおいているにすぎないのだと侮蔑しきっているはずなのに、とどのつまり行くところがなくてこの道を歩いているのだと思うと、どこからかその空洞へ孤独と恐怖がしみこみ、汚水のようにじりじりとひろがっていくのだった。

とらえどころのないそれが私を山沢の家へ追いやった。彼と知りあったのはフランス語塾でだった。日本語をひとこともしゃべらないでフランス語だけで教える塾へ彼もフランス語を習いにきていた。その頃彼は仲間を集めてガリ版の同人雑誌を主宰し、批評家になろうとして斎藤茂吉《さいとうもきち》を研究し、論文を書いていた。私が知りあった頃には『赤光《しゃっこう》』を中心とした論文を書いていた。やせ細って小さな猫背の青年で、品のよい鳥打帽子をかぶり、笑うと眼がたいへん優しくなったが、小さな鼻が空を向いて早くも謀叛気《むほんぎ》と逸脱愛好癖を示していた。のちに有島武郎の『或る女』を研究しだしたときに性科学の知識の必要を痛感するあまりフロイト、ユンク、小倉清三郎、内外の性科学文献をことごとく読破しようという奔馬性の志をたてた。そして、趣味と科学と芸術との境界がいっさい朦朧としているこの沃野《よくや》にかけこんで、春画、春本、それも江戸、明治、大正、昭和、アジア、ヨーロッパ、アメリカとアミーバー活動をはじめたものだった。しかし彼がフランス語を勉強しだしたときはまだそれほどの百科全書派的狂疾がきざしておらず、ただ茂吉に関する文献渉猟のとめどなさに脅威をおぼえさせられるぐらいのことですんだ。彼はヴァレリーに熱中しながら『赤光』に熱中し、ヴァレリーをフランス語で読みたいばかりに塾へかようのだった。

山沢は私とおなじ中学校で一年上級生であったが、その頃は噂を聞かされるだけであった。私が食うや食わずで運動場のすみの水道でトトチャブにふけっていた頃彼は早くも謀叛を起して教師を追放する騒動をひき起した。教師たちは小骨のむやみに多い中学生を叩きつぶしにかかるよりはていよく追いだしたほうが得策だと考えたらしく、放校処分にはしないで、そっと卒業させてやった。或る大学の予科にもぐりこむと彼はコミュニズムに熱中して学生運動を組織し、しばらくかけまわり、仲間を恫喝《どうかつ》したり煽動《せんどう》したりしていたが、そのうちどういうものか姿を消し、噂を断ってしまった。病気になったのだという噂をちらと聞いたことがあったが、私のいる場所からははるかに遠い場所にいる人物のように感じられた。フランス語塾の薄暗いたそがれの廊下で時間がくるのをおとなしく待っている彼を発見したとき、彼は狷介《けんかい》さと孤独さを持っているように私には感じられた。寡黙なはにかみ屋だったが、ときどき激しさを語尾に匂わせ、純潔をめざしている冷嘲癖のある大学生であった。

冬の夜、ちっぽけな詐欺授業に私がくたびれて、思いあぐね、山沢の家へいくと、ベニア板を山積みした暗い土間を通って書斎に入れてもらえた。彼の書斎は奇妙なものだった。露地の空に柱をわたしてベニア板商の父親が病弱で読書好きの長男のために鳥小屋のような部屋を作ってやったのである。山沢はそこを本の倉庫のようにして、寒い夜には陸軍航空兵の裏に毛のついたパイロット服を着こみ、足をアンカにおいて、肘掛椅子のなかで小さくなっていた。そのアンカは何かのよくあるいかさまで、電気も石油もいらず、コップ一杯の水を注ぐだけで中につめた石が化学熱を発生してポカポカと温くなるというしろものであった。つねにコップ一杯の水だけでエネルギーが発生するという永久運動の一歩手前の新案特許出願中なるゲテであった。信じている気配はないのにいつもいっても彼はそれを後生大事にかかえこんでいた。

心の或る深い箇所では彼は暴力革命で日本を顚覆《てんぷく》したいと思っている気配があったが、その可能性が絶無であると認めている気配でもあった。何事を経験し、何者に出会ってその認識を得たのかは私にはわからなかった。けっして彼はあらわに語ろうとはしなかった。革命はコンクリートにチューリップを植えるようなものであった。彼は夢を育てながら、それをつぎつぎと容赦なく切り捨てねばならなかった。精神病院の赤煉瓦の色をうたいこめた茂吉の暗い熱情の閉じた炎のゆらめきに彼は魅せられていた。同人雑誌に彼が書く論文は異様な精緻さで私に圧倒的な印象をあたえたが、夜さし向いで、熱い粗茶をすすりつつ話していると、彼の体を通過した茂吉その人の体温がじかにつたわってくるように私には感じられた。なぜ中野重治《なかのしげはる》の体を茂吉が通過したのかも彼の口から語られると、率直な柔軟さで納得できるように思えた。論文のなかの彼は自らの感性の指示するシステムにしたがって仮説をたて、それらを武器に、仮借なく他人の意見を切り捨てた。はげしく難じ、きびしく糾弾した。それは高山の空気のようなものだった。ただ彼はそれが稀薄《きはく》、峻烈《しゅんれつ》に広がり漂っているだけでは満足できず、何かしら触知できる透明で硬質な結晶体のようなものに純溜《じゅんりゅう》して、定着したいとあせっているのだった。その作業を言葉、文字で遂行しようと試みたことに悲劇があった。創造は混濁した熱情の所産であって、文字でそれが表現されるかぎり、ついに不動の絶対なるものはあり得ない。文字はそのような真空圧に耐えられない。文字はたちどまって凝視してはならない。それは熟視に耐えられないのだ。熟視すればそれは一瞬で砕け、熟視するものは塩の像となってしまう。彼はその罠《わな》に気がつかなかった。私も気がつかなかった。やがてわれわれは音なく直進し、狂気寸前に到着して、絶交することとなった。

ベニヤ板張りの鳥小屋で粗茶を飲みつつ本の話をしていると快かった。山沢は潜熱的革命家だったが石頭の教条屋ではなかった。固定観念に束縛されて感動を寝台にあわせて手足を切りおとすやりかたで整理しようとはしなかった。オーウェルはスウィフトの

『ガリヴァー旅行記』を愛読し、何度もくりかえし読んだ。彼は『一九八四年』を書き、多数の人びとはそれがスターリン的全体主義に対する憎悪と絶望の書であると感じた。私には『動物農園』のほうが透明な完成度と深い簡潔さではるかにこれよりはすぐれていると感じられる。けれど彼は経済と権力の独占主義そのものが何事をひき起すかを描きたくてあの作品を書いたのであって、コミュニストには絶望しながらもついに死ぬまで一種の社会主義者、平等を夢想する詩人であった。『一九八四年』においてすら殺到する冷酷と野蛮と汚物の大波のなかでやっぱり彼は一縷《いちる》の希望をプロレタリアートの女のたくましい腰にみなぎった盲目の生命力に托《たく》している。空想社会主義者としての彼はスウィフトが王制復古を望む反動家であると断じた。また彼はスウィフトが女を許容できなかったのは性交のときの汗と精液の匂いに耐えられない純潔の狂疾からであると判断した。けれど、彼は、幾度疑いと否定をもって『ガリヴァー旅行記』を読んでも、毎度感動させられ、それを拒むことはできなかったと告白している。そして、文学作品は思想やイデオロギーの如何《いかん》にかかわらず傑作であり、またそれ自体の魅力を発揮し得るものであることを認めざるを得ないと告白している。私はこのオーウェルの態度に親近感をおぼえずにはいられない。私はどんな教義にも参加し、献身したことがない。けれどオーウェルがあれほど夜も眠れず考えぬいて極限までいきながら、なおかつ自分の心のうごきに率直に接する寛容さを失わなかったことに、この人の真摯さを感得する。こんな議論は自明の理を説いた、バカバカしいような性質のものである。しかし人は何であれ、教養への純潔や義務の観念から、ひとたび周囲の条件が作られたなら、何のためらいもなくこの寛容を放棄してしまうのである。

山沢は『資本論』やレーニンの著作をすべて熟読していた。けれど私がそれについて何かをたずねると即座に答えはしたが、けっして私を洗脳しにかかろうとはしなかった。どこそこの古本屋にこんな本があって、あれはちょっと面白そうだと私がいうと彼は翌日すぐでかけてその本を買いこみ、面白がったり、つまらながったりしてから私に読ませ、私が面白いというと売りとばさず、つまらないというと二束三文で叩き売った。われわれは岡本一平のマンガからハイデッガーまで、手あたり次第、でたらめ、支離滅裂に読んで、罵ったり、感嘆しあったりした。山沢は〝デキのわるい子供ほど親は可愛《かわい》がるのだ〟といって父親や母親をたぶらかしては金をひきずりだし、ほとんど無限に本を売ったり、買ったりした。彼は大阪の古本商のあいだではちょっとした顔利きで、古本商の鑑札こそ持っていないが、どの古書籍即売会でも顔パスで通れた。百貨店で開かれるときには開店三十分前にでかけて鉄扉のまえをうろうろし、十時に鉄扉があけられると、五階であろうが七階であろうがかまわず、いちもくさんに階段をとんでいくのだった。そして眼を光らせて会場をかけ足で走りまわり、狙いをつけた本をほとんど気ちがいじみた速さで指さきではじきとばし、えぐりだすのだった。アナトール・フランスに古本狂を扱った『シルヴェストル・ボナールの罪』という小説があるが、あれは獲物をたずねて老学者がヴェニス、ナポリもモノともせずに繰りだす情熱を主題にした小説である。山沢はそれを読んで、頭をふり、ニクイ、ニクイといった。

山沢の父親はベニヤ板商を営むかたわら、あちらこちらへでかけ、古くなって売りに出た小学校があるとすかさず買いこんで材木をまるごと大阪へ運び、それでアパートを建てる。税務署員をたぶらかして脱税することに無上の快楽をおぼえ、ときどき私をテーブルの向うにすわらせて、いかにウマくやったかということをじっくりと話して聞かせる趣味がある。その話の大半は何のことやらさっぱり私にはわからなかった。彼は実利よりむしろ、いかに人をたぶらかすかということに情熱をそそいでいるのであって、酒はオチョコに一杯飲んだだけでフラフラになるくせ、粗茶にヨーカンをつまんでタヌキ話となると、およそ疲れるということを知らなかった。ピンハネ、ハッタリ、小股すくい、裏の裏、一発かます、いっちょうヤッタル、ドカッとぬいたる……というようなことになると、彼は千夜一夜物語のように生涯を語って尽きることを知らなかった。いちばん彼が誇りにしているのは兵役をずらかったときの話で、なじみの仲居に教えられて一週間ぶっつづけにカラシ味噌だけでフナの刺身を食いつづけ、ついに肛門がまッ赤に張れあがって釈放され、兵営を正門から堂々、挙手の礼をして遁走したという話であった。

「わしはやったった」

語りおわるとニンマリ笑って彼はそのいかにも固そうな禿げ頭を撫でて、粗茶を無上にうまそうにすするのであった。

こういう強豪の脛をかじるのに山沢は幾夜も考えたあげく、からめ手から攻めおとすことを思いついた。母親である。彼は父親には絶対恭順を誓い、何を吹かれても手放しで感嘆してみせるという態度を厳守しつつ、いっぽう母親には、台所のすみとか、風呂場のわきとか、便所のよこなどで、フッ、フッと耳の穴に、甘えた言葉を流しこむのだった。彼のおっかさんはいつ見てもニコニコ微笑し、フライパンのなかでとけかけたバターのかたまりに似たところがあり、ホラ話をかならず実行してみせる有能な夫と、鳥小屋のなかに丸くなって本を読むしか能のない病弱な長男と、そのよこにくっついている眼が美しいというだけがとりえの青い大学生とを、いくらか諦めたまなざしで眺めているのだった。彼女はどうやらコソリと音もたてないのに奔馬のような夫をシッカと把握している気配があり、長男のせがむままに本を買う金をわたしてやっている様子であった。奔馬のような夫はそれを見て見ぬふりをしていた。山沢はすっかりおっかさんを愛し、温くなれば頭がボウッとなるといい、寒くなると若リュウマチがでるようだといい、間断なくできのわるさを見せつけて攻めたてた。

私は山沢にさそわれるまま、彼の主宰しているガリ版の同人雑誌の同人になることにした。私は小説家になれたらいいと思った。けれど、何を書いていいのか、わからなかった。梶井基次郎や中島敦《なかじまあつし》を読むと、何もかもいいたいことは彼らがとっくに書いてしまっていると感じられた。ドストエフスキーやチェーホフを読むと、とても私の這いこむすきはなかった。サルトルは『嘔吐《おうと》』を書いて、孤独な個人の内なる道をことごとく描きつくしてしまったようである。ジョイス、プルースト、サン・テクジュペリ、マルロオ、リルケ、シュペルヴィエル、アポリネール、オーウェル、ハクスリ、ロレンス、すべてある。何もかも語りつくされ、書きつくされてしまった。明晰な大岡昇平もいる。混沌たる武田泰淳もいる。透明なきだ・みのるもいる。荒野の空気そのもののような高杉一郎もいれば、地平線そのもののような長谷川四郎もいる。私は感嘆し、発見させられ、謎が発掘されたのを眺め、吐息をつくばかりであった。

私は印象記風のスケッチ、デッサンからはじめることにした。散文詩のような形で短いデッサンを書くよりほかにさしあたって私には何もできることはなかった。それが山沢の趣味にかなって同人雑誌に掲載されることになるかどうかはわからなかったし、掲載されたところで文学雑誌の巻末にある同人雑誌評にとりあげられるかどうかもわからない。誰が読むかということはあまりあてにしないほうがよさそうだ。幾夜もかかって書いたり削ったりしたものを山沢のところへ持っていくと、彼は眼を通し

「……フム」

といったきりであった。

忘れた頃になって彼は黙って私の原稿をガリ版にまわし、版画のついた表紙のある雑誌の何頁かに納めてしまった。彼の書斎でとつぜんその新しく刷りあがった号を見せられたときには、異様な昂揚がこみあげてきた。私の書いた文字を誰かが鉄筆で一字一字追いながら原紙の蠟《ろう》のなかにきざみこんだのだった。私のために誰かが夜おそくまでは

たらいてくれたのだった。

「こんなことしてええのか？」

「ええやろ」

「おれはまだ同人の誰にも会うてへん」

「合評会のときに紹介するよ」

「君の独断専行やな」

「わからんのか。同人雑誌というもんは編集者の独断専行でやるもんや。みんなのことを知って、みんなの顔をたてつつ、何か叩きだすのが同人雑誌やゾ」

山沢は大出版社の編集長のような老成した顔でそういった。とつぜん私は昂揚が砕け、汚水にしみこんでいくのを感じた。書いてしまえばすべては終る。書いてしまった作者が原稿用紙をふりかえるときのみじめなまなざし、その悲しみのようなものを、このときはじめて私は感じた。

二週間ほどたって山沢は中之島の中央公会堂の一室を借りて、新しく刷り上ったその号の合評会をひらいた。私は帆布製のよれよれのジャンパーを着て、下駄をつっかけて、でかけた。一癖ありげな青年たちが何人か集って、しきりに親しい口調で山沢と話しあっていた。山沢は鳥打帽をかぶり、笑ったり、うなずいたりしていた。私は青年たちに紹介され、いつとなく仲間の一人ということになってしまった。

茶碗でトリスを飲みつつ、合評会がはじまった。トリスは山沢ではなく、誰かが持ってきたのだった。朝鮮人の旋盤工、得体の知れぬアルバイト大学生、どこかの工場の会計係、酒屋の店主、何かの業界紙の編集者、印刷工場の経営者、山沢がつぎつぎと紹介してくれた人びとはそのような人びとであった。彼らはすでに親しい同人であって、雑誌にのっている文章を、めいめい、けっして感動しなかったのにしいて長所をかぞえようとしたり、いやそれではいけないととつぜん短く叫んで非難したり、その筆者の私生活から想像して何か私にはさぐりようもない評言をその文章にあたえたりして、いろいろわからないことはあるにしても仲間だけでさぐりあえる皮膚の温みのようなところで議論をおしたりひっこめたりして、合評会は進行しはじめた。

すると、いつのまに入ってきたのか、ひとりの若い女が、長いテーブルのはしにすわって、激烈な顔をふりあげた。彼女の顔は蒼白で、眼が大きく、くちびるが厚く、蒼白な頬に血が射し、ひとりで問うがごとく、非難するがごとき口調で、誰にともなくたずねた。

「私、小野十三郎《おのとおざぶろう》先生にこういう雑誌があるといって売りつけられて、今日はじめてきたのですけれど、いまさきからみなさんのおっしゃること聞いてますと、はじめての人間には何のことやらさっぱりわかりません。私は詩を書いてるんですけど、対話は尊重します。対話の精神は尊重します。けれど、いまさきから聞いていますと、みんなトリス飲んで、プワプワとしゃべってて、失望しました。独白の精神ばかりです。これが民主主義でしょうか？」

女は悲憤しているらしく、蒼白な頰に血が射し、ギラリ、ギラリと大きな眼を光らせ、いきなり雑誌を丸めてパタンと音をたててテーブルをたたいた。

「……何や、あれ」

私がひそひそとたずねると

「わからんワ」

山沢が悩ましげにつぶやいた。

よこにすわっていた、たしかさきほど西尾とか名のって、関西大学にかよいつつ国鉄労組にひそかなる大いなる影響を抱いているらしき言動をした、どうもハッタリストくさい、けれど眼は意外にニコニコと懐しき風情を見せている若者に

「……何や、あれ」

私がたずねると、若者はじっと女のほうをうかがってから

「唐辛子みたいな女や」

とつぶやいた。

何のことであるか。

黙っていると若者は顔をよせてきて

「一発どうだ。タデ食う虫でっせ」

といった。

引火しない場合

　彼女の家にいったのは二ヵ月ほどしてからであった。それまでに何度も私は会っていた。同人雑誌の会は会費の集りがわるかったり、原稿の集りがわるかったり、ガリ版を切るのが遅れたりして、一月に一度が二月に一度になったり、三月に一度になったりして延びていった。そこで、合評会ではなくて、文学の研究会を月に一度ぐらいはかならず持とうということになり、飲み屋の二階や、中之島の中央公会堂の一室を借りて集ることになった。会員の誰かが作家論を下書きして意見を述べるということにした。それは小林多喜二であったり、芥川龍之介《あくたがわりゆうのすけ》であったりした。萩原朔太郎《はぎわらさくたろう》のときもあればボォドレェルのときもあった。メイラーやサルトルが登場することもあった。はじめは深遠に切りだされ、やがて私的感想に移動して自分を打撃した一行、一句に沈みこみ、所詮わからぬやつはバカであるというよりほかにないこととなり、ついで文壇の噂話におちこみ、さいごは女の話、大儲けの話、仲間に対する親密なる陰口、さいごのさいごは泥酔して茶碗たたいてドンブリ鉢ゃ浮いた、浮いた、ステテコシャンシャン……ということになるのだった。それはドブロク、バクダン、カストリ、宝焼酎、トリスなどのせいであった。

彼女はそれまでどこのグループにも属さず、一人で詩を書いてはあちらこちらの新聞に投稿していたらしかった。小野十三郎氏が『新大阪』の詩欄の選者をしていて、彼女の作品はそこでいちばん的中することが多いらしかった。ペンネームは『森葉子』となっている。マラルメにうちこんだあまり『牧羊神』をもじった、ということらしかった。ロォトレアモンの『マルドロォルの歌』にも影響をうけたとのことであった。しかしわれわれが会のあとで、フランスの象徴派論をつぎにやっていただきたいなどと申しでると彼女は蒼白な顔に大きな眼を光らし、じっと考えこんだあとで

「あんたらにわかるとは思えませんネ」

といいきるのだった。語調にある満々たる口調にわれわれは鼻白み、しばらくしてから、ブタ饅《まん》食べにいこかといいかわした。

文学の話をするはずだった会が酒精のために女や大儲けの話に陥《お》ちこみだすと彼女はいつとなく消えた。象徴詩の話をしているあいだ彼女は眼を光らせて話し、ときに熱中するとテーブルをポンとたたいてわれわれをおびやかしたが、酒精が持ちこむ栄養たっぷりな話となると興味を失って、そっぽを向くか、ただギラギラと壁や天井を瞶《みつ》めるかであった。それは怒っているようでもあり、蔑んでいるようでもあった。熱中したときの口調の激しさから、われわれは、彼女のことを、じゃじゃ馬だとか、カルメンだとかいった。斎藤茂吉の研究家は大阪駅裏の朝鮮人部落でマッカリを飲み、キムチを食べて

いるときに、眼を据えて、あれはまだ男を知らんナ、おれはそう思うナ、といってニンニクの悽惨な匂いをプウーッと吐いた。あいつは尻が固い、あいつは青い麦だ、トウガラシの穂をつけた青い麦だと私はいった。

そのうちカルメンにウィスキーを調合《ブレンド》する特技があることを知った。彼女は昼のうちはウィスキー会社の研究室で試験管をいじり、夜になると家へ帰って詩を書くとのことであった。おいおいわかったところでは、彼女は戦争中は奈良の女高師で物理学と数学を勉強し、戦後は大阪大学で高等数学と原子物理学を勉強し、転向してウィスキー会社の研究室に入り、詩を書きだしたとのことである。研究室では何をしているのかわからない。しかし或る日、彼女は風呂敷に薬瓶を入れて持ってきた。肩に日盛のついた、ホーサンを入れるのによくあるような薬瓶で、その薄青いなかにコハク色の液がたっぷたっぷとゆれていた。酒庫から送られてきた原酒を分析したあとの残り物にいろいろなものをまぜてみたのだということであった。

「いろいろて、何や？」

茂吉の研究家がたずねると、彼女はニヤリと笑い、まァ飲んでみてから物いいなさい、といった。そして薬瓶から一滴、掌にたらし、ゴシゴシとこすってから香りを嗅いだ。つぎに茶碗にひとったらしおとしてから一口ふくんでコクコクと噛んだ。ひどく玄人っぽいしぐさであった。

「いけまっか？」

茂吉の研究家がおずおずとたずねると
「よう寝てる。まろいワ」
つぶやいて、ポンと茶碗をおいた。われわれが手から手へ薬瓶をまわして茶碗につぎ、その無銘の正宗をすすり、口ぐちに女や大儲けの話のつづきをはじめかけると、彼女は眼を細めて光景を眺めていてから
「あんたらは酒をチュウして飲むことを知らんナ。そんなせかせかした気持で詩がわかるやろか。ちょっと信じられませんワ」
といった。そして、〝チュウ〟とは噛むことや、といって風呂敷をたたみ、さよならといって消えてしまった。
「病気したので寝ている」と、ただそれだけ書いたハガキが或る日、来た。しばらく私は彼女に会っていなかった。英語会話学校には夜になると欠かさずでかけたが、漢方薬をやめたので、それにかわる何かの仕事をする必要があり、けれど何のあてもないので、一人で町をほっつき歩いたり、大学を覗いたりしていた。町で見る人も校庭で見る学生たちも〝正業〟についていた。彼らの顔はくたびれてけだるそうであったが、私には恐しかった。たえまない不安がどこからともなくやってきてじりじりと私を焙る。いてもたってもいられなくて、しょうことなく家をでるのだが、職業安定所はどこへいっても窓口に長い列ができ、とても這いこむすきがなかった。なぜパン焼工のままでいなかったのか。なぜ旋盤見習工の仕事をつづけなかったのか。澱むことを嫌ってとびだしてし

まった軽躁《けいそう》さをつくづく悔むことがあった。

彼女のハガキに簡単な地図が書いてあったので、或る日の昼下り、それをたよりにでかけた。阿倍野にでて阪和線に乗り、我孫子《あびこ》の駅でおり、畑のなかの道をたどっていくと、小さな家がごみごみとかたまっている一画があって、その一軒だった。民家とも農家ともつかない家だった。重い、平べったい屋根におしつぶされそうになった家だった。声をだすとしばらくして人の気配がし、鍵をはずす音がして、細くあいたすきまから蒼い顔と大きな眼がのぞいた。

「……あ、あんたかいナ」

くすくす笑う声がした。

家のなかは暗かった。湿めった壁土やドブの薄い匂いがした。土間にたつと、そのまま裏の土塀が見えた。こぶしほどの庭があって陽が射し、それが電燈のようになって家のなかを照らしているのだった。その暗いなかに一人でせんべいぶとんを敷いて彼女は寝ていたところらしかった。枕もとに二、三冊の化学や詩の本が散らばり、飯盒《はんごう》の蓋もあって、魚のテンプラがのっていた。どこからかやせた仔《こ》ネコがでてきて、フッ、フッと嗅ぎつつ、飯盒の蓋に近づいていった。

「ロォラン、向うへいき」

彼女は声をかけて仔ネコを追った。仔ネコはものうげに顔をあげ、よろよろと去っていった。茶と黒と白が絵具箱をひっくりかえしたように散らばっている三毛ネコで、どこに眼や口があるのか、見当のつけようもなかった。

「ロォランサンの画みたいでしょ。それぞれの色が朦朧としててね。そやからロォランいいますねン。ああ見えても頭はええよ。夜遊びから帰ってきたら、きっと一度、ニヤアというワ。牡《おす》や。ええ若者《わかもん》ですねン」

「ロォランサンは女やった」

私がつぶやくと彼女はちょっとうろたえた顔になったが、すぐにたちなおって

「それでもロォランいうねんから仕様ないワ」

といった。

彼女はくたびれたパジャマの上に外套《がいとう》をひっかけてふとんにすわった。乱れた髪がこぼれかかると、蒼白な顔がいよいよ蒼白に見えた。眼は大きいが力がなく、ゆたかなくちびるが乾いていた。風邪をこじらせてひどくなったので会社を休んで本を読んでいたところだとのことだった。

「お酒、飲む？」

「うん」

「飲みたいでしょう？」

「うん」

「そうやろと思た」

彼女は枕もとにうずくまっていたバグをひきよせ、コルク栓をしたフラスコをとりだ

した。今日は薬瓶ではなかった。茶碗につがれたそのコハクの液をすすってみると、口いっぱいに火がついたようだった。強烈な香りがあたりに散った。

「今日のはちょっと強いかもしれない。何せ生一本のポットやからね。樽からだした原酒で何もまぜてないんや。ブレンドしてない。七〇プロか八〇プロはあるやろネ」

「プロて何や」

「アルコール度数のことや」

彼女はけだるそうに髪をかきあげながらウィスキー学を講義し、違う年齢のポットを幾種類もブレンドする秘法がむつかしいのだというようなことをいった。そして、失礼と声をかけて、ふとんのなかにもぐりこんだ。

ここは荒涼としていた。小さな庭に陽だまりがあるばかりに部屋のなかはいくらか明るいが、壁は傷だらけになり、家具が何もなく、動物園のクジラの骨のようにがらんどうだった。その薄暗い八畳によれよれのふとんを敷いて女が一人寝ている。枕もとに二、三冊の本と飯盒があり、私のまえにフラスコが一本ある。ほかにはミカン箱に新聞紙を貼りつけたのが机がわりに部屋のすみにおいてあるだけだった。枕もとの品は何か渚にうちあげられた漂流物のように見えた。それらは一つのバグに入ってしまう。そのバグ一つを持ってたちあがると彼女はそれきりこの部屋から消去されてしまう気配であった。八〇度の酒精を一滴、一滴、口のなかであちらこちらへころがしてどうにか力を弱めつつ飲みくだしているうちに私はまわりにたちこめる荒廃の気配にとけこみだした。彼女にはどこか森の小動物が木かげで自分の舌で傷口を舐めているようなところがあった。

「あんたはいま何がしたいの？」

「何もしたくないナ」

「大学はいけへんの？」

「奨学金をもらいにいくだけや」

「あとは何してるの？」

「はたらいてる」

「何して？」

「いろんなこと」

「そのあとは？」

「本を読んで、寝てる」

「それだけ？」

「ときどきフランス語の勉強にいく」

彼女はふとんからぬけだすと台所へいって電熱器を持ってくると、プラグをさしこみ、火箸を一本のせた。火箸が赤くなってくると彼女は指に巻いていた繃帯《ほうたい》をとり、膿《う》んで黄いろくなった傷口にいきなり火箸をつきたてた。ジュウッ、と音がしたように私には思えた。肉の焼ける匂いがたちのぼるようでもあった。彼女は眉をピクリともさせず火箸のさきを眺め、しばらくつきたてておいてから畳へおいた。そしてもとどおり繃帯を巻きつけると電熱器を切って、ふとんのなかにもぐりこんだ。

「何をしたんや」

「ヒョウソを焼いたの」

「消毒？」

「まあネ」

「アルコールでやればええやないか」

「まだるっこしいわ。それよりいっそ焼いたほうが徹底的で、ききめがあるねン。何べんもやったから、よう知ってるねン。このほうが速いねン。ほんまやし」

「熱《あつ》ないか？」

「私はそういう感覚をとうに克服したんや。ええとわかれば何ともない。こうしたらええとわかったらそうするまでのことや。熱いの、何のて、そんな気にしたことないワ。むしろ気持ええくらいやね。自分を克服することやからね」

「………」

ふとんのなかから彼女は顔だけだして、けろりといってのけた。気負ったり、ひけらかしたりする気配はなかった。いつもやりつけていることを淡々と説明したまで、という様子だった。

「傷がつくやないか？」

「すぐに新しい皮ができるやないの」

「なるほど」

「人体は生きてるからネ、新しい皮ができたら古い傷痕《きずあと》をどんどんはしへ追いつめて、ポロリとおとしてしまうワ。私はそんなことにとらわれるのン、いややねン。男みたいやと、よう人にいわれるけどね」

「激しいな」

「私、もう会社へいけへんねン」

「失業するで」

「かめへん。失業保険もらう。そのあいだぶらぶらしてようと思うの。それがすぎてもまだ生きてる気があったらそうするし、死にとうなったらあっさりバイバイするつもりや」

「死ぬ人間がヒョウソ治すのか？」

彼女はふとんのなかでちょっとうろたえて苦笑したが、すぐもとのきびしい顔にもどり、天井を瞶めた。それで力がでてきたらしかった。眼に光がにじんで、キラキラしてきたようである。彼女の口調にはどこか熟考のあとの決意の匂いがあった。なぜその決意をすることとなったかはわからなかった。けれど彼女ならいま焼火箸を指につきたてて平気だったように、ひょっとしたら或る日、やすやすと難問を解決してしまうかもしれないと思えるものがあった。

「女はすぐに死ぬ、死ぬっていうけど」

「…………」

「私は男の気ひくためにいうてるのゝと違うよ。誤解せんといてほしい」

彼女は私の顔をジロリと見て、念をおすようにそういいきった。さきをこされたようで私はうろたえた。何か顔にでているものがあるのだろうか。すでに滲《し》みだしてしまったものがあるのだろうか。ふいに或る慾望が底深いあたりで顔をもたげていた。その顔のことを私はありありと知っていたのだが……

何日かたって、私は英語会話学校の授業が終ってからウィスキー会社へいった。その日の授業は一時間だけで、夕方早く終るのだった。会話学校のあるビルとウィスキー会社は森を一つ越えるだけでよかった。一方の仕事を終ってあちらこちらのビルからでてくる人の大群が歩道いっぱいになって大阪駅へ向う。その潮にまぎれて私は橋を越えていった。彼女はあの郊外の農家で寝ているかもしれなかったし、会社にでているかもしれなかった。会社にでてきても、もう帰ったかもしれなかった。しかし川を越えながら何となく私には彼女が今日は会社にでていて、まだそのビルのどこかにいるのだという予感があった。彼女を犯そうという決心だけを保温しつつ私は橋をわたった。その日の私にはほかに何もなかった。川をわたってくる風は春とはいってもまだ寒く、肉に沁みて骨にひそひそと鳴る気配があった。しかし私は風のなかでは衰えず、むしろ風にさらけだしたくていた。橋を越えてビルの暗い入口に入っていくと、とつぜん厚いコンクリートの壁があった。風はやわらぎ、消えた。肉はほどけ、骨はしずまった。舟虫が木の洞《うろ》から這いだすようにたくさんの男や女がどこからかやってきて、受付のタイム・レコーダーをガチャンと音をたてておし、快活な冗談口をききながら暗い入口から歩道へ散っていった。くたびれながらもいきいきとした匂いを発散している黄昏の群れであった。一日の苦役から解放されて外套やレインコートのなかでのびのび手や足をくつろがせている、正常さで胸のふくらんだ群れであった。私は挫けるのをおぼえた。衰弱は私がよく知っているいつもの感触で胸のうちをすべりおちていき、肋骨のうらをこすって腹にすべりこみ、底深く墜《お》ち、その途中のものをすべて萎えさせてしまった。私はくちびるを嚙みつつ、バカげたことをしかけていると思いながら受付に歩みよった。詰襟の学生服がいやらしくてならなかった。いつもは死んだ父の着古した背広か、せいぜいジャンパーしか着ていないのに、この学生服ははずかしさのほかに何もなかった。

「——さんは帰りましたか？」

「さあ、どうでしょう」

「………………」

「呼んでみましょうか」

「ええ」

受付にいた美貌の老女がインターホーンのスイッチをおし、どこかの部屋に呼びかけた。その声を聞きながら私は壁ぎわへいってベンチに腰をおろした。ベンチは硬く、冷たく、堅実で、不逞《ふてい》の匂いはかけらもなかった。七歳年上の男嫌いの女を強姦しようという慾望を保温してくれる席ではなかった。

「いまおりてきますよ」

「はい」

壁にくっついてふるえるようにしていると、とつぜんせかせかした足どりで一人の女が階段をおりてきて、眼のまえにたった。外套を肩にひっかけ、私を見て顔いっぱいに笑っていた。歯さえ見えた。

「何や、あんたかいナ」

「…………」

「誰かと思たわ」

「…………」

「いこ、いこ」

彼女は活力にみなぎって顔を輝かせ、先日の沈思、決意、切迫はどこへいったかという気配で、晴朗な歓びではしゃいでいた。正常に一日をはたらきつくした女の顔であった。さらに私は萎えた。ふと顔をそむけずにはいられなかった。

彼女は女権拡張論者のようにいさましく私の腕をひったて、寒かったやろ、よう来てくれたナ、風邪はもう治った、インターホーンを聞いたときは誰かと思た、ジェラール・フィリップが大阪へ来るそうや、今日はお銭《ぜぜ》があるよってにおごったげるワ、たてつづけにそんなことを口走りながらビルの玄関をでていった。ビルをでて歩道にたつと、

とつぜん彼女は肘でトンと私の腹をあたり、いっぱいいっぱいのよろこばしさで
「フラスコも笑《わろ》てきましたデ」
くっくっと笑った。
しょうことなく
「また八〇度の生一本か」
というと、彼女は
「いや、今日はブレンド物や」
といった。
〝お銭《ぜぜ》〟があったのでわれわれは〝通《つう》のいく店〟という噂のある喫茶店へいって熱いココアをすすりつつ雄叫《おたけ》ぶようなベルリオーズの『幻想交響楽』の終章二つを聞いた。再生装置と壁の屈曲がよすぎ、その音楽が小さな店には巨大すぎるものだから、猛《たけ》り狂う激情の波のなかでは何もしゃべることができず、ただニヤニヤしているよりほかなくなった。阿呆《あほう》なことにふと私はベルリオーズを理解しようと心を凝固しにかかったりしたものだから、いよいよ萎えはひどくなった。ところが彼女はこの壮大でうつろな不遇の天才の絶叫にそそのかされるところがあったらしく、くちびるのふちについたココアをぺろぺろと舐めながら、とろけたように眼を輝かせ
「いいわ、いいわ」
とつぶやき

「激しく生きてるワ」

といいだした。

「でっかいだけが能やない」

さむざむしく私は大声をあげたが、彼女は冷たい歩道からその店に入って音波にふれた瞬間に照合するものがあったらしくて、茫然と眼をとろかしていた。私が奪われているのにこの女は与えられるままになっているのだった。

その店をでたあとわれわれは大阪駅へいって地下鉄にのり、満員の御鳴楽《おなら》の匂いと喧騒をたたきつけられてみじめな粉末となり、難波でおりて、『北極』へタンメンとブタ饅を食べにいった。中華料理だというのに『北極』と名をつけたのはどうしてもわからないところだが、とにかくその大衆食堂のメニュは何をとってもコクがあって盛りがいいというのが〝通〟の評判だということになっていた。彼女が〝お銭《ぜぜ》〟をだして食券を買ってくれた。ついさきほどロマン派の悲壮美にうたれたはずなのに彼女は満員の室内を見ると小さな体にたちまち闘志を燃えあがらせ、大きな眼をギラギラさせて人ごみを見やると、たちまちここぞと思う弱点につかつかと歩いていき、あッと思うまに席をとってしまった。そして私がうろうろしているあいだにすかさず向いのあいていた席にバッグを投げて
「すわりや、すわりや！」

と叫んだ。そこを狙ってやってきた男はヤマイヌのように女が真剣に眼を怒らして必

死にしがみつこうとしているのを見て、ぎょッとなり、いくらか鼻白んで、はなれてしまった。私は男にすまないと思った。しかし彼が去ってしまったからにはしかたがないので、もぞもぞと腰をおろした。そしてあつかましくメニュをとりあげ

「タンメン大盛りとブタ饅や」

といってしまった。

彼女はきょろりと眼をうごかし

「食券いまさき買うたヨ」

といった。

こなれの悪いベルリオーズをタンメンとブタ饅でどうにか私はごまかしたが、彼女はもりもり食べ、むんむん汗をかき、エクトル・ベルリオーズがどれだけ不遇であったかという私のでたらめで悲壮な話に、いちいち鞭うたれたように顔をあげたり伏せたりして、ふうン、ふうンといった。この女をだまくらかすのはやさしいことなのか、むつかしいことなのか、だんだん私にはわからなくなってきた。もう犯そうという気魄《きはく》はほとんど消えかけていた。タンメンの温い湯気に顔を包まれてプリプリした木耳《きくらげ》や、香ばしいエビや、やわらかくもツンとくるゴマ油の匂いを嗅いでいると、すべてがだらしなくたわいなくほどけて正体を失ってしまいそうであった。

『北極』の二階から階段をおりたあと、御堂筋に面した小さな喫茶店『渾源《こんげん》』のことを思いだしてしまった。もともとは書店なのだが、本棚のあいだをすりぬけていくと、奥

に小さな部屋があって、お茶が飲めるようになった店である。そこに昼となく夜となく大阪の詩人、作家、画家、彫刻家、骨董屋《こっとうや》、映画監督、新聞記者、それぞれの卵、かえりかけの卵、眼つきのけわしいやつら、心は優しいのにそれをテレかくしでおさえているやつら、まともなの、いいかげんなの、何ともえたいのしれないのなどが集ったり、散ったりしているのであった。

「……どうしよう、『渾源』へいくか」

どこか御堂筋うらの焼跡につれこんで強姦するつもりであった女にそうたずねると、彼女はタンメンで満腹して上機嫌になり、まるで老酒《ラオチユー》でも飲んだかのように眼をうっとりうるませて

「ああ、ええ考えやなア」

といった。

パチンコ屋、お好み焼屋、すし屋、バー、服飾品店、化粧品店、文房具店、画商、パチンコ屋、お好み焼屋、すし屋、バー、服飾品店、化粧品店……一軒、一軒の店の看板のネオンと字をちらと、しかしそのたび正確に読みとりながら、読みとるあとから忘れつつ、私は何かしらはしゃいでいる女をつれて暗い御堂筋のほうへ歩いていった。

荒地

それから一週間待って自己観察をつづけたが消える気配がなかったので私は今日こそ強姦しようという決心を固めて、或る土曜日、家をでた。彼女の会社に電話してみると交換手がほがらかな声で、ずっとお休みですといった。また自殺したいといってあの郊外の薄暗い農家で寝ているのかもしれなかった。あるいはあてもなく町をほっつき歩いて本の立読みをしているのかもしれなかった。私は公衆電話の受話器をおき、下腹を固くしてボックスからでた。この張力がもちこたえてくれるといいのだがと思いながら私は駅へ歩いていった。

電車にのって阿倍野橋へでると人ごみをぬけ、陸橋をわたって阪和電車の切符を買った。初夏の午後の電車には汗と埃の匂いがたちこめていた。いましがたあの青臭い匂いを頰や髪にみなぎらせていた大量の中学生たちがドカドカとおりていったあとなのかもしれなかった。ソーセージやハンバーグをたらふくつめこんだ彼らはあたりかまわずネチネチとお化けみたいな匂いをふりまき、すべての物にからみついてその表面をくもらせ、にごらせる。からっぽの電車なのに一歩踏みこむとむうウッとおしよせるものがあり、鼻さきがふすぼけるようであった。すべての善きもの、美しきもの、鮮かなものがこの匂いを浴びると、一瞬で錆びてしまうようだ。このさかんで下等なのが虚無の匂いかもしれない。

我孫子の駅でおり、しらちゃけた夏埃の道を歩いていった。昼さがりの駅前市場にはあまり人がいず、肉屋の店さきではメンチボールが安物の油をはじきつつ泳いでいた。とろりとしたけだるい陽のなかで熱い油が音をたて、やせこけた肉屋の主人が長い竹箸をゆるやかにうごかしていた。タバコ屋はタバコを並べ、下駄屋は下駄を並べていた。人だかりがしているよこを通りかかると、それは電器屋で、店さきにおいたラジオから流れる実況放送を大の男たちが聞いているのだった。そこへ市場から駆けだしてきた小さな男の子がせかせかともぐりこんだ。大人の腿や尻の林をかきわけながら少年は

「さァ、オレも口あけて聞いたろか」

といった。その声にたちどまってふりかえると、少年は私と視線をあわせ、ニヤリとひとつ笑ってから、チョコマカと消えた。

畑のなかの道を歩いていった。いちめんの麦がたけだけしい穂の剣を閃めかせて陽にギラギラ輝き、濃い、乾いた肥料の匂いがあたりにむれ、白い手拭いを姉さんかぶりにしたモンペ姿の農婦が三人、鎌で畦《あぜ》の草を刈っていた。彼女たちは手も顔も陽に焼けて、荒み、背と腹が厚く、堅牢であった。鎌の刃は草の液で濡れてギラギラ輝き、規則正しく的確にうごいてやまなかった。なにか敏捷で強健な小動物がひたむきな意志に駆られ

て草のなかをかけまわっているようであった。あのパン屋や旋盤工場にいたときの私の手がそのようにうごいていたのかもしれない。有効であることだけをめざして毎日、一定の軌跡のみを往復してしかも倦《う》むことを知らない運動である。あのとき私はどこにいるよりも充実し、手も足も重かった。何を握っても物はいきいきと反逆し、服従した。いまはどうだろう。ただ軟らかな、とりとめない膨脹《ぼうちょう》があるばかりではないか。

「……何や、あんたかいナ」

蛾《が》の卵や雨のしみでよごれたガラス戸をほとほと叩くと、彼女が蒼白な顔を見せて微笑し、いつかとおなじ言葉をつぶやいて、あけてくれた。

今日も家のなかは暗く、壁は荒み、ひとつまみの裏庭に射す激しい陽だけがガラス障子に燃えていた。彼女は机がわりのミカン箱を縁側に持ちだして本を読んでいたところらしかった。二冊の本がおちていたので表題をみると、中原中也とガモフの『不思議の国のトムキンス』であった。彼女が愛している日本の詩人は中原中也と金子光晴と小野十三郎の三人であった。絵具箱をまきちらかしたような例のやせこけた三毛猫、ロォランサンがよちよちとやってきて、今日も飯盒の蓋からイワシを一匹ひろって食べはじめた。夜ふけにこのあばら家でネコの顎のなかで砕ける魚の骨の音を聞きつつ、中也と、光晴と、そして健全きわまりないガモフの科学寓話《ぐうわ》を読んでいるのか。

「……お酒、飲む？」

ものういような、激しいようなまなざしで彼女はミカン箱のなかからフラスコをとりだした。このあいだ飲まされた手製の逸品だった。もう残り少なくなって瓶の底にコハク色の影のように液がよどんでいるだけだった。

「私《うち》が飲んだんや」

彼女はいたずらっぽく笑ってゆたかなくちびるを舌のさきで舐め、どこからか拾ってきた泡だらけの薄青いウィスキー・グラスにとろとろと注《つ》いだ。まずそれを飲みほしてからでなければならないようであった。私は張力のことを忘れ、かすかに手をふるわしながらグラスをつまみあげて、一滴ずつすすった。

「おいしい？」

「ちょっときついワ」

「アロマがええやろ」

「アロマって何や」

「フッと鼻さきへくる香りや」

「何やしらんカッとくる」

「面白《おもろ》ない子やな。ぶどう酒には三つの香りがあるねン。ぶどうそのものの香り、つぎに醱酵中《はっこうちゅう》にできた香り、つぎに寝かせているうちにできた香り、この三つ。これをかぎわけるのが名人や。ブーケ、アロマ、フレイヴァーと言葉があるくらいやワ。そのぶどう酒をさらに蒸溜したのがブランディーや。これはもっと高等数学の嗅覚やね。これもわからんでプルースト読んでもはじまれへんデ」

彼女は賢《さか》しくつぶやきながらグラスを私の手からとり、一滴すすってから、ぴちゃりと舌の音を玄人っぽく鳴らし、遠い空のこだまに耳をかたむけるようなほのぼのしたまなざしになってから、ふいに大きな眼をギラリと光らせ

「まろいけどちょっと酸化してるワ」

といった。

「なんせ飲みさしやよってにナ。空気が入りました。これはいけません。弱いものを風にさらしてしもた」

たよりなげに鼻をすりつけてくる三毛猫をちょいちょいとこづきながら彼女はまるで自分の詩のまずさを冷罵するような口調でフラスコの残液を批評した。そして自分は一滴すすっただけで、あとはいくらすすめても、かたくなに頭をふった。髪が乱れて額にかかり、眼のいろがゆるんだ。いまだ、と私は思ったが、ぐずぐずと腰をおちつけて、二滴めをじっくりとすすりにかかってしまった。

彼女は呪うように、いつくしむような口調で家族のことを話した。戦争中彼女は奈良の女高師で物理・化学を専攻し、ナギナタ体操をやったり、徒歩行軍、御陵参拝などをやったりしたが、卒業して母校の大阪の女学校にもどり、先生をした。しかし勤労動員でまもなく駆りだされ、造船所へいったが、B29の集中爆撃でめちゃめちゃになり、女生徒をひったてて運河を泳ぎわたる。その運河では髪にぼうぼう火を燃やした男がつぎつぎといちもくさんにとびこんできては溺死した。その日の夕方、家にもどってみると、

家は焼けてどこにもなく、しかたなく近所の小学校の講堂に集められた死体をしらべにでかけた。小学校の講堂には無数の死体がムシロやフトンをかぶせられて並べてあり、みんなはそれをひとつめくっては、見つかった、といったり、これではないようだといったりした。二人の腕白の弟は小学校の疎開で田舎へいって豆を食ってるので心配はなかったが、妹と父母が行方不明であった。夜になってロウソクの灯のなかでぼんやりしているうちに、ふいに眼のまえに、妹と父と母があらわれた。彼らはたちあがってとがめあい、説明しあい注意しあった。母は油脂焼夷弾が落下しだすと同時にすばやく貯金の通帳や米穀通帳やらを持ちだして遁走したが、職人気質の父は何を思ったのかフンドシ一本になって張りきり、隣組の家から家へ走りまわって焼夷弾を火叩きでおさえてまわろうとした。母はそれを見て絶望と激怒をおぼえ、腕をとらえてつっ走ろうとした。ところが父はなにわ節めいた口調でみんなが苦しんでいるのにオレ一人が逃げられるかとポンポン啖呵《たんか》を切り、いいことをたくさんいった。母はいよいよ狂って父の腕をひったてて焔《ほのお》のなかを近くの商船学校の運動場めざして走り、おかげでどうやら焼け死ななくてすんだ。どこからか妹もあらわれて、これも助かった。しばらく小学校の講堂で暮していたが、やがて父が友人をたどりたどっていまのこの家を見つけてくれた。すぐに敗戦となる。父の紹介で彼女はウィスキー会社の研究室に就職し、毎日ビーカーを洗ったり分析をしたりをくりかえしているうちにばかばかしくなり、新設されたばかりの大学の原子科学部へ聴講にかよいはじめる。父はありあわせの材木を調達してもとの場所にマッチ箱みたいな家を建て、みんなそこへ移る。弟は二人とも巨大な足をしていて、ちょっとぶつかればたちまちこわれるような小屋のなかを、ドスドス、にちゃにちゃとかけまわり、いまはやれ陸上競走部だ、やれラグビー部だと、老いた父から金をまき上げてスポーツに夢中である。父はウィスキー会社の蒸溜工場のすみっこで便利大工をはじめ、かたわら自分の楽しみのためにブリキで大洋航路の船の模型を作り、ささやかな量ながらも糖蜜《とうみつ》やアルコールをクスネてくることにはなみなみならぬ手腕を見せて、一家をおぼろげに支えている。父も母も時代の犠牲者であることには何の疑いもない。しかしあの大足のにちゃにちゃ連中がよってたかって父、母をしぼりたてるありさまを見ていると、どうにもがまんならないので、彼女はみんなが築港の古巣へ帰っていこうとするのに、一人このあばら家に踏みとどまることを宣言し、何といわれようと眼を血走らせて罵り、やっとの思いで夜ふけの自由を手に入れることとなった。けれど、それも、手に入れるまでは必死の思いでたたかったのだが、いざ手に入れてしまうと、ただこれだけのことだったかとミカン箱をまじまじ眺める。原子科学には無限の興味があるが昼間はたらいていたのではどうにも体がついていけず、涙を呑んで断念する。そこで男を超克する手段を詩に発見し、むやみに書いては新聞に投書し、それがぽつりぽつりと近頃とりあげられるようになった。選者は『大海辺』の詩人、小野十三郎である。べつに彼の詩をことごとく読破してその弱点につけこむというつもりで書くのではない。小野氏の詩は無機物の荒廃をうたった無韻律の凛冽《りんれつ》なリズムにうたれてみごとだけれど、あくまでも私は私なりに書く。ビーカーやフラスコのよこで思いつくままに書きつけて、気に入ったのがあると、ポッ、ポッと、投書する。それがふしぎに、ポッ、ポッと入選する。思うところあり、ペン・ネームを一夜、〝森葉子〟と紙に書きくだす。以後、本名を忘れることに努める。

「あんた、科学、好き？」

「いや、全然あかんわ」

「私は好きやナ、断然」

「…………」

「みんなは科学というたら機械みたいに思てるけど、あれくらい渾沌《こんとん》としたもんないナ。どろどろの空中楼閣や。無数の数式を使《つこ》て、煉瓦を一箇ずつ積むみたいにしてその渾沌を一ミリのすきもなく仮説で固めていくのは楽しいなア」

彼女はつぶやきながら大きな眼を細めた。それはちょうどフカのヒレのスープが好きだとか、ビフテキが好きだというのとおなじ口調だった。火と悪臭にみちた現実に復仇を試みる稀《ま》れな武器を前にしたまなざしで彼女は戦争中の精進のことを話した。スイトンをすすりながら暗い電燈のしたで頭から毛布をかぶって仮説の完成に心を砕いているときの魔神的な純潔はリルケの修行に似たところがあった。彼女は単語の一つ、二つで全員をたちまち制覇して空気を凝固させてしまう詩のはたらきが数式の魅力とまったくおなじであることを敗戦後、大阪駅裏の焼跡を歩いていたときに痛覚する。そのしびれるような、不銹鋼《ふしゅうこう》のような構造美の強健さを思うとほとんど飢えを忘れるほどであった。われに一言半句をあたえたまえと念じて体を投げた釈迦《しゃか》の心が理解できるようであった。その彼女をめざしてたくさんの男たちがむれた息や汗の匂いをたてつついいよってきた。或る小さな特殊鋼の工場の寮に住んでいたときは毎夜、ドアの鍵をしっかりとおろさなければならなかった。動乱で悩乱した男たちはその暗い廊下を或《ある》いはドカドカと、或いはヒソヒソとやってきて声をたて、彼女がおびえて毛布にくるまったままうずくまっているとドアを蹴りつけて去っていった。熔鉱炉《ようこうろ》を作るために丹砂《たんさ》をふるいわけているとたくましい人夫たちがまわりに群がってヨウヨウ、ねえちゃん、ええお尻《けつ》といった。そのねばねばした混濁を聞きつけると彼女はがまんならなくなって熔鉱炉からとびだし、金鎚《かなづち》をパッと投げつけて走った。すると人夫たちはよろこんで、ますますはしゃぎ、ええゾ、ええゾ、ねえちゃんというのだった。沼で吠えているぬらぬらした怪物の声のようにそれが聞えるので彼女はいちもくさんに走って便所にとびこみ、息をはずませながら内側から錠をおろし、一時間もたってからそろそろとでてきた。

「もっとお酒飲む?」

「うん」

「焼酎買うてくるワ」

「お金ある?」

「それくらいは、ナ」

「おれもだすよ」

彼女は家からかけだして村の酒屋へいき、しばらくすると宝焼酎を胸にかかえてもどってきた。透明な液をみたした瓶をミカン箱にドンとおくと彼女は栓をひねり、まずひとったらしグラスに注《つ》いでから口にふくんでコロコロころがすと、ゆっくり眼をあげて
「宝さんもよう勉強してるワ」

とつぶやいた。

私はいつしか酔いが全身にまわっていくのを感じた。それはいつもの透明な、キラキラ輝く、薄い、広い波となってあらわれた。波のかなたには積乱雲や一つ、二つの帆も見えるようであった。私は汗ばみ、息が乱れ、眼から力がぬけていくのを感じた。こんな薄弱なことではいけないと思った。女を強姦するのなら酒や議論ぬきでやにわにとびかかってしゃにむに道ばたの草むらへ蹴りこむというぐあいでなければならない。反省、観察、凝視などくそくらえだ。私はグラスをおくとすばやく行動にでた。ミカン箱ごしに腕をのばして女の手をつかんでぐいとひきよせ、あ、何するねン、この子と口のなかで洩らすやつを、ポンとミカン箱とびこえてキスでおさえつけてやった。そのはずみに歯が歯にあたった。女はもがいたはずみにこちらのくちびるを嚙んでしまった。痛みが体に走った。眼を閉じてその痛さに耐えながら私は図々しく女の上にどろりとかぶさり、さてこれからどうしたものかと考えた。本は無数に読んだがいざとなるとどうしてよいのかわからない。私はもがく女をしゃにむにおさえつけ、そのくちびるをさぐった。そ

れはやわらかくて、ゆたかであり、さわやかな息の匂いとアルコールの熱い霧の匂いがした。

とつぜん女がひっそりとなった。まつ毛のさきで女が大きな眼をひらき

「……ねえ」

といった。

「本気？」

「……………？」

「いたずらならいやや」

「……………」

「結婚する気なの？」

「……………」

私はうなずいたようであった。何かいったようでもあり、だまりこくっていたようでもあった。けれどそれからふいに女の体がやわらぎ、手がゆっくりと背にまわってきたので、私の体もそれにつれてうごいた。

ふいに女が眼を細めて裏庭を眺め

「明るすぎるわ」

といった。

しばらくして私たちは家をでると、畑のなかの道をたどって駅へいった。そろそろ黄昏の潮があたりに沁みだしていた。それは空や道や麦畑のなかからひそやかにやわらかく沁みだして、ひろがりつつあった。駅へいくと勤めをおえたサラリーマンの群れが改札口からぞろぞろでてきて、市場や畑のなかに散っていった。市場には明るく電燈がついて、金や朱や紺青《こんじょう》に魚たちが閃いていた。肉屋は肉をきざみ、下駄屋は茶をすり、タバコ屋は猫背になって新聞を読んでいた。

「難波へいってタンメン食べたい」

「わるいな」

「お金ならあるワ」

「ありがたい」

「おごったげる」

我孫子の駅からのって阿倍野橋にでると地下鉄にもぐり、難波でおりた。プラットフォームの暗いすみっこには幾人もの男や女の浮浪者が居眠りしたり、もぞもぞ体を搔いたりしていた。陸橋では少年、少女たちが靴磨きの箱を持って群がり、巨大な尻をゆったりとふりつつすぎていくハムのかたまりのようなアメリカ兵たちに口ぐちに呼びかけていた。人びとはこの少年たちのことを憂えたり、悲しんだり、嘆いたりしているが、彼らはいきいきとして放埒《ほうらつ》で、アメリカ兵を屁《へ》とも思わず、ヘイ・ジョーとか、ラッキー・ストライク・カム・カムなどと口ぐちに叫んで笑いころげ、はばかることを知らなかった。こんな活力は彼らを憂える大人の蒼ざめたるもうろく騎士連中には爪の垢ほども見られない。彼らは厖大な教養を積みたて、無数の雑多な言葉に充満し、荘厳な顔つきですわっているが、一人のアメリカ兵にぬくりとたたれただけでたちまち萎えてしまう。彼らのヨーロッパやアメリカについての山なす教養はただ実質なき言葉を果てしなく糸でつないだ乾れ花の花束にすぎぬ。東大の教授よりも私はシュー・シャイン・ボーイのほうを尊敬する。彼らがそのはじしらずさと哄笑《こうしょう》と恐れることを知らぬ心を抱いて生きつづけるならば、ひょっとしたら日本はほんとうに新生できるかもしれない。彼らこそ栄養ゆたかな赤血球である。そうではないか。フィヒテ、カントを読破しながらドイツ語がひとこともしゃべれなくてただすみっこにうずくまり、群がって、謎のようなことをしゃべりあっているあのおごそかな、無節操なガラクタどもにくらべれば、この黄昏の大都会の陸橋で飢えをものともせずにラッキー・ストライク・カム・カムと愉快に騒いでいる少年たちのほうがよほど正真正銘ではないか。

彼女はいきつけの中華料理店に入ると大盛りのタンメンを食べ、ついでブタ饅を食べ、額に汗をうかべて、私この中華ドンブリの厚いふちが好きやといった。舌を見せて彼女はくちびるをぺろぺろと舐め、こんな厚いドンブリ鉢で食べたら麺《めん》の一本一本までが太うなったような気がするといった。そして私の手にある象印の徳用マッチの大箱をちらと満足げに眺め、おとしたらあかんデ、というのだった。家をでるときに彼女は私に何か贈り物をしようと思い、部屋のなかをかけまわったが、何もないので台所にあった徳用マッチの大箱をむりやりおしつけたのだった。

「私な、考えてるねン」

彼女は大きな眼をうっとりと輝かせながらよほどの秘密か着想を得たかのようにひそひそとささやいた。ドンブリ鉢ごしに顔をちかぢかとよせてささやくのだった。

「あんた、つぎいつ家へくる?」

「わからんよ、そんなこと」

「ええこと思いついてン」

「何や」

「夫婦箸《みょうとばし》の箸箱を市場で見つけたンや」

「………」

「きれいな塗りで、あれは本物の漆《うるし》やないかしらんと思うねんけど、表にアユが川で泳いでいるところが描いたある。あれをあんたにあげようと思うねんけどナ」

「………」

「それから、いまここへ来しなに地下鉄のなかで思いついてンけど、相撲取《すもうと》りがすわるみたいなどでかいざぶとん作ってあげようと思うねンけどナ。関取りがドカッとすわっても凹《へこ》まんくらいのフカフカの、綿がいっぱい入った大ざぶとんやデ。ええやろ。そんなざぶとんにすわったことないでしょ」

「………」

「ないでしょ」

「ないな」

「それにすわらせたげるワ」

「…………」

「ええ気分のもんやろと思うねンけどナ」

彼女はタンメンの湯気と着想の妙にすっかり頬をほてらせ、上機嫌でドンブリ鉢をすすった。私は口がきけなかった。徳用マッチの大箱や夫婦箸、それから関取りがすわっても凹まないくらいフカフカの大ざぶとん、それと、マラルメ、ロォトレアモン、多系物理学、リルケ的科学、口をひらけば自殺するといって会社にもいかずに朝からあばら家のなかでフテ寝している彼女と、いったい何の関係があるのだろうか。

まるで詐欺ではないか。そしてケロリと変節してはばかることを知らずにいるそのふてぶてしさ。不死身さ。ほとんど薄気味わるくなるくらいだ。

「ざぶとん作ってから自殺するのンか？」

私がつぶやくと、彼女はまじまじと
「野暮《やぼ》いうたらあかんデ、あんた」

大きな眼を瞠るのだった。くちづけの瞬間がすぎただけなのに彼女は早くも変貌をとげて私と結婚して一家を構え、貯金をし、数知れぬ台所道具を駆使し……と思いきめているらしい気配であった。その気配はいまや堅牢をきわめ、にわかに重おもしく私に迫ってきた。およそ苦手な、あの息づまるような〝健全さ〟の匂いがあたりにわきあがり、ドンブリ鉢をこえてひたひたとよせてくるようであった。

何より重苦しいのは彼女があのキスのひとつにもはや全身を托しきってしまったらしい確信を体にたちこめさせていることだった。

私はたちあがり

「でよう」

といった。彼女はまるで十年連れ添った夫婦のような気配でいそいそと、またそそくさとバグをひきよせて、ついてきた。

私は彼女を御堂筋裏の焼跡につれこんで強姦した。初発の情熱の放埒さが撓《た》められていたから、それはむしろ和姦であった。彼女は暗闇のなかをのこのことついてきて、私がおどりかかると、ふわりとうけ、いさぎよく体をひらいた。あたりには煉瓦が散らばり、雑草が茂り、暗闇がたちこめ、かなたではネオンの群れが明滅していた。風は柔らかく、ねっとりと暑かったが、壁や屋根や露地で撓められたことのない、海や草原をわたってきたばかりの気配があった。荒地はあれほどこの都会に君臨していたのに、いまでは包囲され、追いたてられ、切りきざまれて、小さくなり、ただのわびしい追憶となりつつあった。しかし夜がそれを拡大していた。煉瓦粉と雑草のなかに女をたおして犯しにかかると、背に空や地平線が感じられた。清浄で、無機質で、純潔な荒地の広大さが体のなかにたちこめてきて私は狂った。

数知れぬ砕かれた物たちは優しく、かたくなで、つつましやかに寡黙であるかのように感じられた。私はしゃにむに突破し、到達し、完了してしまった。それは獣の愛のように簡潔で浄白であった。ただ私の眼だけが記憶を持っていた。煉瓦屑のなかでしばらくうとうとしてから、ふと愕然《がくぜん》と眼をさますと、あきらかに空の星の位置が少しちがった。

それは焼けおちた工場の鉄骨や煙突の影を基準にして眼をすえれば確実にたしかめられることだった。地球はやっぱりうごいているのだった。

墜ちた針

（……なんとかなる）

私はつぶやいた。

（なんとか）

ふとんのなかでうっすら眼をひらいて私はあたりを眺めた。ふとんはあちらこちらに綿がかたまってゴロゴロし、つめたくて重かった。ただ重くこわばってのしかかってくるばかりで、まったくあたたかくなかった。足をちぢめたり、首をすくめたりしても、十二月の寒さはどうふせぎようもなかった。私はすっぱだかでふるえていた。枕もとにはハムを食べさしにした皿やグラスがころがり、ブランディーのフラスコが指紋によごれた肌に冬のにぶい陽を反射していた。冬の昼さがりの陽が水族館の水槽のようにあたりによどみ、毛ばだった古畳や崩れかかった壁などに蒼白い斑点をぼんやり浮かべていた。タンス、テーブル、家具らしい家具の何もない百姓家は虫歯の穴のようであった。

昨夜《ゆうべ》、女は会社でボーナスをもらった。自殺する、自殺するといって、春、夏、怠けに怠けたので、ボーナスはちびた鉛筆の芯ほどしかなかった。彼女は市場に寄ってハムやソーセージを買いこむと、金子光晴、中原中也、アポリネールの詩集なども本屋で眼についたまま買いこみ、すっからかんになり、玄関の戸を蹴やぶるようないきおいで家に入ってきた。そこでわれわれはすっぱだかになってふとんにもぐりこみ、枕もとにハムを山盛りにした皿をおき、フラスコから手製のブランディーをあおりながら、愛しあったのだった。ブランディーはかるがると頭に昇り、われわれはきついアロマにまみれ、ひらきにひらいて、輝いた。私は『霧の波止場』でジャン・ギャヴァンが演ずる脱走兵の姿を思いだし、人生に必要なのは古外套《ふるがいとう》一着、パンを切るポケットナイフ一本、タバコ一袋、あとは何もいらないといった。女はもう自殺するとはいわず、橋の下をたくさんの水が流れる、ヒャッ、ヒャッと声をたてて笑った。そして私が何かあたたかいものが食べたいというと、夜泣きウドンがええわといって、やにわにふとんからとびだし、オーヴァー一枚をひっかけたままで村のウドン屋へ走った。コンブのダシをたっぷりとった熱いウドンに三角の紙袋に入った〝うどん屋の風邪薬〟をふりかけてすすっていると、眼がうるんできた。

夏から私はここに墜落していた。墜落なのか、上昇なのか、よくわからない。机を毛布で巻いて家出してしまったのだ。母は私の反乱の気配を察してうろたえ、妹たちは見て見ぬふりをしていた。母はめそめそと泣いたり、たけだけしく叫んだりした。早まったことをするな。世間体がわるい。先様の娘さんにめいわくをかける。親御さんにもめいわくをかける。たかが学生の身分で英会話教師をアルバイトにしてるくらいで、どうして食べていくつもりだ。もしそれで子供でもできたらどうするつもりだ。私《うち》らもあんたに養《やしの》うてもらわんならんのにどうしたらええねン。昼となく夜となくすきさえあればやってきて私のよこにぺったりすわり、水の虫のように母は泣いた。私はものうく、けだるく、だらしなく寝そべり、何を話す気力もなかった。いままでのどれよりもひどい衝撃を浴びて息のつけない気持だった。あっというまに女が妊娠してしまったのだ。

「……ニンシンしたよ」

ひとことそういうと母は気絶しそうな顔になった。その言葉はどうにも手のつけようのない生臭さ、重苦しさにみちていて、口にしたあと私は圧倒されてしまった。

夏の終りの或る日、女と二人で喫茶店に入ると、女はくすぐったそうな顔をして、怒ったらあかんデ、怒ったらあかんデと何度も念をおしてから、私、ニンシンしたらしいの、といったのである。はげしい打撃が下腹にきた。けれど女はいっこう苦にする気配はなく、むしろ大きな眼を輝かせて赤や青の字をすかしてなだれおちてくる日光のなかにすわっていた。輝きは女の額や頬のはるか奥からにじみ、おしよせてきて、顔いっぱいにみなぎっていた。しばらく黙っていてから、ようやく私が顔をあげ、ひくい声で

「……オロしたら？」

というと、女は微笑しながらもかたくなに

「あかんわよ」

といった。そしてそれきりであった。くどくどと私が明日はおろか今日つぎの食事も

食べられるか食べられないかわからないのにどうするつもりだとたずねにかかると、女は満々の自信をこめて

「二人食べるのも三人食べるのもおんなじやというやないノ。まさに文字どおり案ずるより生むがやすしというところよ。ははあ、あれはこういうことをさしていうてるねんナと、ようやくわかったわ」

しきりに指を折って出産予定日をかぞえ、いつまで会社ではたらけるかをかぞえ、有給休暇の日数をかぞえ、入院費用、諸経費、郵便貯金、社員貯金の金高をかぞえ、またたくまに計算を完了してにっこり笑い

「大丈夫や。まかしといて」

というのだった。種子がどこか深い暗部で芽をだしたのを感じた瞬間に彼女はすべて完了してしまったらしかった。にこにこ微笑しながらミツマメを食べている彼女には不死身のさかんさがあった。私は粉末になったまま、ミカンやリンゴの破片がつぎつぎと女の口に消えていくのを瞶《みつ》めるばかりだった。女は自分のミツマメを食べおわると私のまえにおいたままにしてあるトコロテンに手をだし、これからは栄養をどんどんとらなければいけないからとひとりごとをいって、するするとガラス鉢をひきよせた。

「ちょっと、あんた」

女はくすぐったそうに笑った。

「あんたは二十一歳でお父さんになるねんデ。ちょっと面白《おもろ》いやないの。その子が大き

なってあんたみたいにマセてたらあんたは四十一歳でおじいさんや。その孫がまたマセてたら、六十一歳でひいじいさんや。どう、コレ、二十一歳のお父さん。六十一歳のひいじいさん。たのしいやないの。しっかりしてちょうだいね」

愕然とするようなことを女はいってのけ、トコロテンをつるつる吸いこんだ。そして舐めるように皿を平らげてしまうと、私に腐敗するすきもあたえずサッとたちあがって店をでていった。でしなに女はゆっくり微笑し

「私《うち》は重おもしい果実やデ」

といった。

すでに私は砕かれていたから母の泣声には何の迫力もおぼえなかった。いちいち返事したり説得したりするのがおっくうでならないので、たいてい私はあぐらをかいて黙りこんでいた。すると母は絶望しくたびれて、茫然とした顔になり、こんなはずやなかった。それもこれも、きっと時代のせいや。時代が遺伝を狂わしてしもたんやと、つぶやいた。初秋の或る日、家にだれもいなかったので、とつぜん私はたちあがって毛布で机をくるみ、家出した。机をかついで二階からおりて駅へいき、電車にのり、電車をおり、長い野道を歩いていった。暑い日光のなかをウン、ウンいいながら机をかついで歩いていると、汗が眼にしみて痛かった。

虫歯の穴のような家で女と二人で暮しはじめた。女は呆れるほど強壮で陽気であった。だんだんふくらみのめだってくる腹にサラシをぐるぐる巻きつけ、人をかきわけおしの

けして朝の満員電車にのりこみ、会社で一日じゅうはたらく。夕方になるとまた地下鉄の長い階段をのぼったりおりたりして家にもどってくる。駅前で焼きイモやキンツバを買い、長い夜道をもくもく口をうごかしながらもどってくると、台所にもぐりこんでブタのしっぽを煮こみ、夕食がすむとどこからかボロぎれの山をとりだしてきて部屋《うち》じゅうに散らかし、たえまなくひとりごとをいいながらオムツを縫いにかかる。私は熟しつつある、といったり、赤ッ坊がムチッ、ムチッと音たててふくらむのがわかる、といったり、とつぜんディン、デン、ドンと声をあげてうたいだし、またとめどなく繰りかえし、繰りかえし、雨のしょぼしょぼ降る晩に……とおなじ歌をうたう。

雨のしょぼしょぼ
降る晩に
豆狸《まめだ》が徳利持って
酒買いに

雨のしょぼしょぼ
降る晩に
豆狸が徳利持って
酒買いに

そうしては部屋いっぱいにとり散らかしたボロぎれを枯葉のようにつづりあわせるのである。

女が会社へいったあと、一人、あばら家のなかで寝ころんでいると、どこからともなく微細な触手をうごめかして這いよってくる不安にからまれ、いてもたってもいられなかった。女の暗い肉のなかで一瞬のためらいもなしに繁殖し、ふくらみ、脈うっているもののことを感ずると、私はしびれたようになってしまう。数知れぬ菌糸にからみつかれて手も足もうごかせないようなのだ。ざわざわと音たててたくさんの虫がうごめき、走りまわり、私を咬《か》むのだ。咬んだり、舐めたり、かじりとったりするのだ。夕方になると私はジャンパーをひっかけて野道をいき、大都会の地下へもぐりこんでいかさま英語を教えるのだが、教室で声をだしているあいだ何か石灰質の殻を分泌して自分をどうにかこうにか支えていられる。しかし、授業が終るとたちまちそれはとけてしまい、膚《はだ》まで剝きとられたようになってしまうのだ。私は人とまじわることができなくなった。人と話をはじめるとしばらくしてきっと私は黙ってしまいたくなるのだ。脂でよごれた何かしたたかな膜に蔽われてしまう。息がつまりそうなのだ。ガラス槽のなかのキンギヨの口のうごきを見ているような気持におそわれる。人びとはなんと確信ありげに喋っていることか。喋り、笑い、握手し、字を書き、ハンコを押し、機械をうごかし、重量物をうごかし、微生物を培養し、ひっきりなしに回転する。回転し、回転し、回転する。

彼らが午後三時すぎの喫茶店のすみで倦みきって魚のような眼をしているかに見えるのはただ回転する独楽《こま》が静止しているように見えるのとおなじなのである。どんなに魚の眼をして壁ぎわにおしひしがれたようにうずくまっていても、仲間が通りかかってひょいと肩をたたけば、たちまちよみがえる。喋り、笑い、握手しはじめる。私が安堵できるのは荒地だけしかない。赤い荒地の鉄骨の林や、折れた煙突や、いがらっぽそうな雑草の群れや、果てしない瓦礫のひろがり。徹底的な火の通過したあとにのこされた物たちの純潔さ、清らかさ、その顔の優しさ。あちらこちらに再建されはじめたビル群の虚弱に見えることったらない。積木のようにそれら虚弱なコンクリートの箱が茸《きのこ》の群れ、苔の洪水となって東西南北から荒地を包囲し、じりじりと追いつめ、消しにかかっている。荒あらしく、しかもこのうえなく優しい顔をした巨人的な自然は後退し、膝をつき、すみっこにかがみこみ、もう風を呼ぶことも、雨を降らすこともできなくなってしまった。それは港の埋立地のあたり、大阪城の周辺へでもいかないと見られなくなってしまった。計算器やタイム・レコーダーや月賦の時代がきたのだ。さえぎりようなくそれがきたのだ。人びとが自然から力をあたえられていた時代はすぎた。さえぎりようもなくあっけなくそれはすぎてしまった。地平線はちらとあらわれ、たちまち消えてしまったのだ。疫病のように、カビのように、眼に映るのはただ壁と、ガラス窓と、屋根と、埃っぽい書類の山。かがみこんだ背。うなだれた頭。

しばしば私はせきたてられるように体を起して大阪へでかけた。ふとしたことで知りあいになった詩人・作家が新聞社の図書室に勤めているので、話をしにいくのである。彼だけが私を傷つけなかった。彼のまえにすわっていると私は何も口をきかなくてもよかった。そのような時間のすごしかたのできる場所はほかにどこにもなかった。何千冊か何万冊か、ぎっしりと本のつまった巨大な図書室の一隅に彼はがたがたのテーブルをあたえられてすわっていた。仕事らしい仕事は何もせず、毎日、茨木《いばらき》の藪のなかからでてきて、そこで午前と午後いっぱいをすごし、夕方になると社員食堂で三十エンのウドンを一杯だけ食べて、また遠い郊外の藪をめざして帰っていくのだった。新聞社の受付で面会用紙をもらって図書室へあがっていくと、三十エンのスウドンしか食べないのにぽっちゃりと肥った彼がひとりぽっちで机に向い、ペラ紙につぎからつぎへといたずら書きをしては巨大な紙屑箱にほりこんでいる。彼は私と話をしていてもたえまなく小さな手をうごかして画や字を書きつづけた。そのため彼の手はいつ見ても鉛筆で薄黒く穢《よご》れていた。

彼は私が女をニンシンさせて途方に暮れていることについて何やら愉悦をおぼえているらしき気配があった。私がよろよろと図書室に入っていって、よたよたの椅子に腰をおろすと、小さな、鋭敏な眼をちらとうごかして

「……どや」

というのである。

「……いや」

と私がつぶやく。

「女はお化けやろ」

彼は憐れむがごとく私を見る。

「……ええ」

「ソウハしろというたか？」

「いいました」

「承知したか？」

「しません」

「あかんか？」

「あきません」

「あなたの子供を生みたいといいよるのやろ」

「ええ、まァ」

「もう自殺するとはいえへんやろ」

「ひとこともいいません」

「けろッとしてるやろ」

「ええ」

「やられたんやで、おまえさんもナ」

「私《うち》は重おもしい果実やというんです」

詩人・作家はちらと小さな眼をうごかし
「うまいこといいよるデ」

とつぶやき、せかせかと二、三枚のペラ紙に画を描いてからもみくしゃにし、ぽいと紙屑箱へほりこみ、つぎの紙をひきよせた。

「そんなもんやデ、女って」

「せ・ら・ゔぃですか」

「なんや、それ」

「フランス語」

「かったるいこといいナ」

「とにかく、どうしたもんか」

「どうもならんワイ」

「………」

「ニンシンしたらええ顔になったやろ」

「はあ」

「満足したよってヤ。女はニンシンしたらええ顔になる。アノときはけだものくさい顔になる。ニンシンしたときの顔だけ女はええ。めったに女は満足せえへんからナ。見てみイ。ルネッサンス期の女の顔はみんなニンシン女の顔やで。『受胎告知』もそうやデ。いちばん人間くさい顔がいちばん神々しい顔やという定理に居直ったのがあの頃の画やで。石女《うまずめ》のはずの聖女がみんなたったいまアレしてきましたという顔してるやろ。とまりました、という顔してるやろ。あれらしいデ。おれらはそれにたぶらかされて、そう思いこんでしもてるわけや。ほかにないからな」

彼はたえまなくペラ紙を紙屑箱へほりこみながら、ヴァレリーを語り、ヴィリエ・ド・リラダンを語り、上田秋成に移り、西鶴を激賞し、魯迅《ろじん》にうなずき、フォークナーの一節を暗誦し、エノケンを天才・人民芸術家といい、和歌山の山奥でムジナといっしょに暮している老いた木樵《きこり》の眼を語り、社員食堂で三十エンのスウドンを湯掻《ゆが》くおっさんの手つきを批評して完璧の幾何学といい、世のなかには凄いやつらがたくさんいると嘆息をついた。そこで一息入れて、ホメロスの剛健なリアリズム、金瓶梅《きんぺいばい》の凄い迫力、プルーストのやりきれない豊熟の頽廃、ドイツ人の冷たい淫猥さ、中国のクリークに漂っていた国民党兵の死体の甘い匂い、小さなロバが発するびっくりするような鳴き声、リルケが書いたどう見てもマスターベーションのこととしか思えない詩、ルソーが告白している早漏の挿話、クヌート・ハムスンが機関車にのりこんで北米大陸を横断し、猛烈な向い風に口と胸をさらして瀕死の結核を治してしまったこと……

そこへ神戸からボビちゃんがやってくる。ボビちゃんは早熟の才能を閃かして芥川賞候補になったことがある。われわれのあいだでは怖《おそ》るべき娘の名声が高かった。男爵家の古い血がよどむとああいう顔になるのやと詩人・作家は彼女の頬に漂う蒼白さと紅潮を説明する。ボビちゃんは肩をすくめてチョコチョコと歩いてくると私のよこにすわり、イタリア製のハンドバグからゴールデン・バットをとりだして、火をつける。蒼白な顔のなかで大きな眼が翳り、輝き、たちまち崩壊し、たちまちたちあがる。彼女はゴールデン・バットを深く吸いこんで、吐息をつく。詩人・作家はふいにいたわるような声つきになり、慈父のまなざしで、たずねる。

「タバコ、うまいか？」

ボビちゃんはうなずく。

「おいしいわ。バットっていいタバコよ」

「シャレが進むとそういうタバコを吸う」

「そうでもないんじゃない」

「わしゃ新生や」

「近頃ジャズがいいの」

「そうか」

「東海岸のも西海岸のもいいの」

「そうか」

「ハイドンはしばらくやめたわ」

「コーヒーおごってくれ」

「うん。私、おごる」

私は彼ら二人について図書室をでると、階段をおり、寒い風のなかを歩き、喫茶店

『ビリチス』へいく。ボビちゃんはコントワールのところへいき、低い低い声で、ジャズにしていただけませんかとマスターに哀願し、優雅に傲《おご》ったそぶりで席へ歩いてもどり、大きな眼のなかにゆっくりと軀《からだ》を沈める。土を踏んだことのないネコが革の波のなかにうずくまるようである。

その年の暮れ、思いたって私は詩人・作家を訪ねることとした。腹のふくらんだ女をつれて二人で電車にのり、電車をおり、電車にのり、茨木の駅でおりた。駅前からバスにのった。バスは長い道をゆれたり、かしいだりして走っていった。見わたすかぎりの冬の田は枯れつくし、凍《い》てつき、高圧線の電線で風がひょうひょうと鳴っていた。二つの町をよこぎり、いくつかの村をすぎ、一つの川をこえ、ゆるやかな丘のふもとでバスはとまった。丘はなだらかに背を丸めてうずくまり、深い竹藪に蔽われてそこに眠っていた。

「えらいとこに住んだはるワ」

女がつぶやいた。

「陶淵明《とうえんめい》だよ」

私がつぶやいた。

湿めった枯葉を踏みしめて藪のなかへ小さな坂の道をのぼっていくと、とつぜん暗い藪のなかに小さな空地があり、藁葺《わらぶ》きの百姓家があった。やせたニワトリが畑をつつき、夏のままの姿で立枯れしたヒマワリが五、六本黒い頭をうなだれ、あたりはひっそりしていた。どこから声をかけようかと家のなかを覗きこんでいるところへ、小肥りの彼が若い妻といっしょに天秤棒をかついで藪のなかからあらわれた。二人とも畑から帰ってきたところらしく、汚れた野良着を着ていた。天秤棒にさがった桶のなかを覗くと、白菜や大根が土まみれのままつっこまれていた。若い妻はつつましく天秤棒をかつぎ、背が高く、陽に焼けて強健な頬をしていた。

「何しにきたんや？」

「………」

ハガキで私にくるようにいっておきながら彼は小さな眼を怒らしてそういった。いつもそういうふうにしかものがいえないのだ。

藁葺きの百姓家のなかに上りこみ、私たちは餅を焼いたり、焼酎を飲んだりした。女たちは餅を焼いて食べ、私と彼は電熱器でネギの白根を焼いて、宝焼酎を飲んだ。やがて白い紙障子のそとで陽が昏《く》れ、藪が滝のような音をたてた。風が通過すると藪はいっせいに叫んで、起きたり伏せたりし、軒や壁をざわざわと撫で、その音に耳を澄ましていると、川のなかで酒盛りしているようであった。われわれは天井からなだれおちるような本の山のふもとにあぐらをかいて焼酎を飲み、ネギをかじった。裸電燈がゆれて、ときどきけむるように暗くなった。

「画を描くか、画を描くか」

「そう、そう。画、画」

彼はやがてコップをおくと、腹をぴちゃぴちゃたたいて叫んだ。若い、陽によく頬の焼けた妻が古畳に紙をひろげ、朱や墨をとかした皿を幾枚か並べた。すでに何日かまえから描きかけの画であるらしかった。眼も鼻もない、テルテル坊主のような、無数の、子供のような男たちがいっせいに刀をふりかざしていくさをしているところが描いてあった。彼は筆をとると、ドプリと墨の皿につっこみ、子供がいたずら書きでもするようにさっさと字をなぐり書きしていった。新聞社の図書室のすみっこでペラ紙に書きとばすように気軽に彼はなぐり書きした。けれど、ちびた筆のしたからつぎつぎと浮かびあがってくる字を眼で追っていると、緻密な、圧倒的な、濃縮に濃縮された力が駆使されているのを感じずにはいられなかった。

殺しあうテルテル坊主の群れのうえに彼は雲のように字を書きかさねていった。一字一字を私は焼酎でくらくらする眼を瞠りながら読みついでいった。どこかで読んだことのある詩だ。長い詩だ。縄を編むように字を編みこんだ詩だ。やがて、やっと、空也《くうや》上人《しょうにん》の和讃《わさん》だったと、思いあたった。

これは此《こ》の世の事ならず
死出の山路の裾野なる
賽《さい》の河原の物語
聞くにつけても哀れなり

二つや三つや四つ五つ
十にも足らぬみどり子が
賽の河原に集りて
父上恋し母恋し
恋し恋しと泣く声は
此の世の声とはこと変り
悲しさ骨身を通すなり
かのみどり子の処作《しよさ》として
河原の石を取り集め
此れにて回向《えこう》の塔を積む
一重積んでは父のため
二重積んでは母のため
三重積んでは故里《ふるさと》の
兄弟我が身と回向して
昼は一人で遊べども
陽も入相《いりあい》のその頃は
地獄の鬼が現れて
やれ汝等《なんじら》はなにをする

私はうたれた。詩人の深いたくらみがわかった。戦争の画に地蔵和讃とは、またしたたかな想像力だった。一重積んでは父のため、二重積んでは母のため……のくだりを、どうだろう、一人切っては父のため　二人切っては母のため　三人切っては故里の　兄弟我が身と回向して……と読んでは、どうだろう。ほかにどのような読みようがあろうか。心がそよぐあまりに衒学や偽悪にかくれ、博識のゆえに行方を失ったそぶりをしていながら、この男は藪のなかで流血しつづけているのではないか。そのため人まじわりができなくなったのだ。才能と洞察力にあふれすぎ、彼は純潔すぎて、ついにこの蕭《しょう》殺《さつ》たる風と竹の音のなかでしか開花できなくなってしまったのではないか。

彼は裸電燈のしたにうずくまり

「へへへ、むつかしいワイ」

といった。

「木食仙人の画にしたろか」

ともいった。

「鉄斎に売ったろうか。やめとこ」

ともいった。

七月一四日

阿倍野橋のデパートの地下へ私はおりていった。買物籠をさげた主婦たちがぞろぞろ歩くなかをおされたり、こづかれたりするままに漂っていくと、魚があり、果物があり、さまざまな台所用品があった。日本海、太平洋、瀬戸内海、三つの海からきた魚類は青いタイルのうえにひしめき、電燈を浴びて朱、金、黄、藍、緑金、白、茶褐、絵具のチューブをひねった瞬後のようななめらかさで鱗《うろこ》や眼が輝き、水を浴びせられるといっせいに閃いて、数知れぬ宝石が飛散するようであった。ゴム引の前垂れをかけた若者のどはたくましくて、白く、一瞬のよどみもなく彼は喋っていた。小さな眼には辛辣な光が輝き、あふれるような生への興味がみなぎり、彼は女たちを罵り、嘲り、そそのかし、賞《ほ》めそやし、歌い、笑い、かつ拍手し、かつ舌うちする。女たちは疑わしげなまなざしで小首をかしげ、のろのろと値をたずねたり、罵られてくすくす笑ったりした。若者は光と女と魚のなかに君臨して噴水のようにはしゃいでいた。嘲罵するものを求めて機智《きち》を秘めながら右に左に走る彼の視線にふれるのが私は恐しくて、眼を伏せ、顔をそむけた。すべてが彼にあっては正しく、私にあっては誤っているようだった。

私は下駄をひきずって荒物売場へいくと、大きなバケツを一つ買った。それから紙きれを見ながら、そこに書いてあるものを一つずつ買っていった。タオル。石鹸。タワシ。スポンジ。売子の少女がつぎつぎにわたしてくれるものを私は値札もろくに見ず、少女の視線にふれるのを避けながら、そそくさとバケツのなかにつっこんだ。簡潔で強健な、正しく人に仕え、なまじっかなことではびくともしそうにないそれらの物は、私の衰えた指にちょっと体をこすりつけると、さっさとバケツのなかへ駆けこんでいった。昨夜《ゆうべ》、女はとつぜん出血したのである。私が村の産婆を呼びにいったすきに、女は早くも病院に入れられることを覚悟して必要な品物の名を紙きれに書きつけたのである。産婆は老いた虫のように家のなかに這いこみ、老眼鏡をかけてから女の股に顔をつっこみ、ぼそぼそと口のなかで病院へ入って帝王切開をしなければえらいことになるとだけいって、帰っていった。女はあわてず、さわがず、バグをひきよせて手帖《てちょう》をとりだし、ここに電話して病室があいてるかどうかを聞いてちょうだい、個室がなければ合部屋でもええワといった。村のウドン屋へ電話を借りにいき、個室が一つあいていたといいに帰ると、女はよろよろと体を起し、駅までいってタクシーを呼んできて、といった。長くて暗い野道を走って駅へいき、タクシーを呼んでくると、すでに女は着物をつけてバグのなかに何やかやとつめこみ、蒼白な顔に大きな眼をらんらんと光らせて玄関にすわりこんでいた。そしてタクシーの音を聞きつけると、よろよろとたちあがり、くちびるを噛みしめながら戸をあけて、タクシーのなかにころがりこみ、そのまま消えてしまったのであ

る。私が茫然として、タクシーに乗りこもうとすると、女は暗闇のなかで眼をギラギラ光らせ

「陣痛やないねン。私《うち》にはわかってるねン。大阪まではたっぷりがまんできる。あんたはここにのこって後始末してちょうだい。必要な物は書いといたさかいに明日買うて病院へ持ってきてほしい。私は前衛や、あんたは後衛や。しっかり守備してや」

峻烈な革鞭を一閃《いっせん》、空中に音高くひびかせるようにそれだけいった。彼女は手で私をおしのけ、眼をゆっくり閉じ、堂々と

「運転手さん。ゆっくりたのみます。命を預けましたよってにナ。天王寺病院です。あせらずに、けれどできるだけ速《はよ》う、いってください。おねがいできましょうか?」

いささか芝居がかっているなと思うすきもなしに女はそういうと、ぐったりとシートに崩れおちた。ア、と思ったその瞬間に自動車は走りだし、たちまち村から駆けだして夜の野道に消えてしまった。

バケツはひどく重かった。手にさげてデパートの階段をのぼりだすと、汗が流れ、腕がしびれはじめた。冷房の力が弱いために階段の踊り場のところには夏の街の暑熱と地下からの生臭い冷風とがまじりあい、とけあって、よどみ、壁はじめじめ湿めり、嘔《あ》げたくなるような臭気がおそいかかった。それは夏の大都市の腋臭《わきが》だった。アスファルトの皮のしたに汗、尿、歯臭、靴のなかの足、手の脂、腐りかけた魚、むれた野菜、にごった冷風、便所の消毒液、ただれた胃からあがってくる重いおくびの泡、あらゆるもの

がもつれ、からみあってそこにうずくまり、行方を求めてのろのろとうごいていた。中学生の髪の匂いがあり、老人の薄い死の匂いがあり、崩れた主婦たちの経血の匂いがあった。そこが螢光燈で蒼白に輝く、穢《よご》れて汗ばんだ七百万人の都市の晦冥《かいめい》な恥部であった。垢にまみれ、すりきれて毛が一本もなく、壁のなかで水がごぼごぼと鳴る、くたびれきったコンクリートの箱だった。私は眼にしむ汗をぬぐいぬぐいバケツをさげて箱のなかをよこぎり、あえぎあえぎ階段を一段ずつのぼっていった。

信号が変るのを待ち、自動車を避け、人につかれてよろけ、商店街をくぐりぬけ、天王寺の坂をおりていき、おりきったところで一息ついてからまたバケツを肩にかついで坂をのぼっていった。苦闘はむなしく、体のなかに愚かしさとはずかしさがたちこめ、私はあてどない憎悪でいらいらしていた。手や足をうごかすことに腐心しているはずなのに物からは何の確信もにじみださず、自棄《やけ》にときどき起る爽快さもなかった。めざす病院の壁のなかでは女が体を裂かれているのになぜか私には憐れみが湧いてこず、ましてや生れてくる子に対する歓喜、期待などはどこにもなかった。バケツを肩にかつぎ、汗にまみれて、古風な石だたみの坂のまんなかでよろよろしている私は何者にとも知れない冷酷な憎悪にしがみつくことでせいいっぱいだった。憎悪は硬くて、熱く、急坂をのぼる杖となった。何もかもが未熟なうちに腐ってしまったこと。自分を破壊するつもりでやったはずの行為で自分を手のつけようなく繁殖させてしまったこと。意識も良心も計画もないうちに責任がとつぜんのしかかってきて嘲笑の声をたてていること。空いっぱいにたちこめるかのような女のふてぶてしい不死身ぶり。のさばらんばかりの自己陶酔。傍若無人の献身。図々しい変貌。ひび割れた底がまざまざと覗かれる私の徹底的な無気力。徒労、徒労、また徒労。坂のうえからちょうど私とおなじ年頃の大学生が二人、閃く矢のように額を輝かせて山登りのリュックサックを背負い、ピッケルを片手に、意気揚々とおりてくるのに出会った。アルプス縦走か。谷の肩にテントを張って、夜、歌をうたうのか。私は電柱のかげへよろよろとよっていった。誇りもなく、傲りもなかった。汗を輝かせていた憎悪が一瞬で消えた。みじめだった。ひたすらみじめだった。大学生たちは白い歯を輝かせ、声高く笑い、塔のようなリュックサックにひしがれつつ軽がると坂をおりていった。バケツを持とうとすると道を剝がすような重さが全身にきた。汗が顎からしたたりおちた。ふと私は泣きだしたくなった。

〝重おもしい果実〟が熟してくるのを待っていたこの九ヵ月、十ヵ月、晩秋、冬、春、いまこの夏、女はいよいよ強くなり、顔が眼の芯から輝くようになっていったが、それにひきかえ私はいよいよしびれ、崩れていった。出産休暇をもらって会社へいかなくてもよくなると、女は暗いあばら家にとじこもってたえまなく口のなかでひとりごとをいいながら、オムツを縫ったり、産衣《うぶぎ》を縫ったりした。一枚縫いおわるときちんとたたんでミカン箱のなかに入れ、ほッと一息もつかずに針を持ってつぎのボロの山のなかに顔をつっこむ。雨ェのしょぼしょぼ降る晩に、豆狸《まめだ》が徳利持って酒買いに、雨ェのしょぼしょぼ降る晩に、豆狸が徳利持って酒買いに……とぎれめなしに愉快そうに口ずさんでいる女のよこに寝そべって本を読んでいると、裏の田や畑から季節はずれのコオロギやゲンゴロウが羽音をたててとびこみ、裸電球にぶつかってポトリとおち、すでに消耗しきっているのであろう、そのまま本のうえで死んでしまった。すると、土曜か日曜の晩だと、となりの家で若いコック夫婦が叫びだすのである。夫は小肥りの若いコックで、心斎橋裏のレストランでカレー・ライスを作っているとのことだったが、土曜日にはちょっぴり飲んだあとでぴしゃぴしゃ女房をひっぱたく習慣があった。いつも息をしているのかどうかも怪しみたくなるほどひっそりと暮している二人なのに、土曜日がくると、男は女をすっぱだかにしてうしろへまわり、お尻を力いっぱいにうちはじめるのである。女の悲鳴が私のもたれている粗壁《あらかべ》をふるわせる。女が悶えれば悶えるほど男はいよいよ高い音をたてて殴ったり、つねったりをはじめる。

粗壁の一箇所に大きな穴があいているのでわれわれは新聞紙を丸めてつめこんだ、それが鳴動でポロリとおちてしまいそうになることがある。そういう激しさなのである。一度だけ新聞紙のすきまからとなりを覗いてみたことがあるが、せんべいぶとんのうえで背の二つある毛のない獣が争闘をしているのが見えた。牝《めす》は罵られ、どなられ、殴られたり、つねられたり、血を流しそうなありさまになり、牡はワイシャツに蝶《ちょう》ネクタイをつけた恰好でだぶだぶの下腹と男根をゆさぶり、ゆさぶり、修羅に執していた。二つの若い、白い山を男がおしのけると、ピッチとすぼまったかわいい女の肛門がひょいと顔を見せ、それは当惑したようにかなしんでいるかと思えた。男は夢中になってそれを吸い、歯をたて、咬《くわ》えこんで、嚙みしめた。かんにんやァ、かんにんやァ……と女が叫ぶと、男は赤い眼で、なにいうてんねン、なにいうてんねン……とくぐもった声で叫びかえした。二人ともあきらかにとなりの私たちに聞かせようと声をあげているのだった。その気配があまりにあからさまなので私はつまらなくなり、新聞紙をもとどおりにおしこんだ。それからはどんな痛惨な声が起っても私はおどろかないことにしている。一枚のよごれた、鈍感な、厚い皮膚ができたのだ。

「かんにんやァ、かんにんやァ」

「なにいうてんねン、なにいうてんねン」

「もうええわァ、もうええわァ」

「なにを、なにを、おとこいっぴき」

声がもつれあい、からみあっているうちに壁をつらぬいて裂けるような叫びが走ることがある。すると、それまで聞えないふりをして雨ェのしょぼしょぼ降る晩にを歌っていた女が、とつぜん針を捨ててたちあがり

「……ちきしょう……」

短く叫ぶ。

憤怒《ふんぬ》で女の大きな眼はキラキラ輝く。雑巾のように鋭く崩れて古畳によこたわっているはずの私も思わずギョッとなるような気配で彼女はたちはだかり

「男、男とええ気になるな、ドすけべい。黙れ、変態、胎教にわるいわ、どこかへいっ

てんか。いけいうたらいけ！」

ひたすら腹のなかの子のことを心配して、まるで毛を逆だててとびまわる仔ネコのように彼女は激昂した。全身をあげて憤激するのだ。一点に集中して燃焼するのだ。

「……まァ、いいよ。人さまざまだわさ」

およそ情熱の酸敗を恐れるために何事にも集中して憤怒したことのない私が寝そべったまま声をかけると、女は粗壁に駆けつけ、ドン、ドンと殴った。小さな手で、何もいわず、ただドン、ドンと殴りつづけた。背の二つある獣はそれを聞いてひとしきり激動し、そしてとつぜん、ひっそりとなってしまうのだった。

われわれが隠棲《いんせい》しているあばら家の向いの家にも悲惨があった。そのあばら家の戸口には朝顔の鉢がおかれてあり、ヘチマとカボチャが棚作りしてあるので、蔓《つる》と葉が窓をかくし、屋根に這いのぼり、夏の夜には近所の子供たちが集ってきて大きなヘチマがぶらぶらゆれるしたでネズミ花火をとばしたり、一杯のトコロテンをガラス鉢からしゃくったりした。老人夫婦はそこに床几《しょうぎ》を持ちだして夕涼みをした。

ステテコ一枚の老いた夫とくたびれた水玉模様のワンピース一枚の老いた妻が床几にならんですわり、足もとでじゃれる孫を何時間もずっと眺めているのだった。夜遅く大阪の英語会話学校から私が帰ってくると、老人夫婦はまだ暗闇のそこにすわってゆっくりとウチワを使い、私を見て、何かこごもった声をかけてくれる。闇のなかでは彼らは何か柔らかい肉を持った石像のように見えた。私は正しく声をかけかえさねばならないのに、いつも何か短くつぶやいて家のなかに消えてしまう。

コック夫婦が放胆なことを演じて近所を騒がせるのは土曜と日曜の夜ときまっているのだが、老夫婦のところにはときどき大阪からヒロポン中毒の息子が戻ってくる。息子はやせているが骨太で背が高く、女が聞きこんできた噂によると、大阪でヤクザをしているとか、闇屋をしているとか、鶴橋の国際マーケットでいい顔だとかいうことであった。息子は村の入口や野道で出会うと、冷酷な、暗い眼をしていて、人の顔をちらと一瞥しかせず、けっしてなごんだり、たちどまったりすることがない。けれど私は顔を合わすたびに眼をそむけられながらも、この精悍な骨の太い青年は自分の眼の兇暴さをいやがっているのだと感じた。何のために、彼は大阪から老いた両親と息子のところへ戻ってくるのだろうか。ヘチマ棚の床几に寝そべって茫然と夜空を眺めていることがある。ときには幼くて薄弱な息子をつれて野道の小川のなかをいっしんに覗きこんでいるのを見ることもある。けれど、ときどき、夜なかにとつぜんどこかでガラスが叫び声とともに粉砕されるのを聞くのである。息子が激情に駆りたてられるままに手と足を使ってははばからないのだ。皿が飛び、鉢が飛び、表の戸が軋《きし》む。

　老夫婦のおびえた、弱よわしい声が何かを訴え、それを消して野太い怒号がほとばしる。子供が泣き叫ぶ。怒号は壁のなかをころがりまわり、ドスドスと壁を蹴る音、人体と人体の衝突するにぶいひびきが叫喚にまじって村の家々の壁をうつ。人びとはめざめているが、誰もじっと息を殺して、ただ叫喚が弱まるのを待つだけである。あれは息子が狂って老いた両親を追いつめ、ひっぱたき、たたきのめしている音だ。

私は本を胸におとし、耳を澄ませる。息子の狂った叫びはどこか子供じみ、ひよわで、ただもうすさまじいが、あのコック夫婦のぶざまな悦楽の声ではなく、あげたくてあげる必死、必殺の気魄がこもっている。部屋のすみか便所に追いつめられ、ついに逃げ場がなくて道へとびだしてくる老夫婦の足音がする。逃げおくれた孫をとりにもどろうとして老夫婦がおろおろと呼びかわす声もする。それらの音、ひびき、声をひしひしと体のあちらこちらに痛覚しながら身体強健な私はだらしなく古畳にのびたままである。私にはおそらくあの狂って弱まった、欠陥をすべてさらけだした息子をたたきのめす力があると思う。自信はないが、やれそうに思う。彼は力を節約することを知らずにほとばしっているだけである。たちあがって、向いの家へ入っていき、よく相手の動作を見てから、いきなりどこか一箇所めがけて強打を浴びせてやったらいいのだ。しゃにむに粉砕し、たたき伏せてしまえばいいのだ。しかし、そう知りながら、なぜか私には衝発してくるものがなかった。藁のような老夫婦がはだしで暗い道をかけまわって叫びかわす声を聞きながら、ただ私はどんよりといぎたなく古畳に寝そべったままであった。このような粉末のような《悪》を毎日毎日それと知りつつ見すごして私は暮している。眼をつむって見すごしたあとで、いつも居心地のわるい、不消化な良心の責めの低声《こごえ》を聞き、見くびって風化させるままにしている。その小さな侮蔑がどれだけ堆積していまや私の身内にいっぱいにこもってしまったことか。

「……ちきしょう！……」

　とつぜん叫んで女がたちあがる。

「男だと思ってええ気になって、年寄りをいじめて、薬なんかに甘えやがって、誰も止めないと思てええ気になって暴れてる。ちきしょう。こんなニンシンなんかしてへんかったら一発でやっつけたるのに、男やったら一発でやっつけたるのに！」

　女はおろおろ声で縫針をたたきつけ、部屋のなかを二、三度歩きまわってから、とつぜん玄関の暗がりにとびおりる。はだしのまま、ブラジャーはつけているけれど、パンティ一枚という恰好のままでとびおりるのだ。けれど、やにわに玄関の戸をひらこうとして、ようやく臨月近い体であったことを思いだして、かろうじて踏みとどまる。そして暗い土間にうずくまり、しばらく表の叫喚に耳を傾けてから、やがて弱まったところで、のろのろたちあがって部屋へもどってくるのだった。彼女の眼は真剣な、暗い憤怒で燃え、大きな涙をこぼし、ひしがれたように顎をだしている。

　隣人の不幸にそれほど自己を浪費して悔いることを知らない彼女の心の正しい豊饒さと、心のうごくままに体もつれてうごく素朴さに私はうたれた。古畳に、体をよこたえ、手も足もしびれて、指一本あげる気力もなく、寝そべったままで……

　病院は暗い洞穴のようであった。刺すようなクレゾールの匂いが長くて暗い洞穴のような廊下のかなたから流れてきた。

　その一刷《ひとは》きがさらに私の内部の何かを扼殺《やくさつ》した。たくさんの歪《いび》つになった男や女が廊下のベンチに腰をおろして順番を待っていた。人びとは救ってもらいにきたはずなのに屠殺《とさつ》されるのを待っているように見えた。受付の小さな窓から覗くと、蒼白な螢光燈をうけて白衣のやせこけた老婆が椅子にすわってカルテの山を整理していた。私が名をいうと老婆は帳簿を繰って病室をさがした。

「五三八号室ですね」

「五階ですか？」

「目下オペ中ですね」

「ぐあいはいいでしょうか？」

「帝王切開ですからどうってことないでしょう。盲腸みたいなもんですよ。もう一時間もしたらすみます。病室でお待ちになりますか」

「差入れにきたんですけど」

老婆はぞんざいに顎をしゃくり、病室へいくようにと合図した。私は病室のありかをたずねてから下駄をぬぎ、バケツをさげて、長い廊下を歩いていった。

病室は貧しくて小さかった。壁といわずリノリウムの床といわず、いたるところからじめじめとクレゾールの匂いがたちのぼり、夏の午後の暑熱にあぶられて膿汁《のうじゆう》のようなものがこもっていた。鉄の小さなベッドがあり、昨夜女が家をでるときに持ってでたバグが乱れた枕もとにころがっていた。そして傷だらけのリノリウムの床にちびた赤い鼻緒の下駄がころがっていた。ほかに女がこの部屋につけた痕跡は何もなかった。指紋すらのこされていないようだった。頬の赤い小さな、若い看護婦が検温に顔を覗かせたのでたずねてみると、手術はまもなく終るから、もうしばらくここで待っているようにという。

「経過はいいですか？」

「さあ。いいんでしょう」

「病人は……」

「帝王切開やから大したことないワ」

看護婦は病室のどこかにあった古い週刊誌を二、三頁ぱらぱらと繰り、しばらく女優の写真を眺めてから、ものうげに肩をたたきつつでていった。

しばらくすると、とつぜん一人の看護婦が病室に入ってきて、手術室へいくからついてくるようにといった。暗い廊下を歩きながら、その看護婦は手術の経過は良好で、生れたのは女の子だといった。私は或る衝撃をうけた。しかしそれを味わっているよりさきに、ふいに明るい、白い、冷たい部屋へつれこまれた。タイル張りの床は水でびしゃびしゃに濡れ、天井でハチの巣のような無影燈が輝き、部屋のすみにおかれた大きな膿盆には赤黒い肉のぶよぶよしたかたまりがうずくまり、血まみれの綿玉がいくつとなく散っていた。女の腹から掻きだした胎盤がそこにほりだされているのだったが、私の衰耗した眼にはすさまじく巨大なものに映った。そこへ女が移動寝台にのせられてやってきた。女は麻酔からさめたばかりのところで、蒼白な頬が大きく凹み、くちびるがひからびきっていた。彼女はちらと私の顔を見て、ひきつったように微笑し、眼を閉じた。

「先生。痛いワ」

彼女は子供じみた声で呻いた。

「先生。痛いワ。痛い。痛い。えげつないことをしてくれはった。もうええわ。もうこんな手術ええワ。かんにんや」

白い手術衣を着た若い医者はどういうわけかズボンの裾をまくりあげ、毛脛を見せ、木のサンダルをガラガラ音たてて歩いてくると、女を見おろして満足げに
「ああ、よし、よし」

といった。

「先生。痛い、痛い」

「ああ、よし、よし」

「痛いいうてんねン」

「ようがんばったデ、あんた」

とつぜん女がちらと私を見た。

「この子は大事にせんならん。もうこんな手術かんにんや。この子は一人子やさかい幼稚園に入れて、大学へ入れて、子捕りにとられんようにして、サーカス団に売られたら酢ゥ飲まされるよってに」

「ああ、よし、よし」

若い医者が顎をしゃくると、一人の看護婦が移動寝台をゆっくりとおして、となりの部屋へ消えた。女は運ばれながらも、うわごとのように、痛いワ、痛いワとか、サーカス団に売られたら酢ゥ飲まされるとか、いいつづけて、消えた。それといっしょに医者と、ほかの看護婦たちも、どこかへ消えた。無影燈の光が弱まり、部屋が少し暗くなった。

中年の肥った大女の看護婦が何かを大事そうに抱えて部屋に入ってきた。看護婦は入口のところにたち、私の名を呼びたてた。私がそちらへ寄っていき、眼のまえにたっても、まだ彼女は気がつかないで、あたりをきょろきょろ見まわしていた。

「お父さん、お父さん、お父さんはいらっしゃいませんか」

私は全身に汗がふきだすのをおぼえながら、もじもじと、口のなかで、チチです、といった。看護婦は大きな女だった。私を頭のうえからじろじろと見おろし、びっくりしたような眼つきになった。その明るい、人のよさそうな茶褐色の瞳のなかに、とつぜん私は事態の全貌が映っているのを見た。汗と垢にまみれ、やせこけて、髪からいやな匂いをたてている、途方にくれた二十歳《はたち》の父親を見た。茫然として手をたらしたまま佇んでいる一人の大学生の小さな、小さな像を見た。

「あ、お父さん」

看護婦は大きな声をだした。

「女のお子さんですよ。かわいい、かわいいベビーちゃんですよ。さあさ、お父さんに顔見せまちょネ。初対面でちゅネ。おとな、おとなにしてるんですヨ」

たちすくんでいる私の顔のまえに看護婦はぬっと赤ン坊をつきつけた。汗でかすんだ眼にサルを罐詰にしたような、小さな、赤いしかめつらが見えた。ちらと見たきり私は顔をそむけた。

看護婦は子守唄の一節をくちずさみながら手術室をでていった。そのあとについて私は濡れたタイル床にすべらないよう、ぬき足さし足で歩きだした。手術室をでたところに看護婦の詰所があった。ちらと見ると、何人もの若い看護婦がかたまって話にふけり、私の顔を見ると、いっせいに黙りこんで、眼をそらした。あからさまな笑顔をかくしきれないでいる少女もいた。彼女たちが何の話をしていたか、一瞥して明らかであった。ふたたび眼に汗がにじみ、足がふるえた。詰所のまえをよこぎるとき私はひたと前方のみを瞶めていたが、燃えさかる炉のなかを歩くような気がした。

「……！……！……！……」

「！……！……！」

物音がしたので思わずふりかえると、少女たちはガラス箱のなかで腹をかかえて笑っていた。歯を見せて崩れる少女、体を折って苦しむ少女、私をうっかり指さしたところを見つかって怒ったように顔をそむける少女、噴水のような、容赦することを知らない、若わかしい笑いがほとばしった。

全身汗にまみれて私はやにわに駆けだし、暗い、陰惨な匂いのたちこめる階段を二段、三段とびに走りおりていった。夢中になって一階まで駆けおりると、鼓動のとどろく耳に、近所の商店街で鳴らしているらしい拡声器の歌声が、あさましいばかりにほがらかな若い娘の声を流してきた。私は暗い、長い廊下を粉となって走りだした。

パリの、屋根の
下に住みて
楽しかりし、昔
…………

七月一四日であった。

あとがき

開高 健

この作品に着手したのは昭和三九年（一九六四年）の秋頃だった。『文學界』に連載することを杉村編集長と約束し、その約束は連載の回数も一回分の枚数も、いっさい何の条件もつけないという寛大なものだった。けれど、それよりずっと以前に『週刊朝日』の足田編集長とのあいだにべつの約束があって、その年の十一月頃からヴェトナムヘルポの取材にいくこととなっていた。そこで私としては秋から初冬にかけて五回分くらいのものを書きためて編集部にわたしておけばいいのではないかと考えたのである。東京の自宅ではどんな原稿も書きづらいという私の癖のことを話すと、軽井沢にある文藝春秋社の社員用の山荘の一室を貸してもらえることになり、原稿用紙と、インキと、万年筆と、乱れた頭を持ってでかけた。

旧軽井沢の林のなかにあるその山荘はその季節になると夏の狂態と騒音がすっかり消え、鳥の声と雨の音しかなくて、静寂ということでは申分なかったけれど、ひどい湿気だった。畳、寝床、壁、すべてがジットリと湿って、冷《つ》めたく、わるい朝などは原稿用紙までが湿ってふくらみ、インキがにじみそうになるのだった。その七年前に私は芥川賞をもらって〝作家〟として登録されることとなったのだけれど、受賞以前からひそかに思うところがあって、自身の内心によりそって作品を書くことはするまいと決心していた。だから受賞後の七年間に書いたものは出来のよしあしはべつとして、ひたすら〝外へ！〟という志向で文体を工夫すること、素材を選ぶことにふけったのだった。求心力で書く文学があるのなら遠心力で書く文学もあっていいわけだし、わが国にはその試みがなさすぎると私は感じていたのである。けれど、そろそろ私はそのことにくたびれ、飛翔ができなくなっていて、文体も素材も見つけることができず、その遠心力のこだまとしてルポを書く仕事を週刊誌に連載していた。だからこの『青い月曜日』という長篇《ちょうへん》で私は求心力をつかんで、ずっとふりかえるまいと心に強《し》いてきた自分の内心にはじめてたちむかってみようと考えたのである、蕩児《とうじ》の帰宅、といってもよかった。

　約束の五回分をどうにかこうにか仕上げて私は山をおり、杉村編集長にそれをわたしてからヴェトナムへいき、翌年の二月末に帰国して書斎にもどったのだったが、作品にもどることはひどい苦痛であった。ある苛烈な見聞と経験のために内心の音楽が一変してしまって、弾《ひ》きやめた時点の心にもどって弾きつづけることができなくなったのである。何度もそのことを杉村編集長に訴えて一時休載にしてもらおうとしたが、杉村さんは熟練の忍耐でひそひそ柔らかい低声《こごえ》でなだめたり、スカしたり、おだてたりして、結局、しどろもどろの道を歩かせつづけた。とにもかくにもそういうわけで私としては一応、作品を仕上げることができたのだけれど、肉離れの苦痛の記憶がひどいので、はずかしくてならず、いまでも全文を読みかえす気力がないのである。そのこと自体は他のすべての作品についてもいえることで、何であれ、書いてから一年も二年もたってからでないと私は読みかえすことができないのだし、その頑癖はいっこうに衰えなくているのだけれど……。

何年かしてからこの作品のロシヤ語版が出版されることになり、モスコォから翻訳者のボリス・ラスキン氏が東京へやってきた。氏の宿泊しているホテルへ私は会いにでかけ、氏の持参のアルメニアのコニャックを飲んであれこれの文学談にふけった。そのとき、私はヴェトナムへいったことを話して、そのために〝音楽が変った〟といった。ラスキン氏は大きくうなずいてしばらく考えこんでいたが、やがて顔をあげ、

「なるほど。それで第一部と第二部とで文体が違うわけですね。私は作品が発展したためだと思っていましたが、それだけではなかったのですね」

この指摘は短いけれど鋭い。さすが、と思わせられるところがあった。内心、私は脱帽した。

『青い月曜日』とは英語の《ブルー・マンデー》からとったのだが、私にとっては少年時代と青年時代はいつもとめどない宿酔《ふつかよい》であったように感じられる。《戦争》があってもなくてもそうだったのではあるまいかと思う。あれらの日々の記憶はいまだに私の皮

膚に今朝《けさ》のことのように入墨されて、ヒリヒリしながらのこっているし、この作品では拾えたものと拾えなかったものと、どちらが多いか、計りようもない。生まれてくるのではなかったと思うことはいまでもほとんど毎日、一度はきっとあるが、だといって、もう一度やりなおすとしてもあの日々をくぐりなおさなければならないのだというのなら、うなだれてしまうことだろう。かろうじて私にできることといえばもう一度おなじ楽器を今度は中断なしに弾きなおしてみることぐらいだけれど、それもとりかかってみれば、悪夢の迷路としてあらわれてくることであろう。

一九七四年七月

解説

池上冬樹

久しぶりに読み返して、新鮮な印象をもった。第二次世界大戦の戦時中と戦後を捉えた開高健の自伝であるけれど、ここには青春という豊かな渾沌《こんとん》の渦動が生き生きと描かれてある。日本人にとっては（特に若い世代にとっては）七十年前の戦争であり、およそ想像できない特殊な情況かもしれないが、むしろ逆に世界各地で戦争が起きている現代においては、ここで描かれている恐怖、不安、絶望、残酷、滑稽には普遍性がある。何よりも開高健の文体がめざましいのだが、まずは本書の背景からみていこう。

あとがきにあるように、本書が書き始められたのは一九六四年である。その七年前の五七年に開高健は「裸の王様」で芥川賞を受賞したが、「受賞以前からひそかに思うところがあって、自身の内心によりそって作品を書くことはするまいと決心していた。だから受賞後の七年間に書いたものは出来のよしあしはべつとして、ひたすら〝外へ！〟という志向で文体を工夫すること、素材を選ぶことにふけったのだった。求心力で書く文学があるのなら遠心力で書く文学もあっていいわけだし、わが国にはその試みがなさすぎると私は感じていた」という。

　受賞後の七年間に書いた作品というのは、長篇をあげるなら、莫大な鉄屑を盗み出すアウトロー集団を活写した『日本三文オペラ』（一九五九年）、戦後の荒廃した時代に北海道に入植した開拓民たちの過酷な日々を捉えた『ロビンソンの末裔』（六〇年）、「徳島ラジオ商殺し」として知られる実在の冤罪事件をモデルにした『片隅の迷路』（六二年）、〝私小説のパロディ〟（平野謙）といわれた連作短篇集『見た揺れた笑われた』（六四年）だろう。初期を代表する短篇なら、大繁殖したネズミの大群が恐慌を巻き起こすデビュー作「パニック」（五七年）、製菓会社の宣伝戦争を描く「巨人と玩具」（同）、少年の心を救済する「裸の王様」（同）、万里の長城の建設に徴用された男が物語る「流亡記」（五九年）、ヒトラーの貧しい美術学生時代に焦点をあてる「屋根裏の独白」（同）などがある。長篇も短篇もみな、開高健が述べるように、社会や世界に題材が求められ、「ひたすら〝外へ！〟という志向で」書かれたものであることがわかる。

「けれど、そろそろ私はそのことにくたびれ、飛翔ができなくなっていて、文体も素材も見つけることができず、その遠心力のこだまとしてルポを書く仕事を週刊誌に連載していた。だからこの『青い月曜日』という長篇で私は求心力をつかんで、ずっとふりかえるまいと心に強いてきた自分の内心にはじめてたちむかってみようと考えた」という。「遠心力のこだまとしてルポを書く仕事を週刊誌に連載していた」とあるが、それは当時、小説を書けなくて苦しんでいたからで、見かねた作家の武田泰淳が、作品が書けないときにはルポを書いたらいいと勧めたからである。「忠告するという口調でもなく、助言するという構えでもなく、ルポを書くんだ、ルポだ、経験ができるし素材が拾えることもある、書斎を出ることですよと、そっぽを向いて教えてくれ」たという（中公文庫『衣食足りて文学は忘れられた!?　文学論』所収「一〇〇　蛇の足として——人と作品」より）。

このとき「週刊朝日」に連載したものが『ベトナム戦記』（六五年）である。一九六四年末から六五年初頭にかけて連載され、開高は六五年二月末に日本に戻ってきたのだが、本書を書き続けることが〝ひどい苦痛〟になった（「文學界」六五年一月号から『青い月曜日』の連載が始まっている）。「ある苛烈な見聞と経験のために内心の音楽が一変してしまって、弾きやめた時点の心にもどって弾きつづけることができなくなった」からである。それでも編集者になだめすかされてしどろもどろの道を歩き続け、四年後の一九六九年に「作品を仕上げることができた」。「肉離れの苦痛の記憶がひどいので、はずかしくてならず、いまでも全文を読みかえす気力がない」と自己評価が低いのだが、それは同時期に上梓した『輝ける闇』（六八年）の達成感が強かったからだろう。

ベトナム戦争の体験を小説にした傑作『輝ける闇』は、日本文学に燦然《さんぜん》と輝く現代の古典である（個人的には『夏の闇』がさらなる高みを獲得していると思うが）。だが、完成まで三年かかった。「旅行から帰ってイメージをまとめるのに一年。それを寓話の形式で『朝日ジャーナル』に連載して約一年。これが早計だったとわかって九〇〇枚近くになったのを全部捨て、まったく新しく最初の一枚から書きおろしにかかって、また一年」（同・所収「九三　作品の背景──『輝ける闇』」）である。三年かけて完成した作品のあとの脱力したなかで、連載していた『青い月曜日』を一冊にまとめた。『青い月曜日』はすでに六四年に書き出されていたので、開高健の著作では『輝ける闇』以前の作品と捉えられている（これについては後述）。

では、本書『青い月曜日』はどのような作品なのか。

本書は二部構成で、第一部「戦いすんで」では敗戦を迎えるまでの大阪の少年の日常が丹念に描かれ、第二部「日が暮れて」では戦後の混乱した情況のなかで様々な職業につきながら、やがて一人の女性と出会い、結婚するまでが描かれる。第一部が九篇（「天才児　偏執児　猥兵」「飛行機はイモでとぶか」「木を食う男」「カマイホワクテヨチタコキロニ」「ポパイ」「散った」「死体について」「ヒラメの眼」「南京さん」）、第二部が十八篇（「手から口へ」「仕事を見つける」「知る」「町工場」「小さな旅行」「海へいく」「奇妙な春」「らいられら」「大当り」「二十世紀ペンフレンドの会」「沈む」「布袋の笑い」「ザクロの根の皮」「唐辛子のような女」「引火しない場合」「荒地」「墜ちた針」「七月一四日」）からなっているが、あとがきにあるように、第一部と第二部の文体には差異がある。ベトナムの戦場に行く前と後の文体の違いである。

この文体の差異を考えるときに参考になるのが、『青い月曜日』から十七年後に書かれた自伝『破れた繭　耳の物語＊』『夜と陽炎　耳の物語＊＊』（八六年）である。「昭和四十四年に『青い月曜日』という作品を出版したけれど、結果から見ると不満だらけであった。しかし、おなじことを二度なぞって書きなおす気にはなれなかったので、いらいらするまま十数年が流れた。それが、やっと近年になって、耳の記憶をたどってやってみたらと思うようになり、『新潮』に三年近く連載してできあがったのが、これである」と『耳の物語』「あとがき」にある。

『耳の物語』の新潮文庫解説で、文芸評論家の三浦雅士は、開高健の文学は『輝ける闇』が後期最初の作品で、「自伝的作品『青い月曜日』は『輝ける闇』の一年後に刊行されているが、執筆されたのはそれ以前であり、前期の最後の作品といってよい」と述べているが、これは『輝ける闇』によって開高健が変貌し、『夏の闇』（七二年）『ロマネ・コンティ・一九三五年』（八〇年）『破れた繭　耳の物語＊』『夜と陽炎　耳の物語＊＊』（八六年）と誰も到達できない文学的境地に至ったからである。死後に上梓された『珠玉』（九〇年）や『花終る闇』（九〇年）でさらに開高健の文名は高まった。

そのなかで本書『青い月曜日』は開高健自身が不満を述べていることもあり、いちだん低く見られているが、決してそんなことはない。開高健の文学を理解する上でもっとも重要な作品のひとつといっていい。実際、戦後を代表する文芸評論家秋山駿は『輝ける闇』の新潮文庫解説で、『青い月曜日』は「自己の生の形を見究め、決定し、自分が果たして何者であったかについて決算報告をする」という意図で書かれており「日本の優れた作家はみんなこんな場面を持つ」、いわばこの作品は開高健にとっての『暗夜行路』だ、「大切な作品であった」と絶賛し、開高健が「もしベトナムへ行かなかったなら、彼は『青い月曜日』の作家であり、この作品を中核に、折り折りに自己の生の成熟を描くところの作家（伝統的な優れた文学者のように）であったろう」と述べているほどである。

そしてこれは私見になるが、いま読み返せば、開高健の前期の最後の作品ではなく、後期への橋渡しの作品であり、『青い月曜日』が書かれたがゆえに、内面へと沈潜していく開高文学が成熟へと向かったといえるだろう。

それは単純に、同じ自伝的な作品である『耳の物語』と比較して読むといい。〝耳の記憶をたどって〟書かれた作品というが、その狙いは第一部『破れた繭』ではめざましい成果をあげている。聴覚が触媒となって固有の体験が普遍的な体験、さらには人生の一つの象徴へと高められているけれど、第二部『夜と陽炎』となると緊迫感が薄まり、自伝的な体験をエッセイ風に述べているような気配が濃厚となる。個人名を出したために交遊録的な側面がのぞき（それはそれで面白いが）、フィクションとしての緊密さに欠けるきらいがある。

その点、『青い月曜日』はひたぶるに過去の記憶の中へ、さらに五感の手触りをあらゆる角度から確かめ、それを言葉に置き換えようとする熱意が、稠密《ちゅうみつ》な文体を生みだしている。無数の死体の記憶を詳《つまび》らかにする「死体について」、孤独な祖父の肖像に迫る「ヒラメの眼」、母との食卓を彩るイワシの熱と美しさを語る「仕事を見つける」、濫《らん》読《どく》に陶酔しつつ初めて女を探ることになる「知る」ほか、いくつもの章で個人的体験がはなはだしい隠喩で語られ、特権化され、象徴へと突き進む。これはまさに後期の開高健である。

そう、ここには後期、とりわけ晩年に特徴的な開高的文体の萌芽がある。饒舌で、リズミカルで、皮肉と風刺がきいていて、からりとビター。時に恬淡《てんたん》と言葉のダンスを繰り出して、思索の切れ端を節々に飾りつけていく。鮮やかで、華やかで、ユーモラス。ところどころに苦みをきかせて、対象を多彩になぶりつつ、内面へと下降していく。開高健のレトリックの凝縮された作品でもあるだろう。

その修辞がきいて全体的にいささか散文詩的に傾いているところもあるが、第二部の後半に至ると、一人の女性と出会い、関係を結ぶプロセスが劇的に綴られて盛り上がってくる。暗い熱情に押されて女をものにしたけれど、妊娠を知らされ、動揺していくのである。そこからが一気に、力強い筆致で「私」が出会う者たちの凄まじい生活が明らかになる。異常なまでに書画に没頭する男、セックスの最中に妻を打擲《ちょうちゃく》する男、老いた両親に息子を預けたヒロポン中毒者のすさまじい暴力などが、主人公の置かれた戸惑いと絶え間ない不安の心理と呼応する形で現前することになる。

そしてその後の陣痛が起きての場面と、「私」が病院に駆けつける場面。二十歳で父親になった姿を看護婦たちに笑われて、みじめな情況をあらわにしてみせる。「青い月曜日」というタイトル（ブルーマンデー＝二日酔い）をあらわすかのような場面でもあるが、最後にある歌詞を引用し、七月十四日（パリ祭）であることを明記し、皮肉にもある種の革命が起きたことを示して優しく幕を下ろす。

なお、本書の結末に出てくる歌詞は、ルネ・クレール監督の映画『巴里の屋根の下』（一九三〇年）の主題歌で、本文で引用されているのは西条八十の訳詞。「恋しの君いずこ／パリの屋根の下に住みて／楽しかりし昔／燃ゆる瞳　愛の言葉／やさしかりし君よ」と過ぎ去った恋人と幸福だった日々を歌う内容である。

実は、このラスト・シーンは「耳の物語」の第一部『破れた繭　耳の物語＊』でも変奏されていて、結末を飾っている。「商店街ではラウドスピーカーで若い女が古風で甘ったるい声の歌を流していたが、腑抜けのようになってふらふらよろよろ歩いていく耳にもそれだけは、一語一語、痛烈正確にひびいた。どうやら今日は七月十四日、パリ祭の日である」という文章のあとに、「パリの／屋根の下に住みて／楽しかりし／昔／……………／……」と引用されて、『破れた繭　耳の物語＊』は終わる。

そのほか『青い月曜日』と『耳の物語』で重なり合う細部もあるし、性的初体験のように、本書にはあって『耳の物語』にはないものも多数ある。ぜひ読み比べられるといいだろう。求心力に富む開高健の濃密な文学、すなわち自己探求の物語は、本書『青い月曜日』から始まったことに深く納得されるだろう。


（いけがみ・ふゆき　文芸評論家）

〈読者の皆様へ〉

人権に対する人々の意識は時代とともに大きく変化してきました。

本文中には、民族、出自、職業、身体的ハンディキャップ、性等々、今日においては深い配慮を必要とする事柄に対して、差別的な語句、あるいは表現が使われている箇所が複数あります。また、疾病に関する記述をはじめとして、科学的に誤った当時の認識のもとに描かれた表現も含まれています。

しかし私たちは、本書を刊行するにあたって、著者が描いた当時の姿を、現代そして後世の読者に正確に伝えることが出版に携わる者の責務と考え、あえて底本のまま収録することにしました。作品の成立した時代背景を知ることにより、作品もまた正しく理解されると信ずるからです。

もとより私たちは、差別やそれを生み出す社会の状況に反対するものです。そして、あらゆる差別や差別意識がなくなるよう務めていく所存です。

読者のみなさまには、この編集方針をご理解のうえ本書をお読みくださいますようお願い申し上げます。

集英社　文庫編集部

本書は、一九七四年十二月、文春文庫として刊行されました。
単行本　一九六九年一月、文藝春秋刊
初出誌　「文學界」一九六五年一月号〜六七年四月号
ＪＡＳＲＡＣ　出　一八一二〇五六―〇〇二

開高健の本

オーパ！

ジャングルを蛇行するアマゾンは魚たちのユートピア。名魚トクナレや殺し屋ピラーニヤ、黄金の魚ドラドなど、巨魚・怪魚を求めて褐色の大河に挑んだ60日、驚異の16000キロ。

開高健の本

オーパ、オーパ!!

アラスカ篇　カリフォルニア・カナダ篇

ベーリング海の孤島セント・ジョージから北米、カナダの大河へ。野獣オヒョウ、名魚ブラック・バス、怪魚スタージョン……豊饒の海で、砂漠の湖で小説家の剛竿が熱く躍る。

開高健の本

オーパ、オーパ!!

アラスカ至上篇　コスタリカ篇

氷寒の河岸にひしめくキングサーモン、水面を裂く白銀のターポン。巨大な獲物に挑んで、竿がしなり、リールが悲鳴をあげる。アラスカから中米のジャングルへ、小説家が燃えた冒険フィッシング。

集英社文庫

開高健の本

オーパ、オーパ!!

モンゴル・中国篇　スリランカ篇

幻の魚イトウを追ってモンゴルの奥地へ。空前の巨魚を求めて中国最深部へ（モンゴル・中国篇）。そして、とてつもない質と量の宝石が眼前に（スリランカ篇）。興奮と感動の〝オーパ!シリーズ〟完結。

集英社文庫

青《あお》い月曜日《げつようび》

2018年11月25日　第1刷　　定価はカバーに表示してあります。
2020年3月11日　第2刷

著　者　開高《かいこう》　健《たけし》

発行者　徳永　真

発行所　株式会社　集英社
東京都千代田区一ツ橋2-5-10　〒101-8050
電話　【編集部】03-3230-6095
【読者係】03-3230-6080
【販売部】03-3230-6393（書店専用）

印　刷　凸版印刷株式会社

製　本　加藤製本株式会社

フォーマットデザイン　アリヤマデザインストア　　マークデザイン　居山浩二

Printed in Japan
ISBN978-4-08-745808-4 C0193